厦门大学哲学社会科学繁荣计划资助项目

Academic Series of
College of Foreign Languages
and Cultures,
Xiamen University

厦门大学外文学院学术文库

日本古代汉诗对和歌的受容研究
——以《新撰万叶集》为中心
古代日本漢詩における和歌の受容——『新撰万葉集』を中心に

梁 青◎著

图书在版编目(CIP)数据

日本古代汉诗对和歌的受容研究:以《新撰万叶集》为中心/梁青著.—厦门:厦门大学出版社,2019.11
(厦门大学外文学院学术文库)
ISBN 978-7-5615-7465-2

Ⅰ.①日… Ⅱ.①梁… Ⅲ.①诗歌研究—日本—古代 Ⅳ.①I313.072

中国版本图书馆 CIP 数据核字(2019)第 176448 号

| 出 版 人 | 郑文礼 |
| 责任编辑 | 高奕欢 |

出版发行 厦门大学出版社
社　　址 厦门市软件园二期望海路 39 号
邮政编码 361008
总　　机 0592-2181111　0592-2181406(传真)
营销中心 0592-2184458　0592-2181365
网　　址 http://www.xmupress.com
邮　　箱 xmup@xmupress.com
印　　刷 厦门集大印刷厂

开本　720 mm×1 000 mm　1/16
印张　15.5
插页　1
字数　288 千字
版次　2019 年 11 月第 1 版
印次　2019 年 11 月第 1 次印刷
定价　62.00 元

本书如有印装质量问题请直接寄承印厂调换

厦门大学出版社
微信二维码

厦门大学出版社
微博二维码

"厦门大学外文学院学术文库"
编委会

顾问：（按姓氏音序排列）
连淑能　林郁如　吴建平　杨仁敬　杨信彰

主任：
陈　菁

编委：（按姓氏音序排列）
吴光辉　辛志英　杨士焯　周郁蓓

序 言

《新撰万叶集》是一部成书于九世纪后期的诗歌兼作集。所谓"诗歌兼作"（日人称"和汉兼作"）是指在一部作品中存在和歌和汉诗两种不同的韵文学形式。《新撰万叶集》采用一首和歌配一首汉诗——确切地说是日本汉诗——的形式。这种歌与诗并存的体裁，无论是在八世纪的《怀风藻》还是在九世纪前叶的"敕撰三集"中都没有出现，可以说是当时的一种崭新的文学形式。《新撰万叶集》与大江千里的《千里集》（句题和歌），堪称日本宽平时期诗歌兼作的双璧。不同的是，《千里集》（句题和歌）是以唐诗的一句为句题，在其后附一首和歌。两者编撰方针虽不同，但都采用诗歌并行的体裁。《新撰万叶集》中所收录的和歌，其主要来源是当时在宫廷和贵族宅第举行的两个"歌合"（和歌竞咏）："宽平御時后宫歌合"和"是贞亲王家歌合"。因此，这些和歌直接反映了当时流行的和歌表现形式。而附在和歌后面的汉诗，则是沿着和歌的意思创作而成的。这种以和歌为主，汉诗为辅的编撰方式也决定了《新撰万叶集》中的汉诗必然受到和歌的影响。

以往的研究，大多因此集汉诗的晦涩难懂而忽视了它的文学价值，常常对此加之"存在大量'和习'""文章极为拙劣"等贬评，但是，正如本书著者在序章中指出的那样，这种贬评是从中国汉诗的传统标准出发看问题的。事实上，这些贬评也影响了《新撰万叶集》汉诗的研究。较之平安时期的其他作品的研究，《新撰万叶集》的研究本身起步就晚，数量较少，直到近几年才有了比较完整的注释。研究的重点也偏重于词语的出典考证，而对此集的汉诗的关注和研究却少之又少。

梁青著《日本古代汉诗对和歌的受容研究——以〈新撰万叶集〉为中心》一书的出版，填补了这方面研究的空白。因为此书的主要考察对象恰恰是在以往研究中被忽略的《新撰万叶集》的汉诗。著者认为《新撰万叶集》的汉诗中含有大量的和歌元素，而这些和歌元素的渗入，才

是导致此集的汉诗偏离了汉诗传统的表现形式的真正原因。著者并没有将太多的精力放在评论汉诗的巧拙优劣上，而是通过阐述汉诗和化的具体过程来勾勒日本九世纪后期中国汉诗和本土文化交融、变化的大局面，进而指出《新撰万叶集》、《千里集》（句题和歌）等诗歌兼作集的出现是"汉风赞美时代"走向"国风时代"的产物。在书中，著者对《新撰万叶集》中汉诗、和歌的用词进行了大量细致的对比分析，同时考察了这一时期主要的日本汉诗人的作品，从而更具体地、更深层次地考察了日本汉诗人在创作汉诗的过程中萌发的本土意识，细致地展现了汉诗在和歌思维的影响下在表现形式上的裂变过程。她提出的"汉诗的和化"这一理论概念，以及对汉诗表现形式上的裂变的具体分析，是整个研究的亮点。此书的出版，对以往偏重于出典考证的《新撰万叶集》研究做了新的补充。

　　著者梁青从读硕士的时候就钟情于《新撰万叶集》的研究，她的硕士论文《新撰万叶集研究》已经显示了她对此作品的浓厚兴趣和扎实功底。后来她来到名古屋大学攻读博士课程，继续从事这一诗歌集的研究。在读期间，她查阅大量资料，对《新撰万叶集》中的和歌和汉诗进行了细致的分析考察，逐渐形成了博士论文的基本框架。记得厦门大学的黄少光老师在推荐梁青来名古屋大学读博时曾这样评价她：在这个急功近利、焦躁不安的时代，像她这样能脚踏实地埋头于研究的人十分可贵。事实上，梁青在名古屋大学四年间的刻苦钻研，也证实了黄老师慧眼识人。

　　当然，这本著作是梁青在博士论文的基础上修改而成的，难免有粗糙、不足之处，还需要在今后的研究中不断地打磨和完善。即便如此，此书仍然是该领域中不可多得的精力之作。此书的出版，一定会促使更多研究者参与到此项研究中来，一定会有更多更好的研究成果问世。对此，我充满信心。

胡　洁

2019 年 2 月 21 日于名古屋

目　次

凡　例 /i

序　章 /1

第一章　九世紀末における日本漢詩の和歌的表現の生成 /11
　第一節　藤原基経と紫藤詩 /13
　第二節　宇多天皇と「九月尽」詩 /23
　第三節　瞿麦花詩と桜花詩に見える対抗意識 /34
　まとめ /51

第二章　『新撰万葉集』の漢詩における伝統的和歌表現の受容 /54
　第一節　四季部漢詩における歌材の摂取 /57
　第二節　恋歌に付された漢詩 /70
　まとめ /92

第三章　『新撰万葉集』の漢詩の中国詩からの蝉脱 /94
　第一節　「夏夜胸燃不異蛍」――「火・思ひ（恋ひ）・燃ゆ」/96
　第二節　「愁人慟哭類虫声」――「泣く・鳴く」/101
　第三節　「閨中寂寞蜘綸乱」――「糸・乱る・断ゆ」/105
　まとめ /125

第四章　『新撰万葉集』の漢詩における比喩表現の展開 /127
　第一節　「紅葉―錦」の比喩表現 /128
　第二節　「氷柱―鏡」の比喩表現 /141
　第三節　「露―玉」の比喩表現 /145

・i・

第四節　「白兎—月光」の比喩表現 /154
　　まとめ /166

第五章　王朝漢詩文の転換点としての『新撰万葉集』/168
　　第一節　杜鵑詩から郭公詩へ /169
　　第二節　「涙河」の漢詩の展開 /186
　　第三節　『新撰万葉集』の漢詩の影響下の王朝漢詩 /206
　　まとめ /217

終　章 /219
参考文献 /227
初出一覧 /235
あとがき /237

凡　例

- 『新撰万葉集』の本文と書き下し文は寛文七年版本を底本とした新撰万葉集研究会編『新撰万葉集注釈』（和泉書院、2005 年 2 月）に拠った。和歌と漢詩には同一の番号をつけ、京都大学国語国文資料叢書十三『新撰万葉集：京都大学蔵』（臨川書店、1979 年 4 月）に付された番号に拠った。なお、和歌は『新撰万葉集注釈』に示された訓に従って、万葉仮名の原文を漢字仮名交じりの訓下し文に改めたものを原則としたが、必要に応じて原文をあげたものもある。

- 引用したテキストについて、全論文の末尾において主なものを一括に挙げることとする。詩文の引用は、特別に全文引用と明示する場合を除けば、原則としては必要な箇所だけを引用している。

- 本文は基本的に正字を用いた。脱落した文句を□で示している。引用の際の傍点・傍線は、注がない限り、すべて筆者による。…は、引用する際に文の一部を省略したことを示す。

- 論旨を明確にするため、文意・詩意を提示すべき箇所では書き下し文を付した。なお、漢詩の読み下しは、難読の箇所のみに振り仮名を付けた。

- 括弧については、『　』で典籍を示し、文中での引用は「　」を用いた。和歌・漢詩の読解に〈　〉を用いた。

- 引用した資料のうち、特に原典を注記しないものは以下の書に拠った。それ以外は適宜、各章の注で示した。中国の文献の引用は、台湾商務印書館刊『景印文淵閣四庫全書』（以下『四庫全書』と略記する）、中華書局刊『漢書』・『玉台新詠箋注』・『楽府詩集』・『芸文類聚』・『初学記』・『全唐詩』、上海古籍出版社刊『文選』、貴

重古典籍刊行会刊『遊仙窟：真福寺本』、平岡武夫・今井清編『白氏文集歌詩索引』（下冊：白氏文集歌詩篇〈那波本、陽明文庫蔵〉）に拠った。仏典の引用は大正新脩大蔵経刊行会刊『大正新脩大藏経』に拠った。

一　日本の文献の引用は、岩波書店刊日本古典文学大系『懐風藻』・『文華秀麗集』・『菅家文草・菅家後集』・『万葉集』・『古今和歌集』・『和漢朗詠集』、和泉書院刊和泉書院索引叢書『凌雲集索引』・『田氏家集索引』、在九州国文資料影印叢書刊行会刊『千載佳句』、続群書類従完成会刊群書類従文筆部『経国集』・『本朝無題詩』、角川書店刊『新編国歌大観』、吉川弘文館刊新訂増補国史大系『本朝文粋・続本朝文粋』・『続日本紀』・『続日本後紀』・『三代実録』に拠った。なお、一部表記などを改めた部分がある。

一　漢詩文の訓読は、明治書院刊新釈漢文大系『玉台新詠』・『文選』・『白氏文集』、『遊仙窟全講』（八木沢元、明治書院、1967年10月）、『国風暗黒時代の文学』「凌雲集詩注・経国集詩注」（小島憲之、塙書房、1968年12月～2002年2月）、『田氏家集注』（小島憲之監修、和泉書院、1991年2月～1994年2月）、『菅家文草・菅家後集』（川口久雄校注、日本古典文学大系72、岩波書店、1966年10月）、『本朝無題詩全注釈』（本間洋一、新典社、1992年3月～1994年5月）を参照した。

序　章

一　問題提起

　本書は、九世紀後半に成立した『新撰万葉集』(以降、必要に応じて「本集」と略記する)における漢詩の和様化について考察したものである[①]。寛平五年(893)の成立とされるこの作品は、寛平御時后宮歌合歌を主な資料として、その左歌を上巻、右歌を下巻とし、上巻を四季と恋という五つの部にわけて、それぞれの和歌に一首の七言絶句の漢詩を配している。上巻の序文には「寛平五載秋九月廿五日」とあり、下巻の序文には「延喜十三年八月廿一日」(913)とあるところから一度に完成したものではないことが分かる。本集の下巻は、序と漢詩を載せていない伝本(原撰本)もあり、また、漢詩もまったく詩の規則に合っていないものが多いことから、後人の偽作増添と言われている[②]。従って、本書では上巻のみを考察の対象とする。

　『新撰万葉集』序文に「先生非啻賞倭歌之佳麗、兼亦綴一絶之詩、插数首之左(先生啻に倭歌の佳麗を賞するのみにあらず、兼ねて亦一絶の詩を綴りて、数首の左に插さむ)」とあるところからも分かるように、本集の漢詩は和歌を前提にして作られたものである。近世以来、『新撰万葉集』の漢詩は一般に拙劣と評価されている。猪口篤志氏は『日本漢文学史』で『新撰万葉集』のことを「文学的価値は低い。…文章も拙劣を極めている」[③]と評しており、

[①] 本書でいう「和様化」は主に日本漢詩の和歌化を指している。
[②] 江戸初期の儒学者林鵞峰は『本朝一人一首』(新日本古典文学大系63、岩波書店、1994年2月、286頁)で、「今上下巻(筆者注:『新撰万葉集』)を見るときは、則ち上巻は其の辞拙しと雖も、韻声違はざる者多し。而して其中偶韻声合あはざる者有り。下巻に至っては、即ち韻声合はざる者多くして、合者十が一」と評する。また、川口久雄氏は『平安朝日本漢文学史の研究(上)』第十一章第一節「新撰万葉集の成立とその漢詩」(明治書院、1959年3月、291頁)で「延喜十三年八月廿一日」というのは後人の仮託であると指摘する。
[③] 猪口篤志『日本漢文学史』角川書店、1984年5月、148頁。

小島憲之氏も『新撰万葉集』の漢詩について、「道真の菅家文草・菅家後集などにくらべて、甚だしく劣り、且つ和習（和臭）が濃厚である」①という。「和習」とは、日本人の書く詩文に認められる日本風の癖を指す言葉で、和習があるかどうかは、無論中国の漢詩の基準から判断されたものである。かつて荻生徂徠（1666～1728年）は「文戒」という文の中で、日本儒者の作詩の誤用例を「和字」「和句」「和習」の三項を分けて、中国詩の基準に照らしてそれを批判している②。この三種類を今日では「和習」と総称する。近年来、菅原道真の漢詩における「和習」と言われるものを再評価しようという傾向が現れているが、『新撰万葉集』の漢詩の「和習」に対する見直しは遅々として進まない③。本集の漢詩が拙劣と評される原因について、小島憲之氏は、

　　『新撰万葉集』の原歌を「詩」に詠み換へることは、容易ではない。詩にはそれ自身のもつ詩語があり、表現があり、規則もある。単なる漢字の連続だけでは詩は生まれない。与へられた「歌」にたよらうとすれば、いきほひ無理な表現が生まれ、いよいよ和臭味を帯びたことになる。…このやうな困難を克服してともかくも九世紀末に生まれた、『新撰万葉集』の歌に対する詩を〈拙劣〉と評することはやや残酷であり、平安人の当時の立場に戻って多少の反省を試みることは、やはり必要である④。

と述べている。和歌への接近によって無理な表現が生じるという小島氏の指摘は本集漢詩表現の生成を考える上で重要な示唆を与えてくれる。『新撰万葉集』の漢詩が和歌をもとにして作られたことは、その表現も和歌に影響さ

---

① 小島憲之「万葉集の編纂に関する一解釈―菅原道真撰の説によせて―」万葉集研究1、1972年4月、22頁。
② 「文戒」は1714年に刊行され、「第一、和字を戒す。和字とは、和訓を以て字義を誤まつ者を謂ふなり。…第二、和句を戒す。和句は、語理錯縦して、位置上下の則を失ふ者を謂ふなり。亦此の方、顛倒廻環の読に縁りて誤まつ。…第三、和習を戒す。和習とは、既に和字無く、又和句に非ざれども、其の語気・声勢の中華に純ならざる者を謂ふなり。此れ亦病を其の幼り和訓顛倒の読に習熟するを受けて、精微の間、自ら其の非を覚えざるのみ」（『荻生徂徠全集』第一巻「蘐園随筆」河出書房新社、1973年2月）とある。
③ 菅原道真の「和習」を再評価する論考としては、川口久雄氏「道真詩における和習と訓読の問題」（『菅家文草・菅家後集詩句總索引』明治書院、1978年9月、569頁）、菅野礼行氏「道真の詩における和習的特色」（『平安初期における日本漢詩の比較文学的研究』大修館、1988年10月）、静永健氏「菅原道真の漢詩表現と中国語」（中国文学論集31、2002年12月）などが挙げられる。
④ 小島憲之「九世紀の歌と詩―『新撰万葉集』を中心として」関西大学国文学会・国文学52、1975年9月、42頁。

れることを意味する。和歌と中国詩はそれぞれ固有のリズムや表現法を持っている。中国詩とは異なる和歌の独特な表現を取り入れることによって、本集の漢詩は自然に伝統的な漢詩表現から逸脱してしまうのである。中国詩の基準からこれらの逸脱表現を見ると、違和感があり、日本漢詩に見られる言葉の限界だという安易な判断が下されがちである。しかし、『新撰万葉集』の漢詩にみられる和歌的要素は、和歌と漢詩の表現や技巧および発想の交渉の結果であるという視点に立って見ると、これまで論じられてきた本集漢詩の巧拙論と異なった、新たな見方ができるのではないかと考える。『新撰万葉集』の漢詩にみられる和歌的表現は、たんなる表現上の問題ではない。それは九世紀末の和漢交渉の様態を物語る貴重な資料であり、和歌復興の前兆を明らかにする上でも、大きな意味を持つものとなってくる。『新撰万葉集』は宇多朝に成立したものである。文学史上において、宇多朝は漢風賛美時代から国風復興時代への過渡期と位置づけられ、和歌と漢詩との交渉が空前の盛況を呈している。宇多朝においては、詩歌同題・詩歌兼作の文宴や文遊が頻繁に行われ、『新撰万葉集』や『句題和歌』といった和漢並列のアンソロジーも製作されていた。詩歌同題の詠進と和漢並列の詩歌集の成立は和歌の台頭を端的に物語る事象であり、和歌にも漢詩と肩を並べるほどの内容を盛りうるという当時の人々の意識のあらわれである。宇多朝の文壇を支えた歌人たちを見てみると、藤原敏行・紀貫之・藤原菅根・坂上是則などは漢詩文の素養を十分にもっている[1]。一方、詩人の中にも、菅原道真・小野美材・大江千里のような和歌に堪能な者がかなり存在していた。同じ場に和漢が併存し、同一人物が和漢を兼作すれば、和歌と漢詩との交渉は自然に発生してきたであろう。『新撰万葉集』と『句題和歌』が端的に示すように、この時代の和歌は中国詩の洗練を受けて成り立ったものが極めて多い。中国詩の形式と表現に学ぶことによって、和歌は日常生活の歌とは異なる次元の正雅な晴儀の宮廷文芸として上昇する。ここで注目したいのは、漢詩から和歌への交渉だけでなく、和歌から漢詩へという方向の交渉もあるということである。島田忠臣・菅原道真をはじめとする漢詩人たちは、中国詩の模倣と追随にとどまらず、和歌表現を詩に取り入れて新たな展開を目指そうとしていた。日本漢詩の和歌化は和歌の漢詩化と同様に、『古今和歌集』[2]成立前夜における和漢

---

[1] 後藤昭雄氏は「古今集歌人における詩人的要素」(『平安朝漢文学論考』1981年9月、桜楓社、349頁) で、『古今集』の作者百二十余人の四分の一の人が詩人的要素をもっていると指摘する。

[2] 以下『古今集』と略する。ほかの歌集も略称を用いる。

の相互交流として意義付けられ、時代の要請に適うものであった。『新撰万葉集』にみられる和歌的表現は、九世紀末の日本漢詩の和歌化の一つの典型として捉えることができる。本書は、『新撰万葉集』の漢詩を通して、九世紀末の日本漢詩がいかに和歌の表現・発想を摂取し、いかなる和漢融合の表現世界を作り上げているのかを追究することを目的としている。

二　先行研究

　『新撰万葉集』の和歌に漢詩を配するという形は、「和歌が漢詩と肩を並べるように宮廷文学として発育してきた事態」[①]を反映した試みとして注目されているが、『新撰万葉集』の漢詩表現自体に関する研究は極めて少ない。以下に、本集漢詩についての先行研究を整理し、本書の研究史上の意義を明確にしておきたい。

　近年来、『新撰万葉集』の校本や総索引の整備がなされ、注釈書も続々と公刊されるようになった[②]。新撰万葉集研究会編『新撰万葉集注釈』（和泉書院、2005年2月）、半沢幹一・津田潔著『対釈新撰万葉集』（勉誠出版、2015年3月）は上巻に対する注釈を完了しており、最も基礎的な研究となっている。また、『新撰万葉集』の漢詩は六朝詩、『遊仙窟』、白居易の漢詩の影響を多く受けていることが先行研究によって明らかになった[③]。だが、『新撰万葉集』の漢詩における中国詩の正統的用法からの逸脱表現に注目する論文は、三木雅博氏の「「匂」字と「にほふ」─菅原道真と和語の漢字表記」（文学史研究、大阪市立大学国語国文学研究室23、1982年12月、『平安詩歌の展開と中国文学』和泉書院、1999年10月所収）と谷口孝介氏の「「和習」の淵源─『新撰万葉集』巻上の漢詩を中心として─」（日本語と日本文学49、2009年8月）の二篇だけである。三木氏は『新撰万葉集』上秋76の「野外千匂秋始装」における「千匂」が先行する和歌の「千種之匂（チクサノニホヒ）」と対応しており、「にほひ」

---

① 藤岡忠美「新撰万葉集」『和歌文学講座　四』桜楓社、1970年3月、309頁。
② 杜鳳剛『新撰万葉集総索引』和泉書院、1995年4月。浅見徹監修、乾善彦・谷本玲大編「『新撰万葉集』諸本と研究」和泉書院、2003年9月。
③ 泉紀子氏は「新撰万葉集における漢詩と和歌」（大阪女子大文学国文編、1981年3月）で、本集漢詩の六朝閨怨詩の受容を論じる。新間一美氏は「『新撰万葉集』の成立と意義」（国文学：解釈と鑑賞76(8)、2011年8月、43頁）において、本集漢詩の『遊仙窟』の受容に言及する。本集漢詩が白居易の漢詩に影響を受けていることは、小島憲之氏「恋歌と恋詩─万葉・古今を中心として」（文学44-3、1976年3月、304～305頁）、津田潔氏「『新撰万葉集』上巻・恋歌における白詩の受容について」（白居易研究年報、2000年5月）など先学の指摘するところである。

という和語に基づいて作られたものと指摘する。この論考は、『新撰万葉集』の漢詩の和様化を考える上で重要な示唆を与えるものである。また、三木氏は『新撰万葉集』の漢詩の「匂」が菅原道真の「匀」の用字を受け継いでそれをさらに展開させたものであり、その後「匂」が文人たちに広く用いられるようになったと述べる。こうして考えてくると、『新撰万葉集』の漢詩は王朝漢詩文において一つの転換点として位置づけられるのではないかと思われる。この点について本書は第五章で詳しく検討する。また、日本漢詩が和歌に影響された、というだけの指摘で終わるのではなく、漢詩人たちがどのような意識をもっていかなる場で和歌的表現を用いたのかについても、より深く追究すべきであろう。本書の第一章では、この問題を解明しようとする。谷口氏は『新撰万葉集』の漢詩における和習と考えられてきた「残嵐」「匂」「霞」がいずれもすでに中国においてその使用法が認められるものであると述べ、日本人が自己の美意識に照らし、その好みにあわせて漢語の含意性の一側面をクローズアップして、日本漢文学の表現として定着させたと結論づけた①。氏の論考はこれまで一段低く見られてきた『新撰万葉集』の漢詩の表現上の価値を積極的に評価する点に大きな意義があると考えられるが、本集漢詩と和歌との交流については論じていなかった。なお、『日本紀略』（寛平五年九月二十五日条）に「菅原朝臣撰進新撰万葉集二巻」とあるように、『新撰万葉集』は従来菅原道真が編纂し宇多天皇に奉進したものとされていた。本集漢詩と道真詩に使われた詩語を手掛かりに、上巻漢詩が道真の作であるかどうかを検証する作業が多く行われている②。本書は道真詩の和様化に注目するが、上巻漢詩の作者の問題に立ち入って検討するものではない。

　『新撰万葉集』研究の進展にともなって、個々の典拠の指摘だけでなく、本集における漢詩と和歌との関係についても言及されるようになってきた。ま

---

① 谷口孝介「「和習」の淵源―『新撰万葉集』巻上の漢詩を中心として―」日本語と日本文学 49、2009 年 8 月。谷口氏は三木雅博氏が指摘した「匂」の字（上春 3）を「匀」に訂正した。『新撰万葉集』の漢詩における「霞」「残」の使い方の和様化についての指摘が見出せないが、『和漢朗詠集』霞部所収の菅原道真の詩句「鑽沙草只三分許、跨樹霞纔半段餘」について、川口久雄氏は「ここの霞はわが国でいうかすみに近づいている」（『和漢朗詠集・梁塵秘抄』日本古典文学大系 73、明治書院、1965 年 1 月）と述べる。また、高兵兵氏は「菅原道真詩文における「残菊」をめぐって―日中比較の視角から」（日本研究　国際日本文化研究センター紀要第 32 集、2006 年 3 月）で、「残菊」という表現には、時間とともに移ろいでいくものを賞美するという日本的美意識がみられると指摘する。
② 高野平『新撰万葉集に関する基礎的研究』（風間書房、1970 年 5 月、491 頁）、山崎健司「新撰万葉集と菅原道真―上巻における和歌と漢詩の或る場合―」（日本語と日本文学 4 号、筑波大学、1984 年 12 月）、劉小俊「『新撰万葉集』上巻三四番の漢詩について―「蝉」の詠み方と菅原道真との関わりをめぐって―」（和漢比較文学 46、2011 年 2 月）等参照。

ず取り上げられるべきは、小島憲之氏の「解釈説」である。小島氏は「『新撰万葉集』の歌などを、当時の平安人と同じ立場においてその表現美を指摘することは容易ではない。この点に関して、『新撰万葉集』がその歌の歌意をほぼ七言四句の「詩」の形に改めたのは、その歌に対する平安人の解釈の一つでもあり、彼らの基準的な解の一端とみなしてよい」①と指摘し、また歌意を満たす以外の詩句には、詩の作者が自由に遊ぶことのできる空想の世界があると述べる②。即ち、氏は本集漢詩を先行する和歌の確実な出典と見なして、それを根拠に歌人たちの詩想の源を求めているのである。例えば、

⎡出典 「秋雁櫓声来」（『白氏文集』2495・河亭晴望）
⎣上秋59　秋風に声をほにあげて来る船は天の門渡る雁にぞありける
　　喉喉秋雁乱碧空、濤音櫓響響相同。
　　羇人挙楫櫂歌処、海上悠悠四遠通。

上秋59の漢詩の「喉喉秋雁乱碧空、濤音櫓響響相同」によって、先行する和歌が白居易詩「秋雁櫓声来」を踏まえることが明らかになる③。こうした「出典論」を中心にする考察を通して、『新撰万葉集』の和歌に漢詩文を典拠とする語や発想のあることが検証されつつある④。だが、中国詩にはない、和歌独自のものが本集漢詩にどのような影響を与えているのかについては、殆ど考察されてこなかったといえる。

　また、『新撰万葉集』における和歌と漢詩との関係を正面に据えた論考としては、呉衛峰氏の「和歌と漢詩─『新撰万葉集』をめぐって」（比較文学

---

① 小島憲之「恋歌と恋詩─万葉・古今を中心として」文学44-3、1976年3月、304頁。
② 小島憲之『古今集以前』第三章の四「平安人の空想の世界」塙書房、1976年2月、278～318頁。
③ 上秋59の出典の指摘は、小島憲之氏『古今集以前』（塙書房、1976年2月、197～198頁）を参照されたい。
④ 泉紀子氏は「新撰万葉集における漢詩と和歌」（「新撰万葉集における漢詩と和歌」（大阪女子大文学国文編、1981年3月、74頁）において、「歌物語を成立させる為の基本的な要件であるところの「人物」「時」「場」が設定、説明され、物語的背景を述べる役割を漢詩が担っていると言えよう」と指摘する。小島憲之氏の「解釈説」の延長線上にある論考とみることができる。

研究 67、1995 年 10 月）などがある①。呉氏は「鹿鳴（嘉賓―妻恋）」「蝉（高潔―はかなさ）」「山居（隠逸―逃避）」「閨怨―恋」の具体例を取り上げ、「歌と詩とは類似の題材を扱いながらそれぞれの文学伝統にそって展開するもので、「対照対応」の関係にある」②と主張して、「『新撰万葉集』の漢詩は、そのもとの和歌と類同の題材を扱うとき、漢詩である以上、和歌の内容より、漢詩の特質、漢詩の伝統を優先させたのである」③と結論づける。この「対照対応説」は漢詩と和歌との本質的な相違を分析することで、本集漢詩と和歌との関係に新たな光を当てるものである。しかし、その相違をあまり強調しすぎると、逆に本集漢詩が和歌をもとにして作られたという特殊性が見逃されてしまうのではないかと思われる。「解釈説」と「対照対応説」の根底には、いずれも『新撰万葉集』の漢詩は中国詩を踏襲して中国詩的世界を構築しているという考えがある。

　以上見てきたように、これまでの研究は、本集の漢詩と和歌の関係性に焦点を当ててきたにもかかわらず、議論の中心はどちらかといえば、漢詩と和歌の対応関係に集中しており、本集の漢詩の和様化に関する本格的な議論はまだなされていない。本書はこのような研究の空白を埋めるものとして重要な意義を持つと考えられる。本書では、上述の研究史をふまえた上で、『新撰万葉集』の漢詩を取り上げ、そこに如何なる和歌的表現・発想が存在しているのかを考察しながら、同じ表現における本集漢詩・中国詩・和歌の異同や影響関係を検討し、その和様化のプロセスを具体的に論じることによって、『新撰万葉集』の漢詩の性格と意義を改めて捉え直したい。そして同時に、漢風讃美時代から国風復興時代にかけての和漢交渉の様態を浮き彫りにしてみたい。

---

① 呉衛峰氏と同系統の論として、野口元大氏と渡辺秀夫氏の論考がある。野口元大氏は「和歌の単なる漢訳という以上に、類同の題材を取ってそれぞれの文学的特質を対照してみせる興味がある」（『日本古典文学大辞典』（第三巻）「新撰万葉集」の項、岩波書店、1984 年 4 月、488 頁）と述べる。渡辺秀夫氏は「『新撰万葉集論』―上巻の和歌と漢詩をめぐって―」（国語国文 67(9)、1998 年 9 月、15 頁）において、「本書における和歌と漢詩は、「やまとうた世界」と「漢文（からうた）世界」との対比として存在し、いわば、和歌と漢詩は、「和漢比較・対照的存在として対置」されているのであって、どちらも一方の説明をするのでない」と指摘する。
② 呉衛峰「『新撰万葉集』における漢詩への一視点―夏の「蝉」をめぐって―」国語と国文学 83(3)、2006 年 3 月、36 頁。
③ 呉衛峰「和歌と漢詩・詩的世界の出会い―『新撰万葉集』をめぐって」比較文学研究 67、1995 年 10 月、24 頁。

三　研究方法

　　本書は比較文学的な視点からテキストを比較して分析する方法を取る。出典考証を突き止める基礎的な作業にとどまらず、辞句表現を生む日中両国の文学観・文化の相違などまでを視野に収めて追究する。具体的には次の三つの視点を設けて考察を進めることにする。

1. 九世紀末の日本漢詩の和歌的表現の生成背景の考察

　　九世紀末の島田忠臣・菅原道真の漢詩には、和歌の表現を漢詩に積極的に取り込もうとする傾向がある。これらの日本漢詩の和歌的表現を時代の気運の中において見て、漢詩の作られる場、表現の背後にある漢詩作者及び下命者の意志、当時の社会背景などに十分配慮した上で、和歌的表現の様式と生成の過程を考察する。『新撰万葉集』の和歌的漢詩表現の検討はこのような考察を踏まえて展開されるべきであると思われる。

2. 同一表現を用いる本集漢詩・中国詩・和歌の比較

　　『新撰万葉集』の漢詩にみられる和歌的表現を明らかにするために、同一表現を用いる本集漢詩・中国詩・和歌の異同や影響関係を分析する。本書では、中国の漢詩を「中国詩」、奈良・平安朝の漢詩を「日本漢詩」、『新撰万葉集』の漢詩を「本集漢詩」と称する。『新撰万葉集』の漢詩の成立時期を考慮して、本書は唐までの漢詩のみを対象とする。主として六朝より晩唐に至る詩文（特に白詩圏の漢詩）、『芸文類聚』『初学記』等の類書の用例、仏典を取り上げて、本集漢詩と比較する。また、『新撰万葉集』の漢詩にみられる和歌的表現の淵源を求めるにあたっては、先行する和歌に限らず、その対象を『万葉集』から『古今集』にかけての和歌にまで拡げる。なお、一世紀もの間、漢詩文の洗礼を受けた結果として、古今集時代の和歌は「和」と「漢」が複雑に入り組んだものとなっている。漢詩文が和歌に与えた影響の有無については、さらに検討する必要がある。

3.『新撰万葉集』の漢詩とほかの日本漢詩文との比較

　　王朝漢詩文における『新撰万葉集』の漢詩の位置づけを検討する際にして、まず本集漢詩と『懐風藻』・勅撰三集の詠み方との違いを究明する。また、同時代の島田忠臣・菅原道真などの漢詩にみられる日本的表現との比較も行う。さらに、『新撰万葉集』以後成立した『続浦嶋子伝記』『本朝文粋』『本朝無題詩』なども視野に入れて、後世の王朝漢詩文の和様化が徐々に進んだことを明らかにする。平安中後期の王朝漢詩文には、『新撰万葉集』の漢詩

との共通表現が見られる。これらの表現が他に類例を見ないことを検証して、『新撰万葉集』の漢詩とそれ以後の日本漢詩文との影響関係を解明する。

四　論文の構成

　本書は五章より成る。第一章は九世紀末の日本漢詩の和様化から説き起こし、第二章、第三章、第四章では『新撰万葉集』の漢詩の和歌的表現について具体的に検討する。第五章は『新撰万葉集』の漢詩の位置づけを究明する。

　九世紀末、勅撰和歌集撰進の気運が次第に醸成されてきた。王朝人は中国の高度に発達した先進文化への一方的な畏敬崇拝から覚醒し、日本文化が中国文化と同等またはそれ以上の価値を持っていると主張しはじめた。そうした時代風潮のなかで、日本漢詩において和歌的表現が徐々に現れてくる。第一章は、島田忠臣と菅原道真の紫藤詩・九月尽詩・瞿麦花詩・桜花詩を取り上げ、九世紀末の日本漢詩の和歌的表現がどのような場でいかなる意識のもとで詠まれていたのかを検討し、和歌と漢詩の融合の具体的過程を解明したい。

　九世紀末の日本漢詩の生成背景を把握した上で、次に『新撰万葉集』の漢詩にみられる和歌的表現について具体的に考察する。宇多朝では、古歌採集・古歌翻案が盛んに行われている。『新撰万葉集』の編纂もこうした復古の機運に乗じて生まれたものであり、その序文から、『万葉集』の絶対的な権威を借りてこの詞華集の価値を高めようという意識が窺える。他方、『新撰万葉集』の和歌は単なる『万葉集』の歌風の再生にとどまらない側面がある。その風調は万葉歌からかけ離れて、著しい技巧の進歩がある。古歌に対する新作の歌の「あや」を強く主張するために、「新撰―万葉集」と名付けられたのである。第二章は四季部の漢詩が『万葉集』から詠み継がれてきた伝統的歌材「女郎花」「藤袴」「萩」をいかに受容したのか、また恋部の漢詩がいかに恋歌表現を摂取したのかを検討することによって、「古歌」から「新作」への展開過程を明らかにしたい。

　第二章は中国にはない、古来の和歌表現の受容を対象とするが、第三章と第四章は中国詩の影響下にある和歌に注目し、「中国詩→本集和歌→本集漢詩」という影響関係を辿り分析したい。第三章は『新撰万葉集』の漢詩における「夏夜胸燃不異蛍」「愁人慟哭類虫声」「閨中寂寞蜘綸乱」が中国詩にはない、縁語・掛詞を介して生成した漢詩表現であることを明らかにする。先行研究では、和歌の縁語・掛詞の技法が中国の六朝詩・唐詩及びそれら中国

詩に倣った九世紀末の日本漢詩から影響を受けたことが指摘されるが、九世紀後半の日本漢詩における縁語・掛詞の受容については言及がない。この点が本章における独自の試みである。

中国詩の影響下にある和歌表現の受容という点で、第四章は第三章と関連し、両論は補い合う関係にある。『新撰万葉集』の漢詩は、「雪―花」「露―珠」「雪―鶴」など多様な比喩表現を用いている。これらの比喩表現に六朝詩や白居易をはじめとする唐詩の影響があることは、先学の研究で明らかにされている。また、菅原道真の漢詩の比喩表現と古今集歌との類似性も、既に先学が指摘するところである。だが、『新撰万葉集』の漢詩の比喩表現の和様化については、あまり注目されてこなかった。第四章では、『新撰万葉集』の漢詩における故事出典を含む比喩表現を取り上げ、それと中国詩との違い、和歌との関連を検討することによって、本集漢詩の比喩表現の特質を探ってみたい。

第五章は王朝漢詩文における『新撰万葉集』の漢詩の位置づけを中心に分析を行う。『懐風藻』と『勅撰三集』の漢詩は、中国詩の題材や表現を殆どそのまま踏襲したもので、中国詩に先例がない用例は稀である。国風意識の高まりに伴って、『新撰万葉集』の漢詩は中国詩の模倣と追随にとどまらず、和歌の表現・発想を漢詩の上に表現して、独特の和歌的表現を切り拓いている。十世紀以後、日本漢詩の和様化がより顕著に見られるようになり、『新撰万葉集』の影響下に成立した日本漢詩も現れてきた。そうした意味で、『新撰万葉集』の漢詩は王朝漢詩文における転換点として位置づけられると思われる。本章は王朝漢詩文における「郭公（杜鵑）」と「涙河」を手掛かりに、『新撰万葉集』の漢詩の位置づけを明らかにし、『新撰万葉集』の漢詩の和歌的表現が平安中後期の日本漢詩に与えた影響を検討した上で、本集漢詩の有する意義と価値を再確認する。

第一章　九世紀末における日本漢詩の和歌的表現の生成
―時代相を背景にして―

はじめに

　奈良時代の『懐風藻』と勅撰三集を代表とする漢風賛美時代の日本漢詩は、中国詩の題材や表現を殆どそのまま踏襲したもので、中国詩に先例がない用例は稀である。『懐風藻』(751年)は日本最初の漢詩集であり、まだ中国詩を模倣することに主眼がおかれていた段階にある。その最たる例は、紀末茂の「臨水観魚」である。

　　　結宇南林側、垂釣北池潯。
　　　人来戯鳥没、船渡緑萍沈。
　　　苔揺識魚在、繽尽覚潭深。
　　　空嗟芳餌下、独見有貪心。

（『懐風藻』25・紀末茂・五言、臨水観魚）

当詩は陳の張正見(569～582年)の「釣竿篇」(『初学記』〈巻二二・漁〉所収)「結宇長江側、垂釣広川潯。竹竿横翡翠、桂髄擲黄金。人来水鳥没、楫渡岸花沈。蓮揺見魚近、綸尽覚潭深。渭水終須卜、滄浪徒自吟。空嗟芳餌下、独見有貪心」を模したものである①。「長江側→南林側」「広川潯→北池潯」「水鳥→戯鳥」「蓮揺→苔揺」とあるように、張詩の一部の語句を置き換えることで詩を作成している。

　九世紀初頭、文章経国理念に基づく『凌雲集』『文華秀麗集』『経国集』の勅撰三集が次々と編纂されて、日本は漢詩文の全盛期を迎える。勅撰三集の漢詩は異国趣味が濃い。その典型的な一例を取り上げてみたい。

　　　自言楚国名倡族、家是宮東宋玉隣。…

---

① 小島憲之『上代日本文学と中国文学（下）』塙書房、1986年1月六版発行、1260頁。初版は1965年3月。

奈何征人大無意、一別十年音信賒。
　　桑下受金君豈咎、機中織錦詎能嘉。…
　　願君莫学班定遠、慊々徒老白雲端。

　　　　　　　　（『文華秀麗集』艶情・51・菅原清公・奉和春閨怨）

　当詩は菅原清公が嵯峨天皇の「春閨怨」に唱和した詩で、六朝以来の詩題「春閨怨」をそのまま用いている。主人公は楚の国の有名な芸人の一族出身の、出征した夫の帰りを待ち続けている女である。春のわびしい風景を描写しながら、「宋玉の隣」「秋胡婦」「竇滔妻の廻文詩」「班超」等多様な典拠を駆使して、一つの美しい空想の表現世界を作り上げている①。当詩が典型的に示すように、勅撰三集所収の閨怨詩はほぼ中国詩をまねたもので、その表現には作者の個性を殆ど見出すことができない②。

　九世紀後半以後、日本漢詩はいよいよ爛熟期を迎えるようになる。異国的空間をかたどる勅撰三集と違って、白居易の「閑適詩」に端的に示されている日常性・自照性に学んで、より内発的な感興を重んじる詩作が試みられるのである③。そして、国風意識の高まりに伴って、日本漢詩の和歌化も現れはじめた。寛平六年（894）九月に菅原道真は「請令公卿議定遣唐使進止状」（『菅家文草』巻九・601）を奉上し、その建議により遣唐使の派遣が停止された。遣唐使の派遣は、もとより唐を中心とする東アジアの国際情勢の情報入手と、先進的な唐文化の摂取が目的であった。九世紀末、嘗て巨大な権威的存在であった唐王朝が衰退し瓦解すると、遣唐使の派遣も昔のような意義を失ってしまう。その廃止による中国との公的国交関係の中断は、より一層日本独特の政治と文化の形成を促進させることとなる。昌泰三年（900）、醍醐天皇御製の「見右丞相献家集」（『菅家後集』469〈附〉）に「更有菅家勝白樣、従茲抛却匣塵深（更に菅家の白樣に勝れることあり、茲れより抛ち却てて匣の塵こそ深からめ）」という詩句が見え、菅原家の詩文は白居易のそれより優れていると醍醐天皇が褒めている。これは菅原道真の家集献上を受ける際の応酬とも考えられるが、少なくとも『白氏文集』と比肩できる日本の漢詩文であるという自負が読み取れよう。周知のように、白居易の漢詩がなかったら

---

① 小島憲之『古今集以前』第二章「漢風讃美時代」塙選書、1976年2月、127頁。
② 本章の第三節で詳述するが、『懐風藻』と勅撰三集にはいくつかの桜花詩があるが、その表現や発想は中国詩に倣ったもので、日本の桜の特性を表現し得ていない。
③ 藤原克己『菅原道真と平安朝漢文学』Ⅱの2「文章経国思想から詩言志へ—勅撰三集と菅原道真—」東京大学出版会、2001年、127頁。

道真の漢詩も生まれてこなかったといってもいいほど、菅原道真の漢詩は白居易に大きな影響を受けている。にもかかわらず、王朝人は中国の高度に発達した先進文化への畏敬崇拝から覚醒し、日本文化が中国文化と同等またはそれ以上の価値を持っていると主張しはじめた。そうした時代の風潮の下に、宮廷文学は一段と和様化への歩みを早め、日本漢詩における和歌的表現がこの時期に現れてきたのである。

九世紀後半の日本漢詩と和歌との類似性についての研究は、三木雅博「『匂』字と『にほふ』—菅原道真と和語の漢字表記」(文学史研究、大阪市立大学国語国文学研究室23、1982年12月、『平安詩歌の展開と中国文学』和泉書院、1999年10月所収)「島田忠臣と在原業平—漢詩が和歌を意識し始めた頃」(『王朝文学の本質と変容　韻文編』和泉書院、2001年11月)、藤原克己「比喩と理智—菅原道真の詩」(『講座平安文学論究　第9輯』風間書房、1993年11月、『菅原道真と平安朝漢文学』東京大学出版会、2001年5月所収)、山本登朗「「家の風」—菅原道真の表現」礫190、2002年8月)、高兵兵「菅原道真の比喩表現と和歌—日中詩歌比較の視角から—」(和漢比較文学32、2004年2月)「菅原道真の〈贈物詩〉をめぐって」(中古文学78、2006年12月)などが挙げられる。日本漢詩の和歌化を問題とするときには、唐風文化から国風文化へと転換していくという文学史的動向のなかで捉えることが必要である。しかし、従来の研究は殆ど個別の表現の指摘にとどまっており、和歌的漢詩表現が国風文化の展開にもたらした意義が明らかにされてこなかった。また、和歌的漢詩表現の作られる場、表現の背後にある漢詩作者及び下命者の意識、時代の好尚についても、さらなる検証が必要である。

本章では、島田忠臣と菅原道真の紫藤詩・九月尽詩・瞿麦花詩・桜花詩を取り上げ、それが詠まれた場に注目して、和歌と漢詩の融合の具体的過程を考察し、時代の好尚を明らかにしたい。

第一節　藤原基経と紫藤詩

一　紫藤詩

島田忠臣(828〜892年)は菅原道真の父菅原是善の門人であるとともに、道真の岳父でもある。寛平元年(889)、太政大臣藤原基経の自邸で、小池のほ

とりに植えられた藤が初めて花をつけたのを祝う宴が催された。その時、島田忠臣は基経の命に応じて次の漢詩を作った。

    大相府東庭貯水成小池。小池種一紫藤。至
   於今春始發花房。酌於花下輙以賦之。応教。
 重華累葉種相依、重華累葉　種は相依る
 池上新開映晩暉。池の上に新しく開き　晩暉に映ず
 料量紫茸花下尽、料量す　紫茸　花の下に尽くるも
 家香更作国香飛。家香は更に国香と作りて飛ばむ

 一種垂藤数尺斜、一種の垂藤　数尺斜めなり
 雖新雖旧是同家。新と雖も旧と雖も　是れ同家
 久来用意依芳蔭、久来　意を用ゐて芳蔭に依る
 不向人間趁百花。人間に向かひて百花を趁はず

             （『田氏家集』131）

『懐風藻』や勅撰三集の漢詩には藤の花を詠んだ詩は例を見ない[①]。『万葉集』には藤の和歌が 26 首あるが、藤の花の色を「むらさき」と表現する例が見えない[②]。日本詩歌で紫藤の花と詠んだのは上記の忠臣詩が嚆矢である。一首目の詩における「紫茸花下」は、

 惆悵春帰惜不得、紫藤花下漸黄昏。
      （『白氏文集』0631・三月三十日題慈恩寺）
 藤花浪払紫茸條、菰葉風翻緑剪刀。
          （『白氏文集』1007・湖上閑望）

---

① 島田忠臣以前の「藤」の日本漢詩としては、「嘯谷將孫語、攀藤共許親」（『懐風藻』紀男人・五言・扈従吉野宮）、「幽奇岩嶂吐泉水、老大杉松離旧藤」（『文華秀麗集』梵門・73・嵯峨天皇・過梵釈寺）の二例があるが、いずれも藤の花ではなく藤蔓を詠んだものである。

② 安田徳子「藤詠考―古今集歌人の詠歌基盤―」和漢比較文学叢書第十一巻『古今集と漢文学』汲古書院、1992 年 9 月。中国詩では、「紫藤払花樹、黄鳥間青枝」（『玉台新詠』巻十・有所思）、「紫藤掛雲木、花蔓宜陽春」（『全唐詩』盛唐・李白・紫藤樹）、「野衣裁薜葉、山酒酌藤花」（『全唐詩』初唐・駱賓王・夏日遊德州贈高四）、「藤花欲暗蔵猱子、柏葉初斉養麝香」（『全唐詩』盛唐・王維・戯題輞川別業）のように、「紫藤」「藤花」を詠んだ詩は多く見られるが、栄華の象徴としての「藤花」の例は殆ど見出せない。なお、島田とよ子氏は「明石中宮と藤の花―『木高き木より咲きかかりて―』」（『源氏物語の探究　第十輯』源氏物語研究会編、風間書房、1985 年 10 月、134～136 頁）において、中国詩における「藤」は、軟弱、樹木に絡みつくとその木を枯らすというイメージがあると指摘する。

第一章　九世紀末における日本漢詩の和歌的表現の生成

といった白居易の詩に拠ったものである。また、白居易の「紫藤花下漸く黄昏なり」に詠まれた紫藤花の垂れ下がっている下に夕べの影が濃くなるという情景は、忠臣詩の「池の上に新しく開き晩暉に映ず」に通じるところがある。『田氏家集』の「坐吟臥詠甑詩媒、除却白家餘不能（坐しては吟じ臥しては詠じ詩媒を甑ぶ、白家を除却けば餘はあたはず）」（127・吟白舍人詩）から、島田忠臣は白居易の漢詩表現を自らの詩作に積極的に利用していたことが分かる。紫藤花詩を作成するにあたっては、忠臣は白居易の紫藤花詩を参照した可能性が考えられよう①。

　島田忠臣が藤原基経主催の宴で藤の花の詩を詠んだことから、ここの「紫藤」は藤原氏の喩として用いられたことが容易に推察される。藤を藤原氏に喩えるのは日本独特の表現である。島田とよ子氏は『続日本紀』天平宝字二年二月二十七日条の「奇藤」が藤原仲麻呂を指すといい、それは藤と藤原氏を結びつけた最も古い例であると指摘する②。また、嘉祥二年（849）の仁明天皇の四十宝算賀においては、興福寺の大法師等が奉献した長歌「…磯上之緑松波百種乃葛爾別爾藤花開栄睿弖万世爾皇平鎮倍利（磯上の緑松は百種の葛に別に藤花開栄えて万世に皇を鎮へり）」（『続日本後紀』嘉祥二年三月廿六日条）にも、類似の用法が見られる。松を天皇家に見立てるだけでなく、松にまとわりついて栄えている藤を、皇室を守る藤原氏一門に重ねて表現しており、そこに藤原氏の繁栄祈願の要素が含まれている③。奈良の興福寺は藤氏の氏寺であり、大法師等は上京の際に良房邸に寓居していたことがある④。それゆえ、大法師等は良房の意に迎合して意図的に藤氏讃美の姿勢を採ったのであろう。忠臣詩の一首目の冒頭句「重華累葉種相依」は、

　雲之世族、承黄虞之苗緒、裔霊根之遺芳、用能枝播千條、頴振万葉、繁衍固於三代、饗祀存乎百世。

（『陸士龍集』西晋・陸雲・祖考頌序）

---

① 三木雅博氏は「島田忠臣と在原業平―漢詩が和歌を意識し始めた頃」（『王朝文学の本質と変容　韻文編』和泉書院、2001年11月、24頁）で、忠臣の紫藤花詩は部分的に白居易の詩に拠ったと指摘する。
② 前掲の島田とよ子氏の論、144〜145頁。『続日本紀』天平宝字二年二月二十七日条は「勅曰得大和国守従四位下大伴宿禰稲公等奏聞。部下城下郡大和神山生奇藤。…地即大和神山。藤此当今宰補。事已有効。更赤何疑」とある。
③ 新間一美氏は『源氏物語の構想と漢詩文』第一部「算賀の和歌と源氏物語―「山」と「水」の構図―」（和泉書院、2009年2月、62頁）において、この長歌と藤原氏との関係及びその背後にある良房の意志を指摘する。
④ 『続日本後紀』嘉祥二年三月廿六日条に「大法師等寓居右大臣家」と見える。

号位已絶於天下、沿猶枝葉相持、莫得居其虛位、海内無主、三十餘年。
　　　　　　　　　　　　　　　　　　　（『漢書』巻十四・諸侯王表）

という文学的伝統に沿ったものと思われる①。丸印をつけたところをみてみると、「千條・万葉」は一族の子孫が大いに繁栄していく様子をいい、「枝葉相持」は子孫がお互いに扶助し合う意を表す。忠臣はこれらの植物に関わる語句を「藤」と結びつけて、藤の花と葉が重なりあって一つの花房を形成している様を、藤原氏一族の結束に喩えている。二首目の承句「雖新雖旧是同家」は「重華累葉種相依」と同様な発想であり、世代が違っても藤原氏一門は互いに団結して氏の繁栄を支えているという意を表す。転句「久来用意依芳蔭」は藤原氏の庇護（蔭）をたよりにしてきたことを指す。だが、「藤原氏のお蔭」は忠臣の発案ではない。『伊勢物語』②百一段「藤の花」にはその先蹤を見ることができる③。

　　昔、左兵衛督なりける在原の行平といふありけり。その人の家によき酒ありと聞きて、上にありける左中弁藤原の良近といふをなむ、まらうどざねにて、その日はあるじまうけしたりける。なさけある人にて、瓶に花をさせり。その花の中に、あやしき藤の花ありけり。花のしなひ、三尺六寸ばかりなむありける。それを題にてよむ。よみはてがたに、あるじのはらからなる、あるじしたまふと聞きて来たりければ、とらへてよませける。もとより歌のことはしらざりければ、すまひけれど、しゐてよませければ、かくなむ。
　　　咲く花のしたに隠るる人を多みありしにまさる藤のかげかも
　「などかくしもよむ」といひければ、「おほきおとどの栄花の盛りにみまそがりて、藤氏のことに栄ゆるを思ひてよめる」となむいひける。みな人、そしらずなりにけり。

とある。在原行平の家で宴が開かれ、左中弁藤原良近は藤原氏ということで正客として招かれた。行平は風流を解する人で、花瓶に三尺六寸も垂れた藤

---

① 引用した資料はそれぞれ『四庫全書』（集部・別集類・陸士龍集・巻六）、『漢書』（中華書局、1962年9月）による。
② 『伊勢物語』は『竹取物語・伊勢物語』（新日本古典文学大系17、岩波書店、1997年1月）による。
③ 前掲の三木雅博氏の論（23頁）で、この忠臣詩は『伊勢物語』百一段の業平歌を強く意識して作られたものと指摘する。

の花房を差してあった。参会者が藤の花を題とした和歌を一巡り詠み終わる頃に、行平の兄弟（業平）が宴会していると聞いてやって来たので、つかまえて歌を詠ませた。咲く藤の花の下に隠れている人が多いので、以前よりも藤の花が一層素晴らしく見える、と藤花を藤原氏の栄華に擬して詠んだ和歌である①。

島田忠臣はこの業平歌を受け継いで、基経の庇護下にいる自分を詠み、藤原氏の繁栄を祝う。そして、中国より伝わってきた「蔭附・枝葉」から藤の花や花の香りへと連想し、「家香更作国香飛」と結ぶ。花が尽きたとしても「家香」が「国香」となって漂うであろう、の意である。忠臣が藤原の一族の香りが国を代表する香りになっていくと詠んだのは、摂関家の野心に迎合するためであろうと考えられる。二句目の結句「不向人間趁百花」はほかの花を探しはしないの意で、藤原氏への忠誠を表す。「秋日遊南都諸寺」（『田氏家集』74）の「恐謂剃頭無報国、且為長髪答恩私（恐らくは剃頭の謂に国に報ゆること無きを、且つは長髪の為に恩私に答へむ）」に「余多蒙大相国恩私。故云（余、大相国の恩私を蒙ること多し。故に云ふ）」と注していることから、忠臣と基経には主従関係があったことが分かる②。

忠臣の紫藤詩は白居易の紫藤詩の語句に拠りながら、藤を藤原氏に掛けて藤原氏の一門の繁栄を讃美する。そこには中国詩には見られない新たな表現の世界が広がっている。

二　摂関家の文宴における詩歌兼作

藤原基経は自分の邸第で、多くの文人を招き詩宴を頻繁に催している。滝川幸司氏がこれについて、

> 宮廷詩宴は、天皇を頂点とした場で、その秩序を詩文による称揚によって維持する機能があるのだが、同様に、基経邸文事も基経を頂点に置いた秩序を作り上げることになるであろう。…基経は、自らを主とし奉仕する官人達が参集する極めて政治的な場を作り上げようとしたということになろうか。

---

① 業平歌の真意については、「藤原氏を諷刺した」「藤原氏に媚を送る」など諸説に分かれる。なお、「藤蔭」は、中国詩に「藤蔭已可庇、落蕋還漫漫」（『全唐詩』中唐・韓愈・感春）と見える。
② 基経と忠臣との主従関係は滝川幸司氏の「藤原基経と詩人たち」（語文 84・85、2006 年 2 月）と「嶋田忠臣の位置」（中古文学 89、2012 年 6 月）に詳しい。

と指摘する①。基経邸で基経を中心に据えた共同連帯の場が構成されており、天皇を中心とした君臣唱和の世界を彷彿とさせている。

摂関制の進展につれて、身分制度がますます固定されて、官吏登用試験による立身出世がなかなか望み得ない。だが、和歌や漢詩の道に秀でていれば、天皇や権門の歓心を買い、昇進の道が開けるかもしれない。それゆえ、中下級貴族が得意分野をもって天皇や権門の庇護を求めて昇進を狙うのは一般的である。例えば、文屋康秀、業平、素性、敏行などの卑官は東宮（後の陽成天皇）の母である二条后の後宮に参集して和歌を献上していたのである。康秀や業平の陽成朝の昇進は、高子の恩命によるものとされている②。寛平四年（892）、小野美材は宇多天皇主催の詩宴で「臣有一事、非富非寿。家貧親老。庶不択官云爾（臣一事有り、富に非ず寿に非ず。家貧にして親老ゆ。庶くは官を択ばざらんこと」（『本朝文粋』巻八・224・七夕代牛女惜暁更応制）と、自分の不遇を述べて官職を要求している。また、『後撰集』には、紀友則が身の不遇を時平に訴える歌（巻十五・雑一・1078）が収められている。友則は四十過ぎまで無官であったが、寛平九年（897）正月に土佐掾に任じられると、在任わずか一年で少内記（正七位上）となったのである。この異例の抜擢は、権力者藤原時平の強力な推挙がなければなされなかったのである③。『古今集』撰者の一人である忠岑は延喜四年（904）頃、醍醐天皇の宣旨によって撰集した古歌集に添えて奉った歌（『古今集』巻十九・雑体・1003・古歌に加へて奉れる長歌）において、三十年の宮仕え後も沈淪する身を訴えている。これらの事例は、中下級貴族の官位への強い執着を端的に示している。和歌あるいは漢詩文の献上は、彼らの立身揚名のルートとなっている。これと同様に、忠臣は基経の恩沢を受けるため、基経邸の文宴で藤氏讃美の詩を献上して、自己の昇進を図っているのではなかろうか。

こうした和歌的漢詩が生み出されてくる背後には、摂関家と和歌との深い関係があると思われる。仁寿元年（851）三月十日、藤原良房（基経の父）の邸において仁明天皇追悼の法華会が催された。『文徳実録』（仁寿元年三月十日条）は当日の模様を、

---

① 前掲の滝川氏の「藤原基経と詩人たち」、34～35頁。
② 村瀬敏夫『古今集の基盤と周辺』第一章「平安初期の宮廷和歌」桜楓社、1971年10月、25～26頁。
③ 前掲の村瀬敏夫氏の著書、第三章「古今集前夜」、76～77頁。

第一章　九世紀末における日本漢詩の和歌的表現の生成

　　壬午。右大臣藤原良房於東都第。延屈智行名僧。奉為先皇。講法華経。
　　往年先皇有聞大臣家園桜甚美。戯許大臣。以明年之春有覩其花。俄而仙
　　駕化去。不遂遊賞。属春来花発。大臣恨曰。先皇所期之春。今日是也。
　　春来依期。仙去不帰。花是人非。不可堪悲。道俗会者莫不為之流涕。公
　　卿大夫或賦詩述懐。或和歌嘆逝。

と伝えている。末尾の「公卿大夫或いは詩を賦して懐いを述べ、或いは和歌もて逝くを嘆きき」は、唐風謳歌から和歌復権への転換を示すものとしてよく論じられている記事である[①]。恐らく藤原基経も自邸の文宴に歌人たちを招いたことがあるであろう[②]。

　また、前掲の仁明天皇の四十宝算賀で詠まれた長歌は『続日本後紀』（嘉祥二年三月廿六日条）に記載され、さらに次の論評が加えられる。

　　夫倭歌之体、比興為先。感動人情、最在茲矣。季世陵遅、斯道已墜。今至
　　僧中、頗存古語。可謂礼失則求之于野、故採而載之。

「比興」という表現法は中国文学の六義説に由来し、「季世陵遅、斯道已墜」と「礼失」はそれぞれ『詩経』大序の「至於王道衰、礼儀廃、政教失」、「礼失則求之于野、故採而載之」という中国の文化主義の王道政治論を下敷きにして、和歌の凋落を嘆きその復興を願っている[③]。漢詩の表現法と王道政治論が和歌に援用されたことには、和歌を漢詩と同質のもの、さらには漢詩以上のものに位置づけようという意図が反映されている。『続日本後紀』の最終編修者は藤原良房と春澄善縄である。この論評には藤原良房の意識が大いに働いており、摂関家の和歌寄りの姿勢が端的に窺える。貞観年間、藤原良房は、

　　染殿の后のおまへに花がめにさくらの花をささせ給へるを見てよ
　　める
　　年ふれば年齢は老いぬしかはあれど花をし見れば物思ひもなし
　　　　　　　　　　　　　　（『古今集』巻一・春上・52・藤原良房）

[①] 後藤昭雄「王朝の漢詩」『日本文学講座9　詩歌Ⅰ（古典編）』大修館、1988年11月、195頁。
[②] 貞観十七年(875)、在原業平は基経の四十の賀で和歌を献上した（『古今集』巻七・賀歌・349・堀河の大臣の四十の賀、九条の家にてしける時によめる）。
[③] 山口博『王朝歌壇の研究　桓武・仁明・光孝朝篇』第五章「四十宝参賀興福寺大法師長歌」桜楓社、1982年2月、375～381頁。

と咲き誇る桜花を娘の明子（染殿の后）に喩えて、栄華を極めた喜びの気持ちを詠み込んでいる。そこには良房個人の和歌愛好が反映している。明子所生の惟仁親王の即位（清和天皇）とともに、良房は人臣最初の摂政となった。藤原氏の覇権確立の上で、明子は不可欠の役割を担ったのである。そのために後宮という女性世界が政治的にも文化的にも重要な場となった。良房は自家の運命を託して出仕させた子女の周辺の人間関係を強く結び付けさせようとする。和歌はそうした交流連帯のための社交の具としての一面を強くしていくことになる①。そして、『三代実録』「貞観九年三月壬子、天皇曲宴皇太后於常寧殿」「貞観十四年秋七月廿九日丁丑、是日皇太后（明子）幸染殿宮」とあるように、良房と明子の周辺（明子の常寧殿か良房の染殿第）では、後宮中心の女性のための遊宴（和歌）がしばしば行われていたらしい②。こうした後宮を中心とし、和歌を媒介とした文芸活動の隆盛の一因は、摂関体制によって支えられているところにあるのである。

さらに、元慶六年（882）に行われた「日本紀竟宴和歌」は藤原基経の発案とされている③。『西宮記』（臨時七・講日本紀博士例）に「件年、式部卿親王・太政大臣等、皆被出和歌也、自餘躰骸是可知、書哥躰、用仮名字云々」④とあるように、親王以下、五位以上の廷臣が参集し、和歌は公的な場に詠まれるようになった⑤。竟宴和歌では、「日本紀中聖徳帝王有名諸臣」を歌題として四十首に近い和歌が詠まれ、和琴に合わせて朗詠されたのである。以前の弘仁講書、承和講書では、竟宴の席上で漢詩を賦することが慣例であったが、元慶講書後の竟宴では、初めて詩でなく和歌が詠まれたのである⑥。太政大臣の基経も竟宴に参加し、和歌を詠んでいた。この初例の竟宴和歌は基経の和歌への意識を反映したものである。上の分析により、和歌が宮中で漢詩に肩を並べていく過程における摂関家の役割が大きいことが明らかとなった。

---

① 鈴木日出男「古今集とその周辺」国文学：解釈と教材の研究 26-12、1981 年 9 月、59 頁。
② 橋本不美男『延喜・天暦期の後宮文壇』国文学：解釈と教材の研究 12-1、1967 年 1 月、26 頁。
③ 橋本不美男『王朝和歌史の研究』第一章第二節「日本紀竟宴和歌」笠間書院、1972 年 1 月。
④ 源高明著、土田直鎮・所功校注『西宮記』神道大系　朝儀祭祀編 2、精興社、1993 年 6 月。
⑤ 「公的な場での和歌」とは男女間の私的贈答と区別する晴れの場での詠作である。嘉祥二年（849）の仁明天皇の四十宝算賀の長歌奉献、仁寿元年（851）に右大臣藤原良房邸に行われた仁明天皇追善の法華会で和歌の詠作、光孝朝における紫宸殿歌会等公的な場において、和歌が登場してきた。
⑥ 嵯峨朝における「史記竟宴、賦得大史自序伝」（『凌雲集』44・賀陽豊年）「史記竟宴、賦得張子房」（『文華秀麗集』詠史・42・嵯峨天皇）、清和朝における「史記竟宴、詠史、得司馬相如」（『菅家文草』34）「漢書竟宴、詠史、得司馬遷」（『菅家文草』63）陽成朝における「後漢書竟宴、各詠史、得光武」（『菅家文草』91）のように、中国の史書の講書の終了後、諸臣に関連ある詠史詩を作らせる竟宴が行われるのが伝統であった。

第一章　九世紀末における日本漢詩の和歌的表現の生成

　藤原基経は近習の文人を召集して、宮廷の文宴と比肩できる場として自邸の文事を高く位置づける。漢詩にせよ、和歌にせよ、いずれも摂関家の邸の文宴の隆盛ぶりを演出するための不可欠な道具である。権門の庇護を求める詩人たちは、基経の和歌好尚に追従し、藤原氏讚美の和歌的詩賦を献上している。言い換えれば、基経邸の風流文事が日本漢詩の和様化の一つの重要な契機である。

　寛平七年（895）、菅原道真は次の紫藤詩を詠進した。

　　　高閣藤花次第開、高閣の藤の花は　次第に開く
　　　疑看紫綬向風廻。疑ひて看る　紫綬の風に向ひて廻れるかと
　　　栄華得地長応賞、栄ゆる華は地を得て　長く賞すべし
　　　不放遊人任折来。遊人の任に折来りなむことを放さず

　　　　　　　　　　　　　　　　　　　　　　（『菅家文草』395・紫藤）

「七年暮春二十六日、予侍東宮、有令曰、聞大唐有一日応百首之詩。今試汝以一時応十首之作。即賜十事題目、限七言絶句。予採筆成之、二刻成畢」との詩序から、この紫藤詩は東宮（後の醍醐天皇）の命を承けて作られたことが分かる。東宮は唐の一日百首の詩を意識して、道真に一時十首の詩を詠ませたのである①。唐土の速詠に負けないで試みてみようという自負が東宮の中に存在したことは確かであろう。一方、道真の二十首の作には『李嶠百詠』と白居易の詩の投影があるが、紫藤の花に藤原氏の栄華を重ねて和風的詠物詩を仕上げていく②。前二句は、身分の高い人の邸で藤の花が次第に咲き、まるで貴人の帯びる「紫綬」のように風になびく、という意である。島田とよ子氏は当詩に描かれた咲き誇る藤の花は「時平が父基経の威光を浴びて政界に頭角をあらわしてゆく姿」③を表すと指摘する。また、転句における藤の花がところを得て咲き誇る姿は、藤原一族の栄華の絶頂を思わせる④。このよう

---

① 『菅家聖廟歴伝』（桑原梅性、1702年）に「菅子侍東宮、皇太子有令曰、寡人曾聞、異朝李嶠、有一日応百首之詩」とある。
② 川口久雄氏は『菅家文草・菅家後集』（日本古典文学大系72、岩波書店、1966年10月、711頁）の補注で、道真の一連の作の詩題は『李嶠百詠』と『白氏文集』の題と重なりあうものが多いと指摘する。
③ 島田とよ子「明石中宮と藤の花―『木高き木より咲きかかりて―』」（『源氏物語の探究　第十輯』源氏物語研究会編、風間書房、1985年10月、146頁）。
④ 川口久雄氏は『菅家文草・菅家後集』（日本古典文学大系72、岩波書店、1966年10月、416頁）の頭注で、結句は「藤原氏を意識していることは疑えない」と指摘する。

に島田忠臣の「紫藤―藤原氏」の比喩表現は道真に受け継がれることとなる。

『古今集』編纂の直前にあたる延喜二年（902）、藤原時平は同母妹穏子の入内一周年を期して、穏子の正妃に準じる身位を確実にするために、飛香舎（藤壺とも呼ばれる）で藤花宴を催した①。天皇と公卿の出席を見るので、「後宮の文学であった和歌が公的文学の待遇を得た宴」②と指摘されている。この藤花宴で作られたとされる和歌を挙げてみたい。

　　　　延喜御時、藤壺の藤の花宴せさせ給けるに、殿上のをのこどもうたつかうまつりけるに
　　　藤の花宮の内にはむらさきのくもかとのみぞあやまたれける
　　　　　　　　（『拾遺集』巻十六・雑春・1068・皇太后権大夫国章）
　　　　延喜御時飛香舎藤宴によめる
　　　藤の花かぜをさまれるむらさきのくもたちさらぬところとぞ見る
　　　　　　　　　　　　　　（『新千載集』巻二・春下・179・敏行）

「紫色の瑞雲―藤壺に咲いた藤の花」③の比喩表現には、入内した穏子がまもなく中宮になるだろうという祝意が込められている④。前掲の業平歌と異なり、藤の花の色が「むらさき」と表現されている。こうして、島田忠臣によって創出した「紫藤―藤原氏」の比喩表現は和歌に取り込まれるようになる。

---

① 村瀬敏夫『紀貫之伝の研究』第二章（2）「飛香舎藤花宴」桜楓社、1981年11月、136頁。
② 山口博『王朝歌壇の研究　宇多・醍醐・朱雀朝篇』第四章「古今集の形成」桜楓社、1982年12月再版、344頁。初版は1973年11月。
③ 「紫の雲」は『芸文類聚』（巻一・天部上・雲）「宣帝祠甘泉、紫雲従西北来、散於殿前、事具祥瑞部」とあるように、仏菩薩や天人が乗って現れた紫色のめでたい雲である。転じて皇后の異称となる。
④ 長保元年（999）十一月一日に、藤原道長の娘彰子が一条天皇の元に入内した。その際に、入内の調度とした屏風に、「紫の雲とぞ見ゆる藤の花いかなる宿のしるしなるらむ」（『拾遺集』巻十六・雑春・1069・藤原公任・左大臣むすめの中宮の料に、調し侍ける屏風に）という歌が書かれた。紫の雲のように見える藤の花は彰子を暗示する。

第二節　宇多天皇と「九月尽」詩

一　宇多朝の文壇における漢詩と和歌

　宇多天皇（867～931年）は即位後間もなく、藤原基経を関白に任じる詔書を下した。詔の中に「阿衡」という言葉があった。中国では「阿衡」は実権がない官職で、この詔書の真意は基経を政治から遠ざけようとするものだと非議する者が現れた①。怒った基経は太政大臣の官も摂政の職も固辞し、出仕を拒否した。一年の長さに及ぶ「阿衡紛議」は天皇の改詔、詔を起草した橘広相の左遷、基経の娘の温子の宇多天皇女御としての入内によってようやく幕を下ろした②。『寛平御日記』に「朕遂不得志、枉随大臣請。濁世之事如是、可為長大息也」③とみえるように、宇多天皇は関白基経からの重圧を苦しく感じていたのである。宇多天皇が即位後も天皇が住むべき内裏に入らず東宮に住んでいたことも、基経への憚りを端的に物語っている。寛平三年（891）正月藤原基経が没した。当時、基経の長子時平はまだ二十一歳の若年で、藤原氏に有力者がいない。摂関家と天皇との間の政治的緊張が一時的に緩和され、宇多天皇体制の復権、いわゆる「寛平の治」が実質的に始まったのである。

　政治的自由を得た宇多天皇は、政治を主導しようという意欲に燃えていた。「阿衡紛議」をきっかけに、宇多天皇は皇権の強化の必要性を痛感した。この事件で基経に忌憚なく諫言した菅原道真は宇多天皇の信任を得て、寛平二年（890）任地讃岐から上京し、中央政界に復権してから目覚しい昇進の道

---

① 橘広相が天皇にかわって起草した勅答に「宜以阿衡任為卿之任」との一文があった。「阿衡」とは、中国の殷代の賢臣伊尹が任じられた官であり、天子を補佐する重要な官職である。しかし、基経は、「阿衡」が掌る職の特に定まっていない一種の名誉職であると主張する文章博士、基経の家司でもある藤原佐世の解釈を理由に、一切の政務を放棄してしまった。
② 基経の狙いについて、所功氏は「寛平の治の再検討―寛平前後の公卿人事を中心として―」（皇学館大学紀要5、1967年1月、115頁）において、「この事件によって、おそらく基経が意図したごとくに、宇多天皇は親政への布石を阻止され、橘広相も外戚家の文人貴族としての戚望も失墜せしめられ、当時の諸公卿・学者達は、関白基経の権勢の恐るべきことを強く再認識したことであろう」と論じている。寛平初年の政治情勢については、本書は氏の論考に負うところが大きい。
③ 『歴代宸記』「宇多天皇御記」臨川書店、1965年8月。

を歩み始めた①。基経没後の僅か一箇月後、道真は側近の蔵人頭に抜擢された。さらに四月立太子（敦仁親王）のとき、道真だけが議に加わっていたことからみれば、宇多天皇は道真をかなり重視しているのが分かる②。ほかに、宇多天皇は源能有、平季長、藤原保則（藤原南家の出身だが、傍流に属する）など藤原北家嫡流から離れた人々を登用し、基経没後の政界を再編していた。蔵人所の拡充は、天皇が自身に直属する有能な臣下を蓄えることを意味している。検非違使庁の権限拡充等も、天皇直属機関を強化するためになされたのである。即ち、宇多朝の文壇は宇多天皇の親政、藤原氏の勢力の相対的衰退を背景にして成立したものといえる。

　宇多朝は主に唐風化政策が採られて、漢風讃美時代以来の唐風化との連続面がある。宇多天皇がよく道真に「承和の故事」を語ったり③、即位の翌年宮中の障子に弘仁以後の詩人を描かせたりしたのは、嵯峨朝の文運隆盛を今に現出させたいがためである。仁明、嵯峨朝は天皇親政の時代であり、文章経国主義を標榜し、宮廷中心の文化主義を開いた時代でもあった。宇多天皇は天皇親政の古代律令国家への思慕があり、『凌雲集』『経国集』以来の政教主義的詩賦尊重の伝統を、自らの政治戦略に利用したと言える。

　晴の場では漢詩を主とした宇多朝では、和歌が内裏・後宮・権門を中核とする公私の社交の場で盛んに詠まれている。宇多天皇自身も多くの和歌を残し、豊かな和歌の才能を有した人物といえる。宇多朝の和歌を隆盛に導いた二つの原因として、歌合と屏風歌の流行をあげることができる。現存資料による限り、最古の歌合は仁和年間（885～887）に催されたと考えられる在民部卿家歌合である。宇多天皇の即位とともに、歌合は宮廷における文雅の行事として次第に盛んになっていく。宇多天皇在位期間においては、内裏菊合・是貞親王家歌合・寛平御時后宮歌合・後宮胤子歌合・東宮御息所温子小箱合等の歌合が頻繁に催され、譲位後にも亭子院女郎花合・宇多院物名歌合等が開かれる④。『新撰万葉集』序文における「当今、寛平聖主万機餘暇、挙宮、而方有事合歌」は、本集の母胎となった寛平御時后宮歌合の様子を描写したものである。「是貞親王家歌合」と「寛平御時后宮歌合」は、名目的な主催者が宇多天皇の母后と実兄であったとしても、その背後には宇多天皇の国風

---

① 道真は「奉昭宣公書」という書簡を基経に呈して、阿衡紛議の弊害を説いた。
② 『群書類従』第二十七輯・雑部「寛平御遺誡」続群書類従完成会、1931年4月。
③ 弥永貞三「古代氏族の没落」『体系日本史叢書　政治史1』山川出版社、1965年2月、113頁。
④ 萩谷朴『平安朝歌合大成　一』五「皇太夫人班子女王歌合」赤堤居私家版、1957年1月、29～30頁。

振興という企図に基づく支持が働いていたのである①。この二つの歌合の出詠者は殆ど撰者時代の歌人であり、歌合歌の多くが『古今集』に入集される。こうした歌合の流行の一方、大和絵屛風の画賛としての屛風歌が大量に製作されている。家永三郎氏の『上代倭絵年表』②によれば、現在判明している限りの屛風歌の初出は、文徳天皇の時代の「女房侍間屛風絵」に詠まれたものであり、作者は天皇の更衣三条町で、屛風は女房の詰所としての清涼殿の台盤所に飾られていたものである③。第二番目の屛風歌としては、二条后高子の東宮御息所時代に素性が献上した「藤原高子御屛風」歌である④。いずれも後宮と深く関わって成立したものである。宇多朝において、屛風に和歌を詠み添える趣向は急速な盛行を遂げるに至る。

　そのほか、宇多朝で御幸、御遊等に伴う詩歌の文宴も数多く催されている。寛平八年（896）閏正月六日雲林院行幸、昌泰元年（898）秋雲林院御幸、昌泰元年（898）十月宮滝御幸、延喜五年（905）正月二十九日嵯峨院子日御遊等においては、詩歌同題・詩歌兼作の文宴が行われる。その中の昌泰元年秋の雲林院御幸では、『菅家文草』（450）に「和由律師献桃源仙杖之歌、于時上皇幸雲林院」と記すように、由性の和歌に菅原道真が詩で唱和するという方法がとられたのである。この詩歌唱和の形は、「和歌に詩を以って和同するというかたちの詩歌交渉のあったこと」⑤を物語っている。そして、宮滝御幸は昌泰元年（898）十月二十一日から十一月一日にかけて行われ、譲位後二年目の宇多上皇は文雅の侍臣とともに旅中の和歌詠作を楽しんでいたのである。その巡幸中の二十三日から、宇多上皇の命により素性法師も参加した。夕方になると、素性は「此夕可致宿於何処」と問いかけると、菅原道真は「不定前途何処宿、白雲紅葉旅人家」と詠んで答えた。漢詩だけでなく、道真は「このたびは幣もとりあへず手向山紅葉の錦神のまにまに」（『古今集』巻九・羇

---

① 高野平氏は「新撰万葉集をめぐって―四項目の疑点解明」（文学論藻58、東洋大学、1983年12月、21頁）で、主催者が女御藤原温子を指すと指摘するが、宇多天皇の母后班子女王という説が有力である。
② 家永三郎『上代倭絵年表』名著刊行会、1998年1月改訂重版。初版は1942年2月座右宝刊行会より出版された。
③ 三条町の屛風歌は「思ひせく心の内の滝なれや落つとは見れど音の聞こえぬ」（『古今集』巻十七・雑上・930・田村の御時に、女房のさぶらひにて御屛風のゑ覧じけるに、滝落ちたりける所おもしろし、これを題にてうたよめ、とさぶらふ人に仰せられければよめる）とある。
④ 「もみぢばのながれてとまるみなとには紅深き浪や立つらむ」（『古今集』巻五・秋下・293・素性・二条の后の春宮のみやす所と申しける時に、御屛風にたつた河にもみぢながれたるかたをかけりけるを題にてよめる）とある。
⑤ 後藤昭雄「古今集時代の詩と歌」国語と国文学 60-5、1983年5月、42頁。

旅・420) の一連の和歌を作り上げていた。延喜五年 (905) 嵯峨院の子日の御遊において、

　　或書云、寛平法皇幸嵯峨院大覚寺、菅根序云、于時左丞相藤公談前宮往行、兵部尚書奏糸竹管絃、権律師由性献風流艶藻、左尚書発昭奏瓊章玉韵、是皆当時之衆、各尽其能也云々。

　　　　　　　　　　　　　　　　　　　　（『古今和歌集目録』素性伝記の項①）

と記すように、由性法師の「風流艶藻」と紀長谷雄 (左尚書) の「瓊章玉韵」は対等の取り扱いを受けている。つまり、宇多天皇主催の詩歌兼作の文宴や御幸は、和歌と漢詩との交流に有利な条件を提供して、和歌的漢詩表現の生成に深く寄与しているのである。

『千里集』序には「参議朝臣伝勅曰、古今和歌、多少献上」とあり、『古今集』をはじめとする勅撰集・私家集の詞書に「寛平の御時古き歌奉れと仰せられければ」とあることから、宇多天皇は和歌に熱心で、臣下に和歌を奉らせて古歌の蒐集を広く行っていたことが分かる。古代中国では、歌謡採集は国を収める手段の一つである。

　　天子五年一巡守。観諸侯、命大師陳詩、以観民風。
　　　　　　　　　　　　　　　　　　　　　　　　　（『礼記』王制）
　　古有採詩之官、王者所以観民俗、知得失、自考正也。
　　　　　　　　　　　　　　　　　　　　　　　　　（『漢書』芸文志）

中国の周王室では、民間の習俗を知って政治の得失を知るために「採詩の官」を設置し、採集した歌謡をもとに政治のあり方を正したと伝えられる。孔子以来、文化主義の王道政治論において、詩書礼楽は最も重要な政策である。

　　是故治世之音安以樂、其政和。乱世之音怨以怒、其政乖。亡国之音哀以思、其民困。声音之道、与政通矣。
　　　　　　　　　　　　　　　　　　　　　　　　　（『礼記』楽記）
　　王沢流而詩作、成功臻而頌興。…古者聖帝明王、功成治定而頌声興。
　　　　　（『芸文類聚』巻五六・雑文部・賦・晋・摯虞・文章流別論）

---

① 「古今和歌集目録」は片桐洋一『古今和歌集全評釈 (下)』(講談社、1998年2月) の付録による。

第一章　九世紀末における日本漢詩の和歌的表現の生成

正雅な音楽（詩）が美しく歌唱されるのは、天下太平の治世のめでたさの証であり、天子が功績を立て世が太平になると、その徳や功績を褒め称える声（詩）が沸き起こる。言い換えれば、宮廷文化の発達は、一般に安定によって生まれた精神的余裕の表現と考えられ、詩歌の興盛は天子の偉大な治世を証している。中唐白居易はこうした伝統的な儒家の文芸理論書に認められる考え方を継承して、

　洎周衰秦興、採詩官廃、上不以詩補察時政、下不以歌洩導人情。用至於諂成之風動、救失之道缺。於時六義始刓矣。

（『白氏文集』1486・与元九書）

と述べる。歌謡採集と政道とを関わらせようとする姿勢は、いち早く平安初期の『経国集』（827年）の序文に現れる。

　古有採詩官、王者以知得失。故文章者、所以宣上下之象、人倫之叙、窮理尽性、以究万物之宜者也。

といった文は、前掲『漢書』の「古有採詩之官」と『芸文類聚』所収の摯虞「文章流別論」の「文章者、所以宣上下之象、明人倫之叙、窮理尽性、以究万物之宜者也」を引用して、漢詩文製作を政治に連なるものとして重要視している。序文が政教的であるからこそ、『経国集』の勅撰が可能となる。こうした政教的文学観を根拠に、宇多朝では御幸や文宴などが君臣和楽を具現する場として頻りに催され、文運の隆盛が実現されている。だが、宇多天皇が臣下に命じて献上させたのは和歌である点は特に注意に値する。「献和歌」は中国の政教主義文学観の「献詩」を和歌に置き換えたものであるが、政教主義を基盤とする点は変わらない。ちなみに、後の『古今集』真名序における「陛下御宇、於今九載。仁流秋津洲之外、恵茂筑波山之陰。淵変為瀬之声、寂々閉口、砂長為巌之頌、洋々満耳。思継既絶之風、欲興久廃之道」とあるように、帝の治世のめでたさを根拠に勅撰和歌集の編纂が行われる[1]。「洋々満耳」はそもそも『論語』で周王朝の正雅な音楽が歌われる様を形容する語であるが、ここでは醍醐天皇の聖代に和歌が繁栄する様に転用されるようになる[2]。

---

[1]　渡辺秀夫「和漢比較のなかの古今集両序―和歌勅撰の思想」国語国文 69-11、2000年11月、5〜10頁。
[2]　『論語』泰伯篇に「子曰、師摯之始、関雎之乱、洋洋乎盈耳哉」と見える。

なお、宇多天皇は嵯峨天皇によって整備された元日四方拝など唐風の礼儀のみならず、桃花節など民間の行事も宮中の歳事として取り入れて、朝儀を整えている（『年中行事秘抄』①）。固有的・土着的なものも重視したために、宇多朝では和漢混淆の宮廷文学が花開いたのである。要するに、宇多朝の奢侈的遊宴は享楽主義と批判されたが、実際には文章経国思想に支えられた王権強化の営為とみなすことができる。宮廷文化の振興にとって、「和」と「漢」はともに欠くことができないと考えられたのである。

二　宇多天皇の推進による「九月尽」詩の宮廷化

　次に、九月尽日の宴及びそこに詠まれた詩文に焦点を当てて、宇多天皇の役割を考えてみたい。九月尽日の宴は菅原道真自家の詩宴として元慶七年（883）に創始された。そもそも「九月尽」は白居易の「三月尽」に由来するものである。

　　慈恩春色今朝尽、尽日徘徊倚寺門。
　　惆悵春帰留不得、紫藤花下漸黄昏。
　　　　　（『白氏文集』0631・三月三十日題慈恩寺・〈『千載佳句』送春〉
　　　　　　　　　　　　　　　　　　　〈『和漢朗詠集』三月尽〉所収）
　　悵望慈恩三月尽、紫藤花落鳥関関。
　　　　　（『白氏文集』0990・酬元八員外三月三十日慈恩寺相憶見寄・
　　　　　　　〈『千載佳句』送春〉〈『和漢朗詠集』藤〉所収）
　　留春春不住、春帰人寂寞。
　　　　　（『白氏文集』2240・落花・〈『和漢朗詠集』三月尽〉所収）

平岡武夫氏は「三月尽」は唐代の代表的詩人が殆ど用いていない白居易独特のものと指摘する②。白居易の「三月尽」は島田忠臣や菅原道真に摂取され、『千里集』で白居易の三月尽詩を題にした和歌が作られ、やがて古今集歌にまで影響が及んでいる③。

---

① 『群書類従』第六輯・律令部公事部、続群書類従完成会、1932年11月。
② 平岡武夫「三月尽―白氏歳時記」日本大学人文科学研究所研究紀義18、1976年3月。
③ 小島憲之「四季語を通して―『尽日』の誕生」国語国文46-1、1977年1月。

上寿難逢重少日、遅春不見再中光。
　　　　　　　　　　　　（『田氏家集』31・三月晦日送春感題）
　　　計四年春残日四、逢三月尽客居三。
　　　　　　　　　　　　（『菅家文草』251・四年三月廿六日作、到任之三年也）
　　　惆悵春帰留不得
　　　嘆きつつ過ぎゆく春を惜しめどもあまつ空からふりすててゆく
　　　　　　　　　　　　　　　　　　　　　　　　（『千里集』20）
　　　弥生のつごもりの日、花摘みより帰りける女どもを見てよめる
　　　とどむべきものとはなしにはかなくも散る花ごとにたぐふ心か
　　　　　　　　　　　　　　　（『古今集』巻二・春下・132・躬恒）
　　　亭子院の歌合の春のはての歌
　　　けふのみと春をおもはぬ時だにも立つことやすき花のかげかは
　　　　　　　　　　　　　　　（『古今集』巻二・春下・134・躬恒）

一方、白居易の「三月尽」に触発され、秋の終わりに惜秋の情を詠む「九月尽」の詩と「長月のつごもり」の歌が生まれた。
　そもそも中国文学において「九月尽」は文学素材として扱われることが殆どなかったのである。元慶七年（883）、九月尽日の宴は菅原道真の私塾である菅家廊下で始まった（『菅家文草』126・同諸才子、九月卅日、白菊叢辺命飲）。『日本紀略』に「寛平二年閏九月廿九日壬午、有密宴、題云、閏九月尽、燈下即事詩」と記すように、寛平二年（890）、菅原道真の創始した九月尽日の宴が宮廷に採り入れられた[①]。菅家廊下の詩宴から宮廷行事へと上昇することができたことには、宴の主催者である宇多天皇が大きな役割を果たしていたに違いない[②]。

　　　年有三秋、有九月。九月之有此閏、閏亦尽於今宵矣。夫得而易失者

[①] 本書では、宮廷周辺の行平邸、基経邸、菅家廊下で私的に催される宴と区別して、天皇・東宮（皇太子）主催の宮中の詩宴を「宮廷詩宴」と称する。また、滝川幸司氏は『天皇と文壇―平安前期の公的文学』（和泉書院、2007年2月、17頁）において、「宮廷詩宴には、「公宴」と「臨時の密宴」の二種類がある。…内宴・重陽宴を始めとする公事としての詩宴を〈公宴〉と呼び、それ以外の「臨時の密宴」を〈密宴〉と呼び、分けて捉えることとする。〈公宴〉は、文芸作品作成に重点があるのではなく、政事の一環としてあるのである。…〈密宴〉は天皇の私的興味によって開かれる」と述べる。「公宴」「密宴」の使い分けについては、本書は氏の見解に従いたい。
[②] 北山円正「菅原道真と九月尽日の宴」『菅原道真論集』勉誠出版、2003年2月、151頁。

時也。感而難堪者情也。宜哉睿情惜而又惜。于時蘭燈屢挑、桂醑頻酌。<u>近習者侍臣五六、外来者詩人両三而已</u>。請各即事著于形言云尓。謹序。

天惜凋年閏在秋、天は凋年を惜みて　閏秋に在り
今宵偏感急如流。今宵偏に感ぶ　急なること流れの如くなることを
霜鞭近警衣寒冒、霜の鞭近く警めて　衣の寒きことを冒す
漏箭頻飛老暗投。漏の箭頻に飛びて　老い暗しく投る
菊為花芳衰又愛、菊は花の芳しきがために　衰へてまた愛でらる
人因道貴去猶留。人は道の貴きに因りて　去にてなほし留る
明朝縱戴初冬日、明朝縱ひ初冬の日を戴くとも
豈勝蕭蕭夢裡遊。豈に蕭蕭夢裡の遊びに勝へめや

（『菅家文草』336・閏九月尽、燈下即事、応製）

「密宴」とは、公宴として行う内宴・重陽宴とは別に、近習だけが招かれる詩宴である。滝川幸司氏の調査によると、宇多朝においては、私的関係者により構成される密宴が頻繁に行われた[①]。滝川氏は宇多朝以前の詩宴はほぼ内宴・重陽宴に限られ、公事としての認識が強く、好文の君主ではなくても開かれていたのに対し、宇多朝の詩宴は、宇多天皇個人のイニシアティブによって領導されていたと指摘する[②]。菅原道真が都に戻ってきた寛平二年（「人因道貴去猶留」に「臣自外吏入侍重闈（臣外吏より入りて重闈に侍り）」の自注がある）、宇多天皇は道真を近習として密宴に招き、菅家廊下の詩宴を宮廷行事として採り入れたのである。このことから、宇多天皇は寒門出身の道真を起用して、藤原氏の摂関政治を抑えて天皇親政の理想的政治を行おうと大きく期待していたことが窺える[③]。この寛平二年の九月尽日の宴は、道真の以後の異例の昇進に繋がっている。

寛平二年の九月尽日詩における「天は凋年を惜みて閏秋に在り」「菊は花の芳しきがために衰へてまた愛でらる」は、ゆく秋を惜しみ残菊を賞玩する尽日の風趣を詠んでいる。紀長谷雄の、

<u>惜秋翫残菊</u>、蓋賞時変也。

---

① 滝川幸司「宇多朝の文壇」奈良大学紀要奈良大学紀要 30、2002 年 3 月、50 頁、『天皇と文壇―平安前期の公的文学』和泉書院、2007 年 2 月所収。
② 同上、33 頁。
③ 前掲の北山氏の論、143 頁。

　　　　（秋を惜しみて残菊を翫ぶことは、蓋し時の変を賞するなり）
　　　　　　　　　　　　　　（『本朝文粋』巻十一・331・紀長谷雄・
　　　　　　　　　　　　　　　惜秋翫残菊、各分一字、応制）

という詩においても、同様な発想がみられる。『日本紀略』（寛平元年九月二十五日条）に「廿五日甲寅。…其日。公宴。題云。惜秋翫残菊詩」とあるように、紀長谷雄の詩は寛平元年（889）九月二十五日に宇多天皇が主催した公宴の賦詩である。「惜秋」という語は漢語にはないが、「惜春」「悲秋」からの造語である。太田郁子氏は「中国の季節感では、秋を悲しい季節として傷み嘆く傾向が、伝統的に強くあったために、九月尽が特別に愛惜すべき対象とならず、詩の素材にもなりにくいという文学的な情況があって、…秋を惜しんで九月尽にことさらに詩を詠むことは、中国にはない日本独特のことである」[①]と、悲秋観の和風化を指摘する。「惜秋」という発想は万葉集歌に求めることができる。

　　秋山にもみつ木の葉の移りなばさらにや秋を見まく欲りせむ
　　　　　　　　　　　　　　（『万葉集』巻八・1516・山部王・
　　　　　　　　　　　　　　　山部王惜秋葉歌一首）
　　黄葉を散らまく惜しみ手折り来て今夜かざしつ何か思はむ
　　　　　　　　　　　　　　（『万葉集』巻八・1586・縣犬養持男・
　　　　　　　　　　　　　　　橘朝臣奈良麻呂結集宴歌十一首）

1516番の歌は秋の山に色づいた木の葉が散ってしまったなら、さらにまた来る秋を見たいと思うことだろうと詠み、去りゆく秋を惜しむ情を表す。〈もみじが散ってしまうのを惜しんで手折って来て、今夜髪にさした、もう何も不足はない〉という1586番の歌は、紅葉を惜しむことを通して惜秋の情を表現する。両歌ともに「惜秋」の観念が古来存在していたことを示唆する。寛平元年の公宴は九月尽日の宴ではないが、宇多天皇の積極的な推進によって、ゆく秋への愛惜の情は次第に宮廷に根を下ろすようになる。

　　　かむなりのつぼに人々あつまりて秋の夜惜しむうたよみけるついでによめる

[①] 太田郁子「『和漢朗詠集』の「三月尽」・「九月尽」」言語と文芸91、1981年3月。

　　　　かくばかり惜しと思ふ夜をいたづらにねであかすらむ人さへぞうき
　　　　　　　　　　　　　（『古今集』巻四・秋上・190・凡河内躬恒）

躬恒歌の詞書にある「秋の夜惜しむ」は「惜秋」の訳語である。この歌を通して、「惜秋」の観念はやがて古今集歌に流れ込んで、宮廷人一般の発想へと拡大されていくことが分かる。寛平六年（894）九月二十七日、道真は東宮敦仁親王（後の醍醐天皇）の宴で「秋尽きて菊を翫ぶ」という応制詩を作った。

　　　　古七言詩曰、大底四時心惣苦、就中腸断是秋天。又曰、不是花中偏愛菊、此花開尽更無花。詩人之興、誠哉此言。夫秋者惨憷之時、寒来暑往。菊者芬芳之草、花盛葉衰。于時九月廿七日、孰不謂之尽秋。孤叢両三茎、孰不謂之残菊。謹奉令旨、賦此雙關。意之所鍾、刀火交刺。故献五言、以資一劇云尓。
　　　　惜秋秋不駐、秋を惜めども　秋駐らず
　　　　思菊菊纔残。菊を思ひて　菊わづかに残れり
　　　　物與時相去、物と時と　相去る
　　　　誰厭徹夜看。誰か夜を徹して看むことを厭はむ
　　　　　　　　　　　　（381・暮秋、賦秋尽翫菊、応令。并序）

渡辺秀夫氏の考察によると、起句「惜秋秋不駐」は白居易の三月尽日の詩「留春春不住、春帰人寂寞（春を留むれども春住まらず、春帰りて人寂寞たり）」（『白氏文集』2240・落花）を踏まえるものであり、残菊を愛好する心情と重なって、秋の尽きるのを惜しむ思いを表している[①]。「惜秋翫残菊」という日本独特の発想は、このように日本独特の宮廷行事「九月尽日の宴」に結びつくようになる。寛平九年（897）七月、宇多天皇は僅か十一歳の醍醐天皇に譲位した。そして昌泰二年（899）に、宇多上皇主催の九月尽日の宴が開かれたのである。

　　461　九月尽日、題残菊、応太上皇製
　　　蘆簾砌下水邊欄、蘆簾の砌の下　水邊の欄
　　　秋只一朝菊早寒。秋はただ一朝　菊早く寒えたり
　　　幸被君臣交畝種、幸に君臣　畝を交へて種ゑむことを被る

[①] 渡辺秀夫『平安朝文学と漢文世界』第一篇第三章「立秋詩歌の周辺」勉誠社、1991年1月、92頁。

第一章　九世紀末における日本漢詩の和歌的表現の生成

　　任他意氣滿園殘。任他意氣　園に滿ちて殘る
　　百千自許心銘去、百千自らに許す　心に銘じて去りなむことを
　　分寸猶嫌手折看。分寸なほし嫌ふ　手づから折りて看むことを
　　非啻惜花兼惜老、啻に花を惜むのみに非ず　兼ねて老いをも惜む
　　呑声莫道歲華闌。声を呑みて道ふことな　歲華闌けにたりと

　道真は秋を惜しみ秋を送る風情を味わいつつ、この九月尽日の詩を詠んでいる。「非啻惜花兼惜老」は『白氏文集』「不独送春兼送老」（2593・送春）に基づいたものであるが、九月尽日に去りゆく秋への愛惜を、菊花に託して表している[①]。延喜二年（902）、『日本紀略』の九月二十八日の条に「於御殿、有九月尽宴、以九月尽惜残菊為題。左大臣以下陪座、奏糸竹」とあるように、九月尽日の宴は醍醐天皇のもとで左大臣藤原時平が控える公宴にまで格を上げるようになる。九月尽日の発想はこうした詩宴の場で使いこなされてから、

　　なが月のつごもりの日、大井にてよめる
　　ゆふづくよをぐらの山になく鹿のこゑのうちにや秋はくるらん
　　　　　　　　　　　　　　　　　（『古今集』巻五・秋下・312・貫之）

　　おなじつごもりの日よめる
　　みちしらばたづねもゆかんもみぢばをぬさとたむけて秋はいにけり
　　　　　　　　　　　　　　　　　（『古今集』巻五・秋下・313・躬恒）

とあるように、和歌の世界に流れ込んでいく。『古今集』には、春部の巻末にある「やよひのつごもり」の歌と対照させて、秋部の巻末に上記の「なが月のつごもり」の歌が収められている。
　菅原道真は白居易の「三月尽」に拠りながら、古来の惜秋の感情に基いて独特の「九月尽」の表現世界を開拓したのである。このことは、中国詩の模倣と追随にとどまらず、日本の文化風土に合わせた新たな展開を目指そうという意識の現れとしてとらえることができよう。また、九月尽宴の宮廷化の過程においては、和漢の文化に強い関心をもつ宇多天皇が強い推進力となっている。

[①]　小島憲之「四季語を通して―『尽日』の誕生」国語国文 46-1、1977 年 1 月、18 頁。

第三節　瞿麦花詩と桜花詩に見える対抗意識

「国風文化」とは、日本的な文化の熟成と一般的に解釈されてきたが、そこには中国文化に対して日本的なものを特に際立たせて称揚しようという意識が含まれている[①]。仁和元年（885）の内宴の詩序に、菅原道真は中国にはない日本の早春内宴の素晴らしさを称えている。

　　夫早春内宴者、不聞荊楚之歳時。非踵姫・漢之遊楽。自君作故、及我聖朝。

（『菅家文草』巻二・148・早春内宴、侍仁寿殿、
同賦春娃無気力、応製一首）

道真は〈この早春内宴は嵯峨朝の弘仁年間に始められてから、我が光孝天皇の御代に及んで行われて、『荊楚歳時記』の年中行事や周漢の風流な遊宴のあとを継いだものではない〉という。「内宴」とは正月二十、廿一、二十二日中に、天皇が宮中の仁寿殿に出御し、群臣・文人を召して催した節会である。もし三日間のうちに子の日があれば子の日に行い、なければいずれかの日に開催される。『河海抄』（十三若菜上）は「内宴記曰、弘仁四年始有内宴。唐太宗之旧風也、正月十二三日間有子日者、件日行之」[②]と記す。平安朝の内宴の起源が実は中国の宮廷行事にあったというのである。波井岡旭氏の周到な論証によれば、『旧唐書』（巻七十八・於志寧伝）の「貞観三年、累遷中書次郎。太宗命貴臣内殿宴」に「内殿の宴」と見えるが、中国には正月行事としての「内宴」の例は正史には見当たらず、また「内宴」の語自体の用例も極めて少ない[③]。とはいえ、上記の内宴の詩序で言及した『荊楚歳時記』（梁・宗懍）は楚の国の一年間の年中行事を記した書物であり、平安朝の宮廷年中行事に多大な影響を与えている。例えば、『菅家文章』365番（早春、観賜宴宮人、同賦催粧、応製）の序文に「聖主命小臣、分類旧史之次、見有上月子日賜菜羹之宴。臣伏惟、自觴王公於正朝、至喚文士於内宴、首尾二十餘日、…況亦野中芼菜、世事推之蕙心矣。爐下和羹、俗人屬之薑指」と見えるように、子

[①] 村井康彦「国風文化の創造と普及」『岩波講座　日本歴史4』岩波書店、1976年8月、314頁。
[②] 『河海抄』は玉上琢弥編『紫明抄・河海抄』（角川書院、1968年6月）による。
[③] 波戸岡旭『宮廷詩人菅原道真―『菅家文草』・『菅家後集』の世界』第一章「内宴詩考」笠間書院、2005年2月、47頁。

日に若菜摘みをする、または若菜羹をとるという風習が平安朝で盛んに行われている。これは日本の民間で行われていた若菜摘みの習慣が『荊楚歳時記』に「正月七日為人日、以七種菜為羹（正月七日、人日たり、七種の菜を以て羹となす）」と記される中国の人日の行事と結合して成立した行事とされている①。唐土の年中行事が平安朝に大きな影響を及ぼしたにもかかわらず、道真は中国の行事・遊宴に対する早春内宴の優位性を強く主張しているのである。

　この事例が端的に示すように、漢詩文に最も通暁した紀伝道の文人たちは、急速に中国詩的表現技法を吸収すると同時に、自国の土着的・伝統的な文化に着目して、それを強調することにより、中国への対抗意識を燃やすのである。

一　瞿麦花詩

　日本漢詩における瞿麦花の嚆矢は、寛平元年（889）に成立した『田氏家集』136「五言、禁中瞿麦花詩、三十韻並序」である。

　　　　瞿麦一名巨句麦。子頗似麦。因名瞿麦。花紅紫赤。又有濃淡。春
　　　　末初発。夏中最盛。秋冬不凋。続続開坼。窠文円縝。異彩同葩。
　　　　四時靚好。霏蘼可愛。今年初種禁籬。物得地而増美。雖有数十名
　　　　花。傍若無色香耳。但古今人、嘲詠知小。蓋此花、生大山川谷、不
　　　　在好家名処。不亦然者。何得右薔薇左牡丹前蘭菊後萱草乎。花亦
　　　　有時。人亦有時。人臣奉勅而賦之。前修之未能云焉。詩曰。
瞿麦花非一、移栽供王皇。苺苔曽結蔭、蕭艾敢同行。
諸種応相妒、頻芸自得常。敷芬新禁披、変化旧疎荒。
春採尖茎聳、煙含細葉蔵。晴霞初寸截、晩靄擬分将。
脆軟紅蘇蔕、歆垂蛹紫房。半陰縈鳳暑、斜景射虹梁。
坐対配顔客、行随笑靨娘。雨添深茜草、天染浅蘇芳。
乍訝簪投地、那知纈曝場。綠銭風断縑、文綺露団章。
落□琅玕竹、通明玳瑁床。透簾誇黼帳、依砌助華堂。
暈発施屏画、塵除出筐粧。当時駆蝶子、毎日引蜂王。
月宇雲飛波、星壇醼燎芒。形庭看取近、清昼翫来長。

---

① 山中裕『平安朝の年中行事』塙書房、1972年6月、131頁。

宴步承仙履、宸居襲御香。繡衣鶯奉使、錦服念帰郷。
接影瑶階合、連輝宝幔張。蔂諠推暦記。萱諼遣憂忘。
独酌斉三秀、偏憐過九腸。似焼任冒暑、欲慘未残霜。
縦使逢流火、還堪送迅商。重栄兼絵意、異色度炎涼。
不問洲蘋白、誰占県菊黄。薔薇嫌有刺、芍薬愧無光。
比喩心難剛。吟題手又忙。乾恩回照甚、傾藿莫争陽。

これは禁中に移植された瞿麦の花の美しさを詠んだ詩である。「瞿麦」とはナデシコ科の一群の草本の総称であり、広く観賞用に栽培されている。秋の七草の一つであり、八～九月頃淡紅色の花を開く。和歌の世界においては、

詠秋野花歌二首其二
芽之花乎花葛花瞿麦之花姫部志又藤袴朝皃之花
（萩の花尾花葛花なでしこの花をみなへしまた藤袴朝顔の花）
（『万葉集』巻八・1538・山上憶良）

庭中花作歌一首〈并短歌〉反歌二首
なでしこが花見るごとに娘子らが笑まひのにほひ思ほゆるかも
（『万葉集』巻十八・4114・大伴家持）

のように、瞿麦花（なでしこ）は古くから詠まれてきた歌材であり、可憐に美しく咲いている姿から女性の象徴として親しまれてきたのである[①]。忠臣詩の序文でいう「前修の未だ能く云はざるなり」は昔の偉い人たちがこういう詩をよく詠まなかったという意である。「瞿麦」は中国で「石竹」と呼ばれ、早くから園芸化されるが、瞿麦の美しさを詠んだものは中国の詩文で殆ど見られず、『懐風藻』と勅撰三集の漢詩の中にも見出すことができない[②]。こうして考えてみると、忠臣詩における歌材「瞿麦花」の撮取は、唐風文化から国風文化への移行をよく示している。また、野の花であった撫子（「盖此花、生

[①] 和歌では、瞿麦花はよく「撫でし子」にかけて用いられる。他方、「行随笑臉娘」は瞿麦の花を「笑臉娘」に喩えるが、その原拠としての元稹詩にも「酡顔酔後泣、小女粧成坐」とあり、紅芍薬を「小女」に見立てて詠んでいる。忠臣が「撫でし子」のイメージに近づけようという意図を持って「笑臉娘」と詠んだとは思えない。また、和歌では瞿麦花は秋の景物として詠まれているが、忠臣は「春末初発。夏中最盛。秋冬不凋。…四時甙好」と瞿麦花のもつ四季咲き性を詠んでいる。
[②] 栗城順子「島田忠臣『禁中瞿麦花詩』について」高野山大学国語国文学9・10・11合併号、1984年12月、22～23頁。

第一章　九世紀末における日本漢詩の和歌的表現の生成

大山川谷」)が宮廷の花となったことは、和歌が次第に公的地位を獲得していく様相と照応していると考えられる。

　忠臣の瞿麦花詩における「坐對酡顏客、行隨笑臉娘」が白居易の芍薬詩「坐對鉤簾久、行觀步履遲」(1274・草詞畢遇芍藥初開…)及び薔薇詩「燕脂含笑臉・雨夜泣蕭娘」(3071・裴常侍以題薔薇架十八韻見示)と元稹の芍薬詩「酡顏醉後泣、小女粧成坐」(『全唐詩』紅芍藥)を踏まえているのは、栗城順子氏の指摘されるところである①。忠臣詩の表現は元白の芍薬詩・薔薇詩とほぼ同じであるが、詩の主体が日本化した。また、島田忠臣は元白詩の「芍薬」「薔薇」を用いて瞿麦花の美しさを形容するが、瞿麦を讃美するため「薔薇の右・牡丹の左・蘭菊の前・萱草の後」を瞿麦花が占めていると述べ、「薔薇は刺有るを嫌ふ、芍薬は光無きを愧づ」と薔薇・芍薬花の欠点を挙げて瞿麦花の優位を誇っている。これについて、三木雅博氏は、

　　二つの花(筆者注：薔薇・芍薬)と比較しながら、瞿麦の優位を説くことの背後には、『万葉集』以来和歌の世界で日本人になじみの深い「瞿麦(なでしこ)」を、元白の薔薇・芍薬詩の表現を借りながら、それらに拮抗し、あわよくばそれらを乗り越えるものとして漢詩という文学の形で表現しようとした、忠臣の自負が見え隠れしているのではなかろうか。

と指摘する②。これまであまり詩に詠まれたことのない瞿麦花を詠むに当たっては、島田忠臣は白居易と元稹の漢詩表現を積極的に自らの詩作に利用しながら、中国詩の詩材に対して万葉以来の伝統的歌材の価値を宣揚しようとしている。

　菅原道真の息子阿視は忠臣の瞿麦花詩を書き写して、わざわざ讃岐にいる道真のもとに送っている。道真はこの瞿麦花詩を繰り返し詠んでも飽くことを知らず、次の詩を書きとどめている。

　　　　　小男阿視、留在東京。写送田大夫禁中瞿麦花三十韻詩云、「此詩也、
　　　　　応詔作之。時人重之。故奉之」。予吟之翫之、不知其足。仍製一篇、
　　　　　続于詩草云尒。
　　　家児不問老江濱、家児は江の濱(ほとり)に老いにたらむことを問はず

---

① 前掲の栗城氏の論、19 頁。
② 三木雅博「島田忠臣と白詩」『白居易研究講座 3 日本における受容　韻文篇』勉誠出版、1993年 10 月、67 頁。

只報相如遇好文。ただ相如の好文に遇へりしことを報ぐ
　　三百真珠無趾至、三百の真珠　趾無くして至る
　　九重嘉草有名聞。九重の嘉草　名有りて聞ゆ
　　詩尋此地凌蒼海、詩は此の地を尋ねて　蒼海を凌れり
　　花託何人種白雲。花は何れの人にか託して　白雲に種ゑむ
　　菅蒯若応添雨露、菅蒯　若し雨露に添ふべくは
　　吐華将奉聖明君。華を吐きて　聖明の君に奉らまし
　　　　　　　　　　　　　　　　　　　（『菅家文草』302）

阿視の言葉「時人之を重んず」によると、当時の人は忠臣の瞿麦花詩を高く評価していたことが知られる。それは単に当詩の技巧に惹かれたからだけではなく、「瞿麦花」のもつ伝統的な美意識に強く共感していたわけであろう。忠臣の瞿麦花詩が寛平元年（889）に宇多天皇の勅によって制作されたことは、「人臣勅を奉じて之を賦す」から明らかである。また、『田氏家集』138番の詩題「七言、重奉題禁中瞿麦花、応詔」が示すように、忠臣は宇多天皇の命令に応じて再び瞿麦花詩を詠進したことがある。応制詩は天皇によって決められた題を承けて詩を作るものなので、瞿麦花詩は宇多天皇の卓越した文化感覚によって醸成されたものと言えよう。また、136番の忠臣の瞿麦花詩の序文でいう「花亦時有り、人も亦時有り」は、花にはその花に最も相応しい時宜というものがあり、人間もいつかいい機会に恵まれるはずだという意である。瞿麦花が宮廷の花となったと同様に、今まで不遇でいた我が身もよい時機にめぐりあって栄えるだろうという期待が読み取れる。天皇や権門の下命に応じて和歌的漢詩を詠進して昇進を図ろうという点で、前掲した忠臣の紫藤詩に通じる。道真は忠臣の瞿麦花詩に学んで、野の花であった撫子が「九重の嘉草」となったことへの讃美を述べながら、尾聯「菅蒯若応添雨露、吐華将奉聖明君」で宇多天皇に衷心を表して官位の昇進を求めている。さらに、『新撰万葉集注釈』は、上秋45の和歌、

　　吾而已哉憐砥思蟴鳴暮景之倭瞿麥①
　　（我のみやあはれと思はむきりぎりす鳴く夕影のやまとなでしこ）

における「夕影」は忠臣詩の「半陰滎鳳暑、斜影射虹梁」の「斜景」に共通

---

① この歌はまた『古今集』（巻四・秋上・244・寛平御時后宮歌合の歌・素性法師）に収められる。

第一章　九世紀末における日本漢詩の和歌的表現の生成

しており、「独酌斉三秀、偏憐過九腸」とともに「憐（れむ）」という表現があり、さらに「当時駆蝶子、毎日引蜂王」と同様に「なでしこ」に虫が配されるので、素性の歌が忠臣詩の影響を受けたと述べる①。「憐（れむ）」「虫」との共通点は認めがたいが、「夕影のやまとなでしこ」が忠臣詩の影響下にあるという指摘は首肯できる。忠臣詩では、「斜影虹梁に射す」以外、「晩靄分将たむと擬（す）」「天染めて蘇芳より浅し」も夕方の光の中に咲くなでしこの美しさを描く。『万葉集』には夕暮れの光に照らされたなでしこの姿を詠んだ和歌がまだ見えないので、上秋45の「夕影のやまとなでしこ」は九世紀末に現れた新しい趣向と言えよう。

　和歌の復興に伴って、『万葉集』以来の歌材に対する関心が起こり、日本の文化風土に根付いた固有のものが強く意識されてくる。詩人たちが和歌的表現を詠じることは、時代の要求でもあったのであろう。忠臣の詠作を通して、瞿麦花の美が王朝人に再発見されたのである。また、阿視の「時人重之」という言葉と道真の激賞から分かるように、当時の人々は中国の薔薇・芍薬花に対する瞿麦花の優位性を主張する忠臣の詩句に深く共感を覚えていたことが想像できよう。

二　桜花詩

1．九世紀前半までの桜花詩

　『万葉集』には桜の花を詠んだ歌が41首ある。一方、日本漢詩では、『懐風藻』から勅撰三集にかけて、「桜」は僅かしか詠まれていない。

　①葉緑園柳月、花紅山桜春。
　　雲間頌皇沢、日下沐芳塵。
　　　　　　　　　　　（『懐風藻』42・采女比良夫・五言、春日侍宴応詔）
　②松煙双吐翠、桜柳分含新。
　　　　　　　　　　　（『懐風藻』69・長屋王・五言、初春於作宝楼置酒）
　③昔在幽岩下、光華照四方。
　　忽逢攀折客、含笑亘三陽。
　　送気時多少、垂陰復短長。
　　如何此一物、擅美九春場。

---
① 『新撰万葉集注釈』巻上（二）和泉書院、2005年2月、23頁。

(『凌雲集』2・平城天皇・賦桜花)

④柳葉依糸緑、桜花払舞紅。
　同茲霑徳寓、具酔也融融。

(『凌雲集』36・賀陽豊年・三月三日侍宴応詔)

⑤早花春稍杪、桜樹乃舒栄。
　独抱後時歎、還開佇節英。
　風前香自遠、日下色逾明。
　試賦臨年蕚、仙齢幾箇迎。

(『経国集』雜詠・115・賀陽豊年・五言詠桜)

その殆どが応制詩である。「雲間皇沢を頌し」「茲に徳に霑ひて寓る」「仙齢幾箇か迎へむ」は、いずれも帝徳讃美の措辞である①。即ち、桜花詩は宮廷詩宴で詠まれ始め、古来帝徳讃美と深く結びついていると言える②。

弘仁三年（812）二月十二日、嵯峨天皇は神泉苑に幸し、花樹を賞で文人に詩を賦せしめた。『日本後紀』（嵯峨天皇・弘仁三年二月十二日条）に「辛丑。幸神泉苑。覧花樹。令文人賦詩。花宴之節始於此矣」と記すように、花宴はこれより後頻繁に開催されている③。

(天長)八年二月乙酉。天子於披庭曲宴。翫殿前桜華也。…特喚文人。令賦桜花。

(『類聚国史』巻三十二・天皇遊宴・淳和天皇条)

三日己亥。鸞輿幸大臣藤原朝臣良相西京第。観桜花。喚文人賦百花亭詩。

(『三代実録』清和天皇・貞観八年三月廿三日条)

閏三月丙午朔。鸞輿幸太政大臣東京染殿第。観桜花。…喚能属文者数人。賦落花无数雪。

(『三代実録』清和天皇・貞観八年閏三月一日)

---

① 小島憲之氏は『国風暗黒時代の文学』下（Ⅰ）（塙書房、1991年6月、3182頁）で、「仙齢幾箇迎」は「応制的応令な気味を帯びる。もしさうとすれば、「仙齢」は天子や皇太子のよはひをさすことになり、〈御よはひを幾たびも迎へあそばされんことを〉、の意にならう」と述べている。
② 笹川勲「菅原道真の桜花詠―寛平期宇多朝における『菅家文草』巻五・三八四番詩の位相―」国学院大学紀要50、2012年2月、87～89頁。
③ 山田孝雄「花の宴」『桜史』桜書房、1941年5月、32頁。

とあるように、平安初期の桜花宴や観桜行幸において、桜花の応制詩が数多く詠まれている①。『古事談』巻六の「南殿ノ桜橘ノ樹ノ事」②によれば、仁明朝の頃、紫宸殿の前の梅が桜へと植え替えられたのである。『万葉集』で詠まれている一番多い花は中国から渡来した梅である。『古今集』になると、春の部の「花」といえば、殆ど「桜」を指すという観念が定着していき、桜が梅に代わって花の王座を得ていった。仁明朝において、唐風文化の隆盛は終わりを告げ、和歌に復活の曙が訪れる。梅の花から桜の花への植え替えは、漢詩文全盛時代から和歌復興時代への移行を象徴している。

花の宴が重要な年中行事化してくるとともに、「桜花」も詩材として日本漢詩に定着していく。特に宇多朝では、桜花宴が毎年開かれていたようである③。「賦春夜桜花」(『菅家文草』344・賦春夜桜花、応製)「月夜翫桜花」(『菅家文草』385・月夜翫桜花、各分一字、応令一首・『日本紀略』寛平七年三月某日の条に「公宴。月夜翫桜花為題」とある〉)とあるように、詩題そのものが日本化したのである。

しかし、これまで見てきたように、九世紀前半の桜花詩には、和歌における桜の独特な詠み方は殆ど見当たらない。小島憲之氏は平安初頭の桜花詩が中国の桃や李や梅の花などの漢詩表現に学ぶことが多いと指摘する④。例えば、③の「含笑亘三陽」と⑤の「風前香自遠」の発想は、

歳去无言忽憔悴、時来含笑吐氛氲。
　　　　　　　　　(『全唐詩』初唐・李嶠・侍宴桃花園咏桃花応制)
向日分千笑、迎風共一香。
　　　　　　　　　(『全唐詩』初唐・唐太宗・詠桃)

などの桃花詩に求めることができる。「葉緑園柳月、花紅山桜春」における「葉緑・花紅」の対語は、

葉翠如新翦、花紅似故栽。
　　(『芸文類聚』巻第八十六・果部上・石榴・梁元帝・賦得咏石榴詩)

---

① 詩そのものは殆ど伝わらない。
② 『古事談』は『古事談・続古事談』(新日本古典文学大系41、岩波書店、2005年11月)による。
③ 『菅家文草』384番「春惜桜花、応制一首」の序文に「我君毎遇春日、毎及花時、惜紅艶以敍叙情、翫薫香以廻恩眄」と見える。
④ 小島憲之『国風暗黒時代の文学』中(中)、塙書房、1979年1月、1367頁。

の石榴詩より摂取したものと考えてよいであろう。また、⑤の「風前の香自づからに遠し」のように、和歌ではあまり詠まない「桜の香」がかえって多く詠まれる①。それは平安初頭の桜花詩が中国の桃花詩・梅花詩の表現をそのまま踏襲した結果であろう②。

ちなみに、中国にも「桜」を詠んだ漢詩はある③。『本朝一人一首』(巻二・67)においては、桜花と中国における桜桃との混同について言及している。

> 林子曰はく、桜花の詩、中朝に在っては聞くこと罕なり、偶伝ふる者、或いは桜桃と相混じ、或いは其実を詠ず。本朝倭歌家者流殊に之を賞し、以て百花の冠と為。遂に其名を斥さず、猶洛の牡丹、蜀の海棠のごとし。

だが、市井桃子氏の詳細な考証によると、中国詩においては、確かに桜桃の花よりもその果実が表現史上先行したが、六朝に桜花詩が現れ、中唐において桜花詠の表現や主題が大きく変容した④。特に白居易の切り拓いた桜花と嘆老とを重ねる表現技法は、古今集歌に摂取されたのである⑤。中国の桜花詩を取り上げてみると、

> 澗水初流碧、山桜早発紅。
> (『芸文類聚』巻三・歳時上・春・梁・蕭瑱・春日貽劉孝綽詩)

といった詩は前掲の①の「葉緑園柳月、花紅山桜春」に極めて近い。言い換えれば、九世紀前半の日本桜花詩には個性的な表現がなかなか見つからないのである。

---

① 後藤昭雄「古今集時代の詩と歌」国語と国文学 60-5、1983年5月、50頁。
② 『芸文類聚』の「河柳低未挙、山桃落已芬」(巻二・天部下・雨・梁・劉苞・望夕雨詩)「早梅香野径、清澗響丘琴」(巻三十六・人部二十・隋・王由礼・賦得岩穴無結構詩)において、「桃の花の香り」「梅の花の香」が詠まれている。
③ 中国詩に詠まれた「桜」「紅桜」「山桜」は殆どが桜桃花を指しており、日本の「桜」と品種が異なると思われる。江戸時代の本草学者、儒学者貝原益軒は『大和本草』(有明書房、1978年5月、4頁、初版は1709年)で、「文選沈休文早発定山詩山桜発欲然註果木名。花朱色如火欲然也王荊公詩曰山桜抱石映松枝司馬温公ノ詩二日紅桜零落杏花開是中華二桜ト云ハ朱花ナリ日本ノ桜ト云物ハ中華二無之」(巻十二・木下・桜)と述べる。
④ 市川桃子『中国古典詩における植物描写の研究―蓮の文化史』「補説(一)桜桃 描写表現の変遷―盛唐から中唐へ―」汲古書院、2007年2月。
⑤ 前掲の笹川勲氏の論、87頁。例えば、『白氏文集』の「紅桜満眼日、白髪半頭時」(0917・桜桃花下嘆白髪)における桜桃と嘆老とを重ねる表現技法は、『古今集』の「色も香もおなじ昔にさくらめど年ふる人ぞあらたまりける」(巻一・春上・57・紀友則・桜の花のもとにて、年の老いぬる事を嘆きてよめる)という歌に摂取される。

2. 九世紀後半の桜花詩に見られる和歌的趣向

　九世紀後半に頻繁に催された桜花宴や観桜行幸は、日本漢詩と和歌の交流の契機となる。貞観八年（866）閏三月、源融は詩題「落花無数雪」を踏まえて、

　　　貞観御時、弓のわざつかうまつりけるに
　　けふ桜しづくにわが身いざぬれむ香ごめにさそふ風の来ぬ間に
　　　　　　　　　　　　　　　　　（『後撰集』巻二・春中・56・河原左大臣）

といった和歌を作った。つまり詩歌同題の詠進である。また、寛平七年（895）二月の公宴（『日本紀略』に「公宴。賦春甕桜花之詩」とある）において、

　　　寛平御時、桜の花の宴ありけるに、雨の降り侍りければ
　　春雨の花の枝より流来ばなほこそ濡れめ香もやうつると
　　　　　　　　　　　　　　　　　（『後撰集』巻三・春下・110・藤原敏行）

といった和歌が宴の余興として詠まれた。余興とはいえ、和歌が徐々に表舞台に登場する機会を得てきたのである。その一方で、桜の和歌表現も次第に日本漢詩の表現体系の中に滲透していく。

（1）早く散る桜花

　『田氏家集』には、桜の盛りの短さを詠んだ漢詩が二首ある。

　　国香知有異、国香異なること有るを知る
　　凡樹見無同。凡樹同じき無きを見る…
　　此花嫌早落、此の花早く落つることを嫌ふ
　　争奈賂春風。争奈む　春風に賂ふことを
　　　　　　　　　　　　　　　　　　　　　　　（54・惜桜花）

ここでまず注目すべきなのは、「国香」という語である。「以蘭有国香、人服媚之如是（蘭に国香有るを以て、人之に服媚すること是の如くならん）」（『春秋左氏伝』巻二十一・宣公三年①）とあるように、中国の漢詩文における「国香」は普通蘭の香を指す。それに対して、忠臣詩における「国香」は桜の香

---
① 『春秋左氏伝』は『四庫全書』（経部・春秋類・春秋左伝注疏・巻二十一）による。

りをいう。桜を日本国中で最も優れた花と位置づけ、その香りがほかの植物（勿論「蘭」を含む）と違って国を代表する香りであるという意を表す「国香」は、当詩の基底にあった国風意識を露わにしているものと言えよう[①]。尾聯は〈桜の花は早く散るのがまことに残念だ。春風に贈物をして、花を散らすのをやめさせたい〉という意味である。桜花の早く散ることは中国詩であまり詠まれないが、和歌においては、

　　　詠花
　春雨はいたくな降りそ桜花いまだ見なくに散らまく惜しも
　　　　　　　　　　　　　（『万葉集』巻十・1870・作者不明）
　春霞たなびく山の桜花うつろはむとや色かはりゆく
　　　　　　　　　　　　（『古今集』巻二・春下・69・読人知らず）
　さくらのごととく散る物はなし、と人のいひければよめる
　桜花とく散りぬとも思ほえず人の心ぞ風も吹きあへぬ
　　　　　　　　　　　　　　（『古今集』巻二・春下・83・貫之）
　桜花けふこそかくもにほふともあな頼みがた明日の夜のこと
　　　　　　　　　　　　　　　　　　　（『伊勢物語』第九十段）

とあるように、多く詠まれている[②]。二首目の漢詩は、

　縦令先折終先落、縦令ひ先づ折れて　終に先づ落つとも
　応放光陰少選貪。応に光陰を放つべし　少選は貪らむ
　　　　　　　　　　　（196・桜花欲發、同勒含・堪・酣・貪）

〈たとえ咲いたそばから花が折れ、またついには早々に散ってしまうとして

[①] 山本登朗氏は「賄賂と和歌と漢詩―島田忠臣の一首―」（新日本古典文学大系（月報51）岩波書店、1994年2月、5頁）において、「中国の詩には見られない桜を、中国ならぬ日本の最高の花として称えるこの用語（筆者注：「国香」）の背後には、中国詩の模倣にとどまらず、日本人独自の世界をめざそうとする忠臣の志向が見え隠れする」と述べる。

[②] 中国の桜花詩において、散る桜花を詠んだものは極めて少ない。『全唐詩』では九首しか見られない。「昨日小楼微雨過、桜桃花落晩風晴」（中唐・殷堯藩・游山南寺二首）、「引手攀紅桜、紅桜落似霰」（中唐・白居易・花下対酒二首）、「桜桃零落紅桃媚、更俟旬餘共酔看」（晩唐・韓偓・再和）は舞い散る桜花の風情を詠んでいるが、和歌に頻出する桜がぱっと咲いてぱっと散るという用例が見られない。なお、中国詩では、「落花」が多く詠まれるが、その殆どは桃李の花である。花が早く咲いてすぐ散ってしまう例は、「蘺物早栄還早謝、澗松同徳復同心」（『全唐詩』晩唐・徐夤・菊花）があるが、極めて少ない。

も、それまでのわずかな間、桜の盛りを堪能しよう〉という。詩題「同勒含・堪・酣・貪（同じく含・堪・酣・貪を勒す）」から、同座の人々とともに韻字（含・堪・酣・貪）とその順序を定めて詩を作ったことが分かる。つまり、この詩は独詠ではなく、詩会での作なのである。共通の題材に基づいて競作するにあたっては、衆人の賞賛を得るために、詩人たちは美辞麗句、意表をつくような表現を追求していることが想像できよう。こうした社交的、遊戯的雰囲気の中で作られた漢詩には、和様化の契機が潜んでいる。ちなみに、忠臣は寛平二年（891）「東閣経年為老樹、縦雖顲顄可誇春（東閣に年を経て老樹と為る、縦ひ顲顄すと雖も春に誇るべし）」（『田氏家集』149・賦雨中桜花、〈春〉字）という桜花詩を作った。「〈春〉字」との注から、詩会で忠臣がくじなどで探り当てた「春」という韻字で漢詩を作ったことが推測される。なお、詩の自注に「祇陪東閣三十年強（祇みて東閣に陪すること三十年強）」とあるように、忠臣は基経邸（「東閣」①）の桜に自身を重ねて、三十年ほど基経に慎ましやかに近侍していたことを述べる。これは基経邸での詠作と見てよかろう。196番の桜花詩には基経邸の作であることを示すことばはないが、149番の桜花詩に照らして考えてみると、恐らく基経邸詩会で詠まれたものだろうと思われる②。

　また、『新撰万葉集』の上春12の漢詩は、桜花が早く咲いて香りも残さずにすぐに散ってしまうことを詠んでいる。

　　上春12　鶯はむべも鳴くらむ花桜咲くと見しまにかつ散りにけり
　　誰道春天日此長、　誰か道ふ春天　日此れ長しと
　　桜花早綻不留香。　桜花早く綻び　香を留めず
　　高低鶯囀林頭聒、　高く低く鶯囀り　林頭聒し
　　恨使良辰独有量。　恨むらくは良辰をして　独り有量ならしむることを

「桜花早綻不留香」は先行する和歌の「花桜咲くと見しまにかつ散りにけり」の翻案であり、中国詩の正格から外れた表現と見ることができる。基経邸詩

---

① 「東閣」は宰相となった公孫弘が東閣を開いて賢人を呼び、謀議を参与させる故事（『漢書』公孫弘伝「数年至宰相封侯。於是起客館、開東閣以延賢人、与参謀議」）を踏まえる。
② 基経邸で行われた桜花の詩宴は、藤原良房の染殿第の花宴を想起させる。『三代実録』に「鸞輿幸太政大臣東京染殿第。観桜花。…喚能属文者数人。賦落花无数雪」（貞観八年閏三月一日条）、「車駕、幸太政大臣東京染殿第、観桜花。…喚能属文者、五位已上十人、諸司六位十人、文章生二十人、命飲、賦詩。具酔歓楽」（貞観六年二月二十五日条）と見えるように、染殿第における花宴では、多くの文人は桜花の詩を詠んでいた。

・45・

会で生成した「桜の短い盛り」という和歌的表現は、宇多朝の漢詩に継承されている。

（２）桜花と春風

前掲の忠臣詩には、花を散らさないように、春風に贈り物をしたいという表現がある。これも中国の桜花詩にはない、和歌独特の発想と見ることができる。

　　此花嫌早落、此の花早く落つることを嫌ふ
　　争奈賂春風。争奈む　春風に賂ふことを
　　　　　　　　　　　　　　（『田氏家集』54・惜桜花）

「争奈む春風に賂ふことを」という趣向は、

① 　　左大臣橘卿宴右大辨丹比国人真人之宅歌三首
　　我が屋戸に咲ける<u>なでしこ幣はせむゆめ花散るな</u>いやをちに咲け
　　　　　　　　　　　　　　（『万葉集』巻二十・4446・丹比国人）
② 　　春三月諸卿大夫等下難波時歌二首
　　わが行きは七日は過ぎじ<u>龍田彦ゆめ此の花を風にな散らし</u>
　　　　　　　　　　　　　　（『万葉集』巻九・1748・高橋虫麻呂）

といった歌を想起させる。山本登朗氏は風のような自然物に物を贈って何かを依頼しようという発想は、中国詩には容易に見られず、和歌の世界にあってはごく一般的に見られると指摘する[①]。例えば、〈私の庭に咲いている撫子の花よ、贈物をしよう。決して散らないで何度も咲いてくれ〉という①の歌には、撫子の花に贈物を送りたいという表現がみえる。また、②の歌では、高橋虫麻呂は風の神様である龍田彦に桜花を散らさないでくださいと、頼んでいる[②]。古今集歌はこの古来の趣向を受け継ぎながら、

[①] 山本登朗「賄賂と和歌と漢詩―島田忠臣の一首―」新日本古典文学大系（月報51）岩波書店、1994年2月、5頁。
[②] 斉藤充博氏が「まひはせむ：古代の賂小考」（三田国文12、1989年12月、7頁）で詳しく考察したように、『万葉集』において、「玉の道の神たちまひはせむ我が思ふ君をなつかしみせよ」（巻十七・4009・大伴池主）のごとく、旅の無事を確保するため、路次の神に対して何らかの物を捧げることが多く詠まれている。また、ほととぎす（巻九・1755）、月（巻六・985）等の景物に対して物を贈って願いを聞いてもらおうと詠った歌もある。忠臣詩の「争奈賂春風」はこの流れを汲んだものと思われる。

③吹く風にあつらへつくる物ならばこのひともとはよきよといはまし
（『古今集』巻二・春下・99・読人知らず）
④　　さくらの花の散り侍りけるを見てよみける
花散らす風のやどりはたれかしる我にをしへよ行きてうらみむ
（『古今集』巻二・春下・76・素性）

とあるように、一層の知巧性を加えている。③は吹く風に注文をつけることができるならば、せめてこの一本だけでも避けてほしい、と春風に散る花を惜しむ情を表す。⑤は〈花を散らす風が泊まっているところを誰か知っているだろうか、私に教えてくれよ、行って恨み言を言おう〉という内容となる。忠臣の「争奈む春風に賂ふことを」と同工の発想をもっている①。開花期が短くすぐに散る桜は、人々から限りなく愛惜されるものとして詠まれている。なお、折口信夫氏は『古代研究・民俗学篇Ⅰ』「花の話」の中で、花見そのものが農民にとってその年の豊穣を予祝し祈願する農業儀礼で、生活に深く根ざした習俗といい、「花が散ると、前兆が悪いものとして、桜の花でも早く散ってくれるのを迷惑とした、其心持ちが、段々変化して行って、桜の花が散らない事を欲する努力になって行くのである」②と指摘する。桜花の短い盛りを惜しんだり、散らないように風に乞い、あるいは怨んだりする日本詩歌の表現は、深く民俗に根付いたものかもしれない。

（３）鶯の宿としての桜花

上春17　鶯のわれてはぐくむ桜花思ひぐまなくはやも散るかな
紅桜本自作鶯栖、紅桜本自(もとより)　鶯の栖(すみか)と作(な)る
高䰟華間終日啼。高く華間に䰟んで　終日啼く
独向風前傷幾許、独り風前に　傷(いた)むこと幾許(いくばく)ぞ
芬芳零処径応迷。芬芳の零(お)つる処(ところ)　径(みち)応(まさ)に迷(まど)ふべし

漢詩起句「紅桜本自鶯の栖と作る」は鶯が桜の花のうちに住んでいる意で、中国詩の「花裏鶯」「鳥栖樹」等の影響下にあるものと思われる。

---

① 金原理氏は『詩歌の表現　平安朝韻文攷』「『古今和歌集』の表現構造」（九州大学出版会、2000年1月、20頁）で、忠臣詩と④の古今集歌との類似性を指摘する。
② 折口信夫『古代研究・民俗学篇Ⅰ』「花の話」中央公論社、1995年、441～442頁。初版は1929年4月に大岡山書店から出版された。ちなみに、貞観六年（864）、太政大臣藤原良房の殿第に清和天皇を迎えて行われた花宴では、遊楽の間に「耕田の礼」が行われている（『三代実録』貞観六年二月廿五日条）。

①金谷万株連綺薫、金谷万株　綺薫に連なり
　梅花密処蔵嬌鶯。梅花密なる処　嬌鶯を蔵す
　　　　　　　　　　　（『楽府詩集』巻二十四・隋・江総・梅花落）
②只愁花裏鶯饒舌、只だ愁ふ　花の裡の鶯の饒舌すことを
　飛入宮城報主人。飛んで宮城に入りて　主人に報せる
　　　　　　　　　　（『白氏文集』3308・令公南荘花柳正盛欲偸一賞先寄二篇）
③管絃声裏啼求友、管絃の声の裏　啼きて友を求む
　羅綺花間入得群。羅綺の花の間　入りて群を得たり
　　　　　　　　　　　（『菅家文草』453・早春内宴、侍清涼殿同賦鶯出谷、応製）

①の楽府詩「梅花落」が大伴旅人の梅花の宴の歌に影響を与えたことは、先行研究が指摘するところである[①]。また、「梅花落」の詩題及びその表現は『文華秀麗集』（楽府・67・嵯峨天皇・梅花落）の漢詩にそのまま摂取され、さらに古今集歌にまで大きな影響を及ぼすことになる[②]。ゆえに、上春17の「紅桜本自鶯の栖と作る」は①の「梅花密なる処嬌鶯を蔵す」を踏まえたことが十分に考えられる。しかし、①「梅花密処」と②「花裏鶯」と③「花間入得群」から分かるように、鶯は梅の花のうちに身を隠しているが、花を巣とするわけではない。鶯の巣については、次のような詩に詠まれている。

　三行故柳蔵鶯樹、三行の故柳は　鶯を蔵す樹
　一帯長波灌竹泉。一帯の長波は　竹に灌ぐ泉
　　　　　　　　　（唐・陳素風・観承福園・〈『千載佳句』春興部所収〉）
　鳥栖紅葉樹、鳥　紅葉の樹に栖む
　月照青苔地。月　青苔の地に照る
　　　　　　　　　（『白氏文集』0752・〈傍線部は『千里集』51番の句題〉）

---

① 天平二年(730)正月、大宰帥である大伴旅人の官邸では、梅花の宴が開かれた。辰巳正明氏は『万葉集と中国文学』第四章「落梅の篇―楽府「梅花落」と太宰府梅花の宴」（笠間書院、1987年2月）において、梅花の宴の漢文序の末尾にいう「請紀落梅之篇」は楽府「梅花落」との関連を示唆するものであると指摘する。

② 小島憲之氏は「古今集的表現の成立」（国文学：解釈と鑑賞431、1970年2月、33頁）において、嵯峨天皇の「梅花落」「鶗鳴梅院暖、花落舞春風。歴乱飄舗地、徘徊颺満空。狂香燻枕席、散駛度房櫳。欲験傷離苦、応聞羌笛中」と、『古今集』の「散ると見てあるべきものを梅の花うたてにほひの袖にとまれる」（巻一・春上・47・寛平御時后宮歌合のうた・素性法師）「梅が香りを袖にうつしてとどめてば春は過ぐともかたみならまし」（巻一・春上・46・寛平御時后宮歌合のうた・読人知らず）を取り上げ、そこには隋の江総の梅花落の如き詩的世界が描かれると指摘する。

<u>山鳥愁傷構巣樹</u>、山鳥は　巣を構へし樹を傷けむことを愁へ
野人畏着編宇蓬。野人は　宇を編みし蓬に着かむことを畏る
　　　　　　　　　（『文華秀麗集』雑詠・141・巨勢識人・
　　　　　　　　　　　　　　和滋内史奉使遠行観野焼之作）
<u>閑計新巣紅樹近</u>、閑に新しき巣を計れば　紅樹近し
苦思旧谷白雲賖。苦に旧の谷を思へば　白雲賖なり
　　　　　　　　（『菅家文草』433・詩友會飲、同賦鴬聲誘引来花下）

これらの傍線を施した句から明らかなように、その巣は花でなく木である。『文華秀麗集』『菅家文草』の二例からみれば、鳥が木の枯れ枝や枯れ葉を利用して巣作りをする表現は平安漢詩人によく知られていたと言える。一方、『菅家文草』では、「花裏鴬」「鳥栖樹」の両方を融合して、中国詩にはない表現が作り出される。

①春風便逐問頭生、春風　便ち逐ひて頭生を問ふ
　爲翫梅粧繞樹迎。爲に梅粧を翫び　樹を繞して迎ふ　…
　裂素誰容勞少女、素を裂きて誰か容さむ　少女を勞めしむることを
　<u>占巣莫怪妬初鴬</u>。巣を占めて怪しぶこと莫　初鴬を妬むことを
　　　　　　　　（『菅家文草』67・早春、陪右丞相東斎、同賦東風粧梅）
②語偸絃管韻、語は　絃管の韻きを偸む
　<u>棲卜綺羅花</u>。棲は　綺羅の花を卜めたり
　　　　　　　　　　　（『菅家文草』83・早春、侍内宴、賦聴早鴬、應製）
③鴬看麝剤添春沢、鴬き看る　麝剤の春沢に添ふことを
　勞問<u>鴬児失晩窠</u>。勞ひ問ふ　鴬児の晩窠を失ふことを
　　　　　　　　　　　（『菅家文草』85・早春、侍内宴、同賦雨中花）
④　　内より、人の家に侍りける<u>紅梅</u>をほらせ給けるに、鴬のす
　　　くひて侍ければ、家のあるじの女、まづかくそうせさせ侍ける
　勅なればいともかしこし<u>鴬の宿</u>はと問はばいかが答へむ
　　　　　　　　　　　　　（『拾遺集』巻九・雑下・531・読人知らず）

①の傍線部は「春風は鴬が美しい梅の花の中に巣を独り占めしているのを妬く」という意である。②は「鴬のすみかはうすぎぬのように美しい花の中に構えている」と詠んでいる。③は「花が雨に洗われて散ってしまうならば、鴬の泊るべき巣がなくなる」という意を表す。いずれも鴬が花に住んでいる

という発想に基づいたものである。つまり、道真は中国詩に詠まれる鶯の隠れている花畑を「鶯の巣」と解して、新たな表現を作り上げているのである。なお、郭公が花橘に泊っていることは『万葉集』以来よく詠まれる。

　　　詠霍公鳥一首
　　鶯の生卵の中にほととぎす独り生れて…我が屋戸の花橘に住み渡れ鳥
　　　　　　　　　　　　　　（『万葉集』巻九・1755・高橋虫麻呂）
　　けさきなきいまだたびなる郭公花橘に宿はからなん
　　　　　　　　　　　　　　（『古今集』巻三・夏・141・読人知らず）
　　寛平の御時きさいの宮の歌合のうた
　　やどりせし花橘もかれなくになど郭公こゑたえぬらん
　　　　　　　　　　　　　　（『古今集』巻三・夏・155・大江千里）

　これらの歌は「花が鳥の宿である」という表現の発達の素地となっているものと思われる。①における「梅粧」から明らかなように、「鶯の宿」は梅の花をいう。中国詩にせよ、和歌にせよ、「鶯・梅」の組合せは「鶯・桜」より遥かに多い。そのためか、②と③の「花」は梅の花である可能性が説かれる①。④の和歌における「紅梅」は「鶯の宿」と見なされる②。なお、日本漢詩の和様化を考察するに当たって決して看過できないのは、詩文制作の場である。①は貞観十五年（873）基経邸詩会での詠作である。②と③は元慶年間（877～885）の内宴詩である。即ち、基経邸詩会で切り拓かれた和風的漢詩表現は宮廷詩宴の場に持ち込まれるようになるのである。共通の題材に基づいて競い合って詩文を作るにあたっては、菅原道真は権力者の賞賛を得るため、意図的に日本的表現を試みたのではないかと思われる。

---

① 川口久雄氏は『菅家文草・菅家後集』（日本古典文学大系72、岩波書店、1966年10月、172～174頁）で②③の「花」を「梅の花」と理解している。
② 『大鏡』（日本古典文学大系21、岩波書店、1960年9月）では、当歌は「この天暦の御時に、清涼殿の御前の梅の木の枯れたりしかば、求めさせ給ふに、なにがし主の蔵人にていますかりし時うけたまはりて、「若き者どもは、え見知らじ。きむぢ求めよ」と宣ひしかば、ひと京まかりありきしかども、侍らざりしに、西京のそこそこなる家に、色濃く咲きたる木のやうたいうつくしきが侍りしを、掘り取りしかば、家あるじの、「木にこれゆひつけてもてまいれ」と言はせ給しかば、「あるやうこそは」とて、もてまいりてさぶらひしを、「何ぞ」とて御覧へければ、女の手にて書きて侍ける。「勅なればいともかしこし鶯の宿はと問はばいかが答へむ」とありけるに、あやしく思しめして、「何者の家ぞ」と尋ねさせ給ければ、貫之のぬしのみむすめの住む所なりけり。遺恨のわざをもしたりけるかなとて、あまえおはしましける。重木今生のそくがうはこれや侍けむ。さるは、「思ふやうなる木もてまいりたり」とてきぬかづけられたりしも、からくなりにき」とて、こまやかに笑ふ」という故事に翻案される。

中国詩の「梅花の中の鶯」から道真詩の「鶯の宿としての梅花」へ変容を遂げ、さらに上春 17 の漢詩の「鶯の宿としての桜花」へと変化していく。「鶯の宿としての桜の花」という発想は次の和歌に見出すことができる。

⑤<u>鶯のすみかの花</u>や散りぬらむわびしき声にをりはへて鳴く
(『新撰万葉集』上春 20・作者未詳)
⑥　　摂政太政大臣家百首歌合に、野遊のこころを
思ふどち其処とも知らず行き暮れぬ<u>花の宿かせ野べの鶯</u>
(『新古今集』巻二・春上・82・藤原家隆)

『新撰万葉集』上春 20 の「花」の種類ははっきり示されていないが、上巻春部のこれまでの歌の配列からみれば、桜を表す可能性が大きい①。⑥は野辺の鶯に花の宿を貸してもらいたいという意で、「花」は恐らく桜を指すだろうと考えられる。上春 17 の漢詩の「紅桜本自鶯の栖と作る」という発想は、和歌の世界に求めることができる。

上の分析により、上春 17 の「紅桜本自作鶯栖」は「鶯の宿としての桜の花」「郭公の宿としての花橘」などの和歌表現を踏まえて作り出されたものと考えて間違いなかろう。なお、先行する和歌「鶯のわれてはぐくむ桜花思ひぐまなくはやも散るかな」に「紅桜本自作鶯栖」に対応する表現が見えないので、漢詩作者は先行する歌以外の和歌表現までも積極的に詩に取り込もうとしたことが了解される。

まとめ

本章は、島田忠臣と菅原道真の紫藤詩・九月尽詩・瞿麦花詩・桜花詩を手掛かりに、それが詠まれる場と時代の好尚について考察した。本章の検討を通して、公宴、私宴の場は漢詩と和歌を融合させる一つの大きな契機となることを明らかにした。そこで詠まれた和歌的漢詩表現から、王朝人の国風意識の高揚が端的に窺える。

---

① 半沢幹一・津田潔「『新撰万葉集』注釈稿」(上巻春部十七～二一)共立女子大学文芸学部紀要 42、1996 年 2 月、71～72 頁。なお、『新撰万葉集』春部において、2 番と 11 番は梅の歌、3 番、12 番、17 番は桜の歌で、残りの歌は「花」と記されている。鶯と桜との組合せは『古今集』に一首もないが、寛平御時后宮歌合に、9 番「鶯はむべもなくらむ花桜咲くと見しまに移ろひにけり」と 25 番「霞立つ春の山辺に桜花あかず散るとや鶯の鳴く」がある。

摂関家の藤原基経は自分の邸第で、多くの文人を招き、詩宴を頻繁に催している。権門の庇護を求める島田忠臣は、基経の和歌好尚に迎合し、紫藤詩を献上した。この紫藤詩は白居易の紫藤詩の語句に拠りながら、藤を藤原氏に掛けてその一門の繁栄を讃美するものである。このことは、基経邸の風流文事が日本漢詩の和様化の一つの重要な契機となることを示している。また、九月尽詩はそもそも菅原道真により創出されたものである。道真は白居易の三月尽詩を万葉以来の惜秋の伝統と融合させて、中国にはない九月尽詩を作り出した。このような日本独特な九月尽詩は宇多朝の宮廷に採り入れられた。この九月尽詩の宮廷化のプロセスを分析することによって、和漢の文化に強い関心をもつ宇多天皇が主催・支援する一連の文事は、和歌と漢詩の交流に有利な条件を提供して、和歌的漢詩表現の生成に深く寄与したことを明らかにした。なお、野の花であった瞿麦花の宮中への移植、紫宸殿の前の梅から桜への植え替え、宮廷詩宴における和歌と漢詩との併存は、いずれも国風文化の萌芽と見ることができる。こうして考えてみれば、宮廷応制詩において「桜花」「瞿麦花」などの和歌的表現が多く用いられるという事実は、漢詩文の勢力に拠りつつ、和歌が次第に公的地位を獲得していくという文学史的動向と無縁であるはずはない。寛平七年（895）の公宴で漢詩と同題（「賦春毓桜花」）で和歌が詠まれたという事例は、公宴詩の詩題の和様化と和歌における題詠の発生の過程を示す一方、和歌の晴の場への進出を物語っている。また、白居易の三月尽詩に学んだことで日本独特の九月尽詩が創り出され、宮廷詩宴の場で使いこなされてから、九月尽の発想はまた和歌に受け継がれ、後に『古今集』の九月尽の歌群として結実することとなる。こうして、九世紀末の日本漢詩と和歌は盛んに交渉しながら共通の表現世界を形成し、『古今集』成立の強固な基盤が築きあげられてきたのである。

　第三節で述べたように、島田忠臣・菅原道真は瞿麦花・桜花など伝統的な歌材を漢詩の上に表現しながら、中国詩の「芍薬・薔薇・梅・桃・蘭」に対する「瞿麦花・桜花」の優位性を唱える。こうした試みを行った背景には、日本漢詩を中国詩に拮抗する地位に立たせようという詩人たちの国風意識があるのである。そして宇多天皇や藤原氏などの命令や依頼からも分かるように、漢詩讃美時代から和歌復権時代への転換期において、それまでのあまりにも唐風に傾斜しすぎる時代の風潮から離脱しようという意識は、詩人たちにのみならず、広く貴族社会で共有されていたのである。中国詩への接近・同化の中で、和歌と日本漢詩を権威づけようという対抗意識が少しずつ芽生えてきたが、それは決して中国詩そのものを否定しようとしたわけで

はない。例えば、藤原氏の栄華を象徴する藤花の表現は、中国より伝わってきた「紫藤」の表現を承けて作られたものである。このような高度な文化の蓄積が十分にあったからこそ、国風文化の展開が可能になったのであろう。

第二章 『新撰万葉集』の漢詩における伝統的和歌表現の受容
―「古」「今」を中心に―

はじめに

　『新撰万葉集』は、『万葉集』に匹敵する歌集であるようにという祝意を込めた命名である。上巻序文を見てみると、

　　　夫万葉集者、古歌之流也。非未嘗称警策之名焉、況復不屑鄭衛之音乎。聞説、古者、飛文染翰之士、興詠吟嘯之客、青春之時、玄冬之節、隨見而興既作、觸聆而感自生。

とある。冒頭を飾る一句「夫万葉集者、古歌之流也」は『文選』（巻一・班固・両都賦・李善注）「賦者、古詩之流也。毛詩序曰、詩有六義焉。二曰賦。故賦為古詩之流也」[①]を下敷きにして、『万葉集』が古歌の流れを汲む傑作であると称えながら、『詩経』に匹敵する日本固有の伝統文芸の価値を主張しようとしている[②]。本集で当時の通行表記（仮名）に逆行する万葉仮名が採用されたことからも、それまでの唯一の和歌集である万葉集に遡行する志向が端的に窺える[③]。また、序文は『万葉集』の素晴らしい歌は「鄭衛之音」[④]よりずっと優れていると称揚し、上代の才子たちは四季折々の風物を見聞するにつけて感興を催し、その結果として数多くの歌が生まれたと述べる。その後に続く文は、

[①] 賦は権威ある古詩から生まれたものであるという。「古詩」は『詩経』の詩を指す。
[②] 渡辺秀夫「『新撰万葉集』論―上巻の和歌と漢詩をめぐって」国語国文67-9、1998年9月、21頁。
[③] 新間一美「『新撰万葉集』の成立と意義」（国文学：解釈と鑑賞76(8)、2011年8月、39頁）、渡辺秀夫「和歌と漢詩―『新撰万葉集』から『菅家万葉集』へ」国文学37-12、1992年10月、64頁）参照。なお、青柳隆志「『古今集』前夜―『新撰万葉集』の試みと蹉跌」（『文学史の古今和歌集』和泉書院、2007年7月、66頁）で、『新撰万葉集』の万葉仮名は『万葉集』当時の万葉仮名の再現ではなく、独自の用字法があるという。
[④] ここでいう「鄭衛之音」は乱世亡国の音楽ではなく、『文選』李善注に「許慎曰、鄭衛新声所出国也」とあるように、新しい流行の音楽を指す。

第二章　『新撰万葉集』の漢詩における伝統的和歌表現の受容

　　　凡厥所草稿、不知幾千。漸尋筆墨之跡、文句錯乱、非詩非賦、字對雜揉、
　　雖入難悟。所謂仰彌高鑽彌堅者乎。然而、有意者進、無智者退而已。於是
　　奉綸綍錄、綜緝之外、更在人口盡、以撰集成數十卷、裝其要妙、韞匱待價。
　　唯媿非凡眼之所可及。

とあるように、歌の草稿についての叙述である。序の作者は宇多天皇の勅命を受けて歌稿を編緝して数十巻としたと述べる①。宇多朝では、このような古歌採集・古歌翻案の作業が盛んに行われている。例えば、『句題和歌』の序文「古今和歌、多少献上」からは、宇多天皇が大江千里に古歌の献上を求めたことが分かる。また、

　　　寛平御時、花の色霞にこめて見せずといふ心を、よみて奉れと仰せ
　　られければ
　　山風の花の香かどふ麓には春の霞ぞほだしなりける
　　　　　　　　　　　　　　　　　　　　（『後撰集』巻二・春中・73・興風）

というように、宇多天皇は「花の色は霞にこめて見せずとも香をだにぬすめ春の山風」（『古今集』巻二・春下・91・春の歌とてよめる）という遍照の古歌に基づく和歌を興風に詠ませた。興風は再び宇多天皇に古歌の翻案の献上を命じられると、

　　　寛平御時古き歌奉れと仰せられければ、竜田川もみぢ葉流るといふ
　　歌を書きて、その同じ心をよめりける
　　み山よりおちくる水の色見てぞ秋は限りと思ひしりぬる
　　　　　　　　　　　　　　　　　　　　（『古今集』巻五・秋下・310・興風）

といった歌を詠んだのである。詞書における「竜田川もみぢ葉流るといふ歌」は、「竜田川もみぢ葉流る神奈備の三室の山に時雨降るらし」（『古今集』巻五・秋下・284・読人知らず）という古歌の上句である。この二例が典型的に示すように、宇多朝では古歌を模範として新しい歌を作る風潮があったようである。『新撰万葉集』上恋112の和歌「片糸に貫く玉の緒を弱みみだれて恋ひ

---

①　山口博「菅原道真の万葉集綜緝」（和歌文学研究25、1969年12月）、ハーラ・イシュトウブアン「『万葉集』名義の謎」（万葉84、1974年6月、26頁）を参照されたい。

ば人や知りなむ」は、『万葉集』の「片糸もち貫きたる玉の緒を弱み乱れやしなむ人の知るべく」（巻十一・2791・作者未詳）の類歌であり、宇多朝の古歌翻案の風潮に乗るものとみなすことができる。なお、序文における「雖入難悟」は『法華経』「諸仏智慧、甚深無量。其智慧門、難解難悟」を踏まえ、「仰彌高鑽彌堅者」は『論語』（子罕）「顔淵喟然嘆曰、仰之彌高、鑽之彌堅」を下敷きにしたものである。及びもつかない諸仏の智慧と孔子の人格に対する形容は、和歌の道の高邁深遠を示唆する文脈に用いられることになる[①]。ここにはまた、孔子の絶大な徳にも比すべき古歌の偉大さを賞賛する意図も読み取れる[②]。

上記の「古歌」についての叙述を踏まえた上で、『新撰万葉集』の成立事情が導入される。「當今、寛平聖主万機餘暇、挙宮、而方有事合歌。後進之詞人、近習之才子、各献四時之歌、初成九重之宴。又有餘興同加恋思之二詠」と、宇多天皇が内裏で歌合を行い、若い歌人や側近の才子たちが「四季」と「恋思」の歌を献上したことが語られる。後に続く序文には、

  倩見歌体、雖誠見古知今、而以今比古。新作花也、旧製実也。以花比実、今人情彩剪錦、多述可憐之句、古人心緒織素、少綴不整之艶。仍左右上下両軸、惣二百有首、号日新撰万葉集。先生非啻賞倭歌之佳麗、兼亦綴一絶之詩、插数首之左。

とあるように、「古歌」と「今歌」とを比較して「今歌」の文芸的価値を高めようとする意図が込められている[③]。「実」は上代の古歌のことを指し、素朴で素直な歌調を備える。「花」は『新撰万葉集』の新作の歌で、錦を裁ち切ったように美しく華やかだという。つまり、『新撰万葉集』の和歌は単なる『万葉集』の和歌の再生ではなく、そこには著しい技巧の進歩が見られるというのである[④]。この一文での「古」と「今」の対比は「今」により重心を置い

[①] 『千載和歌集』（新日本古典文学大系10、岩波書店、1993年4月）の序文「しかはあれども、まことに鑽ればいよいよ堅く仰げばいよいよ高きものはこの大和歌の道になむありける」は、和歌の道が深くて奥義の極めにくいことをいう。

[②] 国語国文67-9、1998年9月の渡辺秀夫氏の論、24頁。

[③] 吉川栄治「古歌と『万葉』―『新撰万葉集』序文の検討」和歌文学研究46、1983年2月、9頁。

[④] 渡辺秀夫氏は「『新撰万葉集』論―上巻の和歌と漢詩をめぐって」（国語国文67-9、1998年9月、24頁）で、「『万葉集』（古歌）の絶対的な権威を借りながら、なおその歌風を「質実」ととらえ、さらにこれを革新する「花綺麗」な現代短歌のアンソロジー『新撰―万葉集』成立の根拠を確立しようとする」と述べる。

ているが、けっして「古歌」そのものを否定するわけではない。

　上から分かるように、『万葉集』の絶対的な権威を借りてこの詞華集の価値を高めようとする一方、古歌に対する新作の歌のあやを強く主張するために、「新撰―万葉集」と名付けられたのである。同様に、時期を同じくする『千里集』序文の「古今和歌、多少献上」と『古今集』真名序「各献家集並古来旧歌、曰続万葉集」にも「古」と「今」の意識がある。

　本章では、『新撰万葉集』の漢詩が万葉以来詠み継がれてきた和歌の伝統的表現・発想をいかに受容したのかを中心に考察して、「古歌」から「新作」への展開過程を明らかにしたい。

第一節　四季部漢詩における歌材の摂取

　奈良時代の『懐風藻』や平安初頭の勅撰三集の漢詩においては、中国にはない題材や表現を詠んだ例は極めて稀である①。しかし時代が下ると、島田忠臣と菅原道真は詩材として殆ど用いられたことのない「海老」「紙鳶」「瞿麦花（第一章第三節参照）」を詠み込んでいる②。『新撰万葉集』の漢詩になると、「女郎花」「萩」「藤袴」などの歌材のみならず、その語にまつわるイメージや季節観などもそのまま取り込まれている③。

一　女郎花の漢詩

　　上秋47 女倍芝匂倍留野邊丹宿勢者無綾泛之名緒哉立南
　　（女郎花にほへる野辺に宿りせばあやなくあだの名をや立ちなむ）
　　女郎花野宿羇夫、女郎花の野に　羇夫宿る
　　不許繁花負号区。許さず　繁花号に負ふ区に
　　蕩子従来無定意、蕩子　従来定意無し
　　未嘗苦有得羅敷。未だ嘗て苦まず　羅敷得ること有るを

「おみなえし」とは日当たりの良い山地や草原に生え、初秋に黄色い小さな

---

① 第一章第三節で述べたように、『懐風藻』と勅撰三集に桜花の漢詩がいくつかある。
② 三木雅博「島田忠臣と在原業平―漢詩が和歌を意識し始めた頃」『王朝文学の本質と変容 韻文編』和泉書院、2001年11月、34頁。
③ 『新撰万葉集』の漢詩に詠まれた歌材は「桜花」「女郎花」「萩」「藤袴」「郭公」の五種類しかない。

花を咲かせる秋の七草の一つである。『万葉集』にはおみなえしの歌が14首あり、「おみなえし」は万葉仮名で「娘部四・美人部師・佳人部師・姫部師」などと表記されている。『倭名類聚抄』に「女郎花 新撰万葉集云女郎花倭歌云女倍芝」とあり、「女郎花」という表記の初出は『新撰万葉集』の漢詩である。

吾郷尓今咲花乃娘部四不堪情尚戀二家里
（我が郷に今咲く花のをみなへし堪へぬ情になほ恋ひにけり）
（巻十・2279・作者未詳・寄花）

私の里に咲いている女郎花のような可憐なあの娘のことを、耐えられないほど恋焦がれている、という歌が示すように、女郎花を若く美しい女性に見立てる表現が『万葉集』にある。ところが、「たいてい〈旅の野で男を魅了する女〉という役回りの女性に限られ」①るという「女郎花」のイメージは、『万葉集』にはまだ見られず、六歌仙時代に用いられ始めて、撰者時代に広く詠まれるようになる。

名にめでておれるばかりぞ女郎花我落ちにきと人にかたるな
（『古今集』巻四・秋上・226・遍昭）
寛平御時、蔵人所のをのこども、嵯峨野に花見んとてまかりたりけるとき、かへるとてみな歌よみけるついでによめる
花にあかでなにかへるらむ女郎花おほかる野辺にねなまし物を
（『古今集』巻四・秋上・238・平定文）

はその例である。昌泰元年秋（898）、亭子院女郎花合が行われ、その歌は『新撰万葉集』下巻の女郎花の部に収められることになる。このことは宇多上皇の周辺において女郎花の歌が広く愛好されていたことをよく示している②。
　上秋47の和歌は万葉以来詠み継がれてきた歌材「おみなえし」を受け継いで、〈女郎花が咲いている野辺に宿をとれば、美しい女のところに泊った

---

① 平田喜信、身崎壽『和歌植物表現辞典』東京堂、1994年7月。
② 『新撰万葉集』における「女郎花」の和歌についての先行研究は、山崎健司「新撰万葉集女郎花の部の形成―宇多上皇周辺における和歌の享受」（国語国文59(3)、1990年3月）、長部浩一「新撰万葉集に詠ぜられた女郎花―万葉歌の継承と展開―」（国学院雑誌98(6)、1997年6月）がある。

という不実な噂が立ってしまうのでしょう〉と詠んでいる。歌に配されている漢詩は、〈旅人が女郎花の多く咲いている野に泊っている。許されないのだ、「女郎」という名を持った女郎花の野に入ることは。その旅人は浮かれ男で、定まった心がなくて、いつも容易く美女を手に入れる〉という意を表す。ここに用いられた、旅人が女郎花が咲く野辺に宿を取れば美しい女性の元に泊まったという評判が立ってしまう、という発想は、中国詩にはなく、おみなえしの歌を踏襲したものである。承句の「繁花」という語は前掲の平定文の歌における「女郎花おほかる野辺」を思わせる①。なお、中国詩にも「女郎花」の漢詩がある。

　　膩如玉指塗朱粉、光似金刀剪紫霞。
　　從此時時春夢里、応添一樹女郎花。
　　　　　　　　　　　　（『白氏文集』3215・題令狐家木蘭花）
　　怪得独饒脂粉態、木蘭曽作女郎来。
　　　　　　　　　　　　（『白氏文集』1359・戯題木蘭花）

詩題から明らかなように、「女郎花」は「木蘭花」をいう。二首とも楽府詩「木蘭詩」の「同行十二年、不知木蘭是女郎」（『楽府詩集』横吹曲辞五）に基づき、木蘭花を替父従軍の花木蘭という女性と重ねて、「女郎花」といったのである。「木蘭」はモクレン科の落葉低木で、春に大形で紅色の花が咲く。日本でいう、旅先の遊女に見立てられる黄色い小さな「おみなえし」と違う花であることが明らかである。『新撰万葉集』の漢詩における「女郎花」は、白居易詩の「女郎花」を同じ女性の比喩として詠まれる「おみなえし」に当てはめた結果ではないかと思われる。

　また、『新撰万葉集』の女郎花の漢詩は秋の部に収められることが注意される。『万葉集』においては、「おみなえし」は既に秋の景物として詠まれている。

　　　八月七日夜、集于守大伴宿祢家持舘宴歌
　　秋の田の穂向き見がてりわが背子がふさ手折りけるをみなへしかも
　　　　　　　　　　　　　　　　　（巻十七・3943・大伴家持）

---

① 上秋47の歌はまた『古今集』（巻四・秋上・229・小野美材）に収められ、「女郎花おほかる野辺に宿りせばあやなくあだの名をや立ちなん」とある。

　　　　天平勝宝五年八月十二日、二三大夫等、各提壷酒、登高圓野聊述所
　　　　心作歌三首
　　　をみなへし秋萩しのぎさを鹿の露別け鳴かむ高圓の野ぞ
　　　　　　　　　　　　　　　　　　　　　　　（巻二十・4297・大伴家持）

などはその例である。『新撰万葉集』や『古今集』になると、女郎花は秋の景物として定着するようになる。

　　上秋72　名西負者強手將恃女倍芝人之心丹秋者來鞘
　　（名にし負はばしひてたのまむ女郎花人の心に秋は来れども）
　　秋嶺有花号女郎、秋嶺に花有り　女郎と号く
　　野庭得所汝孤光。野庭に所を得て　汝孤り光れり
　　追名遊客猶尋到、名を追ひて　遊客　猶尋ね到る
　　本自慇懃子尚強。本自慇懃にして　子は尚に強ひむ

上秋72の歌は「秋は来れども」で明確に秋という季節観を打ち出す。対する漢詩の起句「秋嶺有花号女郎」は女郎花の和歌の季節観をそのまま受け継いでいる。承句「野庭得所汝孤光」に描かれた野原に自生して一人だけ光彩を放って咲く女郎花の様子は、上秋72の和歌に見えないが、

　　　　ものへまかりけるに、人の家に女郎花うゑたりけるを見てよめる
　　　女郎花うしろめたくも見ゆるかな荒れたる宿にひとりたてれば
　　　　　　　　　　　　　　　　　　　　　（『古今集』巻四・秋上・237・兼覧王）

という歌を想起させる。後二句「追名遊客猶尋到、本自慇懃子尚強」は「女郎」という名に惹かれて追いかけてきた遊客は、無理に女郎花に情を通わせようとしたという意を表す。この発想の根底には、「女郎花」の花名へのこだわりがある。

　　上秋47と上秋72の漢詩で形成された女郎花のイメージは、以後の王朝漢詩文に継承されていく。『和漢朗詠集』の「女郎花」部には、中国詩は一首も採られていないが、

　　花色如蒸粟、　　花の色は　蒸せる粟のごとし
　　俗称為女郎。　　俗称ばうて　女郎となす

聞名戯欲契偕老、名を聞きて　戯れに偕老を契らむとすれば
恐悪衰翁首似霜。恐るらくは　衰翁の首の霜に似たるを悪まむことを
（『和漢朗詠集』女郎花・279・源順）

〈花の色は蒸した粟のようで、俗に女郎花と呼んでいる。「女郎」という名を聞いて、戯れに夫婦の契りをかわしたいと思ったが、先方が髪も霜のように白くなった私を嫌うだろうと心配している〉、という詩が収められている。ここに詠まれた「女郎花」は、和歌の「おみなえし」のイメージを帯びている。

二　藤袴の漢詩

上秋69　何人鹿來手脱係芝藤袴秋毎來野邊緒匂婆須
（何人か来て脱ぎかけし藤袴秋来るごとに野辺を匂はす）
秋来野外莫人家、秋来りて野外に　人家莫し
藤袴締懸玉樹柯。藤袴締び懸く　玉樹の柯
借問遊仙何処在、借問す　遊仙何れの処にか在る
誰知我乗指南車。誰か知らむ　我れ指南車に乗ることを

「藤袴」はキク科の多年草、秋の七草の一つである。淡紫色の小さな頭花を多数散房状に開く形が袴を連想させることから名付けられたようである。『倭名類聚抄』「蘭」の項に、「兼名苑云、蘭一名蕙　蘭蕙二音、和名本草云、布知和名波賀万、新撰万葉集別用藤袴」とある。「藤袴」は『万葉集』に「芽之花乎花葛花瞿麦之花姫部志又藤袴朝皃之花（萩の花尾花葛花なでしこの花をみなへしまた藤袴朝顔の花）」（巻八・1538・山上憶良詠秋野花歌二首其二）の一例しかなく、秋の景物として詠まれる。『古今集』は上代以来の季節観を受け継いで「藤袴」の歌を秋の部に収めており、またその花名自体に着目して詠んで、「藤袴」を実在の景物から表現のためのことばへと転化させていく。例えば、

　　ふぢばかまをよめる
　ぬし知らぬかこそ匂へれ秋の野にたがぬぎかけし藤袴ぞも
（『古今集』巻四・秋上・241・素性）

「藤袴」を誰かが脱ぎ置いた袴とみて、その袴に焚き染めた香りが野辺を匂

わせるという。上秋69の和歌「何人か来て脱ぎかけし藤袴秋来るごとに野辺を匂はす」と同じ趣向がみえる。

　一方、上秋69の漢詩における「藤袴」という詩語は中国詩には見られず、和語の表記をそのまま漢字として用いたものである。上秋69の漢詩起句「秋来野外莫人家」は和歌における藤袴の季節観に合わせて詠んでいる。藤袴が野辺を美しく彩るというイメージも、「藤袴」の歌語としての印象に合致している。承句「藤袴締懸玉樹柯」は「藤袴」を貴人の脱ぎ置いた着物と見て、それが郊外の美しい木の枝に掛けられると詠んでいる。

　「女郎花」と「藤袴」は、現実の事象を離れて、「女郎花→女郎」「藤袴→貴人の袴」という固有の観念を連想させる歌語となっている。こうした言語遊戯的な発想は漢詩文に刺激されて成立したと思われる。例えば、「終日坡前恨離別、漫名長楽是長愁」（『白氏文集』1199・長楽坡）は「長楽坡」と名付けられているが、そこで君との離別を悲しんだので、「長楽」という名はまったくあてにならないのだなあ、という意味である。地名を言語的次元で捉え直すという手法は、「大堰川浮かべる舟の篝火にをぐらの山も名のみなりけり」（『後撰集』巻十七・雑三・1231・業平・大井なる所にて人々酒たうべけるついでに）、「かつ越えて別れも行くか逢坂は人だのめなる名にこそありけれ」（『古今集』巻八・離別・390・紀貫之・藤原のこれをかがむさしのすけにまかりける時に、送りにあふさかを越ゆとてよみける）にも見られる①。また、『遊仙窟』（唐・張文成）の「但問意如何、相知不在棗」「忽遇深恩、一生有杏」は果物の「名」を利用して「棗・早」「杏・幸」という同音異義語を駆使して、「早く知り合いにならなかったのが残念である」「深い情けを受け、私にとって一生の幸せである」と遊戯的に詠んでいる。その基本原理は藤袴の和歌と同じであると考えられる。これらの用例は、言語遊戯的性格を帯びる古今集歌が漢詩文の言語の修辞的様式性を参考にすることによって自己の表現機能を開拓していった可能性を示唆している。

三　萩の漢詩

　上秋77　夜緒寒美衣借金鳴苗丹芽之下葉裳移徒丹芸里
　　（夜を寒み衣かりがね鳴くなへに萩の下葉もうつろひにけり）
　　寒露初降秋夜冷、寒露初めて降りて　秋夜冷かなり

---

①　白居易の「長楽坡」と貫之歌との類似性は既に渡辺秀夫氏に（『平安朝文学と漢文世界』勉誠社、1991年1月、55頁）指摘されている。

第二章　『新撰万葉集』の漢詩における伝統的和歌表現の受容

芽花艶艶葉零零。　芽の花は艶艶たるも　葉は零零たり
雁音頻叫銜蘆処、　雁音頻りに叫き　蘆を銜ふる処
幽感相干傾緑鄽。　幽感相干して　緑鄽を傾く

萩はマメ科ハギ属の小低木の総称で、秋に紅紫色または白色の花を咲かせる。『倭名類聚抄』（巻二十・草木部）に「鹿鳴草　爾雅集注云、萩一名蕭〈萩、音秋、一音焦。蕭、音宵。和名波木。今案牧名用萩字、萩倉是也。〉弁色立成、新撰万葉集等用芽字」とあるように、萩は「鹿鳴草」とも呼ばれている。『箋注倭名類聚抄』（巻十）「鹿鳴草」の項に「蓋是草以鹿鳴時開花、国俗所名、非漢名也」[①]とみえる。『万葉集』には萩の歌が141首ほどあり、「はぎ」は「芽」或いは「芽子」と表記されている。

　　　弓削皇子思紀皇女御歌四首
　　吾妹兒尓戀乍不有者秋芽之咲而散去流花尓有猿尾
　　（吾妹兒に恋ひつつあらずは秋萩の咲きて散りぬる花にあらましを）
　　　　　　　　　　　　　　　　　　　　（巻二・120・弓削皇子）
　　　三年辛未大納言大伴卿在寧樂家、思故郷歌二首
　　指進乃粟栖乃小野之芽花将落時尓之行而手向六
　　（指進の粟栖の小野の萩の花散らむ時にし行きて手向けむ）
　　　　　　　　　　　　　　　　　　　　（巻六・970・大伴旅人）

はその例である。

　上秋77の和歌の原文では、「はぎ」は「芽」と記されている。一方、上秋77の漢詩の承句「芽花艶艶葉零零」には、「芽花」という語がみえる。この表記は中国の詩文には見出せず、万葉仮名「芽花」をそのまま導入した結果と見なすべきであろう。表記のみならず、本集漢詩における「萩」の使い方も萩の和歌に深く関わっている。

　①「萩・露」の組合せと「萩の錦」
　上秋77の漢詩「寒露初降秋夜冷、芽花艶艶葉零零」は寒露が降り始める秋の夜に、萩の花が赤く艶々と色づき、葉がはらはらと舞い散る情景を描写している。萩と露とを詠んだものとして、『万葉集』には、

[①] 狩谷掖齋著『箋注倭名類聚抄』京都帝国大学文学部国語学国文学研究室編、全国書房、1943年11月。

白露の置かまく惜しみ秋萩を折りのみ折りて置きや枯らさむ
　　　　　　　　　　　　　　　　　　　　　（巻十・2099・作者未詳）
　　秋風の日にけに吹けば露しげみ萩の下葉は色づきにけり
　　　　　　　　　　　　　　　　　　　　　（巻十・2204・作者未詳）

がある。古人は秋の冷たい白露が木々に降りて、葉が色変わりしているという不思議な現象に驚いて、露が萩の下葉を色濃く染めるという和歌を作り出したことが想像できる①。また、

　　上秋49　白露之織足須芽之下黄葉衣丹邊秋者来芸里
　　（白露の織り足す萩の下黄葉衣にうつる秋は来にけり）
　　秋芽一種最須憐、　秋芽一種　最も憐れむべし
　　半萼殷紅半萼遷。　半萼は殷紅　半萼は遷れり
　　落葉風前砕錦播、　落葉は風の前に　砕錦を播らし
　　垂枝雨後乱糸牽。　垂枝は雨の後に　乱糸牽けり

上秋49の和歌の「白露の織り足す萩の下黄葉」に詠まれた露が萩を色づかせる表現は、万葉以来の伝統的な詠みぶりを受け継いだものである。一方、対する漢詩の後二句「落葉風前砕錦播、垂枝雨後乱糸牽」は、散りゆく紅葉が風の中で砕けた錦のように撒き散らされて、垂れ下がった細長い枝が雨に濡れて乱れた糸を引いているようだと詠み、色づいた萩の見事さを表現している。『万葉集』の「秋の野に咲ける秋萩秋風に靡ける上に秋の露置けり」（巻八・1597・大伴家持）に詠まれた秋萩が風や露に打たれて靡いている表現を継承したものと見てよかろう。

　　上秋64　秋芽之花開丹芸里高猿子之尾上丹今哉麞之鳴濫
　　（秋萩の花咲きにけり高砂の尾上に今や鹿の鳴くらむ）
　　三秋有蕊號芽花、　三秋蕊有り　芽の花と号く
　　麞子啼時此草奢。　麞子啼く時　此の草奢る

---

① 和歌の世界においては、露が葉を染めることが特に愛好されている。それに対して、中国詩には「春露下染色、秋霜不改条」（『芸文類聚』巻八十一・薬香草部上・東晋・袁崧・菊）、「露染薔薇叶、日照苋蘭枝」（『芸文類聚』巻二十九・人部十三・梁・呉均・贈揺郎詩）、「露染霜干片片軽、斜陽照処転烘明」（『全唐詩』晩唐・呉融・紅葉）があるが、用例は少ない。

第二章　『新撰万葉集』の漢詩における伝統的和歌表現の受容

　　雨後紅匂千度染、雨後　紅の匂ひ　千度染め
　　風前錦色自然多。　　　風前錦の色　自然に多し

　上秋64の漢詩の後二句「雨後紅匂千度染、風前錦色自然多」は、萩の花が雨にいく度も紅色に染められており、風に吹かれて多彩な錦を織り成したと詠んでいる。上秋49の漢詩と違って、萩の花は賞美の対象となる。風が花の色を染める表現は『万葉集』には見えないが、「秋風の吹きそめしより女郎花いろ深くのみ見ゆる野辺かな」（亭子院女郎花合・10・作者未詳）のように九世紀末に現れた新趣向である①。

　さらに、上秋49と上秋64の漢詩は、風雨が萩の下葉や花を染め上げるという通念の上に、新たな趣向が加えられている。「落葉風前砕錦播」「風前錦色自然多」とあるように、萩の下葉や花を砕けた錦に見立てるのである。後述するが（第四章第一節参照）、九世紀後半、「花―錦」「紅葉―錦」の見立て表現は日本詩歌で盛んに詠まれるようになる。それと万葉以来の「萩の花咲く」「萩の下葉は色づきにけり」を結びつけて、

　　　　山花織錦無郷春
　　山ごとに萩の錦をおればこそ見るに心のやすき時なき
　　　　　　　　　　　　　　　　　　　　　　　　　（『千里集』91②）
　　　　人々秋の野にあそぶ
　　秋の野の萩の錦は女郎花たちまじりつつ織れるなりけり
　　　　　　　　　　　　　　　　　　　　　　　　　（『貫之集』454）

といった、「萩の錦」という斬新な表現が切り拓かれていく。上秋49と上秋64の漢詩は和歌の「萩―錦」の見立て表現を詩に取り入れながら、「紅匂千度染」「錦色」「砕錦」などを通して萩の色彩美を表現している③。なお、上秋49の後二句「落葉風前砕錦播、垂枝雨後乱糸牽」に描かれた萩のしきりに散り乱れる様は、

---

① 中国詩には、「東風何時至、已緑湖上山」（『全唐詩』盛唐・丘為・題農父廬舎）のように、風が草木の色を緑色に染め上げる表現が多く見られる。
② 書陵部蔵『大江千里集』（511―23）（国文学研究資料館「所蔵和古書・マイクロ/デジタル目録データベース」のデジタル画像を参照した）による。
③ 「色追膏雨染、香趁景風来」（『菅家文草』403・薔薇）、「紅華媚日紅逾煥、錦色須霞錦更鮮」（『経国集』雑詠・114・林婆娑・賦桃、応令）などはその類例として挙げられる。

・65・

湯原王鳴鹿歌一首
　　<u>秋萩の散りのまがひ</u>に呼び立てて鳴くなる鹿の声の遥けさ
　　　　　　　　　　　　　　　　　（『万葉集』巻八・1550・湯原王）

といった万葉集歌に先例があるものである。上秋49の漢詩はこの伝統的な詠みぶりを踏まえながら、「糸」に縁のある「錦・乱・牽」を駆使してより機知に富んだ表現を作り上げていく。
　②「萩・鹿・雁」の組合せ
　『新撰万葉集』の漢詩において、「萩」は「露」に限らず、様々な秋の代表的な風物と組み合わされる。上秋77の「芽花艶艶葉零零・雁音頻叫衛蘆処」は萩の花が紅色に艶やかで美しく、雁が頻りに鳴き声を響かせて飛んでいるという晩秋の情景を描く。そこに見られる「雁・萩」の組合せは、

　　　詠鹿鳴
　　雁来れば萩は散りぬとさ男鹿の鳴くなる声もうらぶれにけり
　　　　　　　　　　　　　　　　　（『万葉集』巻十・2144・作者未詳）
　　　詠花
　　秋萩は雁に逢はじと言へればか声を聞きては花に散りぬる
　　　　　　　　　　　　　　　　　（『万葉集』巻十・2126・作者未詳）
　　　右大臣橘家宴歌七首
　　雲の上に鳴きつる雁の寒きなべ萩の下葉はもみちぬるかも
　　　　　　　　　　　　　　　　　（『万葉集』巻八・1575・橘諸兄）

とあるように、和歌の世界において「鹿・萩」の組合せに劣らず多い。また、上秋64の「三秋有蕊號芽花、麕子啼時此草奢」は幼鹿が鳴く秋に萩が綺麗に咲き乱れることを詠んでいる。和歌の世界では、萩が鹿の花妻と見做されるのが一般的である。

　　わが岡にさ男鹿来鳴く初萩の花妻問ひに来鳴くさ男鹿
　　　　　　　　　　　　　　　　　（『万葉集』巻八・1541・大伴旅人）
　　奥山に住むとふ鹿の初夜さらず妻問ふ萩の散らまく惜しも
　　　　　　　　　　　　　　　　　（『万葉集』巻十・2098・作者未詳）

こうした「鹿・萩」の組合せは、上秋64の歌「秋萩の花咲きにけり高砂の尾

上に今や鹿の鳴くらむ」が示すように、九世紀末の和歌に脈々と詠み継がれていったのである。また、上秋43の漢詩の転句に「鹿鳴花」という表現が見える。

　　　上秋43　秋風にほころびぬらし藤袴つづりさせとてきりぎりす鳴く
　　　商飆颯颯葉軽軽、商飆颯颯として　葉軽軽たり
　　　壁蛬流音数処鳴。壁蛬の流音は　数処に鳴く
　　　暁露鹿鳴花始発、暁露鹿鳴きて　花始めて発く
　　　百般攀折一枝情。百般攀ぢ折らむ　一枝の情

萩が日本で「鹿鳴草」と呼ばれていたことから、転句における「花」は鹿が鳴くときに咲く花、則ち萩の花を指すと考えられよう。後二句「暁露鹿鳴花始発、百般攀折一枝情」が後に『和漢朗詠集』の「萩」の部に収められることからも明らかなように、ここの「花」は萩の花をいう。「暁露鹿鳴花始発」は明け方露が降りる頃、鹿が鳴き、萩が咲くと詠んでいる。上の分析により、「露・萩」「鹿・萩」の組み合わせは萩の歌の伝統的詠み方に従っていることが分かる。なお、「露・鹿・萩」を一首に詠み込んだ例としては、

　　　鳴き渡る雁の涙や落ちつらん物思ふ宿の萩の上の露
　　　　　　　　　　　　　（『古今集』巻四・秋上・221・読人知らず）

が挙げられる。
　③「萩・蛬」の組合せ

　　　上秋63　にはかにも風の涼しく吹きぬるか秋立つ日とはむべも言ひけり
　　　涼飆急扇物先哀、涼飆急に扇ぎて　物先づ哀し
　　　応是為秋気早来。まさに是れ　秋気の早く来たるためなるべし
　　　壁蛬家家音始乱、壁蛬　家家に音始めて乱れ
　　　叢芽処処蕚初開。叢の芽　処処に蕚初めて開く

上秋63の漢詩の後二句「壁蛬家家音始乱、叢芽処処蕚初開」は蟋蟀（『爾雅』（釈虫）に「蛬　蟋蟀」とある）が家々で鳴き声を立て始め、萩があちらこちらで花を咲かせている情景を述べる。「蟋蟀（蛬）・萩」の組み合わせは、

上秋43の漢詩「壁䘉流音数処鳴・暁露鹿鳴花始発」にも見られる。先行する和歌に類似の発想は見えないが、

　　　寄花
　草深み〈蟋〉さはに鳴く屋前の萩見に君はいつか来まさむ
（こほろぎ）

（『万葉集』巻十・2271・作者未詳）

といった歌にその発想の源を求めることができる。『万葉集』における「蟋」は「こほろぎ」と訓まれている。『新撰字鏡』に「蟋蟀者支利支利須」とあり、『類聚名義抄』には「蛬　キリキリス」とある。2271番の歌における蟋蟀の鳴き声は秋の悲しさを掻き立てるものではなく、萩とともに風情のあるものとして詠まれている。

上秋63の漢詩の前二句「涼飆急扇物先哀、応是為秋気早来」は立秋の日に涼やかな風が急に吹くと、秋の風物が先んじて哀しみの様相を呈すると詠む。転句における蟋蟀の鳴き声は「物先哀」を具体的に裏付けるように表現されている。中国詩においても、

秋風属兮鴻雁征、蟋蟀嘈嘈兮晨夜鳴。…
時光逝兮年易尽、感彼歳暮兮悵自愍。

（『芸文類聚』巻二八・人部・晋・石崇・思帰歎）

開秋兆涼気、蟋蟀鳴床帷。
感物懐殷憂、悄悄令心悲。

（『文選』巻二三・阮籍・詠懐詩）

明月皎夜光、促織鳴東壁。

（『文選』巻二九・古詩十九首其七）

平蕪寒蛬乱、喬木夜蝉疏。

（『全唐詩』初唐・蘇頲・餞沢州盧使君赴任）

といった同趣向の先例を見出すことができる。とりわけ上秋63の漢詩における蟋蟀の鳴き声によってもたらされた悲哀感は、『楚辞』（宋玉・九弁）「悲哉秋之為気也、蕭瑟兮、草木揺落而変衰。…。独申旦而不寐兮、哀蟋蟀之宵征（悲しいかな、秋の気たるや、蕭瑟たり、草木揺落して変衰す。…。独り旦を申ねて寐ねられず、蟋蟀の宵征を哀しむ）」の悲秋の感情に通底するものである。要するに、和歌の伝統的組合せ「萩・蟋蟀」と〈秋の蟋蟀の鳴き声が

第二章　『新撰万葉集』の漢詩における伝統的和歌表現の受容

聞く人に悲哀を募らせる〉という漢詩文の型が融合して、上秋 63 の漢詩が成立したのである①。一方、悲秋表現の盛行とともに、和歌の世界においても、

　　秋萩も色づきぬれば蛬我が寝ぬごとや夜はかなしき
　　　　　　　　　　　　　　　　（『古今集』巻四・秋上・198・読人知らず）

萩が色付いた深秋の夜が侘しくて、蟋蟀の鳴き声を聞いて眠れない、という新しい趣向が現れる。

　『新撰万葉集』においては、古今集歌の基盤としての歌語の用法がほぼ確立されていると言える②。「萩・鹿」「萩・露」「萩・雁」「萩・蟋蟀」の組合せはいずれも万葉歌にも見られるものである。言い換えれば、『万葉集』は一定の連想性をもつ歌語を育む土壌となっているのである。一方、これらの組み合わせは中国詩には見いだせないが、中国詩はその生成に深く寄与している。芳賀紀雄氏は『万葉集』に見られる種々の取り合わせが詠物詩に起源をもつものであり、さらに「萩・鹿」などの「万葉独自の取り合わせの固定化」にも詠物詩の表現類型や発想が影響を及ぼしたと指摘する③。また、渡辺秀夫氏は「詩語への注目とその学習というものが、旧来の伝統と慣用（枕詞・序詞/類句・類歌・類想歌）のなかで次第に培われてきた日本語による詩のことば、歌語の形成・整序という言語的成熟に方法的な自覚化を促進せしめた大きな要因の一つとみることができよう」④と述べる。例えば、中国詩において、「蟋蟀（蛬）」は秋の景物と組み合わされることが多い。任意に数例をあげて説明すれば、

　　熠耀粲於階闥兮、蟋蟀鳴乎軒屛。
　　　　　　　　　　　　　　　　　　　（『文選』巻十三・潘岳・秋興賦）
　　鳴雁薄雲嶺、蟋蟀吟深榭。

---

① 上秋 43 の漢詩「壁蛬流音数処鳴・暁露鹿鳴花始発」にはこのような悲秋の感情が感じ取れない。
② 「歌語」の定義は、小町谷照彦氏（『古今和歌集と歌ことば表現』第二章第一節「『古今集』の表現構造」岩波書店、1994 年 10 月、103 頁）の「たとえ日常語と形は同じであっても、和歌に詠まれることによって、意味内容や用法が固定化・類似化し、情趣や美意識が付加した語の体系をさすもの」という見解によりたい。
③ 芳賀紀雄『万葉集における中国文学の受容』I「典拠受容の諸問題・詠物詩」塙書房、2003 年 10 月、219 頁。
④ これは『文鏡秘府論』の詩論と古今集の歌論の形成との関わりについて述べるものである（渡辺秀夫『平安朝文学と漢文世界』第一篇第一章（I）「〈九意〉―詩語と歌語」11 頁）。

　　　　　　　　　　　　　　（『芸文類聚』巻三・歳時上・秋・晋・江逌）
雨籠蚕壁吟燈影、風触蝉枝噪浪声。
　　　　　　　（『全唐詩』晩唐・杜荀鶴・投宣諭張侍郎乱後遇毘陵・
　　　　　　　　　　　　　　　　　　　〈『千載佳句』秋興〉所収）
繞壁暗蛩無限思、恋巣寒燕未能帰。
　　　　　　　　　　　　　　　　　（『白氏文集』3460・感秋詠意）

などの詩句において、「蟋蟀・蛍（熠耀）」「蟋蟀・雁」「蟋蟀・蟬」「蟋蟀・燕」の組合せが見られる。ほかの蟋蟀詩に目を転じてみると、

燕翔逝而帰海、蟋蟀鳴而相追。
　　　　　　　（『芸文類聚』巻三四・人部十八・哀傷・晋・鐘琰・遐思賦）
聴蟋蟀之潜鳴、睹遊雁之雲翔。
　　　　　　　（『芸文類聚』巻三・歳時上・晋・夏侯湛・秋夕哀）
夜蟬当夏急、陰虫先秋聞①。
　　　　　　　　　　（『文選』巻二六・贈答四・行旅上・顔延年・
　　　　　　　　　　　　　　　　　　　夏夜呈従兄散騎車長沙）

相対する句で「蟋蟀」と同じ位置にある字も殆どが「蛍（熠耀）」「雁」「蟬」「燕」である。つまり、中国詩において、「蟋蟀」の漢詩を詠む場合に「秋風・涼気・壁・蛍・雁・蟬」などを詠むべきである、という約束ごとができあがっているのである。こうした様式化された漢詩表現から刺激を受けたからこそ、「萩」は「秋・鹿・露・雁・きりぎりす」とともに用いられるもの、「おみなえし」は旅の野で男を魅了する女を連想させるもの、「ふぢばかま」は花の藤袴と衣の袴の掛詞である、という用法が固定化していくのではなかろうか。

第二節　恋歌に付された漢詩

　『新撰万葉集』の恋部には恋歌が二十首あり、四季の部にも、後に『古今集』などでは恋部に分類される歌が七首含まれている。本節はこれらの恋歌に付された漢詩について考察する。泉紀子氏の調査によれば、『新撰万葉集』

---

① 李善注に「易通系卦曰：蟋蟀之虫、随陰迎陽。聖主得賢臣頌曰：蟋蟀俟秋吟」とある。

恋歌に付された漢詩の多くは閨怨詩で、六朝閨怨詩（特に『玉台新詠』）の表現に依拠している[①]。その他、『遊仙窟』や白居易の漢詩表現の受容などもたびたび指摘されてきた[②]。ところが、『新撰万葉集』の漢詩には、中国詩の規範を脱して日本の恋愛の様態を表現しようという傾向が見られる。また、これらの漢詩は恋歌をもとにして作られているので、和歌の内容と深く関わっており、自ずと恋歌的趣向を帯びているのである。しかし、従来の研究では、このような日本的漢詩表現は殆ど見逃されるか、或いは単なる「和習」と認識されるにとどまり、本格的な考察は殆どなされてこなかった[③]。

本節では、『新撰万葉集』の恋歌に付された漢詩を取り上げ、そこに見られる日本的要素を探り、先行する恋歌との関連を考察することによって、それと中国及び勅撰三集の閨怨詩との相違を明らかにしたい。

一　日本的恋愛表現

1.「蕩子」

閨怨詩においては、「蕩子」という語がよく用いられる。

　　蕩子行不帰、蕩子行きて　帰らず
　　空牀難独守。空牀（くうしょう）ひとり守ること難（かた）し
　　　　　　　　　　　（『文選』巻二九・古詩十九首之青青河畔草）
　　蕩子従征久、蕩子従征（じゅうせい）して　久しく

[①] 泉紀子「新撰万葉集における漢詩と和歌」大阪女子大文学国文 32、1981 年 3 月、63、66 頁。ほかには、山口博『閨怨の詩人小野小町』（三省堂選書、1979 年、169、187 頁）で、本集漢詩に詠まれた「夢」「蜘蛛」の六朝閨怨詩の受容を論じる。また、中野方子氏は『平安前期歌語の和漢比較文学的研究』第二節「秋閨怨の受容―「新撰万葉集」から「古今集」へ」（笠間書院、2005 年 1 月、69 頁）で、本集漢詩に詠まれた「虫」「涙」「華顔衰残」は閨怨詩の型を踏まえているという。

[②] 新間一美氏は「『新撰万葉集』の成立と意義」（国文学：解釈と鑑賞 76(8)、2011 年 8 月、43 頁）で本集漢詩の『遊仙窟』の受容について言及する。また、本集恋部漢詩が白居易の漢詩に影響を受けたことは、小島憲之氏「恋歌と恋詩―万葉・古今を中心として」（文学 44-3、1976 年 3 月、304 ～ 305 頁）をはじめ、津田潔氏「『新撰万葉集』上巻・恋歌における白詩の受容について」（白居易研究年報、2000 年 5 月）など先学の指摘するところである。

[③] 大戸温子氏は「新撰万葉集：「恋」をテーマにした日本漢詩」（大学院教育改革支援プログラム「日本文化研究の国際的情報伝達スキルの育成」活動報告書、平成二一年度海外教育派遣事業編：199-201、2010 年 3 月）で、本集恋部の漢詩における中国詩にない表現を羅列してそれを「和習」と判断する。しかし、本集漢詩の和化表現の生成過程や和歌との関係についての考察は殆どなされていない。

鳳楼簫管閑。鳳楼の簫管　閑かなり

（『玉台新詠』巻五・江淹・征怨）

蕩子従遊宦、蕩子　遊宦に従ひ
思妾守房櫳。思妾　房櫳を守る

（『玉台新詠』巻七・邵陵王綸・代秋胡婦閨怨）

等はその一例である。「蕩子行不帰」については、李善注に「『列子』曰、有人去郷土、遊於四方而不帰者、世謂之為狂蕩之人也」とあるように、「蕩子」は普通他郷に遊学して女を顧みない者、或いは辺地に赴き帰らぬ夫を指す。勅撰三集の漢詩にも「蕩子」がみえる。例えば、『文華秀麗集』「奉和春閨怨」（艶情・51・菅原清公）の「蕩子別来多歳月、那堪夜夜掩空扉。…君不見閨□怨□□顔華、直為思君塞路遐。奈何征人大無意、一別十年音信賖」における「蕩子」は出征に出かけた夫を指し、「蕩子従征久」のパターンをそのまま受け継いだことは明らかである。しかし、『新撰万葉集』の漢詩における「蕩子」の用い方はそれらと異なる①。

上夏41 たが里に夜離れをしてかほととぎすただここにしも寝たる声する
郭公本自意浮華、郭公　本自意浮華なり
四遠無栖汝最奢。四遠　栖無くして　汝最も奢れり
性似簫郎令女怨、性は簫郎に似て　女をして怨ましめ
操如蕩子尚迷他。操は蕩子の如く　尚他に迷ふ

上夏41の和歌は、〈いったい、だれの住む里に「夜離れ」をしてやって来たのか、ほととぎすよ、ここでだけ寝ているかのように鳴く声がする〉の意で、ほととぎすに寄せてたまに訪れた男を皮肉っている②。この歌は男が多数の恋人をもち、夜に女性の元を訪ねていくという、平安朝の恋愛の習俗を踏まえて作られたものである。対する漢詩は、〈ほととぎすは、元々浮気な性格を持っている。どこにも住所を定めず、あちらこちらで鳴き声を響かせているおまえは、いつも自分勝手な振る舞いをする。天性は簫郎に似て、女に怨

---

① 本集上秋47の漢詩の「蕩子従来無定意、未嘗苦有得羅敷」における「蕩子」の使い方は上夏41のそれに近い。『新撰万葉集注釈』巻上（二）（和泉書院、2005年2月、42頁）では「「蕩子賦」の「蕩子」が出征した兵士であるのに対し、本詩（筆者注：上秋47の漢詩）の「蕩子」が、浮かれ男である点は相違する」という指摘があるが、その原因については触れていない。
② 当歌は夏の部の歌であるが、『古今集』の恋部（巻十四・恋四・710・読人知らず）に収載されている。

みの情を抱かせ、貞操は蕩子のようで、あちこちの女に心を迷わせている〉と詠んでいる①。つまり、歌の〈ほととぎす―浮かれ男〉の見立て表現を積極的に取り入れて、郭公の飛び回る姿が、好色の男が一箇所に住みとどまらず、あちこちの女の元に通う様子に重ねられている。

　上夏41の漢詩の結句における「蕩子」は、ところ定めずあちこち出歩いて帰らぬ夫であるという点で、「蕩子」の原義「遊於四方而不帰」と共通するが、複数の女性と付き合う「たはれを」のイメージがある。それに対して、中国詩や勅撰三集における「蕩子」はほかの恋人の元に通って家に帰らないわけではなく、普通出征や遊学のため出かけるのである。とはいえ、もとより「蕩」という字は「たはれを」に共通する意味を含んでいる。

　　古之狂也肆、今之狂也蕩。
　　（古の狂や肆、今の狂や蕩なり）
　　　　　　　　　　　　　　　　　　　　　　　　　　（『論語』陽貨）

　　「宛丘」、刺幽公也。淫荒昏乱、遊蕩無度焉。
　　（「宛丘」は幽公を刺るなり。淫荒昏乱、遊蕩度なし）
　　　　　　　　　　　　　　　　　　　　　　　　　　（『毛詩正義』②）

「蕩」には、自分の思うままにふるまうという意があり、そこから女遊びに耽って品行の修まらないことへと連想がつながる。『新撰万葉集』の漢詩作者は先行する和歌の「ほととぎす―浮かれ男」という見立てを漢詩の上に表現しようとする際、「蕩」の淫逸放縦という一側面だけに注目し、「蕩子」の本来の意味を排して「たはれを」の意として用いている。

2.「怨言」

　　上恋102　鹿島なる筑波の山のつくづくとわが身ひとつに恋を積みつる
　　馬蹄久絶不如何、馬蹄久しく絶え　如何ともせず
　　恋慕此山涙此河。恋慕は此の山のごとく涙は此の河のごとし
　　蕩客怨言常詐我、蕩客の怨言　常に我を詐く
　　蕭君永去莫還家。蕭君永く去りて　家に還ること莫し

---

① 小島憲之氏は『古今集以前』（塙書房、1976年2月、292～294頁）において、伝説の「蕭史」からややくだけた俗語的な「蕭郎」が生まれ、これが男子の通称として通用するようになるが、本集の漢詩の「蕩子」はこれを指すものとみるべきだと述べる。
② 毛公伝、鄭玄箋、孔穎達正義『毛詩正義』中華書局、1957年12月。

当詩は〈男の訪れは久しく途絶えてしまい、それに対してどうしようもない。私の恋しい思いは山のように募り、涙は河のように流れる。男の怨みごとは常に私を欺いてきたが、もう家に帰ってくることはないだろう〉という内容となる①。「蕩客怨言」とは男の怨みごとをいう。しかし、中国の閨怨詩では、怨んでいるのは不在の夫を待ち続けている女で、決して男ではない。『玉台新詠』には、「徒労妾辛苦、終言君不知」（巻六・王僧孺・秋閨怨）、「欲知幽怨多、春閨深且暮」（巻六・徐悱妻劉令嫻・答外詩）が見える。勅撰三集の漢詩においても、「春女怨、春日長兮復長」（『凌雲集』61・小野岑守・雑言奉和聖製春女怨）のように、女の怨みが詠まれる。一方、男の怨みごとは恋愛初期の歌によく見られる②。

　　あふことのなぎさにしよる浪なればうらみてのみぞ立ち返りける
　　　　　　　　　　　　　　（『古今集』巻十三・恋三・626・在原元方）
　　返事も侍らざりければ、又かさねてつかはしける
　　みるもなくめもなき海の磯に出でてかへるがへるもうらみつるかな
　　　　　　　　　　　　　　（『後撰集』巻九・恋一・799・紀友則）

恋心を訴えても相手が応じてくれない場合に、男が相手のつれなさを怨むのである。「蕩客怨言」はまさにこのような場合を指す。次に、『新撰万葉集』における「怨言」をもう一例取り上げて、女が男の怨みごとに騙されるとはどういうことなのかを説明する。

　　上秋78　言の葉をたのむべしやは秋来ればいづれか色の変はらざりける
　　秋来変改併依人、秋来りて変改するは　人に依るを併せたり
　　草木栄枯此尚均。草木の栄枯　此尚均し
　　昨日怨言今日否、昨日の怨言　今日は否なり
　　愧来世上背吾身。愧ぢ来る　世上の吾が身に背けることを

秋になると恋人の言葉が木の葉のように変わるという和歌に対して、漢詩は

---
① 当詩における「簫君」と「蕩子」は、同一人物を指す。
② 半沢幹一・津田潔氏は「『新撰万葉集』注釈稿」（上巻秋部七五～七八）（共立女子大学文芸学部紀要53、2007年1月、52頁）で、漢詩文における「怨言」は男女間のニュアンスを含まないが、和語「うらみごと」は特に男女間のことを言う場合があると指摘する。

棄婦の立場に立って、〈秋が来て風景が変わるとともに、人に依存する状況も変わる。春が来ると草木が繁り、秋が来ると一斉に枯れるように、人の場合も同じようなものである。昨日のあの人の怨みごとは、今日は違っている。世の中が自分に背いていることを知って深く恥じている〉、と男の心変わりを恨んでいる。転句「昨日怨言今日否」における、離別後の女が男の昔の甘いささやきを思い出して棄てられた今の境遇を嘆き悲しむという発想は、中国閨怨詩に由来すると思われる。

　　昔我与君始相値、昔我れ君と始めて相値ふ
　　爾時自謂可君意。その時自ら謂ふ君が意に可なりと
　　結帯与我言、　　帯を結びて我と言ふ
　　死生好悪不相置。死生好悪相置かずと
　　　　　　　　　　　（『玉台新詠』巻九・鮑照・行路難）
　　托身言同穴、身を托し同穴と言ふといえども
　　今日事乖違。今日事乖違す
　　　　　　　　　　　（『全唐詩』中唐・張籍・離婦）

新婚時に男は「結帯与我言」「托身言同穴」と述べて、永遠の愛を誓う。しかし、中国詩では、昔の男の甘いことばは「怨言」と記されないし、『論語』（憲問）に「奪伯氏駢邑三百。飯疏食、没歯、無怨言（伯氏の駢邑三百を奪ふ。疏食を飯ひ、歯を没するまで、怨言なし）」とあるように、「怨言」は本来甘言の意を持たない[1]。一方、恋歌では、「うらむ」は逢ってくれないことへの不満の意を表すだけでなく、逢瀬の実現を図ろうという意味合いで用いることが多い。

　　　女のもとにつかはしける
　　わたつうみに深き心のなかりせば何かは君をうらみしもせん
　　　　　　　　　　　（『後撰集』巻九・恋一・584・読人知らず）

とあるように、恨むのは相手を深く愛しているからである。則ち、男の「怨言」は恋の激しさの証となり、一種の甘いことばと見なすことができる。こうして考えてみると、「昨日怨言今日否」は、〈昔、男は女に求婚するとき、

---

[1] 『新撰万葉集注釈』巻上（二）（和泉書院、2005年2月、262頁）では、「怨言」を「私がこんなに愛しているのにあなたはつれない」と解する。本書では、この見解に従いたい。

逢ってくれない女の冷淡を怨み、自分が如何に女を愛しているかを訴えていた。女は男のその甘いことばに惑わされて心を許した。しかし、秋になり心変わりした男からは、そういう言葉はもはや聞かれない〉ということになり、逢瀬以前の男女のやりとり、恋の成就と終焉がこの一句の中に詠み込まれている。こうして、「怨言」を用いることによって、平安朝の男女の交わりのあり様が漢詩に生かされているのである。

3．離別後の場面描写

上恋111　朝影にわが身はなりぬ白雲の絶えて聞えぬ人を恋ふとて
恨来相別抛恩情、恨み来る　相別れて恩情を抛つを
朝暮劬労体貌零。朝暮劬労して　体貌零つ
寂寂空房孤飲涙、寂寂たる空房に　孤り涙を飲む
時時引領望荒庭。時時領を引きて　荒庭を望む

『玉台新詠』に「弃捐篋笥中、恩情中道絶」（巻一・班婕妤・怨詩）「恩絶曠不接、我情遂抑沈」（巻二・曹植・種葛篇）とみえるように、上恋111の漢詩起句にある「相別抛恩情」は男が女を見捨てて、関係が絶たれたことを意味する。また、先行する歌の「白雲の絶えて聞えぬ人」と合わせて考えてみれば、当詩は恋の終焉に位置付けられ、捨てられた女の立場で詠まれたことが明らかである。ここで注意したいのは、破局にあたっては、男は離れていき、女は「空房」に残されるということである。同様の表現は、次の漢詩にも見られる。

上恋108　恋しとは今は思はず魂のあひ見ぬ程に成りぬともへば
消息絶来幾数年、消息絶え来りて　幾数年ぞ
昔心忘却不須憐。昔の心忘却して　憐れむことを須ゐず
閨中寂寞蜘綸乱、閨中寂寞として　蜘綸乱れ
粉黛長休鏡又捐。粉黛長く休め　鏡も又捐てたり

当詩の前二句「消息絶来幾数年、昔心忘却不須憐」は〈男からの手紙は絶えてもう何年になるだろうか。私も男を思っていた心を忘れてしまい、もう恋しいなどとは思わない〉といった意で、先行する歌の「恋しとは今は思はず」を踏まえながら、夫婦離縁の心情を詠み込んでいる。上恋111の漢詩と同様

第二章　『新撰万葉集』の漢詩における伝統的和歌表現の受容

に、「閨中」に残されたのは女である。

　一方、古代中国では、「結髪辞厳親、来為君子仇」(『玉台新詠』巻二・曹植・浮萍篇)からわかるように、男女が結婚すると、女性のほうが男性の家に入ってその家族と一緒に暮らすのが普通である。いったん離婚すれば、

　　拊心長歎息、無子当帰寧。
　　　　　　　　　　　　　　　　　　　　（『玉台新詠』巻二・曹植・棄婦篇）
　　馬已駕兮在門、身当去兮不疑。
　　攬衣帯兮出戸、顧堂室兮長辞。
　　　　　　　　　（『芸文類聚』巻三十・人部十四・別下・魏・王粲・出婦賦）

などの例が示すように、女は男の家から追い出されることとなる①。したがって、捨てられた女性は「出妻」「去婦」と呼ばれている。つまり、破局にあたっては、離れるのは女のほうで、『新撰万葉集』の場合とは逆である。平安朝においては、中国のような夫の生家での同居は殆どない。男女二人の関係が疎遠になれば、男は曾て同居した家を離れて、また他の女の元に通っていくわけである②。このように中日の棄婦詩を比較してみれば、その表現の差異が両国の習俗の違いを反映するものであることがはっきりと見えてくる。

　上恋111と上恋108の漢詩は、日本独自の習俗を踏まえている。上恋111の漢詩に描かれた、男が一度家を出たまま帰らず、家に残された女が毎日涙に暮れて、ただ首を長く伸ばして遠くを眺めるというような情景は、

　　明月何皎皎、照我羅床幃。
　　憂愁不能寐、覧衣起徘徊。
　　行客雖云楽、不如早旋帰。
　　出戸独彷徨、愁思当告誰。
　　引領還入房、涙下霑裳衣。

　　　　　　　　　　　　　　　（『玉台新詠』巻一・枚乗・雑詩・明月何皎皎）

---

① 「婕妤怨」「長門怨」のような宮怨詩は普通の棄婦詩と性質が異なると思われるため、ここで考察の対象外とする。
② 紀長谷雄「貧女吟」(『本朝文粋』巻一・18)における「嗟夫相厭不相顧、一去無帰別恨長」という表現は、夫婦離縁後男が妻の家から去っていったという点で上恋102に共通すると思われる。ちなみに、胡潔氏は「白詩和平安文学的女性形象」(日本学習与研究139、2008年12月)で「貧女吟」は白詩「議婚」の影響を受けながら、婿取婚を背景にした平安朝の婚姻形態を反映していると指摘する。

・77・

等の中国閨怨詩にもみられ、特に新奇なものではない。ただし、この『玉台新詠』の漢詩は棄婦詩ではなく、遠く出かけて帰らぬ夫を待ち続けている詩である。また、上恋108の漢詩は、〈男の来訪は数年来絶えてしまった。閨の中で独り暮らして寂しくて、蜘蛛の糸が乱れている。化粧も久しくせず、鏡も打ち捨ててしまった〉と詠んでいる。『玉台新詠』にはその類似語句を見出すことができる。例えば、

  行人消息断、空閨静復寒。
  風急朝機燥、鏡暗晩粧難。
  従来腰自小、衣帯就中寛。

（巻八・鮑泉・寒閨詩）

はその好例である。しかし、ここの「消息断」は夫が遠くまで出かけて以来消息を断ったことをいい、離縁を意味しない。これらによって、『新撰万葉集』の上恋111と上恋108の漢詩においては、平安朝の恋の終焉の場面を表すために「待つ女」の表現が借用されたことが明らかになった。

二　恋歌表現の受容

上の分析より、『新撰万葉集』の漢詩において平安朝を舞台にした男女の恋が多く描かれていることが分かる。次に本集漢詩における恋歌表現の受容について検討してみたい。

1．忍ぶ恋の表現

 上恋100　紅の色には出でじ隠れ沼の下に通ひて恋ひは死ぬとも
  閨房怨緒惣無端、閨房の怨緒　惣て端なし
  万事呑心不表肝。万事心に呑みて　肝を表さず
  胸火燃来誰敢滅、胸火燃え来たりて　誰か敢へて滅せん
  紅深袖涙不応干。紅深くして　袖涙応に干くべからず

〈紅花のようにはっきりと人に分かるようなことはしない、隠れ沼のように心の中で密かに思って、そのために恋いこがれて死んでしまうとしても〉と

第二章　『新撰万葉集』の漢詩における伝統的和歌表現の受容

いう歌に対して、漢詩は〈閨であの人を怨みつづけている。思いをすっかり心の奥にしまって外には出さない。心の炎が燃え上がると、誰にもけっして消せない。涙に濡れた袖が深い紅色に染まり、きっと乾くことがないだろう〉という意になる。承句「万事呑心不表肝」では、人に知られないように恋焦がれる気持ちを抑えようとする様子が描かれる。類似の例は中国詩には殆ど見られない。ゆえに、「万事呑心不表肝」は中国閨怨詩ではなく、先行する和歌の「紅の色には出でじ隠れ沼の下に通ひて」の忍ぶ恋の表現を踏まえて作られたものだと思われる。

　　上恋114　人知れずしたに流るる涙川せきとどめてむ影や見ゆると
　　　毎宵流涙自然河、宵ごとに流るる涙　自然に河たり
　　　早旦臨如作鏡何。早旦に臨みて　鏡と作さむこと如何
　　　撫瑟沈吟無異態、瑟を撫で沈吟して　異なる態無し
　　　試追蕩客贈詞華。試みに蕩客を追ひて　詞華を贈らむ

当詩の後二句「撫瑟沈吟無異態、試追蕩客贈詞華」は、〈いつも通り楽器を弾いたり物思いに沈んだりして、あの人に恋文を送ってみよう〉という内容である。「異態」とはいつもとは異なる様子の意である。中国詩における「異態」の例は、

　　則其原不可救而后徯異態。
　　（則ち其の原は救ふことができず、后徯態は異なる）
　　　　　　　　　　　　　　　　　　　　　　　　（『漢書』杜周伝①）
　　蕩蕩乎八川分流、相背而異態。
　　（蕩蕩乎たる八川わかれ流れて、相背いて態を異にす）
　　　　　　　　　　　　　　　　　　　　　　（『文選』巻八・司馬相如・上林賦）
　　殊姿異態不可狀、殊姿異態　狀すべからず
　　忽忽転動如有光。忽忽として転動し　光あるが如し
　　　　　　　　　　　　　　　　　　　　　　　　（『白氏文集』0604・簡簡吟）

などにみえるが、いずれも上恋114漢詩の場合と異なる。したがって、「無異態」は先行した上恋114の恋歌の「人知れずしたに流るる涙川」を下敷き

---
① （漢）班固撰、（唐）顔師古注『漢書』中華書局、1962年9月。

にして作られた表現ではないかと推測される①。「したに流るる涙川」は人目をはばかって心の奥に秘めた感情を表に出さないことを、表面に現れない地下を流れる水に託して表している。和歌との対応を考えた上で、「無異態」を人目を忍んで憂い嘆く様子と解してみる。

このように見ると、上恋100の漢詩と上恋114の漢詩は先行する和歌を受け継いで、中国にはない日本特有の忍ぶ恋を詠んでいることがわかる。忍ぶ恋の歌は、

　　　いふことの恐き国そ紅の色にな出でそ思ひ死ぬとも
　　　　　　　　　　　　　　　　　　　　　　　　（『万葉集』巻四・683・大伴坂上郎女）

　　　　思娘子作歌一首
　　　…下檜山下行く水の上に出でずわが思ふ情安からぬかも
　　　　　　　　　　　　　　　　　　　　　　　　（『万葉集』巻九・1792・田辺福麻呂）
　　　隠沼の下に恋ふれば飽き足らず人に語りつ忌むべきものを
　　　　　　　　　　　　　　　　　　　　　　　　（『万葉集』巻十一・2719・作者未詳）

とあるように、『万葉集』以来の恋歌の一つの大きなテーマで、男女の恋愛関係がまだ公にされていない状況下で詠まれたものである。上恋100の和歌「紅の色には出でじ隠れ沼の下に通ひて恋ひは死ぬとも」が『万葉集』以来の表現を継承していることは、上記の和歌の存在から明らかである。一方、中国詩には、未婚の男女の恋愛詩が極めて少ない。

　　　不待父母之命、媒妁之言、鉆穴隙相窺、逾墻相従、則父母、国人皆賤之。
　　　（父母の命、媒妁の言を待たずして、穴隙を鉆って相窺ひ、墻を逾えて
　　　相従はば、則ち父母、国人皆これを賤しまん）
　　　　　　　　　　　　　　　　　　　　　　　　（『孟子』滕文公章句下②）

と記すように、媒酌人の仲介や家父長の決定に従って男女が結婚するので

---

① 『新撰万葉集注釈』巻上（二）（和泉書院、2005年2月、514頁）の語釈では、上恋114の「異態」を「いつもとは異なった態度や様子の意」としているが、通釈では一句を「瑟を弾き静かに歌を歌うばかりで、他にすることはない」と解しており、「異態」の意味については、意見が分かれている。
② 内野熊一郎著『孟子』新釈漢文大系4、明治書院、1962年6月。

第二章　『新撰万葉集』の漢詩における伝統的和歌表現の受容

あって、未婚男女の自由な付き合いは許されない。このような社会的現実があるからこそ、中国では結婚前の恋愛を扱った文学がなかなか生まれてこない①。勅撰三集所収の閨怨詩はこのような中国詩の伝統用法をほぼそのまま踏まえて、結婚前の男女の交際ではなく結婚後の夫との別離の悲しみのみを詠んだのである。結婚前の描写はあるとしても、『文華秀麗集』(艶情・51・菅原清公・奉和春閨怨)に「四五芳期当順礼、出従君子正為嬪」とあるように、女が礼に則って男の家に嫁いだ場面に限られている。そうした意味で、『新撰万葉集』の漢詩の忍ぶ恋表現の生成は王朝漢詩の成熟を物語り、中国閨怨詩からの自立と見ることができる。

2．「昼…夜…」の対照表現

　　上恋101　思ひつつ昼はかくても慰めつ夜こそ涙絶えず流るれ②
　　寡婦独居欲数年、寡婦独居して　数年ならむと欲す
　　容顔枯槁敗心田。容顔枯槁して　心田敗る
　　日中怨恨猶応忍、日中怨恨するも　猶応に忍ぶべし
　　夜半潜然涙作泉。夜半は潜然として　涙泉を作す

当歌は「昼は思い続けても気を紛らわせた」と「夜は涙が止まらなくて泣き続けた」を対照させることによって、一日中恋に思い焦がれる心情を詠い上げる。それに対応する漢詩は、〈寡婦は独り暮らしの生活を何年も送ってきた。美しい容姿がやつれてきて、昼はなんとか耐えられるが、夜になると、涙がはらはらと流れて泉のようだ〉との意になる。

　日本漢詩の表現を分析するには、中国詩にその典拠を求めるのが正当な手続きであろう。当詩の「心田」「欲数年」「猶応」などの詩語は白居易の漢詩で多く用いられ、後二句の「日中怨恨猶応忍、夜半潜然涙作泉」は白居易の「日中為樂飲、夜半不能休（日中樂飲を為し、夜半休むことあたはず）」（『白

---

① 中国に真の意味での恋愛詩が殆どない理由について、天野紀代子氏は「閨怨詩に代る「禁忌の恋」の発見」（日本文学誌要54、1996年7月、3頁）で、「男女が歌い交す文芸の形式を持っていなかったことに関わる」という。そして、日本文学の恋愛関心の文学観と違って、中国文学は恋愛を疎外する傾向があり、政治を批判し志を述べる詩こそが正統な文学であり、また恋歌は日常生活における男女の愛情交流の具として働いているのに対して、中国閨怨詩は男性詩人が閨の中の女の立場に立って詠んだものが多いと思われる。
② 「夜こそ涙絶えず流るれ」は流布本には「夜ぞ侘しき独寝る身は」とあるが、漢詩結句「夜半潜然涙作泉」との対応を考えた上で原撰本（久曽神昇『新撰万葉集と研究』未刊国文資料刊行会、1958年）により改める。

香山詩集』巻二・秦中吟十首・歌舞)を踏まえることも指摘されている①。しかし、上恋 101 の漢詩は閨怨詩的世界を描き出しているが、白居易の漢詩のほうは昼から夜まで歌舞が止まらずに続いている富人の贅沢な生活と次句の「豈知閿郷獄、中有凍死囚」という囚人の悲惨な境遇とを対照的に詠んでおり、社会批判性に富んでいる。つまり、白居易の漢詩は「日中怨猶応忍、夜半潜然涙作泉」の発想の源といえない。また、『新撰万葉集注釈』では「夜半雄声心尚壮、日中高臥尾還揺」(晩唐・羅隠・病驄馬)を例として引くが、この詩も閨怨的イメージを持たないb。「日中…夜半」にとどまらず、「昼(朝)夜」が一首に詠みこまれるものを六朝の愛情詩に求めてみると、

②昼愁奄逮昏、昼愁奄に昏に逮り
　夜思忽終昔。夜思忽ちに昔(同「夕」)に終る。
　　　　　　　　　(『芸文類聚』巻三四・晋・潘岳・哀詩)

③脩昼興永念、脩昼に永念を興し
　遥夜独悲吟。遥夜に独り悲吟す
　　　　　　　　　(『玉台新詠』巻三・李充・嘲友人詩)

④思君如日月、君を思ふこと日月の如し
　回還昼夜生。回還昼夜生ず
　　　　　　　　　(『玉台新詠』巻十・宋孝武・擬徐幹詩一首)

⑤春蠶不応老、春蠶応に老ゆべからず
　昼夜常懐糸。昼夜常に糸(同「思」)を懐く。
　　　　　　　　　(『玉台新詠』巻十・近代雑歌三首其三・蠶糸歌)

のように、少なからずあり、「昼」と「夜」を対照させて恋人への止むことのない思いを表している。しかし、②③では綺麗な対句をなしているが、「愁」を「思」に、「念」を「悲」に言い換えるだけで、昼と夜の心情が大いに異なるとはいえない。それよりも、④⑤のような詠み方が数多く存在している。「昼」と「夜」の二文字を連用することで一日中思い続けている様を表現するのである。唐代の詩文は六朝の詠み方を受け継いでいる。

---

① 小島憲之は「恋歌と恋詩―万葉・古今を中心として」(文学 44-3、1976 年 3 月、304〜305 頁)で上恋 101 の漢詩における白居易の漢詩の受容について詳しく考証している。
② 『新撰万葉集注釈』巻上(二)(和泉書院、2005 年 2 月、428 頁)を参照。

⑥<u>夜夜</u>空知心失眼、夜夜空しく心の眼を失ふことを知り
　<u>朝朝</u>無便投膠漆。朝朝膠漆を投ることに便無し

(『游仙窟』唐・張文成)

⑦<u>朝</u>憎鶯百囀、朝の鶯の百囀を憎み
　<u>夜</u>妬燕雙棲。夜の燕の雙棲を妬む

(『白氏文集』1194・閨怨詞三首)

⑧<u>日夜</u>懸心憶、日夜心懸けて憶ふ
　知隔幾年秋。幾年の秋を隔てむことを知らむ

(『游仙窟』唐・張文成)

⑨蜀江水碧蜀山青、蜀江水碧にして蜀山青し
　聖主<u>朝朝暮暮</u>情。聖主朝朝暮暮の情

(『白氏文集』0596・長恨歌)

⑧⑨の「日夜」「朝朝暮暮」はいうまでもなく、朝夜を分けて詠んだ⑥⑦においても、情緒の起伏が見られない。上から分かるように、伝統的な閨怨詩では、昼夜の心情が同質のものとして扱われている。それに対して、上恋101の「日中怨恨猶応忍、夜半潜然涙作泉」では、一日中悲しみに暮れている様子を表現するだけでなく、昼夜の心情が対照をなしている。昼間の「沈静」と夜の「高揚」を対照させることで、細やかな感情が吐露されている。

どうして中国の閨怨詩に「昼…夜…」の対照表現が見えないかというと、それは閨怨詩が殆ど辺地へ赴いた夫や、他郷に遊学する夫を待っている女の悲しみを詠んでいるからである。この二つの情況は、男が長い間不在である点で共通している。「君行逾十年、孤妾常独棲(君行きて十年を逾ゆ、孤妾常に独り棲む)」(『玉台新詠』巻二・曹植・雑詩五首)「自期三年帰、今已経九春(自ら期き三年にして帰らんと、今已に九春を経たり)」(同上)のように、年を単位として男の訪ねぬ日を計算するのが普通である。恋人の帰る日を知る方法がないので、昼夜を問わず怨みを綿々と訴え続けているのである。ゆえに、昼夜の心情が「沈静」から「高揚」へと変化するわけではない。

一方、平安初期には、「国風暗黒時代」と称されるほどの漢詩文の全盛期を迎えており、閨怨詩の時間表現がいち早く上代の日本漢詩に取り込まれた。

⑩君不見妾離別、　君見ずや　妾が離別を
　<u>昼夜</u>吁嗟涕如雪。昼夜吁嗟きて　涕雪の如し

(『文華秀麗集』艶情・53・巨勢識人・奉和春閨怨)

この詩は中国の閨怨詩のパターンを踏襲しており、空閨に籠り絶望を味わって日々を送ってきた女性の姿を詠んでいる。「昼」「夜」を連用することで強調の目的を十分に果たしているが、心情の対照はなされていない。「日中怨恨猶応忍、夜半潜然涙作泉」は中国の閨怨詩に照らし合わせると、中国詩の枠から外れてしまう詠み方である。王朝漢詩文においてその類例が殆ど見いだされないということからも、上恋101漢詩の対照表現の特異性が了解されよう。

上の分析により、特異な対照表現「日中怨恨猶応忍、夜半潜然涙作泉」は先行する和歌「思ひつつ昼はかくても慰めつ夜こそ涙絶えず流るれ」に由来していることが容易に推測できよう。ただし、結論を急げば、主観的になりすぎる恐れがある。和歌における時間の対照表現が果たして漢詩文に影響されないまま、上恋101の詩に詠み込まれうるかどうかについては、さらなる検討が必要である。以下に万葉から古今への恋歌に詠まれる「昼…夜…」の対照表現を考察することで、漢詩影響の有無を検証し、詠歌背景を明らかにしたい。

『万葉集』において、「昼」「夜」を分けて詠んだ恋歌は僅か10首である①。その中で、6首が「同語反復型・終日終夜型」に属している。典型的な二例を以下に取り上げる。

① 　　天平勝宝七歳乙未二月相替遣筑紫諸国防人等歌
　　　筑波嶺のさ百合の花の夜床にもかなしけ妹そ昼もかなしけ

（巻二十・4369・大舎人部千文）

② 　　山部宿祢赤人登春日野作歌一首
　　　…昼はも日のことごと夜はも夜のことごと立ちてゐて思ひそわがする逢はぬ児ゆゑに

（巻三・372・山部赤人）

①は「同語反復型」であり、傍線部の「かなしけ」が繰り返して詠まれる。②は「終日終夜型」であり、昼夜の心情表現を細かく描くものではなく、一日中ずっと思い続けていることを強調する。これらの歌における「昼…夜…」

---

① その中で、「夜昼といはず・夜昼わかず」の形を取る歌は5首である。「ますらをの現し心もわれは無し夜昼といはず恋ひし渡れば」(『万葉集』巻十一・2376・柿本人麻呂）のように、夜昼の区別もなしに恋ひつづけていることを詠じる。

は韻律的効果を狙いとし、歌の心に深く結び付いていない。一方、以下の三例は初めて昼夜の情景や心情を区別して表現したものである。

③　　妻死之後泣血哀慟作歌
　　…つま屋のうちに昼はもうらさび暮らし夜はも息づき明かし嘆けどもせむすべ知らに恋ふれども逢ふよしをなみ…
（巻二・213・柿本人麻呂）

人麻呂は妻を亡くした後、昼は心さびしく日を暮らし、夜はため息ばかりついて明るくなるまで時を過ごしている。人麻呂の挽歌は潘岳の哀傷詩に影響を受けたと言われている①。潘岳の「夜愁極清晨、朝悲終日夕（夜愁清晨を極め、朝悲日夕を終ふ）」（『玉台新詠』巻二・内顧詩）は泣血悲慟歌の対照表現に類似しているが、「愁」と「悲」との情緒の差はそれほど大きくない。それに対し、泣血悲慟歌における「夜はも息づき明し」は「昼はもうらさび暮らし」の言い換えでなく、具体的な動作でそれと明確に区別し対照させている。

④　　中臣朝臣宅守与狭野弟上娘子贈答歌
　　あかねさす昼は物思ひぬばたまの夜はすがらに音のみし泣かゆ
（巻十五・3732・中臣宅守）

流罪に処せられた中臣宅守が狭野弟上娘子に送った歌である。昼は物思い夜は一夜中泣いてばかりいるという別離の切なさを訴えている。この歌は「…あかねさす昼はしみらにぬばたまの夜はすがらに寐も寝ずに…」（『万葉集』巻十三・3297・作者未詳）に基づいているものの、意識的に言語表現を練り上げて表現している。しかも当歌の発想は上恋101の「昼はかくても慰めつ夜こそ涙絶えず流るれ」に近く、昼と夜の違いは明確である。

⑤　　紀女郎贈大伴宿祢家持歌
　　昼は咲き夜は恋ひ寝る合歓木の花君のみ見めや戯奴さへに見よ
（巻八・1461・紀女郎・「右折攀合歓花幷茅花贈也」の左注あり）

---

① 辰巳正明『万葉集と中国文学』第八章「潘岳の〈寡婦賦〉と泣血哀慟歌」笠間書院、1987年2月、266～287頁。

紀女郎は男女の和合を想わせる合歓木の花を詠んで、家持を共寝に誘った。合歓木の習性を利用して、昼と夜との区別をはっきりさせる機智に富んだ歌である。この歌は人麻呂や中臣宅守の歌と比べて対照性が強く、寄物陳思的対照表現も『万葉集』の中でやや異色を放っている。当歌について、小島憲之は合歓木の字面から男女の睦び・共寝を連想させ、『玉台新詠』の合歓歌「試看機上交龍錦、還瞻庭裡合歓枝（試みに看る機上の交龍の錦、還た瞻る庭裡の合歓の枝）」（巻九・東湘王繹・春別応令四首其二）を下敷きにしたという①。『倭名類聚抄』（草木部）の「合歓木其葉朝舒暮斂者也（合歓木、其の葉朝舒ばして暮斂める者也）」という記載からも、当歌における昼夜表現と漢文学との親縁性がより明らかとなる。だが、昼間の「咲き」は合歓花の生態だけを表し、人間の心情・動作に関わらない。上恋101のような対照表現とはまだ一定の距離がある。

　要するに、『万葉集』の「昼…夜…」の恋歌においては、「同語反復型・終日終夜型」の対照表現が大半を占めているのである。昼夜を分けて詠んだとしても、ただ繰り返し・言い換えにとどまっている。それに対して、③④⑤の歌は技巧的に優れ、内容上の均整調和を備えており、鮮明な対照をなしている。その対照表現は上恋101の歌に繋がっていく。

　九世紀末の寛平御時后宮歌合になると、『万葉集』の「終日終夜型」・「同語反復型」は見られなくなり、対照型の歌が中心となっている。

　⑥おもひつつ<u>ひるはかくてもなぐさめつ夜こそ涙つきずながるる</u>

（恋・左・178・作者未詳）

　⑦ひとりぬる我が手枕を<u>昼はほし夜はぬらして</u>幾代へぬらむ

（恋・左・184・作者未詳）

　178番は上恋101の他出歌であり、結句は「つきずながるる」とある。184番の「枕とした腕に流れる涙が、昼は干して、夜はまた濡らす」の対照を通して、独り寝の寂しさが強く読み取れる。この二首の歌合歌は、『万葉集』の対照表現の延長線上にあるが、少し異なるところを見せている。「慰める・慰めがたい（涙流す）」「干す・濡らす」は、昼夜にそれぞれ限定される情景なので、その位置を逆にすることができない。そして、昼間の気分の沈静と夜中の高揚とは対照的である。両者の甚だしい差異を図ることで、「思ひつ

---

① 小島憲之『上代日本文学と中国文学（中）』第七章「遊仙窟の投げた影」塙書房、1986年1月五版発行、1063～1065頁。初版は1964年3月。

つ」の情熱とわが身の孤独を表している。この手法は、『万葉集』の言い換えの対照表現より力強く、心情の表出に効果的に機能している。

　恋歌における「昼…夜…」の対照表現の生成は通い婚の伝統に密接に繋がっている。男は夜女のところに通い、朝になると人目を忍んで去っていく。従って、昼を「逢えない」時間、夜を「逢える」時間とすることが、それぞれ歌の世界で定型化している。前に取り上げた紀女郎歌では、「夜は恋ひ寝る」によって男女の逢瀬が反映されている。なお、当歌においては、夜の逢瀬だけに焦点があてられ、昼間の心情・動作は描かれていない。つまり、形式的には対照表現をなしているとしても、内容上の対応はそれほど重視されていないのである。上記の歌合歌になると、昼間の具体的な心情描写にまで関心が寄せられている。夜の「逢う・寝る」に対して、「慰む・（涙）乾く」が昼に特定される情景として詠まれるようになるのは、言語意識の成熟や対照表現の発達に深く関わっている。

　寛平御時后宮歌合歌をはじめ、昼夜対照の発想が古今前後に普及していくと、対照表現には再び変化が起こってくる。縁語・掛詞は心情と物象とを繋ぎ合せ、二重の文脈を形成する[①]。それによって対照表現がより複雑な様態を呈している。具体例に即してみよう。

　　⑧明けたてば蟬のをりはへなき暮らし夜は蛍の燃えこそわたれ
　　　　　　　　　　（『古今集』巻十一・恋一・543・読人知らず）

この歌は、己を日が暮れるまで鳴いて過ごす蟬、夜燃えつづけている蛍に見立てる。「昼蟬已傷念、夜露複沾衣。昔別曾何道、今夕蛍火飛（昼蟬已に念を傷ましむ、夜露複た衣を沾す。昔別れしとき曾て何をか道ひしぞ、今夕蛍火飛ぶ）」（『玉台新詠』巻十・呉均・雑絶句四首之一）における「昼の蟬・夜の蛍」の対に学んで、固有の心情をより具象化させる[②]。その上、「なく」という語音を媒介として、「泣く」と「鳴く」とを掛け、恋に苦しむ心情と蟬とを繋ぎ合わせる。さらに「蛍・燃える」より「火（思ひ）」を想起させる。このようにして、「昼・蟬・鳴き」と「夜・蛍火・燃える」、「昼・泣く」「夜・思う」の二つの対照をなしており、恋に焦がれる己の心をかたどっているのである。なお、当歌はこれまでの伝統（「昼物思う・夜泣く」）を反転して表現

---

① 鈴木日出男氏は「古代和歌における心物対応構造―万葉から平安和歌へ―」（国語と国文学 47－4、1970 年 4 月）で「心物対応構造」論を唱える。
② 丹羽博之「平安朝和歌に詠まれた蛍」大手前女子大学論集 26、1992 年 12 月、95 頁。

していることに注意したい。

⑨をとにのみきくのしら露夜はおきて昼は思ひにあへずけぬべし
(『古今集』巻十一・恋一・470・素性法師)

　菊の白露に託して、身を焼き焦がすほどの激しい恋心を表している。万葉歌「夕置きて朝は消ぬる白露の消ぬべき恋も我れはするかも」(巻十二・3039・寄物陳思・作者未詳)を踏まえて作られた一首である。表面上、菊の露の夜置くことと、日の光を浴びて消えていくことを対照させて、露のはかなさを表現する。裏には、夜は安らかに眠れず起きてしまい、昼は恋しい思いに耐えられず死にそうだという心情上の対照がみられる。この二重の対照構造は、「きく」「おきて」「ひ」等の縁語・掛詞によって実現されたのである。このように、「昼…夜…」の対照表現は歌合歌を継承しながら、縁語・掛詞などの技巧と互いに響き合うことで、より複雑な知的表現に辿り着いたのである。

　これまで、「昼…夜…」の対照表現の流れを詳しく検討してきた。この表現は『万葉集』の歌に遡ることができる。上恋101の歌「思ひつつ昼はかくても慰めつ夜こそ涙絶えず流るれ」は万葉から古今への転換点に位置づけられ、素直な感情を流露している。恋歌における「昼…夜…」の対照表現は、中国詩の影響を受けたというより、平安朝の婚姻形態を背景に、固有の和歌表現から発展してきたものと見るべきであろう。叙情性という和歌の固有の特徴が対照表現志向の根底にあるので、一日を通した繊細な心の動きに強い関心が寄せられるのである。これに対し、中国詩の「昼…夜…」においては、心理的変化がそれほど細かく描かれていない。以上の分析によって、上恋101の漢詩にみえる対照表現は和歌に由来していることが明らかになる。

3．恋の終焉における女の心情表現

　前に述べたように、古代中国では、未婚男女の自由恋愛は許されないので、それに相応する恋情表現も少ない。待つ女や棄婦を詠んだ漢詩こそが閨怨詩の主流である。一方、日本でも、待つ女・捨てられた女の恋歌は『万葉集』以来数多く詠まれており、閨怨詩と類似した発想様式をもっている。こうした抒情様式の類同性に基づいているからこそ、『新撰万葉集』の恋歌から閨怨詩への翻案は比較的に容易に実現できたのである。

上恋109　厭はれて今は限りと成りにしを更に昔の恋ひらるるかな
　　被厭蕭郎永守貞、蕭郎に厭はれて　永く貞を守る
　　独居独寝涙零零。独居独寝　涙零零たり
　　心中昔事雖忘却、心中　昔事忘却すと雖も
　　願念閨房恩愛情。願念す　閨房恩愛の情

〈あの人に嫌われて、二人の仲は今もう終わった、いまさらながら昔を懐かしく思うことだ〉という歌に対して、漢詩は〈あの人に厭われたとしても、ずっと貞節を守っている。独り寂しく過ごして、一人で寂しく寝ていると、涙が流れる。昔のことは忘れてしまったが、曾ての二人の恩愛を今また思い出した〉となっている。当詩は、破局を迎えた現在を仲睦まじく過ごした昔と対照させることによって、時とともに移ろう恋情のはかなさや、恋を失った我が身の孤独を表す。ここで詠まれた〈(昔)閨房恩愛情―(今)被厭蕭郎・独居独寝〉という対照表現は、

　玉顔随年変、玉顔年にしたがって変ず
　丈夫多好新。丈夫多く新を好む
　昔為形与影、昔は形と影となる
　今為胡与秦。今は胡と秦となる
　胡秦時相見、胡秦は時に相見る
　一絶踰参辰。一絶参辰に踰ゆ
　　　　　　　　　（『玉台新詠』巻二・傅玄・苦相篇豫章行）
　与君初婚時、君と初めて婚せし時
　結髪恩義深。結髪恩義深し
　…
　行年将晩暮、行年将に晩暮ならんとし
　佳人懐異心。佳人異心を懐く
　恩絶曠不接、恩絶えて曠しく接せず
　我情遂抑沈。我が情遂に抑沈す
　　　　　　　　　（『玉台新詠』巻二・曹植・種葛篇）

とあるように、中国の棄婦詩に随所にみられる。仲睦まじく過ごした昔と忘れ去られた今とが対照をなす点において、上恋109の漢詩に通じる。しかし、中国閨怨詩では、現在の状況を昔と対照させることによって、女が盛りを過

ぎて棄てられた悲劇性をより一層際立たせている。上記の二例で一番強調される点はやはり今の不幸な境遇にある。或いは「托身言同穴、今日事乖違。…昔日初爲婦、当君貧賤時。昼夜常紡績、不得事蛾眉。辛勤積黄金、済君寒与饑」(『全唐詩』中唐・張籍・離婦)のように、昔嫁として勤勉に働いて貧乏な家をすこしずつ豊かにしたが、結局捨てられるという悲惨な結末を迎えてしまったことを述べ、今と昔とが鮮明な対比を形成している。

　また、中国の棄婦詩においては、女が激しい怒りを抱いて男の背信を非難する表現がかなり多い。

　　　悦新昏而忘妾、哀愛惠之中零。
　　　遂摧頹而失望、退幽屏於下庭。
　　　痛一旦而見棄、心忉怛以悲驚。
　　　衣入門之初服、背床室而出征。
　　　攀僕禦而登車、左右悲而失声。
　　　嗟冤結而無訴、乃愁苦以長窮。
　　　恨無愆而見棄、悼君施之不終。

　　　　(『芸文類聚』巻三十・人部十四・別下・魏・曹植・出婦賦)

　上恋109の漢詩と比べて、「出婦賦」の「哀・摧頹而失望・痛・心忉怛以悲驚・嗟冤結而無訴・愁苦・恨・悼」という語句から読み取れる棄婦の怒りや悲痛の度合いは遙かに高い。なぜなら、女性は夫に捨てられると、社会や家族から白眼視され、再婚も困難なので、「今日妾辞君、辞君欲何去。本家零落尽、慟哭来時路」(『全唐詩』盛唐・李白・去婦詞)と言われるように、行き場もなくなってしまう恐れがあるからである。それゆえ、棄婦は夫の変心を厳しく詰問し、強く憤懣をぶつけるのである。

　それに対して、上恋109では、恋の終末期にあたっては、仲睦まじかった昔の時間は二度と戻らないことを嘆いたが、今と昔との境遇の差を際立たせて相手の変心を激しく非難しようともせず、なおまた「願念閨房恩愛情」には断ちがたい未練が読み取れる。本集上恋111の漢詩の「恨来相別抛恩情・時時引領望荒庭」からも明らかなように、男がもう訪ねてこないのに、女は依然として男を恋慕いつつ逢瀬の再開を期待している。平安朝では、男の訪問が一度途絶えてしまっても、暫く経ってほかの女との仲が冷めると、またもとの恋人のところに戻る場合は珍しくないし、男が訪ねて来なければ、女は新しい相手を見つけたりすることもできる。ま

た、女の生活の拠点は生家にあり、夫が離れたことによって生活の拠点が奪われることもないので、行くところもない悲惨な境遇までには至らない。こうして、女は男から疎まれたとしても昔の愛情を振り返って恋しく思うことができるという事情がよく理解できよう。

「心中昔事雖忘却、願念閨房恩愛情」は先行する上恋 109 の恋歌「厭はれて今は限りとなりにしを更に昔の恋ひらるるかな」から直接的な影響を受けているが、この発想は『万葉集』から『古今集』にかけての恋歌に広く見られる。

　　寄夜
　よしゑやし恋ひじとすれど秋風の寒く吹く夜は君をしそ思ふ
　　　　　　　　　　　　　　　（『万葉集』巻十・2301・作者未詳）
　つれなきを今は恋ひじと思へども心よはくも落つる涙か
　　　　　　　（『新撰万葉集』上恋 113・〈『古今集』巻十五・恋五・
　　　　　　　　寛平御時后宮歌合歌・菅野忠臣〉所収）
　忘れなんと思ふ心のつくからにありしよりけにまづぞ恋しき
　　　　　　　　　　　　（『古今集』巻十四・恋四・718・読人知らず）

上に見てきたように、上恋 109 の和歌は万葉歌との連続性を有する。もう恋しいなどと思うまいと決心しても心弱くて涙を流した、忘れたいのにいっそう恋しさをつのらせる、という屈折した恋情表現は上恋 109 の漢詩に取り込まれている。

なお、従来私的贈答とされた恋歌を宮廷詩として高めるには、漢詩の表現、虚構の方法に学ぶことが必要であった。小島憲之氏は「(「寛平御時后宮歌合」の歌、『新撰万葉集』などの）歌の「場」は在来のそれと一変する。恋の歌にしても、『万葉集』の多くのそれとは違って、公的な「晴れ」の場に成立するものが多い。…その「恋歌」は、背景として六朝以来の「恋詩」（艶情詩）の伝承を踏まえる」[1]、と本集恋歌の閨怨詩表現の受容を指摘する。上恋 109 の和歌「厭はれて今は限りとなりにしを更に昔の恋ひらるるかな」における「今…昔…」という対照的発想は『万葉集』の恋歌に見られない。これは「昔為形与影、今為胡与秦」（『玉台新詠』巻二・傅玄・苦相篇豫章行）などの

---
[1] 小島憲之「恋歌と恋詩―万葉・古今を中心として」文学 44-3、1976 年 3 月、295 頁、309 頁。

閨怨詩の影響下にあるものと思われる①。昔と今とを対照させ、恋を時間とともに移ろうものとして動態的に捉えて、全体を知的にまとめあげている。また、九世紀後半、男性歌人による「待つ女」の歌が盛んに詠まれている。「我が宿は道もなきまで荒れにけりつれなき人を待つとせしまに」(『古今集』巻十五・恋五・770・僧正遍照)の歌は遍照法師が荒れ果てた家で男を待っている女の立場に立って詠んだ歌であり、この風潮を端的に示している②。『新撰万葉集』における恋歌の大部分も男性が女性になりかわって詠んだものである③。

まとめ

以上、『新撰万葉集』の漢詩における伝統的和歌表現の受容について考察してきた。四季部の漢詩においては、『万葉集』以来の歌材「女郎花」「萩」「藤袴」「ほととぎす」とその語にまつわるイメージや季節観が詠みこまれている。そこから日本固有の伝統文芸の価値を自覚し、中国詩に比肩し、さらにそれを乗り越えようという志向が窺える。一方、『新撰万葉集』の理知的観念的な歌風は、『万葉集』のそれと大きい懸隔があり、いわば古今風の基調をなしている。第一節で論じた「男を魅了する女郎花」「袴に掛ける藤袴」は万葉歌にはない新しい表現であり、言語遊戯的な趣向が凝らされている。それは中国詩と直接的な出典関係を結んでいないが、中国詩の観念的な表現法に刺激されて形成されたのである。

そして、『新撰万葉集』恋部の漢詩に多く描かれたのは、見たこともない長安の美女の閨怨ではなく、平安朝を舞台にした男女の恋である。また、心の中で恋焦がれても人に知られないように恋心を抑えたり、相手を忘れようとしてもかえって恋しさを募らせたりするという緻密な心理描写は、中国詩や前代の日本閨怨詩には殆ど見えず、恋歌の世界を強く志向した結果である。第二節で論じたように、恋部の漢詩における「昔(恩愛)…今(破局)」、「昼

---

① 小島憲之氏は『上代日本文学と中国文学』(中)第五章「万葉集と中国文学との交流」(塙書房、1986年1月五版発行、929〜930頁)で、「昔見し象の小河を今見ればいよよ清けくなりにけるかも」(巻三・316・大伴旅人・暮春之月幸芳野離宮時中納言大伴卿奉勅作歌一首)のような万葉歌における「今…昔…」の外面的な対比方法は、「昔為倡家女、今為蕩子婦」(『文選』巻二十九・雑詩上・古詩十九首)等の漢詩の句法に学んだ結果であると指摘する。
② 山口博『閨怨の詩人小野小町』三省堂、1979年10月、152頁。
③ 菊地靖彦「『新撰万葉集』をめぐって―『古今集』の前夜」『北住敏夫教授退官記念日本文芸論叢』笠間書院、1976年11月、37頁、『古今的世界の研究』笠間書院、1980年11月所収。

（我慢できる）…夜（もう耐えられない）」といった表現は、古来の伝統的恋歌表現と深く関わりながら、対照という技巧を用いて伝統表現を理知的に再構成した新しい表現といえる。これは四季の歌と同様に、漢詩文の刺激によって言語意識が高まった結果とみなすことができる。

　要するに、『新撰万葉集』は『万葉集』を強く意識して古歌の世界を基盤としながらも、一方において古歌と対峙しつつ当代和歌の新しいあやを誇り、「新撰」を高らかに表明するという二面性を持っているのである。しかも「古」と「今」の間には中国詩が介在している。『新撰万葉集』の漢詩にも、このような「古」「今」の表現世界の対照がはっきりと見えるのではなかろうか[①]。

[①] 梅原猛氏は「美学におけるナショナリズム」（『美と宗教の発見―創造的日本文化論―』筑摩書房、1967年1月）で、『古今集』の特性として、概念的、理屈的、優美繊細的、類型的という四点をまとめる。本書でいう「古今風」は梅原氏の見解によるものである。

第三章　『新撰万葉集』の漢詩の
中国詩からの蝉脱
――掛詞・縁語を媒介として――

はじめに

　本章は掛詞・縁語を介して生成した漢詩表現を考察するものである。縁語と掛詞は平安朝の六歌仙時代に修辞として確立した。掛詞とは、「一語によって二語に兼用し、或いは前後句を、一語によって二つの異なった語の意味に於いて連鎖する修辞学上の名称」①であり、縁語とともに用いられることが多い。縁語は厳密に定義するのが難しい修辞法であるが、『和歌大辞典』の「一首の中である語が用いられると、その語と密接な関係を持つ語を選び用いることで連想による気分的な連接をはかる手法である」②という把握によりたい。

　一方、中国詩にも類似の修辞法が見出される。呉声と西曲を主とした六朝の民歌には、「掛詞」によく似た「双関語」という修辞技法がある③。例えば、『玉台新詠』（巻十・宋・鮑令暉・青陽歌曲・近代雑歌）の「下有并根藕、上生同心蓮」という歌謡における「藕」と「蓮」は、それぞれ同音の「偶（配偶の意）」「恋（憐）」を連想させ、夫婦二人がいつまでも仲良くいられるようにという願いが込められている。また、工藤重矩氏は中唐元稹の「芍薬綻紅絹、巴籬織青瑣」（『全唐詩』紅芍薬）における「綻・絹・織」の用字法を「縁語的表現」と称する④。機織に関連する語を意識的に連ねようとする点で、元稹詩にみられる「綻・絹・織」の用法は「あをやぎの糸よりかくる春しもぞ乱れて花のほころびにける」（『古今集』巻一・春上・26・紀貫之・歌たてま

---

① 時枝誠記『国語学原論：言語過程説の成立とその展開』第六章「掛詞による美的発見」岩波書店、1941年12月、527頁。
② 犬養廉編『和歌大辞典』（明治書院、1986年3月）「縁語」の項を参照。
③ 楊樹達『漢文文言修辞学』第八「双関」太平書局、1970年4月。なお、民歌とはいえ、六朝の知識人の手になるものが多い。
④ 工藤重矩「平安朝漢詩文における縁語掛詞的表現」『中古文学と漢文学Ⅰ』和漢比較文学叢書　第三巻、汲古書院、1986年10月、212～214頁。この論文は、『平安朝和歌漢詩文新考　継承と批判』（風間書院、2000年4月）に再録されるが、論旨に変化はない。

つれと仰せられし時、よみてたてまつれる）における「糸・よりかく・ほころぶ・乱る」の縁語の技法に通じるところがある。しかし、「綻・絹・織」のような用法は元稹や白居易以外あまり用いられず、中国の詩学でそれを表す用語もないので、修辞法としては確立しているとは言えない。

　研究史においては、中国詩の双関語及び「綻・絹・織」のような技法と和歌の縁語・掛詞との交流が注目を集めてきた。万葉集歌における六朝双関語の摂取については、伊藤博氏の「はちす―戯笑歌の一解釈―」（万葉38、1961年）がある[①]。氏は『万葉集』の「勝間田の池は我れ知る蓮なし然言ふ君が鬚なきごとし」（巻十六・3835・献新田部親王歌一首）が双関語「蓮(レン)・恋(レン)」を下敷きにしたものと指摘する[②]。また、毛利正守氏・原岩魚氏は「同音読の掛詞「絲・思」について」（万葉80、1972年9月）において、万葉集歌と双関語「糸(シ)・思(シ)」との発想上の類似を論じる。古今集歌の持つ掛詞・縁語の技法がすでに島田忠臣の漢詩に用いられていることは、後藤昭雄氏「古今集時代の詩と歌」（国語と国文学60－5、1983年5月）によって指摘される。それを受け継ぐ形で、工藤重矩氏「平安朝漢詩文における縁語掛詞的表現」（前掲）、渡辺秀夫氏の「〈対句説〉―縁語成立の一基底」（『平安朝文学と漢文世界』第一篇第一章（I）「古今的表現形成の前提―・〈詩から歌へ〉―『文鏡秘府論』をめぐって」（勉誠社、1991年1月、18頁）が相次いで発表された。主要な論点をまとめると、和歌の縁語・掛詞の技法は和歌自体の中で発生し発達してきたが、中国の六朝詩・唐詩及びそれら中国詩に倣った九世紀末の日本漢詩に影響を受けたのだ、ということとなる。

　従来の研究には、次のような問題が残されていると思われる。一つは、今まで論じられてきた平安朝漢詩文における「掛詞縁語的表現」がいずれも中国詩に先例があることである。例えば、前掲の貫之歌「あをやぎの糸よりかくる春しもぞ乱れて花のほころびにける」における「ほころぶ」が衣服の破れたことと花が咲いたこととの二重の意味を担う語であり、この技法が『万葉集』に見られず、『田氏家集』の「蘭佩始応鳴紫玉、菊粧猶未綻黄袍」（168・七言、重陽後節、題秋叢、応制）「半綻春粧応製断、初融冰鏡未流渐」（170・七言、就花枝、応制一首）における「綻」の用法に学んだものであると説かれ

[①] 小島憲之氏は『上代日本文学と中国文学（中）』第七章「遊仙窟の投げた影」（塙書房、1986年1月五版発行、1043頁、初版は1964年3月）で同じ観点を述べる。
[②] 3835番の歌に「右或有人聞之曰、新田部親王出遊于堵裏、御見勝間田之池、感緒御心之中、還自彼池不任怜愛、於時語婦人曰、今日遊行見勝間田池、水影淘々、蓮花灼々、可憐断腸不可得言、尓乃婦人作此戯歌専報吟詠也」という左注がある。「蓮」に「憐」を掛けて婦人への怜愛を暗示したものと解することができる。

る①。だが、忠臣詩に見られる「綻」という技法は前掲の元稹詩「芍薬綻紅絹、巴籬織青瑣」にも見え、島田忠臣の独創ではない。もう一つは、先行研究では九世紀後半の日本漢詩における縁語・掛詞の受容が言及されていないことである②。

そこで、本章では、『新撰万葉集』の漢詩における中国詩にはない、縁語・掛詞を介して生成した漢詩表現を考察して、同じ表現における本集漢詩・中国詩・和歌の異同や影響関係を検討することによって、本集漢詩の展開の方法を明らかにしたい。

第一節　「夏夜胸燃不異蛍」――「火・思ひ（恋ひ）・燃ゆ」

上夏35　夕去れば蛍よりけに燃ゆれども光見ねばや人のつれなき
怨深喜浅此閨情、怨みは深く喜びは浅し　此の閨の情
<u>夏夜胸燃不異蛍</u>。夏の夜胸は燃え　蛍に異ならず
書信休来年月暮、書信休み来りて　年月暮れたり
千般其奈望門庭。千般　門庭を望むを其奈せむ

この歌は、夕方になると、私の恋の思いは蛍の火よりも激しく燃えるが、蛍のように思いの火が見えるわけではないから、あの人につれなくされているのだろうか、という意である。それに配される漢詩は、〈悲しみの気持ちが深く、喜びの情が浅い。訪れてこないあの人をひたすら待っている。夏の夜には、私の胸の思いは激しく燃えて、あたかも蛍のようだ。あの人からの手紙が来なくなって、いくつもの年月が過ぎていった。私はどうしようもなく、ただ荒れた庭を眺めている〉という内容となる。転句「夏夜胸燃不異蛍」は、「夏の蛍」を詠んでいる。『礼記』（月令）に「季夏之月、温風始至、蟋蟀居壁、鷹乃学習、腐草為蛍」とあるように、蛍は晩夏の風物であるが、実際の応用に際しては、

巫山秋夜蛍火飛、疎簾巧入坐人衣。

（『全唐詩』盛唐・杜甫・見蛍火）

---
① 後藤昭雄「古今集時代の詩と歌」国語と国文学60－5、1983年5月、52～53頁。
② 工藤氏は前掲の論文で平安後期の漢詩における和歌の掛詞の受容を論じるが、九世紀末の日本漢詩については触れていない。

螢火乱飛秋已近、辰星早没夜初長。
（『全唐詩』中唐・元稹・夜坐・〈『和漢朗詠集』所収〉）
銀燭秋光冷画屏、軽羅小扇撲流螢。
（『全唐詩』晩唐・杜牧・秋夕）

とあるように、螢は殆ど秋の景物として詠まれている①。こうしてみれば、「夏夜胸燃不異螢」に見られる「夏の螢」は中国詩の正格から逸脱している。本来、中国詩には春閨怨・秋閨怨が圧倒的に多く、上夏35のような夏閨怨は殆どない。また、この詩句における激しい恋心を螢の火に喩えるという発想は、中国詩に殆ど例を見ないものである。『玉台新詠』における螢の描写を見てみると、

螢飛綺窓外、妾思霍将軍。
（巻八・劉邈・秋閨詩）

幽閨情脉脉、漏長宵寂寂。
草螢飛夜戸、糸虫繞秋壁。
（巻七・簡文帝・楚妃嘆）

夕殿下珠簾、流螢飛復息。
長夜縫羅衣、思君此何極。
（巻十・謝朓・玉階怨）

とあるように、螢は「秋閨怨」と深く関わっている。ところが、上記の閨怨詩におけるほのかに光る螢は待つ女の激しい恋心の象徴ではなく、女の寂しさや孤独感を引き立てる景物である。「単身如螢火、持底報郎恩（単身螢火の如し、底を持して郎が恩に報いん）」（『玉台新詠』巻十・鮑令暉・歓聞）のように螢を自身に喩える例もあるが、上夏35のような激しい恋心の比喩ではなく、螢のはかなさを詠んだのである②。ここの「螢火」は螢の光でなく、螢

---

① 『経国集』に「潭鳥鳴兮音冷、岸螢落兮火微」（賦類・12・仲雄王・重陽節神泉苑賦秋可哀、応制）と見えるように、平安前期の王朝漢詩は殆ど中国詩の伝統に従って秋の螢を詠んでいるが、『新撰万葉集』上夏35の漢詩に詠まれた夏の螢は異色を放つ。平安後期になると、国風化の深化につれて、「玉琴暗調蝉声急、紅燭自連螢影疎」（『本朝無題詩』266・藤原明衡・夏日作）のように、多数の「夏の螢」が詠まれるようになる。
② 『新撰万葉集注釈』巻上（一）（和泉書院、2005年2月、319頁）は「〈螢〉を、燃えるように激しい心の状態の比喩に用いた例は、中国の詩には見えない。すなわち第二句の表現は、35（歌六九）に引かれた結果、本来の漢詩の表現を逸脱した」と指摘するが、具体的な考察はしていなかった。

そのものを指すが、燃えるような「蛍火」は詠物詩に詠まれることが多い。平安人に親しまれていた『芸文類聚』には、

　　著人疑不熱、集草訝無煙。
　　到来燈下暗、翻往雨中然。
　　　　　　　（巻九七・鱗介部下・鱗虫豸部・蛍火・梁元帝・詠蛍火）
　　秋窗餘照尽、入暗早蛍来。
　　忽聚還同色、恒燃詎落灰。
　　　　　　　　　　　　（同上・陳・楊縉・賦得照映秋蛍詩）

とみえる。「蛍」を「火」に喩えることを起点として、〈その火が体についても熱く感じられないし、群れをなして草むらに集まっても煙も出てこないし、雨の中で燃え続けても灰も落ちない〉という趣向を生む。だが、ここに見られる「燃・熱・煙・灰・蛍火」の語群は、恋心の比喩として用いられているわけではない。なお、中国詩には「火—恋心」の比喩表現はあるが、極めて少ない。

　　聞渠擲入火、定是欲相燃。
　　　　　　　　　　　　　　　　　　（『遊仙窟』唐・張文成）
　　積恨顔将老、相思心欲燃。
　　　　　　　　　　　　　　　　　（『玉台新詠』巻五・範雲・思帰）
　　思君如明燭、中宵空自煎。
　　　　　　　　　　　（『玉台新詠』巻十・王融・奉和代徐幹二首）

などはその例である。ここまで見てきた通り、中国詩においては、〈「火—恋心」の比喩表現〉〈「蛍・火・燃」の語群〉〈蛍の閨怨詩〉はそれぞれ異なる系統に属するもので、蛍を恋心に喩える表現は殆ど見られない。

　一方、和歌の世界に目を転じてみると、『万葉集』には蛍の歌が「この月は君来まさむと大船の思ひ頼みていつしかと我が待ち居れば黄葉の過ぎて去にきと玉梓の使ひの言へば蛍なすほのかに聞きて…」（巻十三・3344・作者未詳）の一例しかない。「蛍」は「ほのかに」の枕詞として使われる。九世紀末になると、蛍の歌は急展開を遂げており、蛍に関する恋歌も登場するようになる。その背後には、漢詩文の影響が考えられる。

明けたてば蝉のをりはへ鳴きくらし夜は蛍の燃えこそわたれ
　　　　　　　　　　　　（『古今集』巻十一・恋一・543・読人知らず）
昼はなき夜は燃えてぞながらふる蛍も蝉も我が身なりけり
　　　　　　　　　　　　　　　　　（『古今六帖』4015・ほたる・貫之）

　この二首の歌における「蝉」と「蛍」との対は、「昼蝉已傷念、夜露復沾衣。昔別曾何道、今夕蛍火飛」（『玉台新詠』巻十・呉均・雑絶絶句四首）の漢詩を想起させ、「蛍―恋」という新しい詠歌素材が中国より伝来した可能性を示唆している①。「長恨歌」の「夕殿蛍飛思悄然、孤燈挑盡未成眠」（『白氏文集』0596）が平安朝の詩歌に多大な影響を与えていることは多く指摘されている②。また、上夏35の「夕去れば」の和歌における「夕」という時刻設定は「夕殿下珠簾」「夕殿蛍飛思悄然」などの中国詩にヒントを得たのかもしれない③。

　蛍の恋歌の形成は、このように漢詩との深い関わりの下に進められているが、和歌自身の言語意識の成熟と切り離して考えることはできない④。上記の和歌においては、「ひ」が「思ひ」「火」の掛詞であり、「火」と「燃ゆ」が縁語関係を構成している。そもそも中国詩の中には容易に見出せない火を恋心に喩える表現は、和歌には古くから多くの用例がみられる。

　　大伴宿祢家持贈娘子歌七首
　思はぬに妹が笑ひを夢に見て心のうちに燃えつつぞ居る
　　　　　　　　　　　　　　　　　（『万葉集』巻四・718・大伴家持）
　吾妹子に逢ふよしをなみ駿河なる富士の高嶺の燃えつつかあらむ
　　　　　　　　　　　　　　　　　（『万葉集』巻十一・2695・作者未詳）
　君といへば見まれ見ずまれ富士の嶺のめづらしげなく燃ゆるわが恋
　　　　　　　　　　　　　　　　　（『古今集』巻十四・恋四・680・藤原忠行）

上記の歌から明らかなように、万葉歌に詠み継がれてきた「燃える―恋心」

---

① 丹羽博之「平安朝和歌に詠まれた蛍」大手前女子大学論集26、1992年12月、94～95頁。
② 泉紀子「特集　長恨歌―愛と死の文学　長恨歌と伊勢物語―「夕殿蛍飛思悄然」」『白居易研究年報11』勉誠出版、2010年12月。なお、是貞親王家歌合の「置く露に朽ちゆく野辺の草の葉や秋の蛍となりわたるらむ」（44）は、『礼記』『腐草為蛍』を下敷きにしたものである。
③ 渡辺秀夫『平安朝文学と漢文世界』（第一篇第六章「古今集に見える漢詩文的表現」勉誠社、1991年1月、201頁）参照。ただし、上夏35の和歌では、「夕」は男の通ってくる時間帯として受け止められる。
④ 前掲の丹羽博之氏の論、94頁。

の比喩表現を、「燃える」の縁で「燃える富士の高嶺」「燃える蛍」等の素材と融合させることによって、新たな恋歌が作り出されている。なお、「思ひ・火・燃ゆ」という縁語・掛詞が練り上げられたのは、前掲の蛍の詠物詩における「翻往雨中然」「恒燃詎落灰」などの影響も見逃せないと思われる。蛍の恋歌は蛍の詠物詩と直接的な出典関係を結んでいないかもしれないが、その言語上のあやは蛍の詠物詩の刺激を受けて生成したのではないかと思われる。

『枕草子』の「夏は夜。月のころはさらなり。闇もなほ、螢の多く飛びちがひたる。また、ただ一つ二つなど、ほのかにうち光りてゆくもをかし」[①]とあるように、蛍を秋の景物とする中国詩と違って、王朝文学では蛍は夏の風物としてとらえられている点が、早くから指摘されてきた[②]。和歌においては、

> 蛍をよみ侍りける
> 音もせで思ひに燃ゆる蛍こそ鳴く虫よりもあはれなりけれ
> 　　　　　　　　　　　　（『後拾遺集』巻三・夏・216・源重之）
> 宇治前太政大臣卅講のゝち歌合し侍りけるに、蛍をよめる
> 沢水に空なるほしのうつるかとみゆるは夜はの蛍なりけり
> 　　　　　　　　　　　　（『後拾遺集』巻三・夏・217・藤原良経）

とあるように、『後拾遺集』以後、蛍は夏の素材として固定化されていく。早くも九世紀末に、寛平御時后宮歌合と『新撰万葉集』において蛍の歌が夏の部に収められている。以上、中日の詩歌における蛍の季節観を見てきた結果、上夏 35 の漢詩に詠まれた「夏の蛍」は日本の季節観に合致していることがわかる。

上夏 35 の漢詩は蛍を夏の景物ととらえるだけでなく、蛍を激しい恋心の象徴として詠んだ点において、和歌の表現に接近し、伝統的な中国詩から外れてしまう。本来、蛍の火は仄かに光るという程度の明るさしかなく、心の中で勢いよく燃えている情炎との類似性は高くないが、言葉の次元において、蛍の光と恋の思いに「燃ゆ」という共通性を見出すことができ、また「火・思ひ（こひ）」の掛詞を介して両者が関係づけられるようになる。つまり、「夏夜胸燃不異蛍」は景物の客観的形容というより、言葉の連想によって成

---

① 『枕草子・紫式部日記』日本古典文学大系19、岩波書店、1968年4月第10刷。初版は1958年9月。
② 山崎みどり「蛍のイメージ」中国詩文論叢第三集、1984年6月、38-39頁。

り立ったものである。その類例を挙げてみよう。

　　　上夏25　よひの間もはかなく見ゆる夏虫に迷ひまされる恋もするかな
　　好女係心夜不眠、好女係心して　夜眠ねず
　　終宵臥起涙連々。終宵臥起して　涙連々たり
　　贈花贈札迷情切、花を贈り札を贈り　迷情切なり
　　其奈遊虫入夏燃。遊虫の夏に入りて燃ゆるを　其奈にせん

後二句「贈花贈札迷情切、其奈遊虫入夏燃」は、男の訪れを待ち望んで恋に惑う思いの炎を、身を焦がす夏の虫に譬えて詠んでいる。夏虫を恋心に喩えるのは、中国詩に類例が見当たらないが、和歌の世界では、

　　　夏虫にあらぬわが身のつれもなく人を思ひに燃ゆる頃かな
　　　　　　　　　　　　　　（『寛平御時后宮歌合』夏・63・右・作者未詳）
　　　夏虫を何か言ひけむ心から我も思ひに燃えぬべらなり
　　　　　　　　　　　　　　（『古今集』巻十二・恋二・600・躬恒）

とあるように、恋の情熱を夏虫に比する歌が極めて多い[①]。「其奈遊虫入夏燃」は、「夏虫・燃ゆ・火（思ひ）」の縁語・掛詞との関わりの中で形作られたものであろう。

第二節　「愁人慟哭類虫声」──「泣く・鳴く」

　　　上秋70　声たててなきぞしぬべき秋の野に朋まどはせる虫にはあらねど
　　愁人慟哭類虫声、愁人の慟哭　虫声に類す
　　落涙千行意不平、落涙千行　意平らかならず
　　枯槁形容何日改、枯槁の形容　何れの日に改まらむ
　　通宵抱膝百憂成。通宵膝を抱へて　百憂成る

---

① 上夏25の歌が「心地観経第六世間品偈云、譬如飛蛾見火光、以愛火故而競入、不知焰炷焼燃力、天命火中、甘自焚」という仏典を踏まえて、恋の火に惑わされ身を焦がしている様を火に向かって飛んでゆく飛蛾に見立てる歌としてとらえる説もある（「古今余材抄」『契沖全集』第五巻、朝日新聞社、1926年10月）。

声をあげて泣いてしまいそうだ、秋の野で友を見失ってひとりぼっちで鳴いている虫ではないけれど、という歌の主体は、虫に重ね合わせた詠み手自身である。対する漢詩は、〈憂えている人が虫のように声をあげて激しく泣いている。涙は千本の筋となって流れて、心は穏やかではない。やつれ衰えてしまった容姿が、いつになったら輝きを取り戻すのか。一晩中膝を抱えていると、数えきれない憂愁が生まれてくる〉という意である。当詩の「虫の音」について、中野方子氏は六朝閨怨詩の影響を述べる①。

凜凜歳雲暮、螻蛄多鳴悲。…
独宿累長夜、夢想見容暉。

(『玉台新詠』巻一・古詩八首)

寒園夕鳥集、思園草虫悲。
嗟兮当春服、安見御冬衣。

(『玉台新詠』巻五・柳惲・擣衣詩)

涼陰既満草虫悲、誰能離別長夜時。

(『玉台新詠』巻九・張率・白紵歌辞三首)

虫凄惨而声冷、露咄咤而泣懸。

(『経国集』賦類・17・滋野貞主・重陽節神泉苑賦秋可哀、応制)

孤飛夜鵲譫枝怨、暗織思虫機杼悲。

(『経国集』雑詠・206・滋野貞主・七言秋月夜一首)

『玉台新詠』における虫の音は一つの点景として詠まれ、孤閨を守る女性の孤独感を象徴している。「螻蛄多鳴悲」「草虫悲」を擬人表現として見ることができる。勅撰三集の漢詩はこのパターンを継承して、虫の音に我が身の愁いを重ねて秋の悲しさを表現している。

唐代になると、虫の悲しげな音を聞いて涙を流した例が現れる。

促織甚微細、哀音何動人。…
久客得無涙、故妻難及晨。

(『全唐詩』盛唐・杜甫・促織)

孤骨夜難臥、吟虫相唧唧。
老泣無涕洟、秋露為滴瀝。

---

① 中野方子『平安前期歌語の和漢比較文学的研究』第二章第二節「秋閨怨の受容―『新撰万葉集』から『古今集』へ―」笠間書院、2005 年 1 月、67-70 頁。

第三章　『新撰万葉集』の漢詩の中国詩からの蝉脱

　　　　　　　　　　　　　　　　　　　（『全唐詩』中唐・孟郊・秋懐）
　虫声竟夜引郷涙、蟋蟀何自知人愁。
　　　　　　　　　　　　　　　　　　（『全唐詩』中唐・戎昱・客堂秋夕）
　雁影将魂去、虫声与涙期。
　　　　　　　　　　　　　　　　　　（『全唐詩』中唐・李端・贈岐山姜明府）

とあるように、六朝閨怨詩に比べて、虫の音と人事の融合の度合いが深まっていく。しかも杜甫詩のように虫（「促織」）の音は一つの点景にとどまらず、詩の主題として詠まれるようになる。『菅家文草』の「欲将虫泣断人腸、殊感秋深不免霜。今夜何因寒怨急、被多折菊草棲荒」（371・重陽夜、感寒蛩、応製）は上秋70の「愁人慟哭類虫声」とともにこれらの唐詩の影響下にあるものだと考えられる。秋の虫の切ない声が直接的に断腸の思いを誘うという形で詠まれている。

　「虫声」「愁人」という組合せ自体は、六朝閨怨詩より、次の白居易の漢詩に拠るところが大きい①。

　虫声冬思苦於秋、不解愁人聞亦愁。
　　　　　　　　　　　　　　　　　　　　（『白氏文集』2632・冬夜聞虫）

　虫の悲しげな鳴き声を聞くと、「愁人」の愁いがより一層掻き立てられるという。『白氏文集』には、虫の音を詠み込んだものが非常に多く、王朝詩歌に多大な影響を与えている。そのことは、

　切切暗窓下、嚶嚶深草裏。
　秋天思婦心、雨夜愁人耳。
　　　　　　　　　　　　　　　　　（0754・秋虫・〈『和漢朗詠集』所収〉）
　霜草欲枯虫思苦、風枝未定鳥棲難。
　　　　　（3287・答夢得秋夜独坐見贈・〈『和漢朗詠集』『千載佳句』所収〉）

といった詩句が『和漢朗詠集』『千載佳句』などに収められていることによって明らかである。秋の終わりになると虫の音も弱々しくなり、そこには凋落する人生をかたどるものとしての面影が添えられている。中国詩に由来した

―――――――
① 『新撰万葉集注釈』巻上（二）和泉書院、2005年2月、206頁。

この虫の擬人表現は、同時に和歌の世界にも流入していく。「虫」は『万葉集』に「この世にし楽しくあらば来む世には虫にも鳥にも我はなりなむ」（巻三・384）の一例のみであるが、『古今集』になると、

　　我がために来る秋にしもあらなくに虫の音きけばまづぞ悲しき
　　　　　　　　　　　　　　　　　　（巻四・秋上・196・読人知らず）
　　　これさだのみこの家の歌合せのうた
　　秋の夜の明くるも知らず鳴く虫は我がごとものやかなしかるらむ
　　　　　　　　　　　　　　　　　　（巻四・秋上・197・藤原敏行）
　　秋の夜は露こそことに寒からし草むらごとに虫のわぶれば
　　　　　　　　　　　　　　　　　　（巻四・秋上・199・読人知らず）

とあるように、爆発的な流行を見せている。さらに、『千里集』(894年) では、白居易の「虫の音」の詩句を題とし、それを和歌に翻案する試みがなされる。

　　45　啼秋唧唧虫①
　　秋の夜を寒みなきつる虫のねは我が宿にこそあまたきこゆれ
　　37　霜草欲枯虫思苦
　　おくしもに草の枯れゆく時よりぞなく虫のねも高く聞こゆる

上秋70の和歌と漢詩は「虫の音」という題材の流行を背景に生まれてきたのである。

　しかし、中国詩では人間の悲しみを引き立てるために虫の悲しげな音がよく詠まれるが、人間の泣き声を虫の鳴き声に喩えるものは殆どない。前に挙げた「虫の音」に関する中国詩には、「愁人慟哭類虫声」の類例は見当たらない②。「慟哭」は大声をあげて泣く意で、先行する和歌の「声たててなく」に対応している。「唧唧」「切切」「喓喓」と形容される細く小さい虫の音は、「慟哭」にはどうも似ていない。だが、和歌の世界においては、「なく」は「泣く」「鳴く」の掛詞になり、「鳴く」と「泣く」が言葉のレベルにおいて互いに置き換えられる。こうして、中国詩に由来した虫の音の擬人表現から、人

---

① 原詩は「叫曙嗷嗷雁、啼秋唧唧虫。只応催北客、早作白須翁」(『白氏文集』0873・江夜舟行) とある。
② 中唐孟郊には「客子昼呻吟、徒為虫鳥音」(『全唐詩』病中吟) があるが、類例は極めて少ない。しかも虫の音に喩えられるのは、「慟哭」でなく「呻吟」である。

間の泣き声を虫の鳴き声に擬する歌が派生したのである。その中には、

　　虫のごと声にたててはなかねども涙のみこそ下に流るれ
　　　　　　　　　　　　　　（『古今集』巻十二・恋二・581・清原深養父）
　　　物いひける女に、せみのもぬけをつみてつかはす
　　是をみよ人もすさめぬ恋すとて音をなく虫のなれるすがたを
　　　　　　　　　　　　　　（『後撰集』巻十一・恋三・793・源重光）

といった、「愁人慟哭類虫声」に類似する歌が見られる。虫以外にも、人の泣き声が鹿や雁や郭公など様々な動物の鳴き声に喩えられる場合もある。

　　秋山に恋ひする鹿の音たててなきぞしぬべき君が来ぬ夜は
　　　　　　　　　　　　　　（『新撰万葉集』上秋60・作者未詳）
　　人を思ふ心は雁にあらねども雲ゐにのみもなき渡るかな
　　　　　　　　　　　　　　（『古今集』巻十二・恋二・585・清原深養父）
　　五月山梢を高み郭公なく音空なる恋もするかな
　　　　　　　　　　　　　　（『古今集』巻十二・恋二・579・紀貫之）

いずれも、自分自身を「なく動物」に重ね合わせる歌である。「泣く・鳴く」の掛詞を駆使して自然と人事との重層を図る工夫がなされたのである。
　以上を勘案すれば、「愁人慟哭類虫声」は「泣く・鳴く」の掛詞を念頭に置きながら、中国詩に由来した〈虫の音を聞いて泣いた〉を換骨奪胎して作り出された比喩表現と言えよう。

第三節　「閨中寂寞蜘綸乱」――「糸・乱る・断ゆ」

　　上恋108　恋しとは今は思はじ魂のあひ見ぬ程に成りぬともへば
　　消息絶来幾数年、消息絶え来りて　幾数年ぞ
　　昔心忘却不須憐。昔の心忘却して　憐れむことを須ゐず
　　閨中寂寞蜘綸乱、閨中寂寞として　蜘綸乱れ
　　粉黛長休鏡又捐。粉黛長く休め　鏡も又捐てたり

恋の終焉に位置付けられる上恋108の和歌に対応している漢詩は、〈男の便

りは長い間途絶えて、昔の心を既に忘れてしまった。閨の中で独り暮らして寂しくて、蜘蛛の糸が乱れている。化粧もやめ、鏡も捨ててしまった〉という内容となる。上恋108の漢詩の第三句目の「閨中寂寞蜘綸乱」は、泉紀子氏が「新撰万葉集に多く看取される〈荒れた部屋に蜘蛛が飛び、粧う事も忘れた今、塵の積もった鏡を眺める気にもならず、ひたすら溜息をつき、眉を顰めたり、涙したりする〉女の状況、動作も、『玉台新詠』にやはり多く看取される閨怨詩の方法である」①と指摘したとおり、閨房の苦悩を表現するためによく用いられる表現である。

一　平安朝初期詩歌における「蜘蛛の糸」の受容の傾向

　大谷雅夫氏は中国詩には蜘蛛を詠む賦詠は少なくないが、蜘蛛の網のその天然の妙工を讃嘆するものと、蜘蛛が専ら殺生を事とするのを借りて小人を諷するものの二つ類型に大別され、後者の類型が比較的多く見られるという②。氏の指摘を踏まえた上で、より細かく分類すると、唐代までの詩賦における蜘蛛の糸を次の五つの類型にわけることができる③。それぞれ具体例をあげて見てみよう。

　①蜘蛛の網の妙工を讃嘆するもの
　　簷前嫋嫋遊糸上、上有蜘蛛巧來往。
　　羨他虫豸解縁天、能向虚空織羅網。

（『全唐詩』中唐・元稹・織婦詞）

大谷氏が指摘した通り、蜘蛛の網の妙工を讃えるものは蜘蛛を詠む賦詠の中に極僅かしかない。

　②風景描写としての蜘蛛
　　蜩螗厲響、蜘蛛吐絲。
　　階草漠漠、白日遅遅。

（『西京雑記』巻四・西漢・枚乗・柳賦）

---

① 泉紀子「新撰万葉集における漢詩と和歌」大阪女子大文学国文編、1981年3月、64頁。
② 小島憲之編『田氏家集注』和泉書院、1991年2月～1994年2月、268頁。
③ 蜘蛛の用例の調査は、『文淵閣四庫全書電子版』（迪志文化出版、2005年）をはじめ、『先秦漢魏南北朝詩』『文選』『玉台新詠』『芸文類聚』を中心に行った。

②の詩は主に柳と宮廷宴会を詠んだもので、蜘蛛は一つの脇役にすぎない。蜘蛛を詠んだ詩賦の中では、蜘蛛の網を美景として描写するものが一番少ない。

③使わずに置いたままの器具や人が訪れない部屋にかかる蜘蛛の網
　A　書床鳴蟋蟀、琴匣網蜘蛛。
　　　（『白氏文集』0908・東南行一百韻寄通州元九侍禦澧州李十一舎人…）
　B　蘭逕少行跡、玉台生網糸。
　　　　　　　　　　　　　　　　　　　（『文選』巻三・張華・離情）

Aのように、長い間使わなくなった器具に蜘蛛の網がかかった情景は、中国詩にしばしば詠まれる。また、六朝以来の閨怨詩では、蜘蛛の網は男の不在を象徴する。『新撰万葉集』上恋108の「閨中寂寞蜘綸乱」はBのパターンを踏まえている。

④蜘蛛の殺生
　C　独星懸於浮處、遂設網於四隅。…
　　　於是蒼蚊夕起、青蠅昏帰、営営群衆、薨薨乱飛。
　　　挂翼繞足、鞘糸置囲、衝突必獲、犯者無遺。
　　　（『芸文類聚』巻九十七・鱗介部下・虫豸部・晋・成公綏・蜘蛛賦）
　D　蠶身与汝身、汝身何太詑。
　　　　　　　　　　　　　　　　　（『全唐詩』中唐・孟郊・蜘蛛諷）

③と④は中国の蜘蛛詩賦の中で、最も大きな割合を占めているものである。蜘蛛が獲物を捕食する生態は、人々に不気味な思いを抱かせるので、Dのような詩が多く作り出されているのである。蜘蛛の殺生に寄せて小人を諷するものは、中国詩の諷喩の精神に即すると言えよう。そのほかには、

⑤七夕の行事における「蜘蛛の占い」
　　碧空露重彩盤湿、花上乞得蜘蛛糸。
　　　　　　　　　　　　　　　　　（『全唐詩』盛唐・劉言史・七夕歌）

『初学記』（巻四・歳時部下・七月七日）引用の『荊楚歳時記』に「七夕、…

陳瓜果於庭中以乞巧。有喜子網於瓜上則以為符応」、『開元天宝遺事』（五代・王仁裕）「蜘蛛才巧」に「帝与貴妃毎至七月七日夜在華清宮遊宴…又各捉蜘蛛於小合中、至暁開視蛛網稀密、以為得巧之候。密者言巧多、稀者言巧少。民間亦效之」①とみえるように、匣或いは瓜の上に蜘蛛を置いて網を張らせ、糸の編み方で針仕事の上達を占うという七夕の習俗が古来ある。⑤のように、盛唐以後七夕詩で蜘蛛の占いの習俗が詠まれるようになる。なお、「稚子憐圓網、佳人祝喜糸。那知縁暗隙、忽被齧柔肌」（『全唐詩』中唐・元稹・虫豸詩）は、女が蜘蛛の網を吉兆として喜んだが毒蜘蛛に嚙まれてしまったという意で、結局悪い結果になる。

これまで見てきた通り、人々の蜘蛛に対する拭い切れない嫌悪感があるので、中国詩では、蜘蛛は常に物を損なう悪い存在として詠まれ、けっして美の象徴ではない。一方、岩下均氏が「古典文学の蜘蛛」で「王朝びとの感覚では、蜘蛛の巣は雅びな景物」②と指摘したように、平安朝の詩歌は蜘蛛の網を美しく精緻に描く傾向があり、蜘蛛の殺生や毒性を多く詠んだ道徳的な寓意性の強い中国詩とは鮮明な対照をなしている。平安前期の漢詩文で、道徳的な寓意性を有する例としては、

　　甲蛛蟄網、鎧蟭螟騎。

　　　　　　　　　　　　　　　　　　　　　　　　（『三教指帰』空海）

　　触之不漏、蛛糸設黏虫之禍。

　　　　　　　　　　　　　　　　　　　（『本朝文粋』巻八・197・小野篁・令集解序）

の二例のみが挙げられる。しかもいずれも散文である。第一首目における「蜘蛛」は取るに足りない論争の喩えである。次の例は法律を犯せば罪を免れることができないことを意味する。『新撰万葉集』以前の日本漢詩において、蜘蛛の糸の例は僅か五例しか見出されず、その中で、勅撰三集の二例は「蜘蛛」ではなく「虫網」と記されている。

　　三秋三五夜、　三秋　　三五夜
　　夜久夜風涼。　夜ながく　夜風涼し
　　虫網露懸白、　虫網　　露かかりて白く
　　樹條葉未黃。　樹條　　葉いまだ黃でぬ

---

① 『開元天宝遺事・安祿山事迹』中華書局、2006年3月。
② 岩下均「古典文学の「蜘蛛」」目白学園国語国文学9、2000年3月、9頁。

(『凌雲集』50・良岑安世・早秋月夜)

「虫網」の例は、中国詩には「綺窓虫網氛塵色、文軒鶯樹桃李顔」(『文苑英華』盛唐・呉少微・怨歌行)とみえる。「虫網露懸白」における「露」と「蛛糸」との組み合わせは「露網裏風珠、軽河泛遥碧」(『全唐詩』中唐・元稹・含風夕)等の唐詩によるものであろう。早秋の月の夜に露が蜘蛛の巣に掛かるという情景は美しいイメージを醸し出している。

　　定識幽閨女、　定めて識る　幽閨の女
　　執梭織錦章。　梭を執りて　錦章を織る
　　破簾虫網薄、　破簾　虫網薄し
　　危牖月光涼。　危牖　月光涼し
　　成雨葉声乱、　雨を成りて　葉声乱る
　　収芳草色黄。　芳を収めて　草色黄なり
　　開書周覧後、　開書周覧の後
　　閉戸嘆潘郎。　閉戸　潘郎を嘆く

(『経国集』雑詠・159・治文雄・奉試賦秋興)

「破簾虫網薄、危牖月光涼」の一聯は「暗牖懸蛛網」(『楽府詩集』薛道衡・昔昔塩)と『玉台新詠』の「明月入我牖」(巻三・陸機・擬明月何皎皎)等の表現を踏まえているが、蜘蛛の網の薄さは中国詩で殆ど見られない表現である。「虫網薄」は「月光涼・葉声乱・草色黄」とともに荒廃した家の形容であり、待つ女の心細く物寂しい心情と直接に結びついて用いられているとは思えない。また、勅撰三集の漢詩は「蛛糸」でなく「虫網」を用いていることから、九世紀前半には「糸」をめぐる言葉の連想はまだ確立していなかったと推測される。

　九世紀後半になると、日本漢詩の蜘蛛詠は前代より一層洗練され、飛躍的な発展を遂げている。

　　蜘蛛作網日昏時、　蜘蛛網を作る　日昏るる時
　　結目何唯一縷資。　目を結ぶは　何ぞ唯一縷を資とするのみならむ
　　能設紀網非汝術、　能く紀網を設くるは　汝が術に非ず
　　不因機杼是誰糸。　機杼に因らざるは　是れ誰が糸ぞ
　　秋寒綴露牽珠貫、　秋寒くして　露を綴りて珠貫を牽く

風拂黏花動綵帷。風拂ひて　花を黏して綵帷を動かす
　　四面密成終未漏、四面密に成りて　終に未だ漏らさず
　　殷湯合有祝来詞。殷湯合に有るべし　来るを祝るの詞
　　　　　　　　　　　（『田氏家集』67・島田忠臣・見蜘蛛作網）
　　反照光生向晚颸、反照光生じて　晚颸に向かふ
　　蜘蛛網□浪花時。蜘蛛網□浪花の時
　　情来却問西京事、情来れば却りて問ふ　西京の事
　　百子池頭五色糸。百子池の頭　五色の糸
　　　　　　　　　（『田氏家集』166・七夕・島田忠臣・七夕、池上即事）

島田忠臣は『凌雲集』の「虫網露懸白」の描き方を継承した上で、花びらをつけた蜘蛛の網を帷に喩え、玉に緒を貫き通したと見立てることによって露にかかる蜘蛛の糸を美の情景として精緻に描写している①。「四面密成終未漏、殷湯合有祝来詞」は、蜘蛛の網から『史記』（巻三・殷本紀）「湯出見野張網四面、祝曰自天下四方皆入吾網」②という「網」に関連する典拠を連想し、四面余すところなく張り巡らされている蜘蛛の網の妙工を讃える。そして、忠臣は中国蜘蛛詩の⑤のパターンを承けて、七夕の蜘蛛詩を詠みあげている。詩題「七夕、池上即事」からみれば、「反照光生向晚颸・浪花」は眼の前にある池のほとりの風景である。後二句にいう「西京事・百子池頭五色糸」は『西京雑記』（巻一）「在宮時見戚夫人侍高祖、至七月七日、臨百子池、作于闐楽、楽畢、以五色縷相羇、謂為相連愛」③という記事によるものである。蜘蛛の占いと「百子池頭五色糸」とはともに七夕の習俗に属しながら、ここでは糸の縁によって結びつけられたと思われる④。この二例を通して、蜘蛛の糸のもつ豊かな言葉の連想性がいち早く忠臣に注目されたことが了解できる。

一方、『万葉集』までの和歌に目を転じてみれば、

　　八年春二月、幸于藤原。密察衣通郎姫之消息。是夕、衣通郎姫、恋天皇而独居。其不知天皇之臨、而歌曰、和餓勢故餓、勾倍枳豫臂奈利、

---

① この描き方が盛唐・敬括の「蜘蛛賦」の「貼飛花則乱錦、皓露則垂珠」に類似するのは、『田氏家集注』（和泉書院、1991年2月～1994年2月、269頁）の指摘するところである。
② （漢）司馬遷撰『史記』中華書局、1959年9月。
③ （唐）徐堅著『初学記』所収。
④ 金原理氏は『詩歌の表現　平安朝韻文攷』「『古今和歌集』の表現構造」（九州大学出版会、2000年1月、16頁）においてここの浪花は「夜空に蜘蛛の網に光る露の隠喩として機能している」と指摘するが、この解釈には無理があると思われる。

　　　　　　　　　サヽガニノ　クモノ　オコナヒ　コヨヒシルシモ
　　佐瑳餓泥能、區茂能於虛奈比、虛豫比辭流辭毛）
　　　　　　　　　　　　　　　　　（『日本書紀』十三允恭巻・第十三）
　　貧窮問答歌
　（長歌）…かまどには火気吹き立てず甑には蜘蛛の巣かきて飯炊くこと
　　も忘れて…
　　　　　　　　　　　　　　　　　（『万葉集』巻五・892・山上憶良）

の二例しかない。衣通姫の歌から、蜘蛛が盛んに動きまわるのは恋人の来る前兆という俗信のあったことがわかる①。日本古典文学大系『日本書紀』(上)は「蜘蛛が来て人の衣に着くと、親客が来訪するという俗信が中国にあり、それで蜘蛛を喜母という。それと同じ俗信が日本にもあったのであろう」と注する②。ちなみに、十世紀の恋歌はこの俗信を受け継いで、「ささがにの蜘蛛の振る舞ひ」も絶えてしまうことを恋人の途絶えを表すのに用いるようになる③。この点で、閨にかかる蜘蛛の網で男の不在を象徴する中国閨怨詩とはまったく逆である。また、憶良の歌に描かれる、器には蜘蛛の巣が張って米を炊くことも忘れてしまうという農民の貧しさは、「伊威在室、蠨蛸在戸」（『詩経』豳風・東山）の荒れ果てた宿の描写を思わせる④。『古今集』になると、

　　　是貞の親王の家の歌合によめる
　　秋の野に置く白露は玉なれや貫きかくる蜘蛛の糸筋⑤
　　　　　　　　　　　　　　　　　（巻四・秋上・225・文屋朝康）
　　女郎花
　　白露を玉に貫くとやささがにの花にも葉にもいとをみなへし
　　　　　　　　　　　　　　　　　（巻十・物名・437・紀友則）

---

① 坂本太郎校注『日本書紀』(上)日本古典文学大系67、岩波書店、1965年7月～1967年3月。
② ここで「ささがに」は蜘蛛の枕詞として使われるが、後に蜘蛛の異名としても使われるようになる。
③ 中国の俗信は『毛詩正義』(中華書局、1957年12月)に「蠨蛸、長踦、一名長脚、荊州河内人謂之喜母。此虫来着人衣、当有親客至、有喜也」（豳風・東山疏）と見える。だが、この俗信は中国詩で稀にしか詠まれていない。例えば、中唐元稹には「李多嘲蠅蜓、竇數集蜘蛛」（『全唐詩』「酬樂天東南行詩一百韻」）があり、その注に「竇七頻改官銜、屢有蜘蛛之喜」とある。
④ 鈴木裕子「紫の上の和歌覚書―「ささがに」をめぐって―」（駒沢短大国文27、1997年3月）参照。
⑤ 小島憲之氏は『上代日本文学と中国文学(中)』(塙書房、1986年1月、977～978頁)で、下線部の語句は「甑中生塵範史雲、釜中生魚范菜蕪」(『後漢書』独行伝)等を下敷きにしたが、「塵」が蜘蛛の巣に換えられて詠んだと指摘する。

　　　　今しはとわびにしものを<u>ささがに</u>の衣にかかり我をたのむる
　　　　　　　　　　　　　　　　　（巻十五・恋五・773・読人知らず）

とあるように、蜘蛛の和歌は一変する①。文屋朝康歌と忠臣詩の「秋寒綴露牽珠貫」との発想の近似は小西甚一氏の考証によって既に明らかであるが②、朝康歌と友則歌の耽美的技巧的詠みぶりも忠臣詩に通じると思われる。これは当時の和歌と日本漢詩の発想が極めて接近することを物語る一方で、蜘蛛の和歌表現が中国詩の影響下にあることをも示唆している。友則歌は蜘蛛が花にも葉にも糸を架け渡した、と朝康歌と同じような風景を描きながら、「を皆綜し」に巧みに「女郎花」を掛けて新たな展開を見せている。秋の野に光る白露を蜘蛛の糸で貫いた白玉に喩えて、蜘蛛の糸を美しく描く。また、読人知らずの恋歌は衣通姫の歌をもとにして作られたもので、蜘蛛が衣に取り付いて自分に期待を持たせるという待つ女の切ない心を詠んでおり、蜘蛛の糸より、その振舞に関心が寄せられている③。それに対して、『新撰万葉集』上恋108における蜘蛛の糸は単なる景物として描写されるのではなく、人間の感情が編みこまれている。

　上の分析により、平安初期の日本漢詩における蜘蛛の糸の描写は、全体的に言うと中国のような道徳的な寓意性が薄く、月の光に照らされて輝いている繊細な蜘蛛の糸を描写したり、蜘蛛の網に光る白露を詠んだり、〈花びらをつけた蜘蛛の網―帷〉〈蜘蛛の網にかかる露―緒を貫き通した玉〉の比喩表現を駆使したりして、ひたすら蜘蛛の網の妙工や美しい風景としての蜘蛛の糸に関心を寄せ、優美繊細な表現世界を作り上げている。この取捨選択の背後には、王朝人の嗜好や独特の美意識等が働いており、古今集歌の蜘蛛詩摂取の際の一定のフィルターの役割を果たしていたと思われる。『新撰万葉集』上恋108はこの蜘蛛の題材の流行を背景として生まれてきたのである。ただし、『古今集』成立までの日本詩歌において、「蜘蛛の糸」と内面的心理との重なり合いは小さいといえる④。

---

① 『新撰万葉集』下秋192にこの歌が載せられ、左に「天漢秋濤盛浮月、凝露桂洸懸貫玉。蜘綸柯懸似飛鬚、可惜往還冬不来」の詩が配される。
② 小西甚一「古今集的表現の成立」日本学士院紀要7-3、1949年11月、187頁。
③ 衣通姫の歌と違って、当歌は恋の破局に近い頃に詠まれたものであり、閨怨詩に影響されたのではないかと思われる。
④ 平安中後期の蜘蛛に関する詩文においても、心情と関わりがあるものは極めて少ない。「虫糸織草心機乱、雁陣結雲眼路遮」（『本朝無題詩』462・野店・釈蓮禅）はその一例である。

二　蜘蛛の糸からの言葉の連想―上恋108と「暁月」

　上恋108の「閨中寂寞蜘綸乱」における「蜘綸」という語はその他の文献には未見である①。『説文解字』の「綸」の項に「糾青糸、綬也」と見える。「綸」が糸関係の言葉であることから、「蜘綸」は「蜘蛛糸」から作り出された造語だと推測される②。中国閨怨詩における蜘蛛の糸の例を挙げてみると、

青苔依空牆、　青苔は　空牆に依り
蜘蛛網四屋。　蜘蛛は　四屋に網す
　　　　　　　　　　　　（『文選』巻二・張景陽・雑詩）
蘭逕少行跡、　蘭逕には　行跡少に
玉台生網糸。　玉台には　網糸生ず
　　　　　　　　　　　　（『玉台新詠』巻五・張華・離情）
蜘蛛作糸満帳中、蜘蛛糸を作して　帳中に満つ
芳草結葉当行路。芳草葉を結びて　行路に当たる
　　　　　　　　（『玉台新詠』巻九・簡文帝・和蕭侍中子顕春別）

とある。蜘蛛はあまり人が訪れない荒廃した部屋の点景として詠まれるが、蜘蛛の糸が乱れるという詠み方は閨怨詩の通例から外れてしまう。閨怨詩以外の用例に「蜘綸乱」を求めてみると、

鐵羅絡莫、綺錯交張。
　　（『芸文類聚』巻九十七・鱗介部下・蟲豸部・晋・成公綏・蜘蛛賦）
網密將求食、糸斜誤著人。
　　　　　　　　　　（『全唐詩』中唐・元稹・虫豸詩・蜘蛛）
露珠虫網細、金縷兎糸長。
　　　　　　　（『全唐詩』中唐・沈亜之・汴州船行賦岸傍所見）

---

① 本集の下秋192「蜘綸柯懸似飛羅、可惜往還冬不来」と下恋236「荒室蜘綸人無挑、暇開簾内衾不收」にも「蜘綸」の語が用いられている。なお、「心如繰糸綸、展転多頭緒」(『全唐詩』中唐・鮑溶・秋懐五首)には「糸綸」という語が見える。
② 『新撰万葉集注釈』巻上(二)(和泉書院、2005年2月、477頁)は、「蜘綸」の用例が見出せず、乱れ物の比喩として糸が使われるので、糸の類から「乱れ」が連想されたと注する。

といった例に端的に示されるように、蜘蛛の糸の多さ、細さ、密で交錯する様などは多く描かれるが、乱れる蜘蛛の糸という表現は容易には見出し難い①。
　上恋108の「閨中寂寞蜘綸乱」における蜘蛛の糸は荒れ果てた宿を象徴するだけでなく、千々に乱れる心をも表す。『新撰万葉集』にはほかに、「乱」の用例として次の二首がある。

　　上秋61　戸牖荒涼蓬草乱、戸牖荒涼として　蓬草乱れ
　　　　　　毎秋鎮待雁書遅。秋ごとに常に待つ　雁書の遅きを
　　上恋103　歎息高低閨裏乱、歎息す高低　閨裏乱れ
　　　　　　含情泣血袖紅新。情を含みて泣血し　袖の紅新たなり

中国閨怨詩では、訪れ人がいないので、寝台に塵が積もったり、庭の草が茂ったりする描写がよく見られるが、「蓬草乱・閨裏乱」のような表現は中国詩の中には見つけられない。荒れ果てた宿を形容する伝統的表現にすこし工夫を加えて、景情一体の表現を目指そうとする意図があるのではないかと思われる②。
　六朝閨怨詩では蜘蛛に寄せて独り暮らしの寂しさを表すが、蜘蛛の糸は作中人物の心情に渾然と融合したものではない。それでは、上恋108における蜘蛛の糸と心情が一体化した表現はいったいどこから来たのであろうか。中国詩には、思い乱れている心を乱糸に喩える漢詩が少なからずある。

　　楊柳乱成糸、楊柳乱れて　糸を成し
　　攀折上春時。攀き折る　上春の時
　　　　　　　（『芸文類聚』巻第八十九・木部下・梁・簡文帝・折楊柳）
　　心緒乱如糸、心緒乱れて　糸の如し

---

① 調べた限り、〈蜘蛛の糸が乱れている〉と詠んだ詩は次の一首しか見出せない。「暗中蛛網織、歴乱綺窗前」（『全唐詩』晩唐・趙嘏・昔昔塩二十首之暗牖懸蛛網）は蜘蛛の糸が窓に乱雑に巻き付いている様を描いて、女の独り暮らしの寂しさを表現する。趙嘏は晩唐の詩人で、氏の詩句は十三句ほど（当詩は含まれない）『千載佳句』に収められているので、その詩集が九世紀末に日本に伝わった可能性がないわけではない。しかし、「歴乱綺窗前」は目の前に見える具象的な風景で、心情表現を融合した「蜘綸乱」とは異なる。また、本集にはほかに「蓬草乱」「閨裏乱」の類似表現があることを合わせて考えると、上恋108の根拠をこの稀な一例に求めるのは無理がある。
② 『新撰万葉集注釈』巻上（二）（和泉書院、2005年2月、442頁）では上恋103の「閨裏乱」は心が乱れることをいうと述べているが、「蓬草乱」と「蜘綸乱」もまた心の乱れを表すことについては触れない。

空懐疇昔時。空しく疇昔の時を懐ふ
（『先秦漢魏晋南北朝詩』隋・孫万寿・遠戍江南、寄京邑親友）

とあるように、「糸・思」の双関語（同音異義語）を駆使して、乱れる糸と乱れる思いが完全に融合される。この「糸・乱・思」の言葉の連想は主に楽府詩に用いられ、「糸」は普通織物の糸、青柳の糸、蠶の糸の類を指す。蜘蛛の糸について言う場合は極めて少ない①。上恋108では「糸・乱・思」の表現を踏まえながら、通常の「青柳の糸・繊維の糸」を「蜘蛛の糸」に置き換えることによって、景情一体の表現が作り出されている。

寛平三年（891）、菅原道真は「蜘蛛の糸」に関する応製詩を作った。その作詩時期は『新撰万葉集』（893年）の漢詩に極めて近接する。

何処粧樓擲玉環、何れの処の粧樓か　玉環を擲つ
一明一暗暁雲間。一たび明るく一たび暗し　暁雲の間
秋腸軟自蜘蛛縷、秋腸は蜘蛛の縷よりも軟らかく
寸寸分分断尽還。寸寸分分　断ち尽して還る
（『菅家文草』巻五・355・暁月、応製）

前二句は、暁の月を美人の玉環に喩えて、月が雲の間に隠見する様を詠んでいる。後二句では、秋の月を眺めて物思いにふける孤独な心が描き出されている。転句にある「蜘蛛縷」は他に例を見ない表現である。それは『西京雑記』（巻一）「中設木畫屏風、文如蜘蛛糸縷」における「蜘蛛糸縷」の略語か、或いは「蜘綸」と同じ「蜘蛛糸」からの造語であろう。また、当詩には中国の悲秋詩の大きな影響が看取できる。「腸…寸寸分分断尽還」は腸がずたずたに断ちきれるほどの悲しさを表し、「涙臉千行、愁腸寸断」（『遊仙窟』唐・張文成）のように、その用例は枚挙に遑がない。「秋腸…断」は「大抵四時心総苦、就中腸断是秋天」（『白氏文集』0790・暮立）を想起させる。また、「腸断青天望明月、別来三十六回圓」（『白氏文集』1206・三年別）のように、秋の月を見れば物思いをするというのも悲秋の常套表現である。とはいえ、「暁月」における秋の断腸の思いは、しみじみとした情趣と哀感というべきもので、秋を人生の衰えに重ねて嘆く中国の悲秋詩と少し違う。なお、「暁月」詩における秋の月の夜の蜘蛛は『経国集』の「破簾虫網薄、危牖月光涼」

---

① 「愁見蜘蛛糸、尋思直到明」（『全唐詩』晩唐・張祜・読曲歌）のような蜘蛛の糸が「思」に掛かる例があるが、極めて珍しい。

を受け継いだものである①。

　ここで注意したいのは、蜘蛛の糸を断腸の思いに喩えることと、蜘蛛の糸の軟らかさの形容は中国詩や以前の日本漢詩に先例を持たず、道真の独創によるものである。道真に大きな影響を与えた白居易には、切られた糸を断腸の思いに喩える次のような漢詩がある。

<u>人言柳葉似愁眉</u>、人言ふ柳葉　愁眉に似たりと
<u>更有愁腸似柳糸</u>。更に愁腸の柳糸に似たるあり
<u>柳糸挽断腸牽断</u>、柳糸挽きたえて　腸　牽きたゆ
<u>彼此応無続得期</u>。彼此まさに続ぎうるとき　なかるべし

（3145・楊柳枝詞）

<u>絶弦與断糸</u>、絶弦と断糸とは
<u>猶有却続時</u>。なほ却って続ぐ時あり
<u>唯有衷腸断</u>、ただ衷腸の断ちたる有り
<u>応無続得期</u>。まさに続ぎうべき時なし

（0791・有感）

　第一首目は、柳の枝を折って旅立つ人に贈って別れるという風習を基にした古楽府詩題「折楊柳」を踏まえて、青柳のしなやかな枝がひっぱるとちぎれるのを心腸が引き裂かれることに喩えて、癒せない悲しみを詠んだものである。第二首目の詩は、「絶弦・断糸」を「断腸」と比較して、切れた断糸をつなぐことができるが、引きちぎられた哀しみは二度と癒されることはないだろうと詠んでいる。二首における「断…無続得期」という語句は、道真詩の「断尽」に類似している。中唐孟郊の「去婦」（『全唐詩』）に「妾心藕中糸、雖断猶牽連」と見えるように、蓮根を切って糸を引くことを、女が棄てられてもまだ夫に未練があることに喩える例もあるが、道真詩と白詩との密接な関係を考えるならば、その表現の原拠の一つに白詩の存在が考えられよう。そして、『白氏文集』に「一樹春風千万枝、嫩於金色軟於糸」（3636・永豊坊西南角園中有垂柳一株柔条極茂…）「青門柳枝軟無力、東風吹作黄金色」（1198・長安春）と見えるように、「軟」はよく青柳の糸の形容に用いられている。「軟自蜘蛛縷」は恐らく白詩の「（柳枝）軟於糸」に学んだ結果だろう

---

① 秋の月の夜を背景にした中国の蜘蛛詩としては、「落葉驚秋婦、高砧促暝機。蜘蛛尋月度、蛍火傍人飛」（『全唐詩』初唐・沈佺期・雑詩三首）が挙げられる。

と推測される①。

　上の分析により、「暁月」詩における〈断腸―軟―断たれた蛛糸―断ち尽す〉は白詩の〈断腸―軟―柳糸挽断・絶弦・断糸―続ぎ得る時なし〉という表現から派生したことがわかる②。道真は切れた糸、乱れた糸に寄せて心情を表現することを好んだようである。『菅家文草』には、

葉遮鬢更乱、　葉遮りて　鬢更に乱る
糸剪腸倶絶。　糸きれて　腸ともに絶ゆ

（巻一・7・賦得折楊柳）

懐抱此間機緒断、　懐抱　此の間機緒断つ
生涯誰見鬢邊糸。　生涯誰か見ん　鬢邊の糸

（巻一・178・園池晩眺）

秋思如糸乱不従、　秋思糸の如く　乱れて従わず
低迷暗入殿前松。　低迷暗に入る　殿前の松

（巻六・449・九日後朝、侍宴朱雀院、
同賦秋思入寒松、応太上皇製）

等の例が見える。細い柳の糸が切られるとともに腸も絶えてしまう③、胸の中の思いは機織の糸が断ち切れるように断たれる、秋の物寂しい思いが糸のように乱れる、とあるように、道真は従来の中国詩における「糸・乱・思」の表現に大きな関心を持っている。それゆえに、本来青柳、繊維等に限られ

---

① 波戸岡旭氏は「菅原道真詠月考」（漢文学会会報37、1991年12月）において、「暁月」詩の蜘蛛は実景として鑑賞できるし、心象風景としてとらえることもできると述べている。この論文は、『宮廷詩人菅原道真―『菅家文草』『菅家後集』の世界』（笠間書院、2005年2月）に再録される。
② 川口久雄氏は『菅家文草・菅家後集』（日本古典文学大系72、岩波書店、1966年10月、385頁）で、当詩の「蜘蛛縷」を「遊糸」と理解した上で、「寸寸分分断尽還」を遊糸がたちきれて大空いちめんにうかぶ実景としてとらえる。遊糸は飛行する蜘蛛の吐く糸である。漢詩文では、「野草芳菲紅錦地、遊糸繚乱碧羅天」（中唐・劉禹錫・春日書懐寄東洛白二十二楊八二庶子・《『和漢朗詠集』春興》所収）のように、遊糸は普通春の昼間の景物として詠まれ、秋の夜を背景とした「暁月」詩には合わない。したがって、道真詩に描かれる「蜘蛛縷」は遊糸でなく普通の蜘蛛としてとらえるべきではないかと思われる。
③ 中国詩における「腸絶」の例としては、「生民百遺一、念之絶人腸」（『宋書』曹操・蒿裏行）、「惟逝者之日遠、愴傷心而絶腸」（『芸文類聚』巻三十四・人部十八・哀傷・曹植・慰子賦）などがある。日本漢詩には、「似登隴首腸已絶、非入楚宮腰忽細」（『文華秀麗集』艶情・52・朝野鹿取・奉和春閨怨）、「水咽人腸絶、蓬飛砂塞寒」（『文華秀麗集』雑詠・134・嵯峨天皇・賦得隴頭秋月明）のように、「腸絶」はよく詠まれる。

ていた「絶・剪・断・緒・乱」という糸に関わる語群を積極的に蜘蛛の糸の上に表現しようとしたのであろう①。

　それでは、なぜ「蜘蛛の糸」が上恋108と「暁月」において本来無関係の「糸・乱・断」の語群に関係づけられたのか、その背後にはいったいいかなる力が働いていたのか、について考えてみたい。前掲の道真詩「秋思如糸乱不從」のように、糸を乱れる心に喩える表現が日本漢詩に違和感なく受容されえたのは、古来の伝統的な観念に支えられたからだと考えられる。『万葉集』においては、

　　　玉の緒を片緒に縒りて緒を弱み乱るる時に恋ひずあらめやも
　　　　　　　　　　　　　　　　　　　（巻十二・3081・作者未詳）
　　　生の緒に思へば苦し玉の緒の絶えて乱れな知らば知るとも
　　　　　　　　　　　　　　　　　　　（巻十一・2788・作者未詳）

とあるように、「玉の緒」は人の命であるという和歌的理解を踏まえて作られた「玉の緒…弱み乱る」「玉の緒の絶えて乱る」等の表現が古来存在している。「玉の緒」は「魂を体につなぎとめる緒」を意味し、「糸」によって恋心がかたどられる。上記の『万葉集』の歌では、糸の強さが足りないために乱れたり切れたりすることから、「縒る」「乱る」「絶ゆ」など類縁の語が繰り出される。一方、前にすこし触れたが、呉声と西曲を主とした六朝民歌にも類似の修辞法がみられる。「糸・思」の双関語（掛詞）を起点として、そこから「結・断・乱」の一連の「糸」に関連する言葉が引き出されて、恋の思いを表す。図示すると、

「糸」—$\begin{cases}$六朝の民歌「糸・思・乱・断」$\\$『万葉集』の恋歌「玉の緒・魂・乱・絶ゆ」$\end{cases}$

ということになる。呉声西曲の「糸」の詩は、『万葉集』の「玉の緒」の恋歌とともに歌垣的な男女掛け合いの場の中で発生したもので、民謡通有の口承性と機智性がある②。だが、同音異義の双関語を表意文字である漢語に写

---

① 「糸・思・乱」の縁語的表現はいち早く上代の日本漢詩に採り入れられている。「楊柳正乱糸、春深攀折宜」（『文華秀麗集』楽府・69・嵯峨天皇・折楊柳一首）、「舞袖欲縫糸屡乱、音書未寄怨俞頻」（『経国集』雑詠・125・滋貞主・雑言臨春風效沈約体応制）の例が示すように、道真以前の日本漢詩に詠まれた「乱糸」は「青柳の糸・繊維の糸」の域を出ていない。
② 小南一郎「南朝の恋歌—「西洲曲」を中心として」中国文学報23、1972年10月。田中謙二『楽府　散曲』中国詩人選22、筑摩書房、1983年1月、122頁。

そうとすると、「糸・思」の一方を捨ざるをえないし、漢語は孤立語の特質があるので、双関語の使用範囲や類型は非常に限られ、和歌の掛詞のようには大きな展開を遂げなかったのである①。「糸・思・乱・断」が殆ど青柳や繊維の糸に用いられるのはそのためである。また、前に述べた『万葉集』の3835番の歌は六朝民歌の双関語「蓮・恋」の影響を受けたが、後の王朝詩歌におけるこの双関語の応用は殆ど見られない。

　前に取り上げた文屋朝康歌「秋の野に置く白露は玉なれや貫きかくる蜘蛛の糸筋」、友則歌「白露を玉に貫くとやささがにの花にも葉にもいとをみなへし」、忠臣詩「秋寒綴露牽珠貫」においては、「露→玉→玉の緒→蜘蛛の糸」という言葉の連想が存在している。「露・蜘蛛の糸」の組合せは「草露亦多湿、蛛糸仍未収」（『全唐詩』盛唐・杜甫・独立）にみえる。また、

　　荷珠貫索断、竹粉残粧在。
　　　　　　　　　　　（『全唐詩』中唐・劉禹錫・和楽天秋涼閑臥）
　　線不能穿涙珠、火不能銷鬢雪。
　　　　　　　　　　　（『白氏文集』2204・啄木曲）
　　針頭不解愁眉結、線縷難穿涙臉珠。
　　　　　　　　　　　（『白氏文集』2596・繍婦嘆）

から明らかなように、「涙珠」に糸を貫き通したり、糸が切れて「荷珠（露）」が乱れたりする表現は白居易あたりの詩人に多く用いられている。しかし、忠臣詩「秋寒綴露牽珠貫」のような蜘蛛の掛け渡した糸に白露が掛かっている様を、緒に貫いた玉に見立てる表現は中国詩に殆ど見出せない。

　一方、劉禹錫の「荷珠貫索断」に近い表現は、『万葉集』にも「我が宿の尾花が上の白露を消たずて玉に貫くものにもが」（巻八・1572・大伴家持白露歌一首）とみえる。九世紀末になると、

　　秋の野の草は糸とも見えなくに置く白露の玉とつらなる
　　　　　　　　　　　（『寛平御時后宮歌合』秋・81・貫之）

---

① 渡辺秀夫『平安朝文学と漢文世界』第一篇第一章（Ⅱ）「古今集歌の表現と漢詩」（勉誠社、1991年1月、65頁）参照。なお、中国語が孤立語であるのに対し日本語が膠着語であることは、吉川幸次郎氏「膠着語の文学」（国語国文21、1952年1月、2頁）、小島憲之氏『古今集以前』（塙書房、1976年2月、26頁）の指摘によって明らかである。

　　　　西大寺のほとりの柳をよめる
　　　浅緑糸よりかけて白露を玉にも貫ける春の柳か
　　　　　　　　　　　　　　　　　　（『古今集』巻一・春上・27・遍照）
　　　　女どもの滝見たる所
　　　糸とさへみえてながるる滝なればたゆべくもあらずぬける白玉
　　　　　　　　　　　　　　　　　　　　　　　　　　（『貫之集』178）

とあるように、「白露を玉として緒を通す」という伝統的な和歌表現は、「糸」を介して「草の糸」「青柳の糸」「滝の糸」と結ばれる。前掲の文屋朝康歌と友則歌に見られる「白露を玉として蜘蛛の糸を貫く」は、上記の歌とモチーフが異なるが、「糸」に関連する「玉に貫く緒」と「蜘蛛の糸」とを組み合わせて新たな表現を練り上げていくという方法において共通する。これらの例が端的に示すように、一字一音の表音文字たる仮名による表記はきわめて融通性に富むものである。この特徴を生かして「蜘蛛の糸」は「糸」の縁語「弱し・乱る・絶ゆ」と関係づけられ、新たな表現の広がりを獲得することができたのである。

　一方、同じ漢詩であっても、日本漢詩においては、言葉と言葉とを新たに関係づける傾向が中国詩よりも顕著である。言葉の連想によって「蜘蛛の糸」と「白露を玉として緒を通す」とを合わせる点で、忠臣詩の「秋寒綴露牽珠貫」は前掲の文屋朝康歌と友則歌に通じる。上恋108と「暁月」の漢詩作者は「糸」を「蜘蛛の糸」と「互換性」のある言葉として認識し、「糸」が「乱・断腸」などの心情を表す語であることを踏まえて、それと緊密な関係をもつ「蜘蛛の糸」も当然同様の心情を表すことができると考えたのであろう。つまり、「糸」を介してそれまで関係を持たなかった「蜘蛛の糸」と「乱・断腸」とを繋ぎ合わせ、「閨中寂寞蜘綸乱」「秋腸軟自蜘蛛縷、寸寸分分断尽還」という新たな表現を作り上げた、と推察することができるであろう。

　なお、本稿は中国詩の「乱・断・糸(シ)・思(シ)」と和歌の「玉の緒・乱る・絶ゆ」が別々に成立したものと考えるが、両者の間の交流を否定するわけではない。例えば、

　　　　歌たてまつれと仰せられし時によみてたてまつれる
　　　青柳の糸よりかくる春しもぞ乱れて花のほころびにける
　　　　　　　　　　　　　　　　　　（『古今集』巻一・春・26・貫之）

ぬき乱る涙もしばしとまるやと玉の緒ばかりあふよしもがな

(『貫之集』668)

　一首目の歌における楽府詩「楊柳乱如糸」の受容が従来指摘されている[①]。二首目の貫之歌における涙が玉の緒を抜いて乱れるほど落ちたという発想は、先に掲げた白居易の漢詩「線不能穿涙珠」に近いと思われる。

三　断れた蜘蛛の糸への好尚―和歌との関わり

　「暁月」と上恋108は、「蜘蛛縷・蜘綸」の措辞、蜘蛛の糸と心情が重なり合うこと、蜘蛛の糸が切れてしまうことにおいて共通する。前述したように、中国詩に詠まれる断腸の思いを象徴する切れた糸は殆ど繊維や青柳の糸に限られて、風雨に打たれて破れた蜘蛛の糸を詠んだ漢詩は極めて少ない。

　①其布則細絺弱折、…蜘蛛作糸、不可見風。
　　　　　　　(『全上古三代秦漢三国六朝文』全漢文・巻五十一・
　　　　　　　　　　　　　　　　　　　　西漢・揚雄・蜀都賦[②])
　②雨中雀語喧江樹、風処蛛糸颭水潯。
　　　　　　　(『全唐詩』中唐・李紳・端州江亭得家書)
　③糸網張空際、蛛繩続瓦溝。
　　　　　　　(『全唐詩』中唐・姚合・酬任疇協律夏中苦雨見寄)
　④分従珠露滴、愁見隙風牽。
　　　妾意何聊頼、看看劇断弦。
　　　　　　　(『全唐詩』晩唐・趙嘏・昔昔塩二十首之暗牖懸蛛網)

とあるように、蜘蛛の糸が風に吹かれる場面は詩の題材として珍しく、一つのパターンとしては定着していない。例えば、①の『蜀都賦』では蜘蛛の糸を細くて断ち切れやすいものとしてとらえるが、それは繊細な蜀布の喩えであり、心の喩えではない。ほかは殆ど叙景詩で、蜘蛛の危うい境地を詠んでいないし、心情と直結するものでもない。表現的に一番近い④の閨怨詩では、断ち切れた蜘蛛の糸をじっと見詰めるのは無聊を慰めるためなので、蜘

---

① 前掲の渡辺秀夫氏の著書、第一篇第六章「古今集歌にみる漢詩文的表現―対照・一覧稿」181 頁。
② 嚴可均校輯『全上古三代秦漢三国六朝文』中華書局、1958 年 12 月。

蛛の糸が待つ女自身の暗喩として使われているとは思えない[①]。また中国詩に偶然みられるこの一例は、上恋108と「暁月」に直接的に影響を与えたとは考えにくい。すると、心情の象徴として詠まれた弱くて断ち切れやすい蜘蛛の糸のイメージがどこに由来したのかが問題となる。十世紀以前の日本詩歌に目を転じると、道真には、

微虫猶有巧、　　微き虫すら　猶し巧なること有り
結網自含情。　　網を結びて　自ら情を含む
禀氣安身小、　　氣を禀けて　身を安らにすること小し
隨風転質軽。　　風のまにまに　質を転すこと軽なり
簷前寛得地、　　簷の前にして　寛く地を得たり
籬上暫全生。　　籬の上にして　暫く生を全くす
万物皆如是、　　万物　皆是の如し
応知造化成。　　造化の成すところを知るべし

　　　　　　　　　　　　　　　　　（『菅家文草』416・蜘蛛）

といった蜘蛛の自然の理にかなった生き方を褒める詩がある。風に吹かれて不安の中で暮らしている蜘蛛のイメージは、上恋108と「暁月」に共通するところがある。また、古今までの和歌をも視野に入れると、切れやすい蜘蛛の糸を詠んだ和歌は次の一首しかない[②]。

　　夕暮に、蜘蛛のいとはかなげにすがくをみはべりて、常よりもあはれ
　　　にはべりしかば
　　さゝがにの空にすがくもおなじことまたき宿にもいく世かはふる
　　　　　　　　　　　　　　　　　　　　　　　　（『遍昭集』14）

この歌は、目の前にある蜘蛛の巣に思いを寄せて、人が立派な邸を建ててもそこに何代住めようかと嘆いている。風に吹き破られたわけではないが、空に巣を掛ける蜘蛛の細い糸が切れそうな様子は、非情な運命に翻弄される人

---

① その類例としては、「不知独坐閑多少、看得蜘蛛結網成」（『全唐詩』晩唐・来鵠・新安官舎閑坐）が挙げられる。
② 当歌はまた『新古今集』（巻十八・雑下・1817・僧正遍昭）に収められる。歌の詞書は「夕暮に、蜘蛛のいとはかなげにすがくを、常よりもあはれと見て」、第五句は「いく世かはへむ」とある。

間の姿を思わせる。遍照は仏典からこの発想を得たのかと推測したが、調べた限り、仏典には切れやすい蜘蛛の糸の用例は見当たらない[①]。蜘蛛の糸の切れやすいイメージが当時の社会でどのぐらい普及していたのかは推定しがたいが、少なくとも詩歌表現としてそれほど一般的なものではないといえる。上恋108と「暁月」における切れやすい蜘蛛の糸を人事に重ね合わせる手法は、遍照の歌に似ているが、遍照歌には上恋108と「暁月」詩の表現に直接の影響を与えたと見なし得る措辞は見出し難い[②]。なお、十一世紀初頭に成立した『枕草子』の第130段「軒の上に、かいたる蜘蛛の巣のこぼれ残りたるに、雨のかかりたるが、白き玉をつらぬきたるやうなるこそ、いみじうあはれにをかしけれ」では、風雨に打たれて破れた蜘蛛の糸は風情のあるものとして描かれる。この景物描写には「全からざるものを愛惜する美学」が反映されていると言われる[③]。こうして考えてみると、道真と遍照はこのような美意識を共有するからこそ、切れそうな蜘蛛の糸を詠み始めたのであろうと思われる。

十世紀半ば以後、切れやすい蜘蛛の糸によって、はかなく心細い心情を表す描き方は集中的に男女の贈答歌に現れる。これらの恋歌は、切れやすくはかない蜘蛛の糸への心情的共感を基盤とし、掛詞・縁語等を駆使して男女の仲や女の生の侘しさを表現している。

① 　つらかりけるをとこに
　たえはつる物とは見つつさゝがにのいとをたのめる心ぼそさよ
　　　　　　　　　　　　　（『後撰集』巻九・恋一・569・読人知らず）
② 　つらかりける男のはらからのもとにつかはしける
　ささがにの空にすがける糸よりも心細しや絶えぬと思へば
　　　　　　　　　　　　　（『後撰集』巻十八・雑四・1295・読人知らず）
③ 　返し
　風ふけばたえぬとみゆるくものいもゝかきつかてやむとやはきく
　　　　　　　　　　　　　（『後撰集』巻十八・雑四・1296・読人知らず）
④ 　男の、文多く書きてと言ひければ
　はかなくて絶えなん蜘蛛の糸ゆゑに何にか多くかかんとぞ思ふ
　　　　　　　　　　　　　（『後撰集』巻十六・雑二・1139・読人知らず）

---

① 仏典における蜘蛛の用例の調査は、「大正新脩大藏經テキストデータベース」（http://21dzk.l.u-tokyo.ac.jp/SAT/ddb-sat2.php）を基に行った。
② 「暁月」詩は遍照が亡くなった翌年に作られた。
③ 堀誠「蜘蛛のいろいろ―日本と中国の文学」早稲田大学教育学部学術研究48、2000年、113頁。

⑤つねならぬ身はささがにのやどなれやあまつ空なるたのみかくらん
　　　　　　　　　　　　　（『古今六帖』第六・くも・4021・作者未詳）
　　⑥くものかくいとぞあやしき風吹ばそらにみだるゝものとしるしる
　　　（大和）

　　　　　　　　　　　　　　　　　　　　　　　　（『蜻蛉日記』天禄三年）

　上記の四首の『後撰集』の歌がいずれも「たゆ」という語を用いることから、蜘蛛の糸の切れやすくはかないイメージは十世紀半ばに和歌の世界でようやく定着するようになったことが了解される。平安朝の女性はうつろいやすい男の愛に不安を抱いて空しく待ち続けるうちに、不安定な蜘蛛の巣から「つねならぬ身」の境遇を連想し、深い共感を覚えている。歌に詠まれる蜘蛛は、単なる夫の訪れの前兆や頼みにされる存在であるだけでなく、蜘蛛の糸の「風ふけば断えぬ」を男の訪れの「絶ゆ」に、糸の「細し」を心細さに掛けることより、弱い立場に押し込められている女たちの心情を象徴している。これらの歌に用いられた「糸・絶ゆ・細し・乱る」などの語は、前掲の「玉の緒」の万葉集歌に既に見える。これらの言葉を「糸」を介して「蜘蛛の糸」に関連づけた結果、「蜘蛛の糸」も恋の心の動きを象徴するようになる。また、「風ふけばたえぬとみゆるくものいも又かきつかてやむとやはきく」に見られる「切れた蜘蛛の糸→男女の羈絆が切れた」「蜘蛛が糸をまた掛き継ぐ→男女関係の回復」という発想は、早くも『万葉集』の「白玉は緒絶しにきと聞きし故にその緒また貫きわが玉にせむ」（巻十六・3814・作者未詳）に遡ることができる①。「緒」に関連する「蜘蛛の糸」から、「弱し・絶ゆ・乱る・貫く」などの掛詞・縁語が連鎖的に繰り出される②。これらの事例は、上恋108と「暁月」における蜘蛛の糸の表現の底に、和歌の連想性が働いていることをより一層物語っているであろう。

　これまで見てきた通り、平安初頭の日本漢詩における蜘蛛の糸の形容「薄」「乱」「軟」「寸寸分分断尽」はいずれも中国詩の伝統的な表現から外れるも

---

① この『万葉集』の和歌における「また貫き」は再婚を意味する。なお、前掲の孟郊の「去婦」「妾心藕中糸、雖断猶牽連」にも類似用法が見られるが、蜘蛛の糸でなく藕糸を詠んでいる。蜘蛛の糸が切れてまたかき継ぐことを恋情の断続に喩えるのは、日本独特の使い方と言えよう。

② 平野由紀子氏は「古今和歌集表現論―要としての共通音声―」（『古典和歌論叢』明治書院、1988年4月）で同一語内の二義を対比させた場合も掛詞と認定している。氏の見解に従うと、上記の恋歌における「絶ゆ・弱し・乱る」には、自然的な意味と人事的な意味の明確な対比があるので、広義の掛詞と見なすことができるであろう。

のといえる。しかし、蜘蛛の網の薄さ、軟らかさ、白露を玉として貫く或いは断ち切れた有様などに焦点を当て、美しく精緻に描くところにこそ、王朝人の独特の美意識を端的に見出すことができる。風雨に断ち切られそうな蜘蛛の糸、及びそれに託された心細い心情も、日本的に繊細で哀愁を帯びた美的情趣を醸し出している。また、『新撰万葉集』上恋108と道真の「暁月」における蜘蛛の糸は「糸・断・乱・軟」の縁語によって織り成され、心情の喩として詠まれている。中国詩における「糸・断・乱・軟」は本来「青柳の糸・繊維の糸」に対する形容で、「蜘蛛の糸」との繋がりを持たない。しかし、「糸」を介して本来無関係の「断・軟・乱」を「蜘蛛の糸」と結びつけることで、中国詩にはない「蜘綸乱」「秋腸軟自蜘蛛縷、寸寸分分断尽還」が新たに成立したのである。その底には、「断・乱・糸→蜘蛛の糸」という言葉の連想が強く作用していたと言える。

まとめ

　以上、『新撰万葉集』における掛詞・縁語を介して生成した漢詩表現を考察した。上秋70の和歌「声たててなくぞしぬべき秋の野に朋まどはせる虫にはあらねど」では、「虫が人間のように泣く」という中国的要素を取り入れながら、「泣く・鳴く」の掛詞を駆使して心情に関する叙述と物象に関する叙述とを重ね合わせることで、独自の表現世界が形成されている。対する漢詩もこの掛詞を念頭に置いて、中国詩に学んだ「虫鳴―人泣」の擬人表現を前後倒置して、「愁人慟哭類虫声」という新たな表現を作り出した。この事例は、「中国詩→本集和歌→本集漢詩」という交流の図式を端的に示している。

　そして、語句レベルの摂取だけでなく、和歌の表現方法を意図的に取り込もうとする傾向も認められる。木藤智子氏は「三代集時代の和歌表現の形成と展開の方法―漢詩的表現から和歌的表現へ―」において、漢詩的要素を和歌に組みかえるにあたっては、「ことば」の〈集合体〉の「組合せ」という方法を繰り返し、また掛詞や縁語を駆使してそれをさらに応用することによって、新たな表現が開拓されていったと指摘する[1]。『新撰万葉集』の漢詩の展開には類似の方法が看取できる。例えば、蛍と恋との結びつきはもとよ

---

[1] 木藤智子「三代集時代の和歌表現の形成と展開の方法―漢詩的表現から和歌的表現」『王朝文学の本質と変容　韻文編』和泉書院、2001年11月、190頁。

り六朝閨怨詩から学んだものであるが、中国詩では蛍の閨怨詩と「蛍・火・燃」の語群は本来別系統に属し、互いに相関していない。しかし、『新撰万葉集』の漢詩においては、掛詞「火・こひ」を介して、「蛍・火・燃」の語群を「蛍―閨怨」と新たに関係づけて、「夏夜胸燃不異蛍」という漢詩表現が練り上げられている。

　中国詩においては、「燃・熱・煙・灰・蛍火」の語群は慣用的なものではなく、詠物詩でしか用いられていない。また、「糸（シ）・乱・思（シ）」の語群は主に楽府詩に用いられ、「糸」は織物の糸、青柳の糸、蠶の糸に限定されている。『新撰万葉集』の漢詩作者は言葉の連想を働かせて、本来遠い関係にある「蛍・火・燃」と「蛍―閨怨」、「蜘蛛の糸」と「糸・乱・思」とを結びつけることで、斬新な表現を創出することができたのである。菊地靖彦氏の言を借りれば、「『古今集』はことばの機能を認識し、和歌はことばの芸術であるという意識をスタートさせた」[①] のである。こうした言葉の表現性のもつ魔力は、中国詩に対抗し得るものとしていち早く『新撰万葉集』の漢詩作者に認識されたのであろう。

[①] 菊地靖彦『古今的世界の研究』序章の第三篇「『古今集』の進展と帰結」笠間書院、1980 年 11 月、13 頁。

第四章　『新撰万葉集』の漢詩における比喩表現の展開

はじめに

　『新撰万葉集』の漢詩は、「雪―花」「露―珠」「雪―鶴」など多様な比喩表現を用いている。これらの比喩表現に六朝詩や白居易をはじめとする唐詩の影響があることは、先学の研究で既に明らかにされている[①]。しかし一方では、これらの、従来中国詩に由来するとされた比喩表現は、中国詩と異なる独自の特徴をもっている。島田忠臣、菅原道真の漢詩の比喩表現と古今集歌との相似性は、既に先学によって指摘されているところである。藤原克己氏は「比喩と理智―菅原道真の詩」で、『菅家文草』の「金精未滅薫香在、欲把還羞路拾遺」（271・路辺残菊）などを取り上げて、「菊を黄金に見立てた上でこれを拾うことを羞ずるといった表現は、「理屈的仮設的連想」に傾いたもの」と指摘し、「白詩より道真詩に、そして道真詩よりは古今集歌に、いっそう「理屈的仮設的連想」な発想の度合が深まる」[②]と結論づける。また、高兵兵氏は「菅原道真の比喩表現と和歌―日中詩歌比較の視角から―」で、『菅家文草』の「梅花似照星」（1・月夜見梅花）「飛疑秋雪落」（171・水鴎）を中心に、これらの比喩表現に「モチーフ間の等価互換性」と「モチーフ間の連鎖連想性」が見られることを論じて、道真詩が古今集歌と同じ「物と物とを新たに関係づける」という表現手法を用いていると述べる[③]。だが、『新撰万葉集』の漢詩の比喩表現の和様化については、従来あまり注目されてこなかった。

　そこで本章は、『新撰万葉集』の漢詩における故事出典を含む三つの比喩表現を取り上げ、それと中国詩との違い、和歌との関連を検討することに

[①] 小島憲之『古今集以前』第三章三（二）「比喩的表現」塙書房、1976年2月。
[②] 藤原克己「比喩と理智―菅原道真の詩」『講座平安文学論究　第9輯』風間書房、1993年11月、121頁、126頁、『菅原道真と平安朝漢文学』東京大学出版会、2001年5月所収。
[③] 高兵兵「菅原道真の比喩表現と和歌―日中詩歌比較の視角から―」和漢比較文学32、2004年2月。

よって、本集漢詩の比喩表現の特質を探ってみたい。

第一節 「紅葉―錦」の比喩表現

一 「春の花の錦」から「秋の紅葉の錦」への転用

　唐土には、春の花の錦にしくものなしと言ひはべめり、大和言の葉には、秋のあはれをとりたてて思へる…。

（『源氏物語』薄雲①）

光源氏は中国詩における春の花の錦、和歌における秋の情趣の素晴らしさを讃える。この王朝人独自の美意識は九世紀末の『新撰万葉集』の漢詩に既に現れている。

　　上秋67　秋霧は今朝はな立ちそ龍田山ははそのもみぢよそにても見む
　　山谷幽閑秋霧深、山谷幽閑にして　秋霧深し
　　朝陽不見幾千尋。朝陽見えず　幾千尋
　　杳冥若有天容出、杳冥たるも若し　天容の出づること有らば
　　霽後偸看錦葉林。霽後偸かに看む　錦葉の林

秋霧が立つ竜田山の柞の紅葉を詠んだ和歌に対して、秋の紅葉を錦に喩える漢詩が詠まれている。結句にある「錦葉林」という詩語は明らかに白居易の、

　　毎看闕下丹青樹、毎に闕下丹青の樹を看て
　　不忘天辺錦繍林。天辺錦繍の林を忘れず
　　西掖垣中今日眼、西掖の垣中　今日の眼
　　南賓楼上去年心。南賓の楼上　去年の心
　　花含春意无分別、花は春意を含んで　分別なく
　　物感人情有浅深。物は人情を感ぜしめて　浅深有り
　　最憶東坡紅爛熳、最も憶ふ　東坡　紅爛熳
　　耶桃山杏水林檎。耶桃　山杏　水林檎

---

① 柳井滋校注『源氏物語（二）』新日本古典文学大系20、岩波書店、1994年1月。

(『白氏文集』1216・西省對花、憶忠州東坡新花樹、因寄題東楼)

といった詩における「錦繡林」を踏まえている。「毎に闕下丹青の樹を看て、天辺の錦繡林を忘れず」は宮中の花を見るごとに忠州の咲き乱れていた花を思い出すという。この一聯は『千載佳句』(963年)に収められ、平安人に熟知された名句といえる。しかし、結句「最憶東坡紅爛熳、耶桃山杏水林檎」からも知られるように、白詩における「錦繡林」は主に桃や杏などの春の花を指し、秋の紅葉をいうわけではない。上秋67漢詩における「春の花—錦」の比喩表現から「秋の紅葉—錦」の比喩表現への転用は、『古今集』の美的様式の創出を考える上で大きな意味をもつものとなっている。

本間洋一氏は中国詩の世界では錦は花であることが一般であって、紅葉にまで用いる例はあまり見えないが、日本の詩歌では、花を錦と見立てる例が比較的少なく、多くは紅葉を錦と見立てるという著しく偏った傾向があると指摘している[1]。木々が色づいた光景は早くも上代の和歌と漢詩に詠まれている。

①雁がねの鳴きし朝明ゆ春日なる<u>三笠の山は色付きにけり</u>
（『万葉集』巻十・2212・作者未詳）
②時雨の雨間なくし降れば三笠山<u>木末あまねく色づきにけり</u>
（『万葉集』巻八・1553・大伴稲公）
③経もなく緯も定めず少女らが<u>織れる黄葉</u>に霜な降りそね
（『万葉集』巻八・1512・大津皇子）
④春経其村者、百艸艶花。秋過其路者、<u>千樹錦葉</u>。
（春其の村を経れば、百の艸に艶へる花あり。秋その路を過ぐれば、千の樹に錦の葉あり）
（『常陸国風土記』香島郡[2]）
⑤天紙風筆画雲鶴、天紙風筆　雲鶴を画き
<u>山機霜杼織葉錦</u>。山機霜杼　葉錦を織らむ
（『懐風藻』6・大津皇子・七言述志）
⑥凝霜作銀鏡之節、凝霜　銀鏡を作る節に
<u>霜杼織錦葉之時</u>。霜杼　錦葉を織る時に

---

[1] 本間洋一「王朝漢詩の表現覚書―王朝詩と白詩と―」『中古文学と漢文学Ⅰ』和漢比較文学叢書第三巻、汲古書院、1986年10月、229頁。
[2] 秋本吉郎校注『風土記』日本古典文学大系、岩波書店、1958年4月。

（『東大寺諷誦文稿』作者未詳①）

　『万葉集』には「色付き」のような歌が多数みられるが、紅葉を明確に錦に喩えて詠んだ歌はない。この点においては、日本漢詩文が先行したのである。④⑤⑥の三例は秋の色づいた葉を讃美する先駆けをなすものである。なお、「葉錦」を詠んだ大津皇子が『万葉集』に「経もなく緯も定めず…」の歌を残したことは注目される②。一方、中国漢詩文の世界においては、錦に見立てられるのは、秋の紅葉より春の花のほうが圧倒的に多い③。

　　朝日照北林、朝日　北林を照らす
　　初花錦繡色。初花　錦繡の色
　　　　　　　　　　（『玉台新詠』巻十・近代呉歌九首之春歌）
　　照地初開錦繡段、地を照らして初めて開く　錦繡の段
　　當風不結蘭麝嚢。風に当って結ばず　蘭麝の嚢
　　　　　　　　　　（『白氏文集』0152・牡丹芳）
　　野草芳菲紅錦地、野草芳菲たり　紅錦の地
　　遊糸繚乱碧羅天。遊糸繚乱たり　碧羅の天
　　　　　　　　　　（中唐・劉禹錫・〈『和漢朗詠集』春興〉所収）

などから、その一斑を窺うことができる。
　九世紀前半までの漢詩文には、「紅葉―錦」の比喩表現が僅か上記の三例しかないが、「花―錦」の比喩表現は盛んに詠まれている。その一端を拾い出すと、次のようになる。

　　錦巌飛曝激、錦巌　飛曝激き
　　春岫曄桃開。春岫　曄桃開く
　　　　　　　　　　（『懐風藻』54・山田史三方・五言、三月三日曲水宴一首）
　　天霽雲衣落、天霽れて　雲衣落ち
　　池明桃錦舒。池明らかにして　桃錦舒く
　　　　　　　　　　（『懐風藻』94・藤原万里・五言、暮春於第園池置酒）

---

① 『東大寺諷誦文稿』は築島裕編『東大寺諷誦文稿総索引』（汲古書院、2001年3月）による。
② 小島憲之『上代日本文学と中国文学（中）』第五章「万葉集と中国文学との交流」塙書房、1986年1月五版発行、897頁。初版は1964年3月。
③ 渡辺秀夫『詩歌の森　日本語のイメージ』大修館、1995年5月、298頁。

吹入江中如濯錦、　江中に吹き入りて　錦を濯ふが如く
　　乱飛機上奪文紗。　機上に乱れ飛びて　文紗を奪ふ
　　　　　　　　　　（『文華秀麗集』雑詠・100・藤原冬嗣・河陽花）
　　紅華媚日紅逾煥、　紅華日に媚びて　紅　逾　煥く
　　錦色須霞錦更鮮。　錦色霞を須ちて　錦更に鮮けし
　　　　　　　　　　（『経国集』雑詠・114・林婆娑・賦桃、応令）

　九世紀後半以前の日本漢詩で錦に見立てられるのは、紅葉でなく花であることが一目瞭然である。桃の花などの春の花の色彩美は、華麗な錦によって表現されている。
　九世紀後半に入ると、紅葉を錦に見立てることが一般化する。『古今集』の例を挙げてみると、

　　霜のたて露のぬきこそ弱からし山の錦のおればかつ散る
　　　　　　　　　　　　　　　　　（巻五・秋下・291・藤原関雄）
　　竜田川紅葉みだれて流るめりわたらば錦なかやたえなむ
　　　　　　　　　　　　　　　　　（巻五・秋下・283・読人知らず）
　　　朱雀院の奈良におはしましたりける時に、手向山にてよみける
　　このたびは幣もとりあへず手向山紅葉の錦神のまにまに
　　　　　　　　　　　　　　　　　（巻九・羈旅・420・菅原道真）
　　　大和の国にまかりける時、さほ山にきりのたてりけるをみてよめる
　　誰がための錦なればか秋霧の佐保の山べをたちかくすらむ
　　　　　　　　　　　　　　　　　（巻五・秋下・265・紀友則）

などとある。鈴木宏子氏の詳しい考証によれば、万葉以来の紅葉の美しさを愛でる和歌の伝統的美意識と、〈錦に見立てる〉という漢詩文の型とが融合して、〈紅葉と錦の見立て〉の詩歌が成立するのである①。なお、上記の和歌の中で、283番に描かれた竜田川に紅葉が艶やかな錦のように散り乱れて流れている様子は、前掲の『文華秀麗集』の「江中に吹き入りて錦を濯ふが如く」を想起させる。同じ錦の比喩表現でありながら、『文華秀麗集』に詠まれた風に吹かれて川の面を流れる花が、283番の歌で紅葉に換えられたことに注意すべきである。このことは、「紅葉―錦」の和歌の比喩表現が「花―錦」

---

①　鈴木宏子『古今和歌集表現論』Ⅱ「〈紅葉と錦の見立て〉考―和歌と漢詩文の間」笠間書院、2000年12月、59頁。初出犬養廉編『古典和歌論叢』明治書院、1988年4月。

の漢詩の比喩表現と深く関わって成立したことをよく示している。

一方、九世紀後半の王朝漢詩文において、「花―錦」の比喩表現は引き続き詠まれているが、それまでに三例しかない「紅葉―錦」の比喩表現は急速に広がっていく。

雁飛碧落書青紙、　雁碧落に飛びて　青紙に書く
隼擊霜林破錦機。　隼霜林に撃ちて　錦機を破る
　　　　　　　　　　　　　　（『田氏家集』76・秋暮、傍山行）

落葉風前砕錦播、　落葉は風の前に　砕錦を播らし
垂枝雨後乱糸牽。　垂枝は雨の後に　乱糸牽けり
　　　　　　　　　　　　　　（『新撰万葉集』上秋49）

野樹班班紅錦裝、　野樹班班として　紅錦裝ふ
惜來爽候欲闌光。　惜しみ來る　爽候に闌きむとする光
　　　　　　　　　　　　　　（『新撰万葉集』上秋53）

孤立如逢衣錦客、　孤り立ちては　錦を衣る客に逢へらむが如し
四分疑伴散花僧。　四に分れては　花を散す僧に伴ふかと疑ふ
　　　　　　　　　　（『菅家文草』475・冬日感庭前紅葉、示秀才淳茂）

況復山顔点紅、林頂被錦。
（況んや復た山顔紅を点じ、林頂錦を被る）
　　　　　　　　　　　　　　（『競狩紀』紀長谷雄①）

忠臣詩は隼が霜で紅く色づいた林の上をかけると、あたかも錦を織りなす機をうち破っているようだと詠み、「霜林」を「錦」に喩える。『新撰万葉集』上秋49は萩の紅葉した葉が風に吹かれて散りゆく様を砕けた錦に見立てて詠んでいる。上秋53の「紅錦裝」は紅葉した木が錦の衣を身につけていることをいう②。これは、菅原道真の「孤り立ちては錦を衣る客に逢へらむが如し」と紀長谷雄の「林頂錦を被る」とともに、一種の擬人的比喩と言える。

---

① 『競狩紀』は川口久雄校注『菅家文草・菅家後集』「参考附載・678」（日本古典文学大系72、岩波書店、1966年10月）による。
② 詩文での「黄葉」から「紅葉」への推移については、小島憲之『国風暗黒時代の文学　中（下）Ⅰ』（塙書房、1985年5月、2036～2041頁）、静永健「「黄葉」が「紅葉」にかはるまで―白居易と王朝漢詩とに関する一考察―」（白居易研究年報1、2000年5月）を参照されたい。また、本集における「黄」の用字について、辻田昌三氏に「新撰万葉集に見える黄葉の文字について」（埴生野国文5、1975年2月）という論がある。なお、『新撰万葉集注釈』巻上（二）（和泉書院、2005年2月、86頁）は、本集に見える「モミチ」の漢詩表記が「紅葉」でなく「黄葉」の文字に限られているのは『万葉集』尊重の結果と指摘する。

鈴木宏子氏は中国文学では花は華麗な色彩を有するが、日本文学では春の花は白いイメージを帯びている、という美意識の差が存在し、王朝人にとっては、華麗な色彩を有するのは、やはり秋の紅葉であり、白いイメージを帯びている和歌の「花」が、錦の鮮やかな花の色彩を称するのはそぐわないと指摘している[①]。九世紀後半の「紅葉―錦」の比喩表現急増の背後には、こうした固有の美意識への反省がある[②]。上秋67が白詩の「不忘天辺錦繍林」を紅葉の華麗な色彩美を賛美する文脈に用いたのも、そのためであろう。さらに、ここには人生の衰えのイメージに重ねられた秋を悲しむ中国文学と、秋の美景を翫賞して惜しむ日本文学との微妙な違いも看取できる[③]。こうして、王朝人は中国詩の「花―錦」の比喩表現を受容することによって、独自の「紅葉―錦」の比喩表現を切り拓いたのである。

しかし、中国詩にも「樹錦無機織、猿鳴詎仮弦」(『先秦漢魏晋南北朝詩』隋・釈智炫・遊三学山詩)、「霜凋碧樹待錦樹、万壑東逝無停留」(『全唐詩』盛唐・杜甫・錦樹行) があるので、「紅葉―錦」の比喩表現は日本独特のものとはいえない。

二 「紅葉の錦」と「衣錦」との結びつき

　　上秋56　ひぐらしに秋の野山をわけくれば心にもあらぬ錦をぞきる
　　終日遊人入野山、終日遊人(いうじん)　野山に入る
　　<u>紛紛葉錦衣爻爻</u>。紛紛たる葉錦(えふきん)　衣爻爻(さんさん)たり
　　登峯望壑回眸切、峯に登り壑(たに)を望みて　眸(めぐら)を回すこと切なり
　　石硯濡豪楽万端。石の硯に豪(ふで)を濡して　楽しみ万端

当歌について、『新撰万葉集注釈』は「紅葉の美しさを布の錦に喩える発想から、人がその下にいると、まるで錦で仕立てられた服を身につけているようにと想像を膨らませたのである」[④]と注する。ここで注目に値するのは、「紅葉―錦」の比喩表現と「錦衣」の典故との結合である。

---

① 前掲の鈴木宏子氏の論、47頁、61頁。
② 日本の詩歌では「紅葉―錦」の比喩表現が多く詠まれるのに対し、中国詩ではこの表現が稀に見られる。この差異は両国の自然景観の相違に由来していると考えられる。
③ 渡辺秀夫氏は『平安朝文学と漢文世界』第三章「立秋詩歌の周辺」(勉誠社、1991年1月、89頁)で、中国文学の「悲秋」と日本詩歌の「惜秋」の相違を指摘する。
④ 『新撰万葉集注釈』巻上(二)和泉書院、2005年2月、106頁。

1.「紅葉―錦―衣錦夜行」の連想

九世紀末、大津皇子以来詠み継がれてきた〈紅葉―錦〉の比喩表現の上には、さらに「錦衣夜行・衣錦還郷」の新たな趣向が加えられる。まず、「衣錦夜行」を確認する。

> 項王見秦宮皆以燒殘破、又心懷思欲東帰、曰、富貴不帰故郷、如<u>衣繡夜行</u>、誰知之者。
> (項王秦の宮室皆以つて焼きて残破し、又心に懐思し、東に帰せんことを欲す。曰く、富貴にして故郷に帰らずんば、繡を衣て夜行くが如し、誰か之を知る者ぞ)
> 　　　　　　　　　　　　　　　(『史記』巻七・項羽本紀第七①)

これは立身出世しても故郷に帰って人々に知ってもらえなければ、夜の闇に立派な錦服を着て歩くようなもので甲斐なし、という寓意をもつ故事である。また『漢書』巻六四「朱買臣伝」には「上謂買臣曰、富貴不帰故郷、如衣繡夜行、今子何如」が見える。だが、そもそも立身出世を象徴している「衣繡（錦衣）」の典故は、「錦」を媒介として紅葉の和歌に編みこまれて、中国詩にはない新たな表現が作り出されている。例えば、

> 北山にもみぢ折らんとてまかれりける時によめる
> 見る人もなくて散りぬる奥山の紅葉は<u>夜の錦</u>なりけり
> 　　　　　　　　　　　　　　　(『古今集』巻五・秋下・297・紀貫之)

人知れないまま散ってしまう奥山の紅葉はまさに「夜の錦」である、という歌は明らかに『史記』「錦衣夜行」の故事を念頭に置くものである。前掲の『新撰万葉集』上秋53「野樹班班紅錦装」と道真詩「孤立如逢衣錦客」においても、「錦衣」が紅葉の擬人表現に用いられる。これらの表現は、「錦」を介して「紅葉―錦」と「衣錦夜行」が融合して形成されたものである、と考えるのが妥当であろう。

2.「紅葉―錦―衣錦還郷」の連想

「紅葉―錦」の比喩表現はまた「錦」の縁で「衣錦還郷」の故事と関連づけられるようになる。

---

① （漢）司馬遷撰『史記』中華書局、1959年9月。

第四章　『新撰万葉集』の漢詩における比喩表現の展開

　　梁武帝引寧至香磴前、謂之曰、觀卿風表、終至富貴、我當使卿衣錦還鄉。
　　　　　　　　　　　　　　　　　　　　　　（『周書』巻二八・列伝第二十史寧①）
　　出爲雍州刺史、加都督。高祖餞於新亭、謂曰、卿衣錦還鄉、朕無西顧之憂矣。
　　　　　　　　　　　　　　　　　　　　　　　　　　　　　（『南史』柳慶遠伝②）

「衣錦還郷（錦を衣て郷に還る）」とは立身出世して晴れがましく故郷に帰る意である。島田忠臣はいち早く「花―錦」の比喩表現を「衣錦還郷」の故事に結びつけて、瞿麦花詩を作り上げている。

　　繡衣驚奉使、繡衣　奉使を驚かす
　　錦服念歸鄉。錦服　郷に帰らむことを念ふ
　　　　　　　　　　　　　　　　（『田氏家集』136・五言、禁中瞿麦花詩、三十韻並序）

なでしこの艶麗豊満な色彩を錦繡に見立てるのは、中国詩の「花―錦」の比喩表現から学んだものである。しかし、「錦服念歸鄉」という表現は、「瞿麦花→錦→衣錦還郷」という言葉の連想によって作られたものであり、「形似」の範疇を超えてしまう。中国詩では、「衣錦還郷」を花の比喩表現に用いる例は次の二例しか見出されない。

　　当昼開時正明媚、故鄉疑是買臣歸。
　　　　　　　　　　　　　　　　　　　　　　（『全唐詩』晩唐・張祜・薔薇花）
　　看取後時歸故里、庭花応讓錦衣新。
　　　　　　　　　　　　　　　　　　　　　　（『全唐詩』晩唐・方幹・朱秀才庭際薔薇）

張祜詩は薔薇花の咲き誇る様を、錦を着て故郷に帰る朱買臣に見立てて詠んでいる。「花―錦」の比喩表現を「衣錦還郷」に結びつけて詠花詩を作り上げる点においては、忠臣詩に近似している。方幹詩は将来晴れがましく故郷に帰るときに着る錦衣が必ずこの薔薇の花より鮮やかだろうと詠み、本来無関係の「薔薇の花」と「衣錦還郷」を結び付ける。この二例から、忠臣詩にみられる「衣錦還郷」と花との結びつきは中国詩に先例があることが知られる。

---

① （唐）令狐德棻撰『周書』中華書局、1971年11月。
② （唐）李延壽撰『南史』中華書局、1975年6月。

昌泰元年（898）十月、宇多上皇の吉野の宮滝御幸に随行する折に、道真は竜田山で、

　　満山紅葉破小機、満山の紅葉　小なる機を破く
　　况遇浮雲足下飛。况んや　浮雲足下より飛ぶに遇ふをや
　　寒樹不知何処去、寒いたる樹は　何処に去きしかを知らず
　　雨中衣錦故郷帰。雨の中を錦を衣て　故郷に帰らむ
　　　　　　　　　　　　　　　　　　　　（『宮滝御幸記略』菅原道真①）

〈この満山の紅葉の錦、小さな機織の織り成し得る所ではない。白雲は足下から飛び去る。紅葉した木々は何処へ行ってしまったか、私は雨の中でこの錦を身に着けて晴れがましく故郷に帰ろう〉、という詩を詠んでいる。一見すれば「衣錦還郷」の典拠を忠実に踏まえているが、「紅葉→錦→衣錦還郷」の連想によって紅葉を衣として着て故郷に帰るという表現を作り出す点において、伝統的な使い方とは大きな差異がある。

　　もみぢ葉をわけつつゆけば錦着て家に帰ると人や見るらん
　　　　　　　　　　　　　　　（『後撰集』巻七・秋下・404・読人知らず）

美しい紅葉を分けながら行くと、「あの人は錦を着て故郷に帰る」と人は見るだろうか、という発想は道真詩に通じる。また、

　　延喜十七年八月、宣旨によりて
　　白浪の故郷なれやもみぢ葉の錦を着つつたちかへるらん
　　　　　　　　　　　　　　　　　　　　　　　　（『貫之集』87）

という和歌は、落ちた紅葉を浮かべた川波が立ち返ることを、錦衣を着て故郷に帰ることを掛けて詠んでいる。「衣錦還郷」の典拠は水に流れる紅葉の光景に転用され、「紅葉→錦→衣錦還郷」の上に、さらに「返る・帰る」「立つ・裁つ」の掛詞が加えられる。

　九世紀末の和歌と日本漢詩では、「紅葉→錦→衣錦夜行・衣錦還郷」とあるように、「錦衣夜行・衣錦還郷」の故事は「錦」を介して「紅葉─錦」の

---

① 『宮滝御幸記略』は『菅家文草・菅家後集』参考附載・680』（日本古典文学大系72、岩波書店、1966年10月）に拠るものである。

比喩表現に編み込まれることになる。

3．類書の役割

　それでは、王朝人はどうして立身出世を表す「衣錦夜行・衣錦還郷」の「衣錦」という側面だけに注目したのか。本来関連性を持たない「紅葉―錦」の比喩表現と「衣錦夜行・衣錦還郷」とは、いかなる契機によって結ばれたのかを考えてみたい。

　寛平年間（889〜897年）に勅を奉じて藤原佐世が編纂した『日本国見在書目録』雑家の部に、「芸文類聚百卷」「初学記」という記載があり、少なくとも『新撰万葉集』が編纂される前に日本に伝わったことが確認できる。小島憲之氏は「〈類書〉の代表的なものは、『芸文類聚』(624年)であり、また『初学記』(727年)である。両者いずれも上代に伝来したことは、『日本書紀』その他の類似語句によって確証される。…作詩に際しては、むしろ、重点的に、「天部　歲時部（春・夏・秋・冬）　菓部（李・桃・梅）　鳥部」などを読めば、その目的はほぼ達せられる。これによれば、漢代以来六朝詩を一望のうちに知ることができる。更に盛唐徐堅ら奉勅撰の『初学記』をひらけば、初唐詩の大要もわかる。その上、前述の唐代詩集を加えると、時代の差を越えて、詩や故事をひと時のうちに読むことができる。これらを通じて、出典関係を知ることが可能とな」①る、と平安人が類書によって中国の典拠を熟知していたと述べる。呉衛峰氏は小島氏の論を承け、「平安時代におけるこの二つの類書（筆者注：『芸文類聚』と『初学記』）の広範な利用を考慮すれば、『新撰万葉集』の詩の表現は、白詩語のほか類書から学んでいるものも少なからずにある」②と説く。『芸文類聚』と『初学記』は各種書籍からの引用文章が収められているから、その伝来は漢籍の蒐集に便宜を提供し、日本の知識人が作詩するとき語句の調査や典拠を探る便利な参考書となった。ほかには、初唐の『李嶠百詠』は、平安時代において日本人の幼学啓蒙書として広く享受されていた。『四庫全書總目提要』（卷一百三十五・子部四十五・事類賦三十卷）「類書始於『皇覽』。…今所見者、唐以来諸本駢青妃白、排比対偶者、自徐堅『初学記』始。鎔鑄故実、諧以声律、自李嶠単題詩始」とあるところから、『李嶠百詠』も一種の類書として捉えられていたことが分かる。さらに、当時の日本では白居易の作品に憧れてその作品を網羅的に収集していたこと

---

① 小島憲之『古今集以前』第一章「詩と歌の接するところ」塙書房、1976年2月、85頁。
② 呉衛峰『新撰万葉集研究』東京大学博士論文、2004年、69頁。なお、氏は「『新撰万葉集』における漢詩への一視点―夏の「蟬」をめぐって―」（国語と国文学 83－3、2006年3月、37頁）で、本集漢詩における『芸文類聚』と『初学記』の受容について言及する。

を考えれば、白居易が編纂された類書『白氏六帖』を見逃すべきではなかろう。「衣錦夜行」の項が収められる類書の部類をみると、

①『李嶠百詠』玉帛十首・錦①
　若逢朱太守、不作夜遊人。
②『芸文類聚』巻第八十五・百谷部布帛部・錦
　漢書曰、韓生説項羽曰、關中阻山河四塞、地肥饒可都、羽見秦皆已燒殘、則乃懷思東帰、曰、富貴不帰故郷、如衣錦夜行。韓生曰、人謂楚人沐猴而冠、果然。
③『白氏六帖』巻二・錦第六十三②
　衣錦夜行還郷　漢書。項羽曰、富貴不還故郷、如衣錦夜行。武帝拝朱買臣為会稽太守。又後漢光武封景丹為櫟陽候。並如此。

「衣錦夜行」が「錦」の部に包含されることは一目瞭然である。類書の「錦」の部を開くと、「錦」に関する数多くの記事を一目のうちに閲覧できる。『李嶠百詠』の「錦」部に「漢使巾車促、河陽歩障新。雲浮山石晩、霞満蜀江春。…若逢朱太守、不作夜遊人」とみえるように、「衣錦夜行」は「烏孫公主の巾車」「河陽の石崇の歩障」「蜀江にかかる春霞」とともに、「錦」に関する典拠として「錦」部に収載される。こうして考えると、「錦→衣錦夜行」の対応関係は平安貴族に必須の教養として身につけられたことが推測できよう。つまり、『李嶠百詠』『芸文類聚』などの類書の部類は、本来異なる二つの要素を繋ぎ合わせるための契機となっているのである。こうして、平安人は類書の「錦」部からヒントを得て、「衣錦」の典拠と「紅葉—錦」の比喩表現に「錦」という共通点を見出し、両者を合わせて「紅葉の錦を着て帰る」という新たな表現を切り拓いたのだろうと考えられる。

三　「衣に映る花の色」から「衣に映る紅葉の色」へ

上秋68　雨降れば笠取山の秋の色は行き交ふ人の袖さへぞ照る
　名山秋色錦斑斑、名山秋色　錦斑斑たり
　落葉繽紛客袖爛。落葉繽紛として　客袖爛れり
　終日回眸無倦意、終日眸(ひとみ)を回らすも　倦(う)める意(こころ)無し

---

①　『李嶠百詠』の本文は胡志昻『日蔵古抄李嶠詠物詩注』(上海古籍出版社、1998年8月)による。
②　董治安主編『唐代四大類書』清華大学出版社、2003年11月。

一時風景誰人訕。一時の風景　誰人か訕らむ

雨によって笠取山の紅葉はそこを行き来する人の袖までも照り輝いている、という歌である。対する漢詩の前二句「名山秋色錦班班、落葉繽紛客袖爛」では、〈紅葉―錦〉の比喩表現に新たな趣向が加えられる。紅葉の色が袖に照り映えるという趣向は、恐らく中国詩における「花の色が衣に映る」という発想に由来しただろうと思われる。

　　半山溪雨帯斜暉、向水殘花映客衣。
　　　　　　　　　（『全唐詩』盛唐・劉長卿・送楊於陵帰宋汴州別業）
　　鶯雜佩鏘鏘、花饒衣粲粲。
　　　　　　　　　（『白氏文集』2263・和微之詩二十三首之和望暁）
　　四座列吾友、滿園花照衣。
　　　　　　　　　（『全唐詩』晩唐・李昌符・贈同席）
　　岩深水落寒侵骨、門静花開色照衣。
　　　　　　　　　（『全唐詩』晩唐・周朴・桐柏観）

これらの詩句はいずれも花の光が衣に映っている様を詠んでいる。「衣に映る花の色」が「衣に映る紅葉の色」として応用された上秋68には、王朝人の紅葉への好尚がはっきりと看取できる。ここで注目したいのは、花に照り映える衣の色である。

　　葉動羅帷颺、花映繡裳鮮。
　　　　　　　　　（『全唐詩』初唐・許敬宗・奉和秋日即目応制）
　　嶺雲蓋道転、岩花映綬開。
　　　　　　　　　（『全唐詩』初唐・陳子良・上之回）
　　繡服棠花映、青袍草色迎。
　　　　　　　　　（『全唐詩』盛唐・劉長卿・送史九赴任寧陵、
　　　　　　　　　　　兼呈単父史八時監察五兄初入臺）
　　桃花照綵服、草色連青袍。
　　　　　　　　　（『全唐詩』盛唐・劉長卿・客舎贈別章九建
　　　　　　　　　　　赴任河南章十七造赴任鄭縣就便覲省）
　　春深顏子巷、花映老萊衣。
　　　　　　　　　（『全唐詩』晩唐・王貞白・贈劉凝評事）

引用文中の傍点「繡裳」「綏①」「繡服」「綵服」「老萊衣②」と見えるように、人が着ている服はもともと色とりどりの美しい絹織物で、その色は別に花の色に照らされて輝いたわけではなく、五色の錦服が鮮やかな花の色と互いに照り映えて、より美しく見えるであろう。

　一方、上秋68の和歌は自国の美意識に照らして「衣に映る花の色」を「衣に映る紅葉の色」に換えて、「秋色は行交ふ人の袖さへぞ照る」という斬新な表現を練り上げている。上秋68に限らず、この発想は『新撰万葉集』の和歌と漢詩に何回も用いられている。

　　上秋49　白露の織り足す萩の下黄葉衣にうつる秋は来にけり

　白露によって萩が色づいていき、その紅葉が袖に散りかかったので、衣が色美しく映える、という歌である。衣が紅葉に鮮やかに映えるというばかりでなく、前掲の貫之歌の「もみぢ葉の錦を着つつたち帰る」と同様に、まるで紅葉の衣を着るようだと詠もうとしたのではなかろうか。また、前掲の上秋56の「終日遊人入野山、紛紛葉錦衣戔戔」は、先行する和歌「ひぐらしに秋の野山を別け来ればこころにもあらぬ錦をぞ着る」にひかれて、紅葉の錦を衣として着る意が含まれていると思われる。さらに、

　　上秋71 神奈備の三室の山を秋行けば錦裁ち着るここちこそすれ
　　試入秋山遊覧時、試みに秋山に入りて　遊覧の時
　　自然錦繡換単衣。自然の錦繡　単衣を換ふ
　　戔戔新服風前艶、戔ゝたる新服　風前に艶なり
　　咲殺女牀鳳羽儀。咲殺す　女牀の鳳の羽儀を

このように、秋の季節に神奈備の三室の山を行けば、紅葉の錦を衣にして着ている気がすることだ、という歌には、〈秋山に入って遊覧するとき、夏衣が自然に紅葉の錦に変わった。この新しい服は風に吹かれて鮮やかで、女牀にいる鳳の羽よりも美しい〉、という詩が配される。「自然錦繡換単衣」「戔

---

①　『文選』（巻十五・志中・張衡・思玄賦）李善注に「董巴輿服志曰、古者君佩玉、尊卑有序。及秦、以采組連結于継、謂之綏」とある。
②　『芸文類聚』（巻二十・人部四・孝）に「『列女伝』曰、老萊子孝養二親、行年七十、嬰児自娯、著五色采衣」とある。

裂新服」は明らかに衣を着替えたことをいう。夏が過ぎ去って秋がやってきたという季節の変わり目には、白い夏の衣を秋の衣に着替えるのが一般的である①。だが、紅葉の織り出した錦が白い夏の衣に照り映り、それを新しい秋の服として着るという表現は、「紅葉→錦→錦衣→更衣」という言葉の連想によって作られたものであり、中国詩の「花の色が錦衣に映る」とは違う。前掲の道真詩「寒樹不知何処去、雨中衣錦故郷帰」と後撰集歌「もみぢ葉をわけつつゆけば錦着て家に帰ると人や見るらん」も、紅葉の錦によってできた服を着て故郷に帰るという非現実性を有する。

第二節 「氷柱—鏡」の比喩表現

上冬84　冬寒みのきに懸けたるます鏡とくも割れなむ老いまどふべく
　　冬来氷鏡拠簷懸、冬来たりて　氷鏡簷に拠りて懸く
　　一旦趁看未破前。一旦趁ひ看る　未だ破れざる前
　　嫗女噸臨無粉黛、嫗女噸み臨みて　粉黛無く
　　老来皺集幾廻年。老来たり皺集り　幾廻の年ぞ

冬が寒いので、軒に垂れた氷が鏡のようになったが、その鏡がすぐに割れてほしい。老いというものが、行き先を無くして迷い、やって来なくなるように、という歌である。一方、対する漢詩では、起句「冬来氷鏡拠簷懸」は軒に垂れた氷を鏡に喩え、和歌の「冬寒みのきにかかれるます鏡」に対応している。後二句は老女が鏡に臨んでみたところ、老いがやってきたことを知るという。ここで注意されるのは、老女がつららの鏡に映して自分の容貌を見ようという表現は、中国詩にはなく、先行する和歌を承けて作られたものであるという点である。

ところが、先行する和歌のほうは中国詩と深く関わっている。まず、「冬寒みのきにかかれるます鏡」に詠まれた軒の氷は、それ以前の和歌に見られ

---

① 『新撰万葉集注釈』巻上（二）（和泉書院、2005年2月、55頁）は「秋の到来を、もみじの色が衣にうつることで表現する背後には、白い夏衣から、秋の衣への変化を意識しているか」と注する。十月の朔日に冬装束に着替える「更衣」という習俗は、平安中期に宮中の年中行事として定着するようになる。『和漢朗詠集』に「更衣」の部が設けられる。なお、和歌に詠まれる「夏衣」は、「春過ぎて夏来るらし白栲の衣干したり天の香具山」（『万葉集』巻一・28・持統天皇）、「桜色にそめし衣を卯の花のしらがさねにぞたちかへてける」（『忠盛集』夏十首・21）のように、白色が多い。

ず、白居易の漢詩に新たに学んだものである①。

　　城柳方綴花、簷氷才結穂。
　　　　　　　　　　　　　　　　　　（『白氏文集』276・江州雪）

「簷氷」という語は『新撰万葉集』同時代の日本漢詩にも見られる。

　　簷氷数尺乗銀穂、溪水横分泛玉漿。
　　　　　　　　　　　　（『田氏家集』129・島田忠臣・府城雪後作）
　　穂缺簷氷看雪滴、牙搓地角覚陰稀。
　　　　　　　　　　　（『菅家文草』204・菅原道真・閏十二月作、筒同輩）

これらの詩から、「簷氷」という詩語はまず忠臣・道真の漢詩で使いこなされて一般化してから、やがて上冬84の和歌に流入したことがわかる。また、ここでいう「ます鏡」は軒に垂れた氷の喩えである。「氷―鏡」の比喩表現も『万葉集』にはない、中国詩の影響下にあるものと見てよい。

　　云芝浮砕葉、氷鏡上朝光。
　　　　　　　　　　　　　　　　　（『全唐詩』初唐・李世民・宴中山）
　　結浪氷初鏡、在径菊方叢。
　　　　　　　　　　　　　　　　　（『全唐詩』初唐・李世民・秋暮言志）
　　冬花消雪嶺、寒鏡泮氷津。
　　　　　　　　　　　　　　　　　（『懐風藻』78・守部連大隅・五言、侍宴）
　　半綻春糚応製断、初融氷鏡未流澌。
　　　　　　　　　　　　　　　　（『田氏家集』174・七言、就花枝、応制）

これらの詩句では、「氷鏡」は比喩としての機能を果たしている。『懐風藻』『田氏家集』の例から、「氷鏡」は「簷氷」と同様に、日本漢詩を経由して次第に和歌の世界へ滲透していったことが知られる。ところが、この新たに形成された和歌の比喩表現はさらなる広がりを見せる。上冬84の和歌は「氷」から「簷氷」を連想して、中国詩にはない「簷氷―鏡」という比喩表現を作り出している。「冬来氷鏡拠簷懸、一旦趁看未破前」はこの発想を受け継い

---

① 『全唐詩』には「簷氷」が僅か三例しかない。白居易の二例のほか、白氏の友人劉禹錫には一例ある。

第四章　『新撰万葉集』の漢詩における比喩表現の展開

で、老女が急いで軒に垂れたつららを鏡として見ようとしたと詠んでいる。だが、いくら帯状になったとしても、つららを鏡として自分の姿を見るのは現実的には無理であろう。「簷冰→氷→鏡→姿を見る」という連想を働かせた結果、上冬84の漢詩は中国詩の枠から外れてしまったのである。

そして、岩井宏子氏は、『万葉集』における鏡は神聖視され宗教的・呪術的性格が濃厚で、鏡本来の機能に着目し、鏡に姿を映し見ることを意識して詠む歌は殆どない、したがって鏡に老いた姿が映されると詠んだ和歌の背景には中国文学の影響が看取されると指摘する[①]。鏡に映った老いた姿を詠んだ上冬84の和歌にも、中国詩の影が色濃く落とされている。六朝の閨怨詩には、男に見捨てられた女性が、鏡に向かってやつれた容貌を悲しんだ表現が多く用いられることは周知のところである。例えば、

　　涙粉羞明鏡、涙粉明鏡を羞じ
　　愁帯減寛衣。愁帯寛衣を減ず
　　　　　　　　　　　　　（『玉台新詠』巻八・庾成師・遠期篇）
　　別来憔悴久、別来憔悴久し
　　他人怪容色。他人は容色を怪しむ
　　　　　　　　　　　　　（『玉台新詠』巻十・蕭綱・秋閨照鏡）

などはその例である。この発想はまず日本漢詩に吸収されて、広範な流行をよぶこととなる。

　　強対鏡台試払塵、強ひて鏡台に対かひて試みに塵を払えば
　　影中唯見憔悴人。影中に唯見るは憔悴の人のみ
　　　　　　　　　　　（『凌雲集』61・小野岑守・雑言奉和聖製春女怨）
　　不計別怨経歳序、計らざりき別怨歳序を経むとは
　　唯知暁鏡玉顔残。唯知るは暁鏡玉顔の残はるるのみ
　　　　　　　　　　　（『文華秀麗集』艶情・55・巨勢識人・和伴姫秋夜閨情）

といった勅撰三集の詩は、鏡を女性の化粧道具として詠み、その鏡の中に女の衰えた姿が映し出されるという表現を試みたのである。ところが、六朝の閨怨詩は、「老い」というより容色の衰えを詠むことが多い。岩井宏子氏の

---

① 岩井宏子「『古今集』における歌一首「年をへて花の鏡となる水は」考」甲南大学紀要（文学編）76、1990年3月、71～74頁、『古今的表現の成立と展開』和泉書院、2008年8月所収。

考察によれば、鏡を見て自らの老いを感じるという表現は、初唐から僅かに現れ始め、中唐の白居易あたりに至って急増して、貫之の和歌に大きな影響を与えた[①]。白居易と元稹の詩に目を転じれば、

閑看明鏡坐清晨、閑に明鏡を看て　清晨に坐す
多病姿容半老身。多病の姿容　半老の身

（『白氏文集』1103・対鏡吟）

白髪老人照鏡時、白髪老人鏡に照らす時
掩鏡沈吟吟旧詩。鏡を掩ひて沈吟　旧詩を吟ず

（『白氏文集』2241・対鏡吟）

白髪鏡中憨易老、白髪の鏡の中に老い易きを憨ぢ
青山江上幾廻春。青山の江の上幾廻の春ぞ

（中唐・元稹・春情多・〈『千載佳句』老〉所収）

と、「対鏡嘆老」の類例は枚挙にいとまがない。上冬84の和歌と漢詩における鏡に老い姿が映されるという表現も、白居易の漢詩に由来したのである。とりわけ上冬84の和歌の、鏡の中に「老い」がやってくるという擬人法は、「鏡裏老来無避処、樽前愁至有消時（鏡裏には老来避くる処無く、樽前には愁至りて消ゆる時有り）」（『白氏文集』2631・鏡換杯）にその典拠を求めることができる[②]。ここでもまた、本集に対する白居易の圧倒的な影響を具体的に証すことができる。

さらに、上冬84が『新撰万葉集』冬部に収められていることに注意する必要がある。『芸文類聚』巻三「歳時上」の冬部には、

雪花無有蔕、氷鏡不安台。

（梁・簡文帝・玄圃寒夕詩）

瀚海有帰潮、衰容不還稚。
令君且安歌、無念老将至。

（宋・鮑照・冬日詩）

運往無淹物、逝年覚易催。

（宋・謝霊運・歳暮詩）

[①] 岩井宏子「貫之の「老い」を鏡に映し見る歌―白詩との関連」和漢比較文学 35、2005年8月、『古今的表現の成立と展開』和泉書院、2008年8月所収。

[②] 『新撰万葉集注釈』巻上（二）、和泉書院、2005年2月、307頁。

とあり、上冬 84 の漢詩における「氷鏡」「衰容」「老」「逝年」などの諸要素を見出すことができる①。この例を通して、詩文作成時の語彙検索の書としての類書の性格が一層明らかになる。ただし、本来中国詩における「氷鏡」は単独でしか用いられていない。上冬 84 の和歌は「氷鏡」を「対鏡嘆老」と結び付けて、〈つららの鏡に老いが到来した〉という新たな表現を創出している。一方、上冬 84 の漢詩は中国詩の「簷氷」「氷鏡」「対鏡嘆老」などの表現に拠りつつも、本来異なる言葉のグループに属するこの三つの表現を新たに組み合わせて、先行する和歌の〈つららの鏡に自分の老いた姿が映される〉に近づけようとしている。

『新撰万葉集』上冬 84 の漢詩に詠まれた、つららが鏡のようで老いた姿が見えるという表現は、中国詩に拠りながらも、和歌の表現・発想を取り込んで新たな表現世界を切り拓いている。「簷氷→氷鏡→鏡→照鏡→嘆老」という言葉の連想を働かせて現実にはあり得ない情景を詠もうとする点で、和歌特有の表現方法に通底する。

第三節　「露―玉」の比喩表現

一「卞和」と「玉」の結びつき

　　上秋 48　秋の夜の天照る月の光には置く白露を玉とこそ見れ
　　秋天明月照無私、秋天の明月　照らすに私無し
　　白露庭前似乱璣。白露庭前に　乱璣（らんき）に似たり
　　卞氏謝来応布地、卞氏（べんしし）謝し来（きた）って　応（まさ）に地に布くべし
　　四知廉正豈無知。四知廉正（しちれんせい）にして　豈（あ）に知ることなからんや

この歌は、秋の夜の空に照る月の光によって白露が玉のようにと見えるという秋の景色を描く。露を玉に見立てるのが一首の眼目である。この比喩表現は、

---

① 森野繁夫氏は「六朝・唐詩と王朝和歌」（『中国文学の比較文学的研究』汲古書院、1986 年 3 月）で、六朝の詠物詩は水や鏡に映った姿を詠うものが多いと指摘する。だが、「摘花還自挿、照井還自憐」（『玉台新詠』巻八・湯僧済・咏漢井得金釵）、「似臨潭而鏡対、若披霧而睹天」（『芸文類聚』巻三十一・人部十五・贈答・梁・劭陵王・贈言賦）のように、水面が鏡の役を果たしている詩はみえるが、氷柱を鏡と見るような表現は見当たらない。

詠月
　白露を玉になしたる九月の有明の月夜見れど飽かぬかも

　　　　　　　　　　　　　　　（巻十・2229・作者未詳）
　　　大伴宿祢家持秋歌三首
　さを鹿の朝立つ野辺の秋萩に珠と見るまで置ける白露

　　　　　　　　　　　　　　　（巻八・1598・大伴家持）
　さ男鹿の萩に貫き置ける露の白珠あふさわに誰の人かも手に纏かむちふ

　　　　　　　　　　　　　　　（巻八・1547・藤原朝臣八束）

など、『万葉集』には五例ある。だが、これは和歌固有の表現ではなく、

　秋露如珠、秋月如珪。

　　　　　　　　　　　　（『文選』巻十六・志下哀傷・江淹・別賦）

　秋露白如玉、団団下庭緑。

　　　　　　　　　　　　　　　（『全唐詩』盛唐・李白・古風）

　可怜九月初三夜、露似珍珠月似弓。

　　　　　　　　　　　　　　　（『白氏文集』1291・暮江吟）

といった漢詩文から学んだものであることは、既に指摘されている①。対する漢詩は〈月が明るく、庭にある白露が散り乱れた玉のように輝いている。卞和は謝って玉を地に一面に敷くだろう。天地はどうして玉が偽物だと知らずにいようか。いや、必ず分かるだろう〉という内容となる。承句「白露庭前似乱瓏」における「乱瓏」は玉が多く散らばっている様をいう。『新撰万葉集注釈』は「漢語の「珠」は宝石や玉石の意であり、球型の「たま」の意は持たない。ここは「乱珠」とあるべきところで、「乱玉」は、日本語で「玉」も「珠」もともに「たま」と訓読することによる錯誤」②であると指摘する。前掲の李白詩「秋露は白くして玉の如く」のように、「露—玉」の例もないわけではないが、それは露と玉との形状上の類似ではなく、色彩上の類似をいう。しかし、『新撰万葉集』上秋62の和歌「秋の月草むらよきず照らせばや宿る露さへ玉と見ゆらむ」に配された漢詩は、

---

① 小西甚一「古今集的表現の成立」日本学士院紀要7—3、1949年11月、175頁。
② 『新撰万葉集注釈』巻上（二）、和泉書院、2005年2月、17頁。

第四章　『新撰万葉集』の漢詩における比喩表現の展開

　　　秋月玲瓏不別叢、秋月玲瓏として　叢を別かず
　　　叢間白露与珠同。叢間の白露　珠と同じ
　　　終宵対翫凝思処、終宵対し翫びて　思ひを凝らす処
　　　一段清光照莫窮。一段の清光　照らして窮ることなし

とあり、その承句に「白露―珠」の比喩表現が見える。つまり、本集の漢詩作者は「白露―珠」の正しい使い方を承知していないわけではない。したがって、上秋48の漢詩で「白露―珠」でなく「白露―玉」と詠んだのは、訓読による錯誤というより、「玉」と縁を有する「卞和泣玉」の故事を引き出すためであろうと考えられる。転句「卞氏謝来応布地」は、

　　　楚人和氏得玉璞楚山中、奉而献之厲王、使玉人相之、曰、石也。王以和為誑、而刖其左足。及厲王薨、武王即位、和又奉其璞而献之武王、使玉人相、又曰、「石也」、王又以和為誑、而刖其右足。武王薨、文王即位、和乃抱其璞而哭於楚山之下。三日三夜、泣尽而継之以血。王乃使玉人理其璞、而得宝焉。遂命曰和氏之璧。
　　　（楚人の和氏、玉璞を楚山の中に得、厲王、玉人をしてこれを相せしむ。玉人曰く、「石なり」。王、和をもって誑となして、その左足を刖る。厲王薨じて、武王位に即くに及び、和またその璞を奉じてこれを武王に献ず。武王、玉人をしてこれを相せしむ。また曰く、「石なり」。王また和をもって誑となして、その右足を刖る。武王薨じ、文王位に即く。和すなわちその璞を抱きて、楚山の下に哭す。三日三夜、涙尽きてこれに継ぐに血をもってす。王これを聞き、人をしてその故を問わしめて曰く、「天下の刖せらるる者多し、王すなわち玉人をしてその璞を理せしめて、宝を得たり。ついに命じて「和氏の璧」という）

　　　　　　　　　　　　　　　　　　（『韓非子』巻四・和氏第十三①）

〈戦国時代の楚人である卞和は山中で玉の原石を見つけ、楚の厲王に献上したが、職人にその玉を石だと鑑定されたため、卞和は左足を切る罰を受けた。厲王が亡くなった後、卞和は再び武王に玉を献上した。職人は同じ判断を下し、卞和の右足も切られた。次の文王が位に就いたとき、卞和は玉を抱きか

---

① 『韓非子』の本文は『四庫全書』（子部・法家類）による。読み下し文は竹内照夫著『韓非子（上）』（新釈漢文大系11、明治書院、1960年12月）による。

かえて楚山の下で泣き続けた。文王が職人に玉を磨かせてみると、絶世の宝玉であったので、この玉を「和氏の璧」と名づけた〉という故事に基づいたものである。上から明らかなように、「卞氏」が献上したのは、「珠」でなく「玉」なのである。

　もとより韓非子は卞和の故事を通じて、自分の政治的主張が国に認められないことを表わそうとしたのである。中国詩における「卞和」の例を探してみると、

　　①卞和が玉を献ずる故事を詠じる
　　　抱玉入楚国、見疑古所聞。
　　　良宝終見棄、徒労三献君。
　　　　　　　　　　　　　　（『全唐詩』盛唐・李白・古風之三十六）
　　②卞和が原石の本質を見ぬいたことを、転じて知遇を得ることに用いる
　　　居然一片荊山玉、可怕无人是卞和。
　　　　　　　　　　　　　　（『全唐詩』中唐・李渉・送顔覚赴挙）
　　③足が切られた卞和の悲惨な境遇に注目する
　　　冉牛與顔淵、卞和與馬遷。
　　　或罹天六極、或被人刑残。
　　　　　　　　　　　　　　（『白氏文集』0328・詠懐）

などがある。卞和の慧眼を激賞したり、卞和の悲惨な境遇や意志の強さを詠んだりするのが一般的である。それに対して、上秋48の「卞氏謝来応布地」における「卞氏」は「玉」を導き出す働きをしており、伝統的な中国詩の用法とは大きな径庭のあることが明らかである。また、小島憲之氏が上秋48の漢詩を「〈詠露〉の部に入れる方がよかろう」①と評するように、当詩は詠物詩的な性格をもち、「露→玉→卞和献玉」という言葉の連想が見られる。即ち、先行する和歌における「白露─玉」の比喩表現が上秋48の漢詩に移され、その「玉」から「卞和献玉」の故事が導き出された、という翻案の経路が看取できる。

　「玉」から「卞和」を連想する例を中国詩に求めると、次の四首しか見出せない。

---

①　小島憲之「万葉集から古今集へ」『歌風と歌体』万葉集講座　第四巻、有精堂、1973年12月、101頁。

①若此、当其潜光荊野、抱璞未理。衆視之以為石、独見知於卞子。曠千載以遐弃、一朝而見歯。為有国之偉宝、荐神祇於明祀、豈連城之足云、喜遭遇於知己。

　　　　　　　　　　（『初学記』巻二十七・宝器部・晋・傅咸・玉賦）

②何以要之同心鳥、火熱水深憂盈抱、
　申以琬琰夜光宝、<u>卞和既没玉不察</u>。

　　　　　　　　　　（『玉台新詠』巻九・傅玄・擬四愁詩四首）

③十娘小名瓊英、下官因咏曰、<u>卞和山未斫</u>、羊雍地不耕。自怜无玉子、何日見瓊英。

　　　　　　　　　　　　　　（『遊仙窟』唐・張文成）

④<u>卞疑雕璧砕</u>、潘感竟床稀。
　捐篋辞班女、潜波蔽宓妃。

　　　　　　　　　　　（『全唐詩』中唐・元稹・月十三韻）

　①は、宝玉の価値は卞和しか見抜けないという伝統的な詠み方に基づくものである。②は、私は恋い慕う美人に宝玉を贈りたいと思うが、卞和が既に死んでしまって、玉があっても他の人にそれと察することができない、という意である。③は「卞和」と「羊雍[①]」を「玉」に関連する故事として取り上げて、卞和の玉を十娘（十娘の幼名「瓊英」を「玉」に掛ける）に喩えながら、卞和が山中から稀代の名玉を掘り出さないことから「玉子無き」を引き出して、別れてから十娘になかなか逢えない、と離別の悲しみを述べる。この三例に比べて、④の詠月詩は『新撰万葉集』上秋48の漢詩の使い方に最も近い一例である。一首において「卞和の玉」「潘岳の寝室」「班女の扇」など月に関連する典拠が盛り込まれている。その中で、「卞疑雕璧砕」は月の光を砕かれた卞和の玉に喩え、「月の光→砕玉→卞和」という連想が見られる[②]。

　なお、「卞和泣玉」の故事における連城璧は一つしかなく、地一面に敷かれた「砕玉」ではない。「砕玉・乱璣」の類例を探してみると、

---

① 晋干宝『捜神記』（巻十一）に、羊雍は畑に石を土に埋めて玉が生えたという逸話が載せられる。
② 「潘感竟床稀」は晋潘岳「悼亡詩」（『文選』巻二十三・哀傷）の「皎皎窓中月、照我室南端。…輾転盻枕席、長簟竟床空。床空委清塵、室虚来悲風」によるものである。中唐韋琮「明月照積雪賦」（『文苑英華』巻七）に「混金波而耀潘室、交素彩而鄙斉紈」と見えるように、月と潘岳の寝室がともに詠まれることが多い。

　　　　雨滴珠璣砕、苔生紫翠重。
　　　　　　　　　　　　　　　（『全唐詩』晩唐・杜牧・題新定八松院小石）
　　　　銀盤堆柳絮、羅袖搏瓊屑。
　　　　　　　　　　　　　　　（『白氏文集』2302・對火玩雪）
　　　　從風玉礫、遂吹瓊砂。…
　　　　還同砕玉、不異銀田。
　　　　　　　　　　　　　　　（『文鏡秘府論』九意・雪意・空海①）

とあるように、砕いた玉に喩えられるのは、雪、雨の粒が圧倒的に多い。調べた限り、上秋48と次の上秋44の漢詩以外には、「白露─乱玉」の比喩表現は見出せない。

　　上秋44　白露に風の吹きしく秋の野はつらぬきとめぬ玉ぞ散りける
　　　　秋風扇処物皆奇、白露繽紛乱玉飛。
　　　　好夜月来添助潤、嫌朝日往望為晞。

なお、『史記』廉頗藺相如列伝には、「趙恵文王、嘗得楚和氏璧。…相如奉璧奏秦王、…大王必欲急臣、臣今頭与璧倶砕於柱矣」という「完璧」の故事が記載されている。「卞和─乱璣」は恐らく「楚和氏璧…砕」から連想されたものであろう。

　砕玉であってこそ、卞和によって地に一面に敷かれることが可能となる。だが、卞和の玉は世の中に一つしかない宝物であることは、周知のところである。しかも卞和に献上されたとき、連城璧は掘り出したままの荒玉で、月によって輝く露のような美しい光を放つことはないはずである②。どちらかと言うと、ここの「卞和の玉」は「露」のイメージが強い。つまり、「玉」と縁を有する典拠として「卞和泣玉」が選ばれ、「露→玉（「乱璣」）→卞氏」という言葉の連想を駆使して上秋48の漢詩が成立しているのである。ちなみに、「布地」と言えば、次の島田忠臣の詩が想起されよう。

---

① 『文鏡秘府論』は『弘法大師空海全集』第5巻（筑摩書房、1989年5月初版第二刷）による。初版第一刷は1986年9月。
② 「若指良璞於荊巖之雲、誰聞鏗鏘之逸韻」（『本朝文粋』巻八・189・源順・沙門敬公集序）、「荊山之璞雖美、不琢不成其宝」（『本朝文粋』巻九・224・大江朝綱・春日侍前鎮西都督大王読史記応教）によって、連城璧の故事は平安人に広く知られることが明らかになった。

第四章　『新撰万葉集』の漢詩における比喩表現の展開

　　　種菊不同凡草木、　種ゑたる菊は　凡その草木に同じからず
　　　重陽再翫一年秋。　重陽再び翫ぶ　一年の秋
　　　渾天星隕応敷地、　渾天の星隕ちて　応に地に敷くべし
　　　祭水琮沈欲奠流。　祭水の琮沈みて　流れを奠めむと欲す
　　　　　　　　　　　　　　（『田氏家集』160・後九日到菊花）

　当詩は菊を天から落ちて地一面に敷かれた星に喩えており、『新撰万葉集』上秋48の「露―玉―布地」の発想に接近する。
　なお、次の『新撰万葉集』の漢詩でも「卞和」が詠まれている。

　　上恋112　片糸に貫く玉の緒を弱みみだれて恋ひば人や知りなむ
　　　誰識中心恋緒繻、　誰か識らむ　中心恋緒繻たり
　　　卞和泣処玉紛紛。　卞和泣く処　玉紛紛たり
　　　千般歎息員難計、　千般の歎息　員計へ難し
　　　争使蕭郎一処群。　争でか蕭郎をして　一処に群まらしめむ

　閨の中で深く溜息をついて相手を恋い慕う女性の様子が描かれている。承句「卞和泣処玉紛々」は〈私は玉のような涙をさんざんに流した〉の意である。「卞和」は漢詩一首の主体でなく、ただ「玉」を導き出すために働いていると思われる。さらに、「玉」を「涙」に喩えて、待ちわびる女のイメージを彷彿とさせている。中国詩において「涙」を「玉」に喩える用例は見られず、殆どは「涙成珠」である。

　　　非独涙成珠、　独り涙の珠を成すのみに非ず
　　　亦見珠成血。　亦見る珠の血と成るを
　　　　　　　　　（『玉台新詠』巻六・呉均・和蕭洗馬子顕古意）

などはその例である。上恋112漢詩における「涙―玉」の比喩表現は、恐らく「ぬき乱る涙もしばしとまるやと玉の緒ばかりあふよしもがな」(『貫之集』668)のような和歌を踏まえた結果であろう①。なお、「紛紛」は乱れる様を指す。そうすると、「玉紛紛」は上秋48と上秋44と同様に、「乱玉」となっている。要するに、「卞和泣処玉紛々」は「涙→乱玉→卞和」の言葉の連想

---

①　これは同訓異義字の誤りとして考えることができる。なお、菅原道真には「夜半誰欺顔上玉、旬餘自断契中金」(『菅家文草』112・訓裴大使留別之什)がある。

によって織りなされており、上秋48漢詩に見られる「露→乱玉→卞和」の連想法と軌を一にするものなのである①。

二　類書の役割

　　上秋48の漢詩に見られる「玉→卞和」の連想は類書の部の成立に深く関わっていると考えられる。

①『芸文類聚』巻八十三・宝玉部上・玉
　琴操曰、卞和者楚野民。得玉献懐王、懐王使樂正子占之言玉。王以為欺謾、斬其一足。懐王死、子平王立、和復献之。平王又以為欺、斬其一足。平王死、子立為荊王。和復欲献之、恐復見害、乃抱其玉而哭、昼夜不止、涕尽続之以血。荊王遣問之、於是和隨使献王、王使剖之、中果有玉、乃封和為陵陽侯、卞和辞不就而去。

②『李嶠百詠』玉帛十首・玉
　徒為卞和識、不遇楚王珍。

　上から見てきた通り、「卞和」は『芸文類聚』『李嶠百詠』の「玉」部に含まれる。上秋48の漢詩では、本来無関係の「露—玉（珠）」の比喩表現と「卞和泣玉」の故事が、類書の「玉」の部を介して結ばれることになる。「露」を題材として詩に詠もうとした時、漢詩作者は露が地面に一面に置かれている様子を、卞和が玉を地に一面に敷いて帝に献上することに見立てて、現実から離れた表現世界を構築している。類書を通して「玉→卞和」の連想関係は広く知られているが、この連想関係が中国詩で比喩表現として殆ど用いられないことに注意すべきである。

　なお、九世紀後半までの王朝漢詩文に目を転じてみると、「卞和泣玉」の典拠は既に平安朝の知識人の間に広く流伝されていたことが知られる。

①譬如呉馬痩塩、人尚無識。<u>楚臣泣玉</u>、世独不悟。
　（譬へば呉馬塩に痩せて、人の尚し識ることも無く。楚臣玉に泣きて、

---

① 『新撰万葉集注釈』巻上（二）（和泉書院、2005年2月、502頁）が「〈纑〉が形容語として使用された例は未見だが、ここは長らく思い続けた恋心を〈緒〉の縁も関連させて〈纑〉というもの」というように、上恋112漢詩には、「卞和—玉—涙」のほか、「緒・纑」の言葉の連想がある。

世の独り悟らぬが如し）
　　　　　　　（『懐風藻』89・藤原宇合・在常陸贈倭判官留在京）
②荊山称奥府、荊山奥府と称す
　経史不空伝。経史空しく伝へず
　中有連城璧、中に連城の璧有り
　世無覚彼姸。世に彼の姸を覚ること無し
　…
　未遇卞和献、未だ卞和の献に遇はず
　無由奉皇天。皇天に奉ずるに　由も無し
　　　　　　　（『経国集』雑詠・183・紀虎縄・奉試、得治荊璞）

　①は「楚臣泣玉」の典拠を用いて、相手の不遇を誰も知らない意を表す。②は〈私は卞和の美玉を献上されることに出会っていないので、天子さまに奉献するすべもない〉、という意味である。二首とも伝統的な卞和詩をそのまま踏まえたものである。
　ところが、次の島田忠臣の漢詩では、「卞和刖足」は両足が雪に埋まる様の喩えとして用いられ、言語遊戯的方向へと大きく傾いている。

　坂東堺首路猶賖、坂東の堺首　路猶し賖なり
　嵩岳寒生降雪奢。嵩岳寒さ生じ　降雪奢る
　庭望玉人無脛到、庭に望む　玉人脛無くして到るを
　林知琪樹有時加。林に知る　琪樹時有りて加はるを
　　　　　　　　（『田氏家集』128・元慶七年冬、美濃大雪、以詩記之）

　当詩では、大雪に覆われて白一色の世界が描かれている。転句にある「玉人無脛到」は両足を失った卞和のことをいう。前掲の白居易の漢詩に「卞和と馬遷…或いは人に刑残せらる」とあるように、中国詩は両足を失った卞和を悲惨な故事としてとらえているが、忠臣はあえてこれを比喩表現として用いている。『田氏家集注』はこの詩句の類例として、「窮陰蒼々雪雰雰、雪深没脛泥埋輪」（『白氏文集』3011・雪中晏起偶咏所懐、兼呈張常侍皇甫郎中）を取り上げる[①]。「没脛」は人の脛を越えるほどの大雪の深さを意味する。忠臣詩の「無脛」は雪に埋って脛から下が見えない状態をいい、雪の深さの

───────
① 『田氏家集注』（巻之下）和泉書院、1994 年 2 月、237 頁。

形容であるが、両足を失った卞和のことをも掛けて遊戯的に詠んでいる。また、『韓非子』の「和又奉其璞而獻之武王、使玉人相」からわかるように、「玉人」は玉を鑑別し加工する職人をいうが、ここでは玉を発見した「卞和」を指すようになる。しかもそれだけではなく、「玉」は四句目の「琪」と対をなして雪の美しさを表現している。つまり、一句は「雪→玉→玉人→卞和→無脛」の連想が働いて、雪に脛を覆われた人がやってきたのを見たことを表そうとしているのである。ここでは、『新撰万葉集』上秋48と上恋112と同様に、「卞和」と「玉」との連想関係に焦点が当てられている。

第四節 「白兎―月光」の比喩表現

一 夏の夜の月

上夏23　夏の夜の霜や降れると見るまでに荒れたる宿を照らす月影
夜月凝来夏見霜、　夜月凝来して　夏に霜を見る
姮娥触処翫清光。　姮娥触るる処　清光を翫ぶ
荒涼院裏終宵譁、　荒涼たる院裏　終宵譁すれば
白兎千群入幾堂。　白兎千群　幾堂にか入る

この歌は、荒れ果てた宿を明るく真っ白に照らしている月の光を、夏の夜の霜に見立てて詠んでいる。夏の月の美を詠んだ歌は、『万葉集』にはなく、寛平御時后宮歌合から現れ始める①。「夏の夜」という歌ことば自体も、上代和歌にはあまり使われず、

夏の月光をしまず照るときは流るる水にかげろふぞたつ
（『寛平御時后宮歌合』74・興風）
吹く風の我が宿にくる夏の夜は月のかげこそ涼しかりけれ
（『寛平御時后宮歌合』57・作者未詳）
鵲の峯飛び越えてなきゆけば夏の夜わたる月ぞかくるる

---

① 柳沢良一「夏の夜の美―『本朝麗藻』夏の詠月詩をめぐって―」『講座平安文学論究　第九輯』風間書房、1994年11月、218頁。

第四章　『新撰万葉集』の漢詩における比喩表現の展開

(『新撰万葉集』下巻・145・作者未詳①)
　月のおもしろかりける夜、あかつきがたによめる
　夏の夜はまだよゐながらあけぬるを雲のいづこに月やどるらむ
　　　　　　　　　　　　　　　　　(『古今集』巻三・夏・166・深養父)

とあるように、九世紀末に盛んに詠まれるようになる②。

　「夏の夜の月」を文学の世界に登場させるのは、平安人の独創ではない。上夏23の和歌と漢詩はともに白居易の「風吹古木晴天雨、月照平砂夏夜霜（風は古木を吹く晴天の雨、月は平砂を照す夏夜の霜）」（『白氏文集』1374・江楼夕望招客）をもとにして作られたものである③。上夏23の歌における「つきかげ」「夏の夜の霜」「照らす」はそれぞれ漢語「月影」「夏夜霜」「照」の和訳語とみてよい。対する漢詩の起句「夜月凝来夏見霜」は先行する和歌の「出典」を明示している。「江楼夕望招客」の二句は『千載佳句』（夏夜・130）と『和漢朗詠集』（夏夜・150）に収められた、平安人に広く知られる名句である。ちなみに、同じく白詩句を踏まえて作られた和歌もある。

　　月照平砂夏夜霜
　　月かげになべて真砂のてりぬればなつのよふかくしもかとぞみる
　　　　　　　　　　　　　　　　　　　　　　　　(『千里集』夏・31)

上夏23と同じく、明るい月の光に照らされたあたり一面の白さを「夏の夜の霜」と表現したのである。さらに、当該白詩句を踏襲した日本漢詩も数多くある。島田忠臣と道真の詩句を拾い出してみると、

　　清夜徘徊白玉場、清夜徘徊る　白玉の場

---

① 『新撰万葉集』の下巻の和歌の番号は京都大学国語国文資料叢書十三『新撰万葉集：京都大学蔵』（臨川書店、1979年4月）に付された番号による。以下同じ。
② 三木雅博「冬夜の詠―平安詩歌における〈夜〉の展開と貫之―」『中古文学と漢文学Ⅰ』和漢比較文学叢書　第三巻、汲古書院、1986年10月、194頁。『平安詩歌の展開と中国文学』和泉書院、1999年10月所収。『万葉集』には「夏の夜」と詠んだ歌は「夏の夜は道たづたづし船に乗り川の瀬ごとに棹さし上れ」（巻十八・4062・田辺福麻呂・太上皇御在於難波宮之時歌七首）の一首しかない。
③ 「月―霜」の比喩表現は白居易の独創ではなく、「夏月如霜」（『南斉書』巻十一・楽志）に既にみられる。また、「月―砂（沙）」の比喩表現は早くも「山白疑有雪、岸白不関沙」（『先秦漢魏晋南北朝詩』北周・庾信・舟中望月詩）の六朝詩にある。ただし、「月―霜」の表現は『懐風藻』や勅撰三集に見られず、白詩が伝来してから現れた新趣向である。

身輕目極眇雲郷。身は輕く目は極む　眇雲の郷
誤行積雪嫌投步、積雪を行くかと誤たれ　步を投ずることを嫌ふ
疑踏晴沙恐汚光。晴沙を踏むかと疑はれ　光を汚すことを恐る
平□□消驚委浪、平□□消　浪に委ねるかと驚く
初更人定訝降霜。初更人定まり　霜の降るかと訝る
　　　　　　　　　（『田氏家集』158・敬和源十七奇才步月詞）
半破銀鍋子、半ば破る　銀鍋子
排空踵日車。空を排きて　日車を踵ふ
当天猶熱苦、天に当りては　猶し熱苦
仲夏卻霜華。仲夏　卻りて霜華
澆石多零玉、石に澆ぎては　多く玉を零らす
通林碎著花。林に通りては　碎きて花を著く
窓疑懸瀑布、窓は　瀑布を懸けたるかと疑ふ
庭訝踏晴沙。庭は　晴沙を踏むかと訝しぶ
　　　　　（『田氏家集』111・五言、夏夜対渤海客、同賦月華臨静夜詩）
挙眼無雲靄、眼を挙ぐれば　雲靄なし
窓頭翫月華。窓の頭に　月華を翫ぶ
仙娥弦未満、仙娥　弦満たざるに
禁漏箭頻加。禁漏　箭頻に加ふ
客座心呈露、客座　心を呈露す
坏行手酌霞。坏行　手に霞を酌む
人皆迷傳粉、人　みな粉を傳くるかと迷ふ
地不弁晴沙。地　晴れたる沙を弁へず
　　　　　（『菅家文草』107・夏夜対渤海客、同賦月華臨静夜詩）

とある。これらの例は、九世紀末に和歌の世界と日本漢詩文の世界がいかに接近・交錯していたかを一層よく示している。中国の詩に見える月は、普通秋の月、春の月が中心であり、夏の月はあまり多く詠まれない[①]。白居易の「月照平砂夏夜霜」によって、夏の夜の月の美が平安人に発見されるようになる。「夏の夜の霜」という素材はまず忠臣・道真の漢詩で使いこなされて一般化してから、やがて『新撰万葉集』の和歌の世界に流入し、『古今集』成立以後、王朝文学の美的に様式化された表現として定着するようになる。

---

① 小島憲之『王朝漢詩選』岩波書店、1987年7月、397頁。

第四章　『新撰万葉集』の漢詩における比喩表現の展開

二　類書の役割

　上夏23の漢詩では、白詩「江楼夕望招客」にはない「荒涼院裏終宵讌」「白兎千群入幾堂」という要素が加えられる。「江楼夕望招客」は白居易が杭州の銭塘江のほとりの楼閣からの夕べの眺めの素晴らしさを知り、客を招こうとして詠んだ詩であり、寂しい荒れ果てた宿に一晩中賑やかな宴会が開かれる場面とは情景を異にしている。「荒涼院裏」は先行する和歌の「荒れたる宿」を踏まえたものであるが、類書との関わりが深いと思われる①。

①桂殿月偏来、桂殿月偏に来たる
　留光引上才。光を留めて上才を引く
　…
　此夜臨清景、此の夜清景に臨み
　還承終宴杯。還終宴の杯を承く
　　　　　（『芸文類聚』巻一・天部上・月・梁・庾肩吾・和望月詩）
②月華臨静夜、月華静夜に臨み
　夜静滅気埃。夜静にして気埃滅す
　方暉竟戸入、方暉は戸を竟りて入り
　圓影隙中来。圓影は隙中より来る
　高楼切思婦、高楼には思婦切に
　西園遊上才。西園には上才遊ばん
　網軒映珠綴、網軒にて珠綴に映じ
　応門照緑苔。応門にては緑苔を照らす
　洞房殊未暁、洞房殊に未だ暁けず
　清光信悠哉。清光信に悠なるかな
　　　　　（『芸文類聚』巻一・天部上・月・梁・沈約・詠月詩）
③安寝北堂上、安かに北堂の上に寝ぬれば
　明月入我牖。明月は我が牖に入る
　　　　　（『初学記』巻一・天部上・月第三・陸士衡・擬明月何皎皎）

---

① 半沢幹一氏は「『新撰万葉集』注釈稿」（上巻夏部　二二〜二三）（東京工業高等専門学校研究報告書28、1996年12頁、8頁）で、「荒れたる宿」は原拠「能就江楼銷暑否、比君茅舎校清涼」にある「茅舎」を意識したと注する。

④張衡「霊憲」曰、月者、陰精之宗。積而成獣、象兎蛤焉。又曰、姮娥奔月、是為蟾蜍。
五経通義曰、月中有兎与蟾蜍何。
傅咸擬天問曰、月中何有、白兎搗薬、興福降祉。
(『芸文類聚』巻一・天部上・月)

『芸文類聚』「月」部所収の①には、「終宴」という語がみえる。一晩中の観月の宴会が開かれたという意味である。だが、ここの宴会は荒廃した邸で開かれたものではない。同じ「月」部所収の②の「詠月詩」に「月華臨静夜」「高楼切思婦」「応門照緑苔」とあるように、月夜は常に閨情や訪れる人もない「荒れたる宿」とともに詠まれている。上夏23の歌と詩は白居易の「月照平砂夏夜霜」によりつつも、「月夜の宴会」と「廃屋」を付け加えることで新たな表現の開拓を図ろうとしているのではないかと思われる。この荒れ果てた邸と月夜との情趣的な組合せは、『源氏物語』の「月影ばかりぞ、八重葎にもさはらずさし入りける」(桐壺)「八月十五夜、隈なき月影、隙多かる板屋残りなく漏り来て…」(夕顔)などに受け継がれていったのである。上夏23の和歌と漢詩は先駆的な試みとして注目すべきである。そして、類書所収の②の「方暉は戸を竟りて入り」と③の「明月は我が牖に入る」に詠まれた白い月の光が建物に差し込んでいる情景は、「白兎千群入幾堂」に類似している。さらに、④が示すように、『芸文類聚』の「月」部には、月には不死の薬を盗んで天に昇った姮娥と仙薬を作る白い兎がいるという伝説が記載されている。これまで見てきた通り、上夏23漢詩における主な要素「月夜・姮娥・終宴・荒涼院裏・清光・白兎・入幾堂」はほぼ『芸文類聚』『初学記』の「月」の部に含まれている。月夜に関する詩を作るにあたっては、漢詩作者はこうした類書の「月」部を参考にしながら作詩していることが十分に考えられよう。

三 「白兎千群入幾堂」

月に白い兎がいると伝えられているので、中国詩の「兎」は常に月の別称として使われている。

⑤三五明月満、三五 明月満ち
四五蟾兎缺。四五 蟾兎缺く
(『文選』巻二九・雑詩上・古詩十九首之孟冬寒気至)

⑥引玄兔於帝台、玄兔を　帝台に引き
　　集素娥於后庭。素娥を　后庭に集む
　　　　　　　　　　　　（『文選』巻十三・物色・謝荘・月賦）
　⑦漢月澄秋色、漢月に　秋の色澄め
　　梁園映雪暉。梁園に　雪の暉映けり
　　　　　　　　　　　　（『李嶠百詠』祥獣十首・兔）

　⑤⑥における「蟾兔」「玄兔」は、月の異名である。⑦に「兔→漢月・梁園（「兔園」ともいう）」の連想が見られるが、中国詩で「白兔」を月の光に見立てる例は未見である。また、月の光を表す「兔輝」という詩語があるが、上夏23の「白兔千群入幾堂」のような比喩表現ではない。

　⑧三五兔輝成、浮雲冷複軽。
　　　　　　　　（『芸文類聚』巻一・天部上・月・隋・江總・賦得三五明月満詩）

とあるように、「兔輝」も兔が月の別称であるという理解のもとで作られた語である。九世紀末までの日本漢詩に目を転じてみると、

　地勢風牛難異域、地勢風牛　域を異にすると難も
　天文月兔尚同光。天文月兔　尚し光を同じくす
　　　　　　　　　　（『文華秀麗集』餞別・27・桑原腹赤・月夜言離、一首）
　軽簾朗巻夜窓静、軽簾朗らかに巻きて　夜窓静けく
　孤月閑来泛南端。孤月閑かに来りて　南端に泛かぶ
　白兔因蓂雲葉齊、白兔　蓂に因りて　雲葉齊る
　恒娥竊薬仙居寒。恒娥薬を竊みて　仙居寒し
　　　　　　　　　　（『経国集』雑詠・155・滋貞主・七言、秋月夜、一首）
　漏尽姮娥落、漏尽きて　姮娥落つ
　更深顧兔驚。更深けて　顧兔驚く
　　　　　　　　（『経国集』雑詠・156・豊前王・五言、奉試賦得隴頭秋月明）
　月明如昼宴嘉賓、月明らけきこと昼の如くにして　嘉賓を宴す
　老兔寒蟾助主人。老兔寒蟾　主人を助く
　　　　　　　　　　　　　　　　　（『田氏家集』20・八月十五夜、宴月）

などの詩における「兔」も月の別称として用いられており、兔を月の光に喩

える例を見出すことができない。島田忠臣の「八月十五夜、宴月」にみられる「月の夜・観月の宴・兎」の組合せは上夏23の漢詩と共通しているが、荒れ果てた宿で行われた宴席ではない。なお、

  鶉鷺遥似星光落、鶉鷺くは　遥かに星光の落つるに似
  兎尽還疑月影空。兎尽くるは　還月影の空しきかと疑ふ
    （『凌雲集』27・奉和春日遊猟日暮宿江頭亭子、応製）

〈兎を狩り尽くすにつけて、兎の住む月の中の光も空しく消えて空しい〉という詩句には、「兎→月の光」の連想が見られる。しかし、「兎尽還疑月影空」は比喩表現ではない。ここでいう兎は月の伝説による観念的なものではなく、夕方の遊猟でとった獲物である。

 上夏23漢詩の結句「白兎千群入幾堂」は、月の光が無数の白い兎のように建物に射し込んだ情景を詠んでいる。前掲の沈約詩の「方暉は戸を竟りて入り」と陸機詩の「明月は我が牖に入る」は月の光が冴え冴えと室内に射し込んでいるあり様を描くが、比喩表現ではない。白兎と月の光とは、形態や状態が見た目に似ているわけではないが、両者は何らかの共通点がある。『新撰万葉集注釈』は「白兎千群入幾堂」について、『田氏家集』の、

  月飄眠兎毳、月は飄す　眠れる兎の毳
  天撤老龍鱗。天は撤つ　老いたる龍の鱗
    （16・叙雪、五十韻）

を引いて、「月に住む白兎の柔毛が吹き落とされたものと見立てた表現であり、本作の表現にやや類似する」①と述べる。「兎の毛」と「雪」に「白」という共通点を見出し、両者を同一視するところに、平安人の白いものへの好尚が働いている。月の中の白兎の被毛を描く点で、中唐杜甫の「此時瞻白兎、直欲数秋毫（此の時白兎を瞻れば、直ちに秋毫を数えんと欲す）」（『全唐詩』八月十五夜月二首）に共通する。だが、月の中の兎の毛を雪に喩えるのは、中国詩には例がない奇抜な発想といえる。

 本間洋一氏は「王朝漢詩の「月の」比喩表現—資料ノート」で「〈月光・雪・霜・氷・花・白髪・鶴〉など、白色であればその属性から関連的に用いられ

---

① 『新撰万葉集注釈』巻上（一）和泉書院、2005年2月、225頁。

錯綜することが多い」①という。鈴木宏子氏は「〈雪と花の見立て〉考」で「雪・月・花・雲・波はお互いにイメージを重ならせつつ、閉じた糸を作っているのである。この結びつきの基調になるのは、ほのかに白く明るい視覚的印象であろう」、と同じ見解を示しており、「このような表現が重んじられる背後には、白きものへの憧憬ともいうべき独特の美意識が働いている」②と指摘する。前掲の忠臣・道真詩は夏の夜の月の光を「霜・浪・銀鍋子・雪・玉・花・瀑布・粉」という一連のものに見立てて、これらの景物を白のイメージで統括している。これは上夏23の「月の光－白い兎」の比喩表現の生成を考える上では、恰好のケースになろう。つまり、「白兎」と「月の光」とは論理的な関係としては曖昧であるが、「霜」とともに「白」のイメージでまとめることができるので、白いものとして両者が結ばれているのである。

　以上を勘案すれば、類書の「月」部によって、「月」と「兎」の密接な関係が『新撰万葉集』の漢詩作者に発見されたといえる。また、「白兎」と「月の光」が白い視覚的印象を共有しているので、上夏23の漢詩では「月の光＝月＝兎」という言葉の連想を駆使して「月の光」と「白兎」を結びつけて、無数の兎の群れが飛び込んでくるように白い月の光が部屋に射し込んだという幻想的な風景が描き出されている。

四　古今集歌における類似表現

　和歌には「月の光—兎」の比喩表現が殆ど詠まれないが、こうした発想の様式は古今集歌によく見られる。例えば、

　　　菊の花のもとにて人のひとまてるかたをよめる
　　　花見つゝ人まつ時は<u>白妙の袖かとのみぞあやまたれける</u>
　　　　　　　　　　　　　　　　　　（『古今集』巻五・秋下・274・紀友則）

といった歌が寛平初年に行われた寛平内裏菊合で作られ、菊の花の近くで人が人を待っているという菊合の州浜の造形に詠み合わせたものである③。花を見て人を待つとき、白菊の花が白妙の袖かと見間違う、という歌に使われ

---

① 本間洋一「王朝漢詩「月」の比喩表現—資料ノート」北陸古典研究1、1986年7月。
② 鈴木宏子「〈雪と花の見立て〉考—万葉集から古今集へ—」国語と国文学64－9、1987年9月、『古今和歌集表現論』笠間書院、2000年12月所収。
③ 中村佳文「『寛平内裏菊合』の方法—和歌表現の再評価」国文学研究158、2009年6月。

た「～あやまたれける」の手法が、六朝以来の比喩表現の「～誤」の和訓の上に成立したことは、周知のところである①。小島憲之氏は『古今集以前』において、「花見つゝ」の歌が陶潜白衣の故事によるもので、「作者は、この一般化した故事を歌の中に挿入することにねらいを定める。またこの歌を示された官人同志も、これを見て、〈ナルホドナルホド…アソコダナ〉とほくそ笑む。そこに平安文学サロンの雰囲気が一座の中にかもし出される。故事出典をもつ説話を比喩に用いる時には、珍奇なものであってはならない」②と述べる。陶潜白衣の故事とは、『続晋陽秋』③（劉宋・檀道鸞）の、

　　陶潜嘗九月九日野外無酒、宅辺菊叢中、摘菊盈把。坐其側久、望見白衣至、乃王弘送酒也、即便就酌、酔而後帰。
　　（陶潜嘗て九月九日野外酒無く、宅辺にある菊叢の中、菊を摘み把るを盈つ。其の側に坐すること久しくして、望み見れば白衣至る、乃ち王弘酒を送るなり、即便ち酌み就へて、酔ひて後に帰る）

という話を指す。九月九日、重陽の節供に酒好きの陶潜が酒を切らして自宅の菊叢の中に座っていたところ、江州の刺史王弘が白衣の使者に酒を持たせてきて、陶潜がすっかり酩酊して帰宅したという話は、日中両国でも有名な典拠として親しまれ続けてきたのである。中国詩の例は、

　　①降霜青女月、送酒白衣人。
　　　　　　　　　　（『全唐詩』初唐・杜審言・重九日宴江陰）
　　②不見白衣来送酒、但令黄菊自開花。
　　　　　　　　　　（『全唐詩』盛唐・皇甫冉・重陽日酬李観）
　　③欲強登高無力去、籬邊黄菊為誰開。
　　　共知不是潯陽郡、那得王弘送酒来。
　　　　　　　　　　（『全唐詩』中唐・李嘉佑・答泉州薛播使君重陽日贈酒）

---

① 小島憲之「古今集的表現の成立」国文学：解釈と鑑賞431、1970 年 2 月。例えば、「草訝霜凝重、松疑鶴散遲」（『白氏文集』2624・和劉郎中望終南山秋雪）に用いられる「雪—白鶴」の比喩表現は『新撰万葉集』上冬 99 の漢詩「冬来松葉雪班班、素蘂非時枝上寛。山客廻眸猶誤道、応斯白鶴未翩翻」に受け継がれる。
② 小島憲之『古今集以前』第三章（三）「『新撰万葉集』の詩と歌」塙書房、1976 年 2 月、274 ～ 275 頁。
③ 『芸文類聚』（巻四・歳時部中）九月九日の項による。

第四章　『新撰万葉集』の漢詩における比喩表現の展開

④金華千点曉霜凝、独対壺觴又不能。
　己過重陽三十日、至今猶自待王弘。
　　　　（『全唐詩』晩唐・皮日休・軍事院霜菊盛開因書一絶寄上諫議）
⑤千載白衣酒、一生青女霜。
　　　　　　　　　　　　　　　　（『全唐詩』晩唐・羅隠・菊）

などとあるように、枚挙にいとまがない。日本漢詩にも、

⑥延壽時浮王弘酒、　延壽時に浮かぶ　王弘が酒
　空嗟盈把夕陽曛。　空しく嗟く把に盈ちて夕陽曛るることを
　　　　　　　　　（『経国集』雑詠・139・源明・九日斟菊花篇応制）
⑦渾天星隕応敷地、　渾天の星隕ちて　応に地に敷くべし
　祭水琮沈欲奠流。　祭水の琮沈みて　流れを奠めむと欲す
　桓府追思烏帽落、　桓府を追思するに　烏帽落つ
　陶家景慕白衣投。　陶家を景慕するに　白衣投る
　　　　　　　　　　　　　　（『田氏家集』160・後九日到菊花）
⑧上冬91　吾屋門の菊の垣ほに置く霜の銷え還りても逢はむとぞ思ふ
　青女触来菊上霜、　青女触れ来たる　菊の上の霜
　寒風寒気蕊芬芳。　寒風寒気　蕊芬芳たり
　王弘趁到提樽酒、　王弘趁ね到りて　樽酒を提げ
　終日遊遨陶氏荘。　終日遊遨す　陶氏が荘
　　　　　　　　　　　　　　　　　（『新撰万葉集』上冬91）

などのごとく、盛んに詠われた題材といえる。日本漢詩文で定着してから、「白衣送酒」の典拠は和歌にも詠まれるようになる。

　しかし、「花見つゝ人まつ時は白妙の袖かとのみぞあやまたれける」という歌は「白妙の袖（即ち「白衣の使い」）」を白菊と見間違えてしまうと詠んでいる。これに対し、上記の中国詩と日本漢詩は単に「菊」から白衣の使者が酒を持ってきた場面を想起しており、「菊」を「白衣」と見誤るという比喩表現ではない。そして、②と③の詩は「白菊」でなく「黄菊」を詠んでいる。④の漢詩は「金華千点曉霜凝」とあり、「金華」は「黄菊」を意味する。⑥と同日に同じ詩題に基づいて作られた滋善永の漢詩「斟黄花、黄花無厭日将斜」があるので、それを参照すれば、源明詩も「黄菊」を詠んだだろうと

.163.

推測される。⑦は菊を星に見立てて、黄菊である可能性が示唆される①。「黄菊」である以上、当然「白衣の使い」と見間違えるはずがない。言い換えれば、「白菊」と「白衣」が同じ白色であってこそ、区別が付けにくいのであろう。契沖が「月令云、菊有黄花。きくは黄なるをもととす。但此国には白菊を賞する」②と指摘するように、「白菊＝白衣の使い」の比喩表現の成立の根底には、平安人の白菊への好尚がある③。次の道真詩に留意すべきである。

⑨涼秋月尽早霜初、涼秋月尽きて　早霜の初め
　　殘菊白花雪不如。残りの菊の白き花　雪も如かず
　　老眼愁看何妄想、老いの眼　愁へて看る　何の妄想ぞ
　　王弘酒使便留居。王弘が酒の使ひならば　便ち留めて居かまし
　　　　　　　　　　　　　　　　　　　　（『菅家文草』505・秋晩題白菊）

承句にある「殘菊白花」が示すように、当詩は白菊を詠んでいる。後二句は、目は憂愁のために視力も弱って、白菊の花を白い衣を着て酒を持ってやってくる王弘の使いと見間違えた、という内容となる④。「花見つゝ人まつ時は白妙の袖かとのみそあやまたれける」と同様に、この漢詩にも「白菊＝白衣の使い」の発想がみられる。このように、類書の部類は、「白菊→白衣の使い」の連想をもたらす重要な契機となったのである。類書では、

⑩『芸文類聚』巻八十一・薬香草部上・菊
　　『続晋陽秋』曰、陶潜無酒、坐宅辺菊叢中、採摘盈把、望見王弘遣送酒一、即便就酌。

---

① 「翠葉雲布、黄蕊星羅」（『芸文類聚』巻八十一・菊・盧諶・菊花賦）は黄菊を星に喩えて詠んでいる。
② 契沖『河社』巻之五「菊の本色」『日本随筆大成〈第二期〉13』吉川弘文館、1974年7月、166～167頁。『河社』は1797年に甘泉堂から出版された。なお、渡辺秀夫氏は『詩歌の森　日本語のイメージ』V菊「白菊と黄菊」（大修館、1995年5月、272～273頁）においても、王朝人の白菊への嗜好について言及する。
③ 本集上秋52の漢詩「秋日遊人愛遠方、逍遙野外見蘆芒。白花揺動似招袖、疑是鄭生任氏芳」も白色の好尚に基づいて、白い花を白衣の任氏に喩えている。なお、『新撰万葉集注釈』巻上（二）は寛文七年版の「芳」を「孃」に改めるが、本書は寛文七年版本に従っている。
④ 『菅家文草』339「十月廿一日、禁中初雪、応製」に「粧妓自疑顔粉落、宿酲偏誤眼花飛」がある。夜間に酒を飲み、翌朝の起床後、雪が眼花かと見間違うという発想は、「老眼愁看何妄想、王弘酒使便留居」に共通するところがある。

第四章　『新撰万葉集』の漢詩における比喩表現の展開

⑪『李嶠百詠』芳草十首・菊
　今日黄花晩、今日黄花の晩
　無復白衣来。復白衣来ることなし

とあるように、「白衣送酒」の故事は「菊」の部に収められている。⑪の「今日黄花晩、无複白衣来」は菊から「白衣送酒」の典拠を連想したが、そこに描かれたのは「黄菊」なので、当然「白衣」と同一視したわけではない。しかし、⑨の道真詩と友則歌「花見つゝ人まつ時は白妙の袖かとのみそあやまたれける」は、「菊→白衣」を「白菊＝白衣」に転換させることで、現実にはあり得ない幻想的な情景に仕立てあげている。

　以上のことをまとめてみると、類書の部類を契機に、「月→白兎」「菊→白衣の使い」の連想が獲得されたのである。さらに、白色の好尚に基づきながら、「月の光」と「白兎」、「白菊」と「白衣の使い」を等置し、中国詩の表現世界から蝉脱したのである。「夜月凝来夏見霜・白兎千群入幾堂」「殘菊白花雪不如・王弘酒使便留居」は言葉の連想によって作られた表現で、超現実的な趣向を帯びている。

　これまで見てきた例から分かるように、『新撰万葉集』の和歌と漢詩においては比喩表現それ自体が常に一首の眼目となっている。これらの比喩表現からは、緊密な言葉の関連、耽美的な詩境、知巧的な言語を追求する傾向が著しく見られる。この修辞主義的な傾向は『新撰万葉集』だけに限ったことではなく、この時代の詩歌の流行であり、さらに平安朝漢詩文全体を通して言えることである。だが、同じ類書を参照していたにもかかわらず、なぜ中国の詩人たちは「白衣送酒」を比喩表現に使わなかったのだろうか。中国の言志の文学観からみると、こうした言語遊戯的詩は漢詩の主流、真の詩でなく、価値の低いものと見做される。例えば、王昌齡は『詩格』で「中手之倚傍者」として南斉謝朓の「余霞散成綺、澄江淨如練」（晩登三山還望京邑）を取り上げ、「此皆仮物色比象、力弱不堪也」[①]と評する。また、中唐白居易は『与元九書』（『白氏文集』1486）において次のように述べている。

　陵夷至梁・陳間、率不過嘲風雪、弄花草而已。噫、風雪花草之物、三百篇中、豈捨之乎、顧所用何如耳。設如北風其涼、假風以刺威虐、雨雪霏霏、因雪以愍征役、棠棣之華、感華以諷兄弟也、采采芣苢、美草以樂有子也。皆興

---
① 空海の『文鏡秘府論』南巻（『弘法大師空海全集』注39）に節録される。

發此而義帰於彼。反是者可乎哉。然則余霞散成綺、澄江淨如練、帰花先委露、別葉乍辞風之什、麗則麗矣、吾不知其所諷焉。故仆所謂嘲風雪弄花草而已。於時六義尽去矣。

大意を示せば、『詩経』「北風は其れ涼し」という表現は暴虐な政治を風に喩えたものであるが、六朝の梁陳の間に至ると、「余霞散成綺、澄江淨如練」という美辞麗句を追求するばかりで、六義に基づく詩道が崩壊してしまった、ということになる。こうした詩観のもとでは、華やかな表現美のみを追求する比喩表現が推奨されないのは当然である。

仁和四年(884)、菅原道真が藤原基経に呈上した長文『奉昭宣公書』の「夫作文者、不必取経史之全説。雖邂逅取之、或断章為義。遺辞之所膏液、弄圣賢於筆頭。随手之所裁剪、破経典於紙上」[①]から、道真の断章取義の作文態度が了解できよう。文章の上では修飾が要求されるので、道真は『続晋陽秋』の故事から一部を切り取って白菊の比喩表現を構成したのである。「白衣送酒」の伝統的な詠み方に照らし合わせると、確かに断章であり、一種のゆがみを持つ。だが、これは表現の稚拙に起因する未熟の表現と見るべきではなく、日本的なものを意図しようとした文学の自覚と見ることができよう。

まとめ

以上の考察を通して、『新撰万葉集』の漢詩における比喩表現が中国詩の比喩表現に触発されながら、結局中国詩とはまったく異なるものに変容していくことを明らかにした。「花―錦」の比喩表現から「紅葉―錦」の比喩表現への転換、「白菊」と「白衣の使い」、「月光」と「白兎の群れ」の混淆の底には、王朝人の紅葉や白色に対する好尚が働いている。つまり、日本漢詩が中国詩を受容するにあたっては、けっしてやみくもに受け入れるのではなく、日本人の感覚に合わないものを除外したり、外来の表現を形を変えて受け入れたり、或いは中国詩には極稀にしか使われない表現を大いに発展させたりして、積極的主体的な捉え直しが企てられているのである。

また、本来「紅葉―錦」の比喩表現と「錦衣夜行・衣錦還郷」の典拠とはお互いに関係することなく独立して使われているが、『新撰万葉集』の漢詩

---

① 川口久雄『菅家文草・菅家後集』676「奉昭宣公書」日本古典文学大系72、岩波書店、1966年10月。

では、「錦」を介して二つの表現が結ばれることになる。この過程において
は、類書は平安人に「紅葉―錦」と「衣錦」の持つ共通性を再認識させるこ
とに、大きな役割を果たしている。そもそも類書は作詩作文辞典の機能を持
つもので、その部類はある事項に関する故事や表現趣向を集めている。第三
節で考察したように、『新撰万葉集』の漢詩作者は類書の「玉」部に「玉→
卞和」の示唆を得て、現実の上では無関係の「露―玉」の比喩表現と「卞和
泣玉」の故事を言葉の世界で自由に組み合わせて再構成することで、「白露
は卞和が地に一面に敷いた砕玉のように輝いている」という新たな表現を開
拓した。

　さらに、「紅葉→錦→衣錦」「月の光→月→白兎」「つらら→鏡→見る→老い」
の言葉の連想によって、「人が紅葉の錦を衣にして着ている」「つららの鏡に
自分の老いた姿を見ようとする」「月の光が無数の白い兎のように部屋に射
し込んだ」など実体的に把握し得ない景象が作り上げられている。こうした
表現技法は、和歌に通じるところが大きいであろう。

第五章　王朝漢詩文の転換点としての『新撰万葉集』

はじめに

　第二章から第四章までは『新撰万葉集』の漢詩に見られる和歌的表現について具体的に分析した。第五章では『新撰万葉集』の漢詩を王朝漢詩文の流れの中で把握したい。

　九世紀初頭、『凌雲集』『文華秀麗集』『経国集』が次々と編纂され、日本は漢詩文の全盛期を迎えた。漢詩の隆盛は必然の結果として和歌の衰退をもたらすこととなり、和歌は宮廷の公的な場から消え、恋愛のやりとりの道具として用いられていた。こうした状況下では、勅撰三集の漢詩と和歌とがほぼ没交渉だったことは容易に想像できよう。長い漢風賛美時代を経て、和歌はふたたび隆盛に向かった。そうした時代気運の中で、日本漢詩の和歌化が盛んに行われていた。『新撰万葉集』の漢詩作者は和歌特有の表現を取り入れたり、和歌の技法を念頭に置きながら漢詩を展開したりして、歌にできるだけ接近させようと様々に工夫した。本集以前の日本漢詩には和歌独自の題材や表現の意識的な摂取が稀であることを考えるならば、これは極めて重要な現象であったと言ってよい。『新撰万葉集』を境にして、王朝漢詩文の性格が大きく変わったのである。しかも『新撰万葉集』の漢詩の切り拓いた詩語・類型表現・作詩法は、平安中後期の漢詩文に受け継がれていくこととなった。このように考えてくると、『新撰万葉集』の漢詩は王朝漢詩文史における転換点とみなすことができるのではないだろうか[①]。

　しかし、王朝漢文学史における『新撰万葉集』の漢詩の位置づけについては、漢文学の研究者から「文学的価値は低い。…文章も拙劣を極めている」[②]などと低い評価が下されるのが常である。勿論、『新撰万葉集』の漢詩表現自体は特に高く評価されるべきものではないが、王朝漢詩文の展開を考える

[①] もちろん、平安中後期になっても中国詩の伝統的な詠み方をそのまま踏まえる王朝漢詩が数多く存在しているが、ここでは特に王朝漢詩文の和様化について論じたい。

[②] 猪口篤志『日本漢文学史』角川書店、1984年5月、148頁。

第五章　王朝漢詩文の転換点としての『新撰万葉集』

上で大きな意味をもつものだと思われる。また、藤原克己氏は古今集時代の日本漢詩と和歌には感情生活や感受性の同時代性が刻印されていると指摘し、この同時代性は両者に共通する白詩的な表現に由来するものであると結論づける[1]。今日では、平安中後期漢詩の和様化は顕著に見られるというのがほぼ定説になっている。しかし、これらの和歌的表現にどのようなプロセスを経て到達したのか、和様化の変わり目がどこにあったのかについてはこれまで深く追究されてこなかった[2]。

そこで、本章は王朝漢詩文における「杜鵑・郭公」と「涙河」の用例を取り上げ、『新撰万葉集』の位置づけを究明し、その和歌的表現が平安中後期の日本漢詩に与えた影響を検討する。それによって、本集漢詩の有する意義を改めて捉え直したい。

第一節　杜鵑詩から郭公詩へ

本節は平安朝の杜鵑詩から郭公詩への変遷に注目し、『新撰万葉集』の郭公詩がその転換点として位置づけられることを明らかにしたい。

一　平安初期の杜鵑詩

「杜鵑」はカッコウ目・カッコウ科に分類される鳥類の一種である。「時鳥」「子規」「杜宇」「布谷」「撥谷」「鶗鴂」等の異名がある。植木久行氏が詳しく調査したように、中国では、「杜鵑」という語は五世紀頃からようやく使用され、初唐以前の詩文の世界には「杜鵑」は一項目として確立されていなかった。盛唐期になって詩語として定着し始め、中唐・晩唐・五代初めにおいて、成熟し定型化したのである[3]。唐代の杜鵑詩の代表的な詠み方を取り上

---

[1] 藤原克己「王朝漢詩の意義について」国語と国文学72−5、1995年5月、113頁。この論文は『菅原道真と平安朝文学』(東京大学出版会、2001年5月)に収録される。
[2] 平安朝中後期の漢詩における和歌的表現は、川口久雄『平安朝日本漢文学史の研究(中)』第十六章第六節「解体期漢文学の特質と和様化の進行」(明治書院、1982年9月三訂版)、小島憲之『日本文学における漢語表現』(岩波書店、1988年8月、462頁)、工藤重矩「平安朝漢詩文における縁語掛詞的表現」『中古文学と漢文学Ⅰ』和漢比較文学叢書　第三巻、汲古書院、1986年10月、221頁)、本間洋一「王朝漢詩の表現覚書―王朝詩と白詩と―」(『中古文学と漢文学Ⅰ』和漢比較文学叢書　第三巻、汲古書院、1986年10月、244〜246頁)の中で言及される。
[3] 植木久行「ほととぎすのうた　杜鵑と郭公をめぐって」比較文学年誌(通号15)、早稲田大学比較文学研究室、1979年3月。

げてみると、

芳春平仲緑、清夜子規啼。
浮客空留聴、褒城聞曙鶏。
（『全唐詩』初唐・沈佺期・夜宿七盤嶺）

蜀国曽聞子規鳥、宣城還見杜鵑花。
一叫一回腸一断、三春三月憶三巴。
（『全唐詩』盛唐・李白・宣城見杜鵑花）

楊花落尽子規啼、聞道龍標過五渓。
我寄愁心与明月、随風直到夜郎西。
（『全唐詩』盛唐・李白・聞王昌齢左遷龍標遥有此寄）

君不見昔日蜀天子、化作杜鵑似老烏。…
其声哀痛口流血、所訴何事常区区。
（『全唐詩』盛唐・杜甫・杜鵑行）

杜宇冤亡積有時、年年啼血動人悲。
若教恨魄皆能化、何樹何山著子規。
（『全唐詩』中唐・顧況・子規）

などのように、杜鵑は春の巴蜀の景物として強く意識され、その鳴き声は聞く人に悲哀を募らせるものとして、羇旅・望郷・送別・傷春等の詩に多用される。杜甫の「杜鵑行」は『蜀記』所収の「昔有人姓杜名宇、王蜀、号曰望帝。宇死、俗説云宇化為子規。子規、鳥名也。蜀人聞子規鳴、皆曰望帝也」[①]という望帝の伝説を踏まえて作られている。「其声哀痛口流血」という表現は、師曠撰と伝えられる『禽経』の「鶐、巂周、子規也、啼必北向」の張華注「『爾雅』曰巂周、甌越間曰怨鳥、夜啼達旦、血浸草木、凡鳴皆北向也」[②]に見え、杜鵑の赤い口や鋭く悲しい鳴き声からの連想である。特に一連の杜甫の杜鵑詩が詠まれてから、杜鵑の「怨鳥・啼血・冤禽」のイメージが定着するようになる[③]。

一方、平安朝では、杜鵑に関する漢詩は『文華秀麗集』に登場する[④]。

---

① 『文選』巻四「蜀都賦」の李善注に引かれている。
② 『禽経』は『四庫全書』（子部・譜録類）によるものである。
③ 顧友沢「試論杜甫杜鵑詩意蘊的拓展及其影響」杜甫研究学刊85、2005年3月、81～82頁。
④ 工藤重矩氏は「古今集148の解釈・補考：啼いて血を吐く杜鵑のことなど」（語文研究61、1986年6月、2～5頁、『平安朝和歌漢詩文新考　継承と批判』風間書院、2000年4月所収）で平安朝の杜鵑詩を略考したが、『新撰万葉集』の漢詩については言及していない。

第五章　王朝漢詩文の転換点としての『新撰万葉集』

　　奉和春日江亭閑望、一首
浩蕩三仲春、　　　春晴万里天。　　　園林半灼灼、　　　原野尽芊芊。
日煖鴛鴦水、　　　風和楊柳煙。　　　山光霽後緑、　　　江気晩来鮮。
遠樹繞湖小、　　　長波接海連。　　　潮生孤嶼没、　　　霧巻巨帆懸。
草色洲中短、　　　花香窓外伝。　　　帰声聞去雁、　　　春響送鳴鵑。
流静看遊艇、　　　溪幽聴落泉、　　　興余日已暮、　　　江月照仙眠。
　　　　　　　　　　　　　　　　　　　（詩文・遊覧・6・巨勢識人）

　　敬和左神策大将軍春日閑院餞美州藤大守甲州藤判官之作、一首
杜鵑啼序春将闌、　閑院花亭餞両官。
飛鳥始乗鳥翼去、　離絃頻送鶴声弾。
郷心遠樹孤雲跡、　客路辺山片月寒。
一別情期勿蹔忘、　音書屢寄往来看。
　　　　　　　　　　　　　　　　　　　（詩文・餞別・23・巨勢識人）

　第一首目は天皇の御製に唱和した詩で、のどかな春の日の江のほとりの景色を描写している。「鳴鵑」は仲春の一つの点景にすぎず、「楊柳・草色・花香・去雁・遊艇・落泉・江月」とともに情趣化された景物として愛でられる。第二首目は暮春に「閑院」で作られた餞別詩である。杜鵑の鳴き声に寄せて傷春と惜別の情を表す点において、前掲の中唐李白の「楊花落尽子規啼、聞道龍標過五溪（楊花落ち尽くして子規啼く、聞道く龍標五溪を過ぐと）」（『全唐詩』聞王昌齢左遷龍標遥有此寄）と共通している。ただし、巨勢識人の餞別詩は国司の赴任の餞宴で詠まれたもので、李白詩のように友人の左遷を背景にして作られたものではない。それゆえ、「一別情に期る蹔くも忘るること勿れと、音書 屢 寄せよ往来を看む」における離別の感傷の流露は、李白詩の深い悲嘆には及ばない。平安初期の日本漢詩における杜鵑は春の風流な景色の点景として描写され、中唐以降に形成された杜鵑の「啼血・怨鳥・冤禽」のイメージはまだ見られない。

　承和五年（838）に白居易の漢詩が渡来したことで、日本漢詩の詩風は一変した。菅原道真の漢詩には白居易詩の影響が色濃く見られ、杜鵑の詠み方も前代とは異なる特徴を持っている。延喜一年（901）道真は太宰府に下向する道中で以下の長詩を詠んだ。

・171・

生涯無定地、　　運命在皇天。　　職豈圖西府、　　名何替左遷。
　　貶降軽自芥、　　駈放急如弦。　　腆報顔愈厚、　　章狂踵不旋。
　　牛涔皆陥穽、　　鳥路惣鷹鸇。　　老僕長扶杖、　　疲驂数費鞭。
　　臨岐腸易断、　　望闕眼將穿。　　落涙欺朝露、　　啼声乱杜鵑。

(『菅家後集』484・叙意一百韻)

　当詩に詠まれた杜鵑の鳴き声は、『文華秀麗集』のような明るいイメージを持たず、断腸の思いを喚起させるものとなっている。〈落ちた涙を朝露と見紛う〉との対句的構造を考えてみれば、〈啼く声は杜鵑に乱る〉は人の泣き声と杜鵑の鳴き声との類似性に着目して詠んだのではないかと思われる。人間の泣き声と杜鵑の鳴き声との結びつきは、「杜鵑声似哭、湘竹班如血」(『白氏文集』0540・江上送客)、「風淒暝色愁楊柳、月弔宵声哭杜鵑」(『白氏文集』1107・十年三月三十日別微之於澧上〈略〉)等中唐以後の杜鵑詩によるところが大きい。道真の辛酸と失意は、杜鵑の哀切悲愴な鳴き声を通して吐露される。そして、杜鵑の冤禽のイメージを不実の罪を着せられた道真自身に重ね合わせることで、本詩には『文華秀麗集』の杜鵑詩にない痛切な悲哀感が漂っている。

　調べた限りでは、『新撰万葉集』以外に、『古今集』以前の杜鵑の漢詩は僅か上記の三首しかない。道真詩における杜鵑の詠み方は『文華秀麗集』の二首に比べて新しい展開を見せているが、それも中国杜鵑詩の範疇を出るものではない。一方、『新撰万葉集』の漢詩は十世紀以前の日本漢詩の中でやや異色である。ほととぎすの和歌表現を取り込んだ結果、中国詩に殆ど見られない「郭公・閨怨」の組合せや「郭公—蕩子」の比喩表現などが創り出されているからである。

二　『新撰万葉集』の郭公詩

1．郭公と閨怨と五月の短夜

　『新撰万葉集』上巻は四季と恋という五つの部類にわけられる。夏の部にはほととぎすの和歌が11首あり、歌ごとに七言四句の漢詩が配されている。例を挙げてみたい。

第五章　王朝漢詩文の転換点としての『新撰万葉集』

上夏24　沙乱丹物思居者郭公鳥夜深鳴手五十人槌往濫
（五月雨に物思ひをればほととぎす夜深く鳴きていづちゆくらむ）
蕤賓怨婦両眉低、蕤賓に怨婦　両眉低る
耿耿閨中待暁鶏。耿耿として　閨中に暁鶏を待つ
粉黛壊来収涙処、粉黛壊れ来りて　涙収むる処
郭公夜夜百般啼。郭公夜夜　百般啼く

当詩の結句にある「郭公」という表記は唐代の薬学著作『本草拾遺』①（741年、陳蔵器撰）に「郭公、布谷、鳲鳩也。江東呼為獲谷、亦曰郭公、北人名撥穀」②と見え、布谷鳥（杜鵑）の別名である。ただし、中国詩では一般的に「杜鵑」「子規」等と記され、「郭公」は殆ど詠まれない。その最初の用例は恐らく北宋郭祥正の「蘆叢深処泊、惟有郭公啼」（『四庫全書』集部・別集類・青山続集・巻五・郭公）だろうと思われる③。一方、『新撰万葉集』の和歌原文は万葉仮名で書かれ、上夏24の和歌に「郭公鳥」がみえる。『新撰字鏡』（本草鳥名）「郭公鳥　保止ゝ支須」からわかるように、「郭公鳥」は「ほととぎす」と訓読すべきである。こうして、本集漢詩における「郭公」は歌ことば「ほととぎす」に対応して用いられることが知られる④。当詩だけでなく、『新撰万葉集』

---

① 延喜十八年（918）に深根輔仁が勅を奉じて撰進したと伝えられる『本草和名』（覆刻日本古典全集、現代思潮社、1978年2月）には『本草拾遺』が引用されることから、『本草拾遺』は『新撰万葉集』成立以前に日本に伝わった可能性が示唆される。
② 青木正児『中華名物考』「子規と郭公」平凡社、1988年2月、187頁。本条目は『本草綱目』（台湾商務印書館、1986年6月）に収録される。ただし、林鷲峰『本朝一人一首』に「山中鳥有り、自ら郭公と呼ぶ。世俗に称する所の鳥と同じからず。中華郭公を以て杜鵑の異名と為ず。則ち郭公、杜鵑各別也。古来伝称の誤也」、（清）徐珂『清稗類鈔』（中華書局、1984年10月～1986年7月）に「布穀、一名鳲鳩、又名郭公、絶類杜鵑、両体較大」とみえるように、郭公と杜鵑とは別種の鳥である。
③ 「郭公」の用例の調査は、『文淵閣四庫全書電子版』（迪志文化出版、2005年）を基に行った。
④ 平安人は「杜鵑」と「ほととぎす」、「杜鵑（子規）」と「郭公」との対応関係を意識していたと思われる。ほととぎすの和歌と日本の郭公詩における杜鵑詩の受容から、そのことが了解できるであろう。例えば、『新撰万葉集』上夏27の「夏枕鶯眠有姤声、郭公夜叫怱遶庭」は夜に郭公の声が聞こえて目覚めたことをいう。それは中唐元稹の「満眼文書堆案辺、眼昏偸得暫時眠。子規驚覚燈又滅、一道月光横枕前」（『全唐詩』使東川望喜驛）を下敷きにしたものである。また、小島憲之氏は「古今集への道―〈白詩圏文学〉の誕生―」（文学43-8、1975年8月、904頁）で、本集上夏26の和歌「夏の夜の臥すかとすれば郭公鳴くひとこゑに明くるしののめ」における「ひとこゑ」は『白氏文集』「九江三月鵑来、一声催得一枝開」（0593・山石榴寄元九）の中の「一声」に由来すると指摘する。泉紀子氏は「歌合の成立」（『和歌文学論集5　屏風歌と歌合』風間書房、1995年9月、151頁）で、「思ひいづるときはの山の郭公唐紅のふりいでてぞなく」（『古今集』巻三・夏・148・読人知らず）は杜甫以後の唐詩における「杜鵑啼血」の類型的表現を踏まえているという。

のほととぎすの和歌に付けられた漢詩には全て「郭公」①という表記が用いられている。

〈五月に怨婦は両の眉をたれて、夜眠られずに、閨の中で明け方の鶏の鳴き声を待っている。女の化粧が涙で損なわれ、涙が止まるころ、夜毎頻りに郭公の声が聞こえてくる〉という上夏24の漢詩は、閨怨詩としてよめる。一見して普通の閨怨詩と変わらないが、そこに見られる郭公と閨怨と五月（「蕤賓」）という組み合わせは、伝統的な中国詩から逸脱してしまうことに注意すべきである。中国詩では、杜鵑と閨怨詩との結びつきが決して深いものではないことは、『新撰万葉集注釈稿』に指摘されている②。杜鵑に関わる閨怨詩には、

青天無雲月如燭、露泣梨花白如玉。
子規一夜啼到明、美人独在空房宿。

（『全唐詩』唐・無名氏・雑詩）

白帝城辺足風波、瞿塘五月誰敢過。
荊州麦熟繭成蛾、繰糸憶君頭緒多。
撥谷飛鳴奈妾何。

（『全唐詩』盛唐・李白・雑曲歌辞・荊州楽）

などがあるが、その例は僅かで、杜鵑は普通閨怨詩に使われない③。上夏24の出典をこの稀な二例に求めるのは無理がある。「子規啼不歇、到暁口応穿。況是不眠夜、声声在耳辺」（『全唐詩』中唐・王建・夜聞子規）は上夏24の詠み方に近似するが、こうした杜鵑詩は殆どが閨怨詩ではなく述懐詩であ

---

① 「郭公」「郭公鳥」「山郭公」の三種類がある。
② 半沢幹一、津田潔「『新撰万葉集』注釈稿」（上巻　夏部三三～三七）共立女子大学文芸学部紀要45、1999年1月、50頁。なお、小島憲之氏は「万葉集から古今集へ」（『歌風と歌体』万葉集講座　第四巻、有精堂、1973年12月、120頁）で〈ほととぎす〉と〈夜〉と続けば、その場面は、ひとりねの閨房の中で寝もやらず夫の帰りを待つ女性の世界である」と述べる。氏は『新撰万葉集』のほととぎすの恋歌に見える艶情的感覚は楽府や初唐詩以来の艶情詩の世界によって培養されたと主張するが、『新撰万葉集』の漢詩の和様化について言うわけではない。
③ 宋詩には「一片愁心怯杜鵑、懶粧従任鬢雲偏」（『四庫全書』集部・総集類・御選宋金元明四朝詩・南宋・陳梅庄・述懐）の閨怨詩があるが、『新撰万葉集』の漢詩の成立時期を考えて、本書では唐までの漢詩のみを考察対象とする。郭公の用例の調査は、『文淵閣四庫全書電子版』（迪志文化出版、2005年）をはじめ、『先秦漢魏南北朝詩』『文選』『玉台新詠』『芸文類聚』『全唐詩』及びを中心に行った。

第五章　王朝漢詩文の転換点としての『新撰万葉集』

る①。その原因としては、中国では恋愛の題材を疎外する傾向があり、政治を批評し志を述べる詩よりも、閨怨詩の割合が元々少ないことが挙げられる。勿論、杜鵑の詩語としての確立や定着が遅いことも、一つの原因として考えられよう。

　それでは、『新撰万葉集』上夏24の漢詩に詠まれた郭公と閨怨との組み合わせはどこに由来したのであろうか。和歌の世界に目を転じると、ほととぎす（郭公の和名）は古来恋歌によく用いられることに気づく②。『万葉集』にはほととぎすの歌が152首ほど収められており、「霍公鳥」「保登等芸須」などと表記される③。

　　　　大伴坂上郎女霍公鳥歌一首
　　何しかもここだく恋ふる霍公鳥鳴く声聞けば恋こそまされ
　　　　　　　　　　　　　（『万葉集』巻八・1475・大伴坂上郎女）
　　逢ひ難き君に逢へる夜霍公鳥他時ゆは今こそ鳴かめ
　　　　　　　　　　　　　　（『万葉集』巻十・1947・作者未詳）
　　あしひきの山郭公我がごとや君に恋ひつついねがてにする
　　　　　　　　　　　　　（『古今集』巻十一・恋一・499・読人知らず）
　　わがごとく物や悲しきほととぎす時ぞともなく夜ただなくらん
　　　　　　　　　　　　　　（『古今集』巻十二・恋三・578・藤原敏行）

「大伴坂上郎女霍公鳥歌」は、ほととぎすの鳴き声を聞くだけで、恋心を募らせるという。また、1947番歌のように、古来、ほととぎすは常に恋愛の場面に配置されている。『古今集』の恋歌になると、ほととぎすと心情との結びつきがますます緊密となり、特に敏行歌のように「泣く・鳴く」の掛詞を

---

① 閨怨詩に詠まれる鳥は、燕や烏鵲や鶯等の類が多く、杜鵑の陰鬱な冤禽のイメージは寧ろ閨情表現に相応しくないものと考えられている。
② 前掲の植木久行氏の論文（23頁）を参照。
③ 万葉歌におけるほととぎすの表記「霍公」の由来については、沢潟久孝氏『万葉集注釈（巻二）』（中央公論社、1958年4月、85～86頁）で、「郭公の文字は支那で用ゐられてをり―ほととぎすではないが―その「郭」と「霍」と同音の字であるから通用したものと思はれる。…今日、漢籍に『霍公』の文字を見出し得ないが、当時万葉人の読んだ彼の地の通俗書に郭公をまた霍公と書いたものがあったと見るべきではなからうか。しかも支那では郭公はカワッコウであり、鳴き声によった文字と思はれるが、日本ではほととぎすに宛てた為に、霍の本字『靃』に『飛声也雨而双飛者其声靃然』と注されてゐるやうな意味を感じて―サクに咲、フルに零を宛てたやうに―郭より霍の方がほととぎすの表記文字としてのふさはしさを感じて、霍公鳥の方を採用したものと考えるべきではなからうか」と述べる。

駆使して景情を分ち難く融合させる例が多く見られる。ちなみに、上夏24の「粉黛壊来収涙処、郭公夜夜百般啼」という情景描写は、恋に泣く声をほととぎすの鳴く音に寄せる敏行歌にかなり接近している①。

そして、中日詩歌における杜鵑の季節の差異について、江戸時代の儒者林愨は『史館茗話』で「本朝所謂郭公是杜鵑也。中華賦杜鵑多是於暮春言之。古来倭歌皆以為夏日之鳥也」②と指摘する。『万葉集』のほととぎすの歌は巻八・巻十の「夏雑歌」「夏相聞」に集中している。『新撰万葉集』の郭公詩も全て春でなく夏の部に収録される。そして、その漢詩の表現をみると、

　　日常夜短懶晨興、夏漏遅明聴郭公。

　　　　　　　　　　　　　　　　　　　　　　　　　　　（上夏26）

　　夏枕驚眠有妬声、郭公夜叫忽過庭。

　　　　　　　　　　　　　　　　　　　　　　　　　　　（上夏27）

　　山下夏来何事悲、郭公処処数鳴時。

　　　　　　　　　　　　　　　　　　　　　　　　　　　（上夏30）

　　一夏山中驚耳根、郭公高響入禅門。

　　　　　　　　　　　　　　　　　　　　　　　　　　　（上夏36）

　　三夏鳴禽号郭公、従来狎媚叫房櫳。

　　　　　　　　　　　　　　　　　　　　　　　　　　　（上夏42）

とあるように、いずれも夏の杜鵑を詠んでいる。つまり、本集の郭公詩は中国の杜鵑詩と違って、日本的季節観を踏まえているのである。とりわけ上夏29の漢詩では、

　　上夏29　暮るるかと見れば明けぬる夏の夜を飽かずとや鳴く山ほととぎす
　　難暮易明五月時、暮れ難く明け易し　五月の時
　　郭公緩叫又高飛。郭公（ほととぎす）緩（な）く叫き　又高く飛ぶ
　　一宵鐘漏尽尤早、一宵（いっせう）　鐘漏（しょうろう）の尽くること尤（もっと）も早し
　　想像閨筵怨婦悲。想像（おもひや）る　閨筵（けいえん）に怨婦（えんぶ）の悲しむを

---

① 上夏24の漢詩は女の立場に立って詠まれるのに対して、敏行歌は男の恋歌として解釈できる。
② 盧洲池田四郎次郎編『日本詩話叢書』1972年6月鳳出版復刊、354頁。初版は1920年～1922年に文会堂書店から発行された。杜鵑が夏に鳴く例としては、「高林滴露夏夜清、南山子規啼一声。隣家孀婦抱児泣、我独展転何時明」（『全唐詩』中唐・韋応物・子規啼）が挙げられるが、極めて珍しい。

「五月」という季節を示す語が前面に押し出されている。上夏 24 の漢詩の起句「蕤賓怨婦両眉低」における「蕤賓」も、五月を表す①。「蕤賓」は先行する和歌の「五月雨」に直接的に対応しており、この歌ことばを積極的に漢詩に取り込もうとする意図が看取できる。古来、郭公は四月に山里に居て鳴き、五月になると人里に飛んできて木高く鳴くという通念がある。『万葉集』には「五月」の郭公の例が圧倒的に多いが、「（長歌）…木の晩の四月し立てば夜隠りに鳴く霍公鳥…」（巻十九・4166・詠霍公鳥并時花歌一首）「立夏四月既経累日而由未聞霍公鳥喧因作恨歌二首」（巻十七・大伴家持・3983 詞書）「四月十六日夜裏遥聞霍公鳥喧述懐歌一首」（巻十七・大伴家持・3988 詞書）などには、四月に飛来して鳴くほととぎすの例も見られる。これらの事例から分かるように、『万葉集』における郭公は季節の境目に位置する不安定な詠歌の素材である。ところが、『新撰万葉集』になると、上夏 24 と上夏 29 が示すように、郭公が五月の夏の景物として定着するようになる。

　平安朝では、陰鬱な雨の降り続く五月は、男女の性的交渉が禁じられ、家に籠って過ごすべき忌月である②。特に夜深い頃のほととぎすの鳴き声を聞くと、一層物思いに誘われる。このような社会風習のなかにあってこそ、上夏 24「五月雨に物思ひをればほととぎす夜深く鳴きていづちゆくらむ」等の歌が生まれてきたのである③。上夏 24 の「五月雨」は原文の万葉仮名で「沙乱」と表記され、内面的「乱れ」の心情を掛けて五月雨による特有の物思いを表現している④。『新撰万葉集』の漢詩にみられる「夏（五月）・郭公・閨怨」という発想の源は、このような和歌の世界に求めることができる。一方、中国詩においては、杜鵑が春の景物であることは、改めて言うまでもない。しかも前掲の李白詩「三春三月憶三巴」のように、杜鵑は普通春の三月に鳴き始めるとされている。この見方は、早くから『荊楚歳時記』（梁・宗懍）の「三月三日、杜鵑初鳴、田家候之」⑤にみえる。

　上夏 29 の和歌の「暮るるかと見ればあけぬる夏の夜」に対応する漢詩の「難

---

① 『国語・周語下』の「四日蕤賓」に韋昭注「五月、蕤賓」とある。
② 山口博『愛の歌―日本と中国―』（新典社、1989 年、132 頁）参照。『伊勢集』の贈答歌「一声を聞きてののちはほととぎす逢はぬ五月はあらじとぞ思ふ」（360）「聞く声を長くと思はばほととぎす忌む五月をば過ぐしやはせぬ」（361・かへし）は、五月に逢瀬を忌むことを示す。
③ 半沢幹一氏は「『新撰万葉集』注釈稿」（上巻夏部　二四〜二八）（共立女子大学文芸学部紀要 43、1997 年 1 月、64 頁）で、上夏 24 は季節歌というより恋歌であると述べる。
④ 岩井宏子「歌語「さみだれ」の基層―古今集時代を中心に」国語国文 69 ― 1、2000 年 1 月、37 頁、『古今的表現の成立と展開』和泉書院、2008 年 8 月所収。
⑤ 守屋美都雄訳注『荊楚歳時記』平凡社、1978 年 2 月。

暮易明五月時」「一宵鐘漏尽尤早」は夏の短夜を詠んでいる。また、

  上夏26　夏の夜の臥すかとすれば郭公鳴く一声に明くるしののめ
  <u>日長夜短</u>懶晨興、日長く夜短くして　晨に興くるに懶し
  <u>夏漏遅明聴郭公</u>。夏漏の遅明　郭公を聴く
  嘯取詞人偸走筆、嘯取きて　詞人偸かに筆を走らせば
  文章気味与春同。文章の気味　春と同じ

といった和歌と漢詩には、同工の表現がある。『白氏文集』に「<u>日長</u>昼加餐、<u>夜短</u>朝余睡」（2289・日長）と見えるのは、春の日の長いことを述べるものである①。中国詩においては、「夏の短夜」よりも「春の短夜」「秋の長夜」のほうが圧倒的に多い。夏の短夜があっという間に明けてしまうと詠んだ詩文は、

  ①望孟夏之短夜、孟夏の短夜を望めども
   何明晦之若歳。何ぞ明晦の歳の若くなる
           （『楚辞』屈原・九章・抽思②）
  ②孟夏非長夜、孟夏は　長夜に非ざれど
   晦明如歳隔。晦明は　歳を隔るが如し
          （『文選』巻三十・謝霊運・南楼中望所遅客）
  ③仲夏苦夜短、仲夏　夜短くして苦しむ
   開軒納微涼。軒を開きて微涼を納む
          （『全唐詩』盛唐・杜甫・夏夜嘆）

など、僅かの例しか挙げられない。①は秋の夜に眠れないので、夏の夜の短さを望んだが、何と夜が明けるまで一年のように長いことよ、の意である。②は①を踏まえて、初夏の夜は長くもないのに、待つ身にとっての夜明けまでの間は一年間のように長く思われる、という内容となる。夏の夜の短さを詠んだ点で上夏26の場合に近いが、閨怨でなく客を待ちわびる心を詠んでいる。③は昼の苦熱に悩んで涼しい夏の夜の短さを惜しむ心情を表す。い

---

① 小島憲之氏は『古今集以前』第三章の三「『新撰万葉集』の詩と歌」（塙選書、1976年2月、228、276頁）において、上夏26の漢詩の「日長夜短」が白居易の詩句によるものであると指摘する。
② 『楚辞』の本文と訓読は星川清孝著『楚辞』（新釈漢文大系34、明治書院、1970年9月）による。

ずれも閨怨と関わらない。一方、『万葉集』には、「夏の短夜の閨情」と詠んだ歌は、「霍公鳥来鳴く<u>五月の短夜</u>も独りしぬれば<u>あかしかねつも</u>」(巻十・1981・作者未詳・寄鳥)の一首しかない。当歌について、契沖は『遊仙窟』(唐・張文成)の「昔日双眠、恒嫌夜短。今宵独臥、実怨更長」を引いて注したが、「五月の短夜・閨怨・郭公」という組合せは和歌独特のものと言えるであろう[①]。九世紀後半以後、「夏の短夜」と詠んだ歌は、

   月のおもしろかりける夜あか月がたによめる
  <u>夏の夜</u>はまだよゐながらあけぬるを雲のいづこに<u>月</u>やどるらむ
              (『古今集』巻三・夏・166・深養父)
  <u>五月雨</u>にみだれてものをおもふみは<u>夏の夜をさへあかしかねつる</u>
                 (『躬恒集』281)
  玉の緒のたえて<u>短き夏の夜</u>のよはになるまで<u>待つ人のこぬ</u>
              (『古今六帖』3206・たまのを・貫之)

が示すように、大幅に増えた。上夏29の漢詩に見られる「夏・短夜・閨情」の組合せは、上記の躬恒歌と貫之歌に共通している。これらの歌はほとんど古今集撰者時代の歌人の作である。待つ女の立場に立って、実際の恋愛体験とは直接かかわりなく詠み出されたものが多い。

これらから明らかなように、中国閨怨詩では杜鵑が殆ど詠まれないが、日本の恋歌ではほととぎすは重要な素材である。したがって、『新撰万葉集』の漢詩にみられる「夏(五月)・郭公・閨怨・短夜」の組み合わせもほととぎすの和歌に由来したものと考えられる。

2. 郭公と蕩子

中国詩では、普通杜鵑の鳴き声に注目して詠むのに対して、次の二首の漢詩は郭公の飛翔の有様にも関心を寄せて、郭公を浮気の男に見立てる。次にこの比喩表現を中心に論を進めたい。

  上夏41 たが里に夜離れをしてか郭公鳥ただここにしも寝たる声する
 <u>郭公本自意浮華</u>、郭公(ほととぎす)　本(もとより)意(こころ)浮華(ふくわ)なり
 <u>四遠無栖</u>汝最奢。四遠(しゑん)栖(すみか)無くして　汝(なんぢ)最も奢(おご)れり

[①] 築島裕編集『契沖全集』巻二「万葉代匠記」朝日新聞社、1926年5月、73頁。『万葉代匠記』の初稿本は1688年ごろ、精撰本は同3年成立。

性似簫郎令女怨、性は簫郎に似て　女をして怨ましめ
　　　操如蕩子尚迷他。操は蕩子の如く　尚他に迷ふ

ほととぎすよ、ほかでもないここでだけ寝るかのような声で鳴いているが、だれの住む里に通うのをやめたのだろうか、という歌は、ほととぎすが夜にあちらこちら飛びながら鳴く様子を、浮かれ男が方々の女の所に通うことに喩えて、皮肉を込めていったのである。当歌はまた『古今集』の恋の部（巻十四・恋四・710・読人知らず）にも収められる。対する漢詩の起句「郭公本自意浮華」は、郭公の好色多情な性格を直接的に描き出す。後二句は先行する和歌と対応させて、郭公をあちこちの女に怨まれる浮気男に見立てる。

　　　上夏33　疎みつつ留むる里のなければや山ほととぎす浮かれては鳴く
　　　郭公一叫誤閨情、郭公一たび叫べば　閨情を誤る
　　　怨女偸聞悪鬧声。怨女偸かに聞きて　鬧しき声を悪む
　　　飛去飛来無定処、飛び去り飛び来りて　定る処無し
　　　或南或北幾門庭。或は南或は北　幾の門庭ぞ

上夏33の和歌は、疎んじられて引き止めてくれるところのないほととぎすが、夜深く宿を定めずにあちらこちらを飛び移って鳴く、という意となる。対する漢詩の前二句「郭公一叫誤閨情、怨女偸聞悪鬧声」に詠まれた、女が郭公の騒がしい鳴き声を憎らしく思うという表現は、先行する和歌には見えないが、「霍公鳥いたくな鳴きそ独り居て寝の寝らえぬに聞けば苦しも」（『万葉集』巻八・1484・大伴坂上郎女歌一首）という万葉歌を思わせる。ほととぎすを「うとむ」理由とは、上夏41と同じその浮気を怨んだわけである。後二句は夜空にところ定めずさまよう郭公を描いて、いくつかの女性の家を通う男の行動を彷彿とさせている。

　『新撰万葉集注釈稿』に「郭公（子規・杜鵑）が浮気な性格を持つというのは、中国のそれにはない属性であり、もっぱら日本のほととぎすに関係する」①と指摘されるように、中国詩では杜鵑を浮かれ男に譬える例が殆ど見当

---

① 半沢幹一、津田潔「新撰万葉集注釈稿」（上巻夏部　四〇～四二）共立女子大学文芸学部紀要46、2000年1月、61頁。ただし、具体的な分析はなされていない。

たらず、和歌独自の発想と見るべきである①。「ほととぎす―浮気男」の見立て表現は平安時代から用いられ始めたものである。万葉歌に詠まれるほととぎすが恋心を募らせる表現や、ほととぎすの擬人表現はその先蹤となる。

　暇なみ来ざりし君に霍公鳥我れかく恋ふと行きて告げこそ
　　　　　　　　　　　　　　　　　　　（巻八・1498・大伴坂上郎女）
　　　詠鳥
　　本つ人霍公鳥をばめづらしみ今か汝が来る恋ひつつ居れば
　　　　　　　　　　　　　　　　　　　　　（巻十・1962・作者未詳）
　　　中臣朝臣宅守与狭野弟上娘子贈答歌
　　過所なしに関飛び越ゆる霍公鳥〈多我子尒毛〉止まず通はむ
　　　　　　　　　　　　　　　　　　　　　（巻十五・3754・中臣宅守）

ほととぎす、訪ねてこない恋人に私の恋心を告げておくれ、という大伴坂上郎女の歌では、郭公は伝言の使いとなる。次の1962番の歌における本つ人とほととぎすと汝の関係については様々な説があるが、ほととぎすの擬人的傾向が認められよう。「本つ人霍公鳥」と呼ばれていることから、ほととぎすは古来王朝貴族にとって身近な存在であることがわかる②。また、越前国に流されて都にいる妻のもとに通うことができない中臣宅守には、〈自由に関所を飛び越えて行かれるほととぎすよ、我が愛する妻の所に絶えず通って行っておくれ〉と詠む歌がある③。上から見てきた通り、日本では、ほととぎすが擬人化して詠まれることが多く、その飛翔の姿がいち早く注目されていた。

　また、『万葉集』では、ほととぎすはよく「里」「宿」「いづく」とともに

---

① 『太平御覧』（中華書局、1960年2月）巻888に引く『蜀王本紀』に、望帝が鼈霊の妻と姦通した記述がみえるが、『新撰万葉集』の漢詩に描かれた浮気の郭公とは無関係であると考えられる。
② 「惆悵多山人複稀、杜鵑啼処涙沾衣」（『全唐詩』中唐・顧況・憶故園）とあるように、中国の杜鵑は普通人里離れた山林の鳥として詠まれている。しかし、『新撰万葉集』における郭公は、「夏天処処多撩乱、暁牖家家音不遑」（上夏38）、「郭公処処数鳴時、況復家家音不希」（上夏30）、「去歳今年不変何、郭公暁枕駐声過。窓間側耳憐聞処、遮莫殘鶯舌尚多」（上夏32）、「三夏鳴禽号郭公、従来狎媚叫房櫳」（上夏42）のように、しばしば身近な存在として描かれ、その点でほととぎすの和歌に類似する。
③ 当歌における「多我子尒毛」の訓みは様々で一定しない。窪田空穂氏は『万葉集評釈（第九巻）』（東京堂、1985年6月新訂初版、349頁、初版は1951年3月）で、それを「あまたが子にも」と訓んでほととぎすが多くの愛人の元に通うと解した。氏の見解に従うと、当歌は「ほととぎす―浮かれ男」の比喩表現の先蹤となっている。

詠まれている。これらの歌も後の〈ほととぎす―浮かれ男〉の比喩表現に繋がっていく。

① 大伴家持懽霍公鳥歌一首
いづくには鳴きもしにけむ霍公鳥吾家の里に今日のみぞ鳴く
（『万葉集』巻八・1488・大伴家持）
② 郭公␣ な̱が̱鳴̱く̱里̱の̱あ̱ま̱た̱あ̱れ̱ば̱猶うとまれぬ思ふものから
（『古今集』巻三・夏・147・読人知らず）
③ 郭公
わ̱が̱宿̱に̱声な惜しみそほととぎす通ふ千̇里̇のみちはてしそは
（『在民部卿家歌合』18・作者未詳）

大伴家持は、ほととぎすがよその所で鳴いていただろうと怨みながら、その鳴き声に対して深い憧れを示している。『古今集』の147番の歌は夏の部にあるが、ほととぎすを単なる景物としてではなく、男の隠喩としてとらえることができる。当歌はまた『伊勢物語』第四十三段に収められ、あちこちの里で声を響かせるほととぎすを浮気な恋人に見立てる歌として享受される①。147番は読人知らずの歌で、『古今集』中では比較的古く、伝誦によって残されてきたものとされている②。在民部卿家歌合は、元慶八年（884）三月から仁和三年（887）四月二三日までの間の夏に在原行平の家で行われ、現存最古の歌合とされている。③の歌は「郭公」を題として作られたものである。家持歌と同じ〈ほかの里〉と〈我が家〉との対照をなしているが、「通ふ」という特殊なニュアンスをもつ言葉を使うことで、ほととぎすの鳴き声を愛する心を、男の来訪を待ち望む心と重ね合わせて、恋の情趣を漂わせることとなる。

さらに、平安朝の恋愛の習俗は、この表現を生成させるのに不可欠なものである③。古代日本では、一人の男が多数の恋人を持ち、男女が別々に住ん

---

① 『伊勢物語』第四十三段の冒頭は「むかし、賀陽の親王と申す親王おはしましけり。その親王、女をおぼしめして、いとかしこう恵みつかうたまひけるを、人なめきてありけるを、我のみと思ひけるを、又人聞きつけて、文やる。ほととぎすのかたをかきて、〈ほととぎす汝がなく里のあまあればなほうとまれぬ思ものから〉といへり」とある。
② 窪田空穂『伊勢物語評釈』東京堂、1955年9月、127頁。
③ 窪田空穂氏は『古今和歌集評釈（上）』（東京堂、1960年3月新訂版、初版は1935年）で「擬人された時鳥は、鳥にとどまらず、当時の一夫多妻の風習の男女関係にまで延長されている」と説く。

でいて、男が夜だけ女性の家に訪ねて行くのが普通である。夜に男が女の家に出かけていくあり様は、日常生活に密着している、ほととぎすの夜中飛び回っている様子を連想しやすい。恋人がなかなか来てくれないときに、ほととぎすが他の里で鳴くことを、男が他のどこかの女のもとに通っていくことに喩える和歌が作り出される。

　要するに、〈ほととぎす―浮かれ男〉の見立て表現は中国詩の影響下に生まれたのではなく、日本の通い婚の慣習に基づき、万葉以来のほととぎすの歌の詠み方を受け継いで生まれてきたのである。特にほととぎすの鳴き声に対する強い憧れは、ほととぎすの歌を恋歌として発展させる一つの大きな契機となっている。このように考えると、『新撰万葉集』における「郭公本自意浮華・操如蕩子尚迷他」は中国の杜鵑詩と関係なく、ほととぎすの見立て表現を踏まえて作られたことがわかる。この時期に、歌合などが盛んに催され、『古今集』編纂の気運がいよいよ盛り上がってくる。『新撰万葉集』の郭公詩は、こうした文学史的動向と切り離して考えることはできない。

三　『新撰万葉集』以後の郭公詩

　時代が下ると、「杜鵑」の用例は殆ど見出せない。前掲した白居易の漢詩「月弔宵声哭杜鵑」が『千載佳句』（四季部・春興・71）に収められたことから、平安人は杜鵑詩の伝統的な詠み方に習熟していたが、それを意図的に排除して詠まなかった可能性が示唆される[①]。一方、国風化の気運の高まりに伴って、王朝漢詩における和歌の表現・発想の流用の傾向はますます強くなり、多数の日本的郭公詩が現れてきた[②]。

　平安末期に成立した『本朝無題詩』（巻二）所収の郭公詩を例として取り上げてみよう。

　　卯花入夏足相叨、共課詩章漫染毫。

[①] 渡辺秀夫氏は『詩歌の森『Ⅱ鳥の声と花の香―花鳥表現のウチとソト』大修館、1995年5月、104～105頁）で、「この和歌にもとづく翻訳詩を載せる『新撰万葉集』の特殊例を別にすれば、王朝漢詩がほととぎすを題材とすることはきわめてとぼしい。…中国詩における詩語としての「杜鵑〔ほととぎす〕」の定着は遅く、中～晩唐期にまで下るということも、規範とすべき詩的観念の恩恵を、我が国の漢詩人たちが十分に受容参照しえなかった事由のひとつでもあろう」と指摘する。
[②] 『新撰朗詠集』（郭公）に「四五月交雲外語、二三更後雨中音」（公任）、『和漢兼作集』に「白雲浮処青山踏、四月郭公声一声」（慶滋為政）とみえる。

遊子攀加腰帯底、郭公囀隠女牆高。

（43・大江佐国・翫卯花）

ここに見られる卯花と郭公とは、万葉時代から深く結びついており、共に詠まれる。漢詩結句に「其趣見或名歌」という注があり、当詩が「鳴く声をえやはしのばぬほととぎす初卯の花のかげにかくれて」（『新古今集』巻三・夏・190・柿本人麿）を下敷きにしたものとされている①。『本朝無題詩』の郭公詩における和歌的表現は前代の和歌をもとにして作られたが、それと和歌との間に『新撰万葉集』の漢詩が介在する可能性を検討したい。次の三首とも「賦郭公」という詩題を用いて、郭公に寄せて五月雨の夜の物思いを表す漢詩である。

①毎属梅霖年幾環、梅霖に属ぶ毎に　年幾たびか環れる
　郭公伝囀夜方閑。郭公は囀りを伝へ　夜方に閑かなり
　呼名五月雨霑裡、名を呼ぶ　五月の雨に霑ふ裡
　知汝三更夢覚間。汝を知る　三更の夢に覚めし間
　…
　相語不堪紅女思、相語りて堪へず　紅女の思
　一聞定解粉娃顔。一たび聞かば定めて解かん　粉娃の顔

（70・中原広俊・賦郭公）

②郭公属夏有佳名、郭公　夏に属び　佳名有りて
　好事家々嗟嘆成。好事の家々に　嗟嘆成る
　鶯子巣中春刷翅、鶯子の巣の中に　春に翅を刷ひ
　兎花墻外暁伝声。兎花の墻の外に　暁に声を伝ふ
　汝呼同類孤雲路、汝は同類を呼ぶ　孤雲の路
　人詠和言五月程。人は和言に詠む　五月の程
　低簷雨滴寂寥夜、低簷に雨の滴る　寂寥の夜
　欹枕不堪相待情。枕を欹て　相待つ情に堪へず

（71・釈蓮禅・賦郭公）

③郭公縁底動心胸、郭公　底に縁りてか　心胸を動る
　五月雨天興万重。五月雨の天は　興万重なり
　…

---

① 本間洋一『本朝無題詩全注釈』新典社、1992年3月～1994年5月、100頁。

家鶏一報驚夢冷、　家鶏の一報　夢を驚かせて冷じく
　　皐鶴三声欲聴慵。　皐鶴の三声　聴かんとするも慵し
　　　　　　　　　　　　　　　　　（72・中原広俊・賦郭公）

　これらの漢詩はいずれも「杜鵑」ではなく「郭公」と記している。また、郭公の季節をみると、夏（特に五月）として設定される。五月の郭公は中国杜鵑詩の季節観をはずして、ほととぎすの和歌及び『新撰万葉集』郭公詩の季節観に一致している。さらに、①の「相語不堪紅女思、一聞定解粉娃顔」には、五月の夜に女が郭公の声を聞けば、さらに物思いを募らせるという趣向が見える。これも杜鵑詩にはない、ほととぎすの和歌に基づく表現である。
　ここで特に注意されるのは、これらの詩が『新撰万葉集』の漢詩と共通表現を有することである。図示すれば、

共通点	『本朝無題詩』	『新撰万葉集』
「郭公・化粧崩れ」	相語不堪紅女思、一聞定解粉娃顔	粉黛壊来収涙処、郭公夜夜百般啼
「郭公・家家」	郭公属夏有佳名、好事家家嗟嘆成	郭公処処数鳴時、況復家家音不希
「郭公・枕」	低簷雨滴寂寥夜、欹枕不堪相待情	去歳今年不変何、郭公暁枕駐声過
「郭公・鶏」	郭公縁底動心胸、家鶏一報驚夢冷	耿耿閨中待暁鶏、郭公夜々百般啼

のようになる。①の「相語不堪紅女思、一聞定解粉娃顔」はほととぎすの鳴き声を聞くと、閨の中の女が泣いて化粧が崩れたと詠んでいる①。この発想は『新撰万葉集』上夏24の「粉黛壊れ来りて涙収むる処、郭公夜夜百般啼く」の延長線上にあるものではないかと推測される。上夏24は①とともに「ほととぎすの鳴き声を聞くと閨の中の女は涙を流した」という和歌の発想を踏まえているが、和歌には女の化粧が涙で崩れたことが殆ど詠まれないことから、「一聞定解粉娃顔」は上夏24の影響下にあることが示唆されよう。
　ほかには、②の「郭公属夏有佳名、好事家家嗟嘆成」は夏に人里のあちら

---

① 「自君之出矣、臨軒不解顔」（『玉台新詠』巻四・鮑令暉・題書後寄行人）とあるように、「解顔」は本来顔の表情を和らげることを意味する。ただし、「梅霖」「相語不堪紅女思」と合わせて考えてみると、「一聞定解粉娃顔」はほととぎすの鳴き声を聞く人の心に悲しみを催させることを表すと思われる。そして、「粉娃」とは美しく化粧した女のことである。紀斉名の「春近待花開」（『類聚句題抄』）に「粉娃隔箔嫌遅出、紅錦収箱恨封裁」とあり、源英明の「織月賦」に「蛾眉嬋娟、徒写粧娃之黛」（『本朝文粋』巻一）と似た例を見る。「解粉娃顔」は「幽閨独寝危魂魘、単枕夢啼粉顔穿」（『凌雲集』61・小野岑守・雑言奉和聖製春女怨）と同種の趣向を持っており、涙で化粧が損なわれる様をいう。

こちらの家々で郭公の声が聞こえると、多くの人々がその声の情趣の深さに魅了され、それを賞翫するという。『新撰万葉集』の上夏30「山下夏来何事悲、郭公処処数鳴時。幽人聴取堪憐翫、況復家家音不希（山下夏来りて何事か悲しむ、郭公処処に数しば鳴く時。幽人聴取して憐び翫ぶに堪ふ、況や復た家家に音の希まれならざるをや）」の発想に極めて近い。また、「郭公・家家」という組合せは、『新撰万葉集』の上夏38「月入西嵫杳冥霄、郭公五夜叫飄飆。夏天処処多撩乱、暁牖家家音不遙（月西嵫に入り杳冥たる霄、郭公五夜に叫きて飄飆ひゅうひょうたり。夏天処処に多く撩乱れうらんとして、暁牖げういう家家に音遙ゑうかならず）」にも見られる。『新撰万葉集』上夏27の「夏枕驚眠有妬声、郭公夜叫忽過庭」と上夏32の「去歳今年不変何、郭公暁枕駐声過」における「郭公・枕」の組合せは、①の「欹枕不堪相待情」にもある。さらに、③の「郭公縁底動心胸・家鶏一報驚夢冷」における「郭公・鶏」の組合せは上夏24に「耿耿閨中待暁鶏・郭公夜々百般啼」を想起させる。ちなみに、「家鶏一報驚夢冷」は鶏の朝の一声が眠りを破ると詠み、『新撰万葉集』上夏27の「夏枕驚眠有妬声、郭公夜叫忽過庭（夏枕眠りを驚かして妬声有り、郭公夜叫きて忽ち庭を過ぐ）」に詠まれた郭公の夜の鳴き声が人の眠りを破るという発想に近似している。

これまで見てきた通り、勅撰三集と菅原道真の杜鵑詩が中国の杜鵑詩の詠み方を踏襲するのに対して、『新撰万葉集』はほととぎすの和歌の表現を取り入れて、中国にはない郭公の閨怨詩を作り上げている。それ以来、多数の郭公詩が現れ、『新撰万葉集』の漢詩に形成された「郭公・閨怨・夏・五月・夜」「郭公・涙・粉黛壊」「郭公・家家」「郭公・枕」「郭公・鶏」の類型表現を受け継いでいく。つまり、『新撰万葉集』の漢詩は「郭公詩」の嚆矢となり、杜鵑（郭公）詩はそれを境にして大いに性格を変えるのである。なお、『新撰万葉集』以外の王朝漢詩において、「郭公―蕩子」の比喩表現は殆ど見えない。そこには本集漢詩の和歌を前提にして作られた特殊性が窺える。

第二節　「涙河」の漢詩の展開

本節では、王朝漢詩文における「涙河」の漢詩を検討し、その詠みぶりがいかに『新撰万葉集』の漢詩を境にして大きく変わったのか、『新撰万葉集』の「涙河」の漢詩がどのように後世の「涙河」詩につながっていったのかを考えてみたい。

一　平安初期の「涙」の漢詩と「涙川」の歌の生成

　中国詩における「涙河・涙成河」は主に哀傷を表すときに使われ、ほかには嘆老、離別、大志を遂げられない悲哀を詠む場合に用いられ、恋愛詩の例は殆ど見られない。「涙河」の「河」は普通黄河のような大河を指すため、その雄大な流れは美女の涙のイメージに相応しくないのであろう。また、中国詩に恋愛詩が少ないことも一つの原因として考えられる。

　　①顧長康拜桓宣武墓、…声如震雷破山、涙如傾河注海。
　　　（顧長康、桓宣武の墓を拜し、声は震雷の山を破るが如く、涙は河を傾け海に注ぐが如し）
　　　　　　　　　　　　　　　　　　　　（『世説新語』言語・宋・劉義慶）
　　②孝闕涙河、功慚汗海。
　　　（孝は涙河に闕け、功は汗海に慚ず）
　　　　　　　　　　　　　　（『芸文類聚』巻四八・職官部四・北魏・温子昇・
　　　　　　　　　　　　　　　　　　　　為臨淮王謝封開府尚書令表）
　　③猶有涙成河、猶ほ涙有りて河と成り
　　　経天復東注。天を経て復た東に注ぐがごとし
　　　　　　　　　　　　　　　　　　　　　（『全唐詩』盛唐・杜甫・得舎弟消息）

①の『世説新語』の例は、涙を川に喩える最初の中国詩における用例とされている。その後、詩語「涙河」は②の南北朝の散文に現れるが、漢詩での用例は見当たらない。次の唐代では、「涙河」のかわりに、「涙成河」の表現が多く用いられている。
　平安初期の空前の漢詩文隆盛を背景に、中国詩における涙を水の流れに重ねる表現が日本漢詩の世界に流入した。

　　漳河与妾涕、漳河と妾が涕と
　　日夜流無乾。日夜流れて　乾くこと無し
　　　　　　　（『文華秀麗集』哀傷・82・桑原腹赤・仰同尚書良右丞銅雀台一首）

当詩においては、曾て魏の武帝に仕えた侍女が武帝の死を悼んで涙を流すことが詠まれている。「漳河」は「恩共漳河水、東流無重回」（『全唐詩』初唐・

沈佺期・銅雀台）のように、楽府題「銅雀台」の常套表現である。ここに見られる絶え間なく流れ出る涙を、とどまることのない川の流れに重ね合わせる手法は、「寒波与老涙、此地共潺湲」（『白氏文集』0566・重過寿泉憶与楊九別時因題店壁）に極めて近似している。九世紀後半の日本漢詩を見ると、

涙添暮水流哀逝、涙は暮水（ゆうべのみず）に添ひ流れて逝（ゆ）くを哀（かな）しぶ
声□□□□□。声は□□□□□

（『扶桑集』哀傷部・5・都良香・哭児通朗①）

逝水争流不再廻、逝く水争ひ流れて　再びは廻らず
文華凋落豈重開。文華（ぶんくわ）凋（しぼ）み落ちて　豈（あに）重ねて開かむや
為君泣送千行涙、君の為に泣きて送らむ　千行の涙
莫恨泉逢作雨来。恨むこと莫（な）かれ　泉（せん）に逢（あ）ふに雨と作（な）り来（きた）らむことを

（『田氏家集』191・島田忠臣・同高少史傷紀秀才）

孤子等量滄海以為涙、非尊霊抜済之流。
（孤子等滄海量りて以て涙と為すも、尊霊抜済の流れに非（あら）ず）

（『菅家文草』653・菅原道真・為左兵衛少志坂上有職、先考周忌、供養一切経法会願文、元慶六年）

都良香は「涙添江水遠、心劇海雲蒸」（『全唐詩』林氏・送男左貶詩）のような中国詩に学んで、流水に寄せて亡児を失った悲しみを表す。「暮水」と「血の涙」は赤色のイメージに繋がり、血の涙が夕焼けを映す川水とともに流れると詠んだところに特色がある②。また、あなたのため流したたくさんの涙が、もしあの世で雨となったら恨まないでほしい、という島田忠臣の詩には、「逝水・涙・泉・雨」という言葉の響きがある。盛唐・杜甫の「漳濱与蒿里、逝水竟同年。…相知成白首、此別間黄泉。風雨嗟何及、江湖涕泫然」（『全唐詩』哭李尚書）と同様に「逝水・泉・雨・涙（涕）」という言葉相互の照応が見られるが、内容的には、忠臣詩は「泣く涙雨と降らなむわたり川水まさりなばかへりくるがに」（『古今集』巻十六・哀傷・829・小野篁・いもうとの身まかりにける時よみける）という哀傷歌に近い③。道真詩における「滄海―涙」の比喩表現は、『法苑珠林』第六十六巻に「滄海川流、皆同吾涙血」（述意部）「為

---

① 田坂順子編『扶桑集：校本と索引』櫂歌書房、1985年5月。
② 都良香には「流れいづる方だに見えぬ涙川おきひむ時やそこは知られむ」（『古今集』巻十・物名・466・おき火）という物名歌がある。
③ 『田氏家集注』（320頁）は忠臣詩と小野篁歌との類似を指摘する。

第五章　王朝漢詩文の転換点としての『新撰万葉集』

之流涙、甚多無量、過四大海水」（傷悼部）が見える。この三首の「涙」の漢詩は、中国の涙河詩と同様に哀傷の場合に詠まれたものであるが、「銅雀台」のような異国的観念的なものではなく、真情の流露した詩作と言えよう。

　和歌の世界に目を転じてみると、『万葉集』には「涙」の歌が十九首あるが、「涙川（涙河）」の例は見られない①。神谷かをる氏は『万葉集』の「涙」の歌は恋歌より哀傷歌が多く、また「…白栲の衣手干さず嘆きつつわが泣く涙有間山雲ゐたなびき雨に降りきや」（巻三・460・七年乙亥、大伴坂上郎女、悲嘆尼理願死去作歌一首）における涙が雨のように降るという表現は「終日不成章、泣涙零如雨」（『文選』巻二十九・古歌十九首）のような漢詩文に学んだものであると指摘する②。九世紀後半には、一部の漢詩文の素養を持つ人によって、漢語「涙河」は「なみだがは」と訓読され、歌ことばとして自在に使いこなされている③。「涙川」の歌の生成と万葉歌と漢詩文との関連については、高橋亨氏が『源氏物語の詩学』において、「万葉集の歌では涙が雨として降って衣を濡らしたり、庭を流れたりし始め、漢詩文における詩句の発想を媒介としながら、観念的な心象風景としての「涙川」という歌ことばが、掛詞や縁語の技法によるかな文字表現としての『古今集』の世界で確立したという、おおよその経路を確かめることができる」④と述べる。次のＡとＢの歌を合わせて読めば分かるように、Ｂの『古今集』の「涙川」の歌の諸要素は、既にＡの『万葉集』の歌に出揃っているのである。

Ａ しきたへの枕ゆくくる涙にそ浮寝をしける恋の繁きに
　　　　　　　　　　　　　　（『万葉集』巻四・507・駿河采女）
Ｂ 涙川枕流るるうきねには夢もさだかに見えずぞありける
　　　　　　　　　　　　（『古今集』巻十一・恋一・527・読人知らず）

　また、Ｃの『万葉集』の歌とＤの古今集撰者の歌とを比較して、歌人たちが

---

① 涙の歌の数は神谷かをる「〈涙〉のイメジャリ」（国語語彙史の研究13、1993年7月、134頁）の統計による。
② 神谷かをる「〈涙〉のイメジャリ」国語語彙史の研究13、1993年7月、136～138頁。
③ 富田淳子「歌語「涙川」について」二松学舎大学人文論叢46、1991年3月、37頁。歌語「涙川」についての先行研究は、浜田弘美「涙河の出現—『古今集』恋歌の成立」（日本文学21－7、1972年7月）、小町谷照彦『古今和歌集と歌ことば表現』第二章「『古今集』の表現」（岩波書店、1994年10月、114～120頁）、ツベタナ・クリステワ『涙の詩学：王朝文化の詩的言語』（名古屋大学出版会、2001年3月）などがある。
④ 高橋亨『源氏物語の詩学』第八章「物語を生成する〈涙川〉」名古屋大学出版会、2007年9月、200頁。

いかに言葉の連想によって諸要素を融合して新たな表現の広がりを獲得していったのかを見てみよう。

　　　C　言に出でて言はばゆゆしみ山川のたぎつ心を塞きあへてあり
　　　　　　　　　　　　　　　　　　　（『万葉集』巻十一・2432・柿本人麻呂）
　　　D　涙川いづる水上はやければせきぞかねつる袖のしがらみ
　　　　　　　　　　　　　　　　　　　　　　　　　　　　（『貫之集』562）

　Cのように、川を「たぎつ心」に喩える歌が『万葉集』で既に存在している。Dの貫之歌は、万葉以来の「山川のたぎつ心を塞く」という発想を継承しながら、袖と涙との緊密な関係を生かして、袖を涙河（押えきれない恋心）をせき止める柵に見立てることより、万葉以来の和歌表現を拡げていく。そして、「心—川」の隠喩を中国から伝わってきた「涙—河」の比喩と合流させて、「涙河」から「川」に縁のある言葉「水上・塞く・柵」を連鎖的に繰り出して、「涙川落つる水上」「袖のしがらみ」という現実にはあり得ない景象を詠み上げている。つまり、貫之歌が端的に示すように、「涙川」の和歌は「川」を媒介として、「涙川」を「海・淵・瀬・泉・滝・澪標（身をつくし）・水脈・浦・沖・波・海松布（見る目）」などの言葉と関係させることで作り出されたのである。なお、中国詩の「涙河」は殆ど離別や哀悼表現に用いられるのに対して、和歌においては恋の文脈で用いられる「涙川」が圧倒的に多い。

二　『新撰万葉集』の漢詩における「涙河」

　九世紀前半には、「涙と川が共に流れる」と「涙—泉」「涙—海」の比喩表現が存在しているが、「涙河・涙如河」の比喩表現はまだ出現していない。「涙—河」の比喩表現が最初に日本漢詩に登場したのは、『古今集』の直前に成立した『新撰万葉集』である[①]。

1．「涙の鏡」と忍ぶ恋

　　　上恋114　人不識下丹流留涙河堰駐店景哉見湯留砥
　　　（人知れずしたに流るる涙川せきとどめてむ影や見ゆると）
　　　毎宵流涙自然河、宵ごとに流るる涙　自然に河たり

---

① 都良香の「涙添暮水流哀逝」は比喩表現ではないので、ここで「涙河」と区別して考えたい。

<u>早旦臨如作鏡何</u>。早旦に臨みて　鏡と作さむこと如何
　　撫瑟沈吟無異態、瑟を撫で沈吟して　異なる態無し
　　試追蕩客贈詞華。試みに蕩客を追ひて　詞華を贈らむ

　『新撰万葉集』の和歌は本来万葉仮名で書かれて、「涙河」の表記が用いられる①。「涙河」は中国の南北朝の散文にしか見られず、中国詩で殆ど使われていないことが注意される②。上恋114において、「なみだがは」の和歌に「涙河」の漢詩が配されている。歌は〈人に知られないまま泣き続けて出きた涙川をせきとどめよう。そうすれば、涙川が鏡になり、そこにいとしいあの人の姿が見えるだろう〉という内容となる。対する漢詩は、〈夜ごとに泣いた涙は自然と川になっている。明け方に涙川に臨んで鏡にしたらどうだろう。いつも通りに楽器を弾いたり物思いに耽んだりして、試みにあの人に詩文を贈ってみよう〉という意である。全体として閨怨詩的な傾向が見え、「流涙自然河」は漢字で表記されるものの、中国詩の哀傷的「涙河」と比較して、恋の情調を帯びる和歌の「涙川」に接近している。それは上恋114の「涙川」の恋歌の影響を受けているからである。つまり、「流涙自然河」は和歌と中国詩の融合的発想に基づいて作り出された表現とみることができるのである。
　漢詩の前二句を合わせて読んでみると、〈涙の川に臨んで鏡として見る〉ということになる。この「涙河」の詠み方は中国詩と大いに異なっている。中国詩において、「涙河」「川を鏡に見立てる」「鏡に臨んでみる」のような表現は各々存在するが、それを組み合わせて一首に盛り込んで詠んだ例は殆ど見られない。一方、上恋114の和歌における「涙の鏡の影」は現実にありえない景象で、「涙川・流るる（「泣かるる」の掛詞）・せきとどむ・影」の一連の言葉によって織りなされたのである。このような言葉の連想によって、和歌の「涙川」の表現世界は大幅に拡げられ、中国詩の「涙河」の「経天復東注」の世界を超えてしまうことになる。このように考えると、「毎宵流涙自然河、早旦臨如作鏡何」は中国詩の伝統表現によるものではなく、先行する和歌の「涙河せきとどめてむ影や見ゆると」を踏まえて作り出されたことがわかる。
　さらに、涙の鏡の中の像について考えていきたい。上恋114の歌における「影」が何を指すかは次の歌において一層明らかである。

---

① 漢詩文における「涙河」と区別するため、歌ことば「なみだがは」の表記を「涙川」で統一する。
② 唐代までの中国詩では、「涙如河」のかたちが圧倒的に多い。宋蘇軾の「白髪故交空掩巻、涙河東注問蒼旻」（『四庫全書』集部・別集類・東坡全集・巻十四・和王斿）は後代の例である。

①涙川のどかにだにも流れなん恋しき人の影や見ゆると
（『拾遺集』巻十四・恋四・875・読人知らず）
②　　天平勝宝七歳乙未二月、相替遣筑紫諸国防人等歌
わが妻はいたく恋ひらし飲む水に影さへ見えて世に忘られず
（『万葉集』巻二十・4322・若倭部身麻呂）

①は上恋114の類歌である。「恋しき人の影や見ゆると」から知られるように、「影」は自分の姿でなく、恋しい人の姿である。また、②から水鏡に恋人の顔が映ったのは相手が自分を強く思うしるしとする俗信のあることがわかる。男も遠く離れた妻のことを恋しく思うからこそ、水に妻の影が映ったのではなかろうか。即ち、上恋114の歌における「影や見ゆると」は古代の俗信を踏まえた表現であり、涙川をせきとめようとするのは、恋しい人の面影が水に映ってみえるかどうかを知りたいからなのである[①]。上恋114の歌における「影」が心に浮かべる恋しい人の「面影」であることは自明のことであり、心情内面を描くことなく「影や見ゆると」と詠むだけで恋しくて逢いたい気持ちが十分に伝わってくる。一方、漢詩の承句「早旦に臨みて鏡と作さむこと如何」は「せきとどめてむ影や見ゆると」に合わせて詠んだ結果か、水鏡に照らし出される像、それに託される女の心境をはっきり示さないまま終わっている。「涙川を鏡にする」という漢詩表現が和歌に影響を受けたとするならば、水鏡に映し出される像は恋しい人の姿であるべきで、女は恋しい人を見るために涙の鏡に向かい合っているのだろうと推測される[②]。これが漢詩作者に不可能と考えられていない事は、後述する本集漢詩における多数の和歌的表現からも明らかである。もとより中国詩には「涙の鏡を見る」「鏡に恋人の姿が映される」のような表現は殆どない。「徒令玉筯迹、双垂明鏡中」（『玉台新詠』巻八・紀少瑜・春日）のように、「鏡」は実用の化粧の

---

① 涙を流しながら心の中に恋人の面影を捜し求めるのは、恋人が通ってこないことを示唆するであろう。
② 『新撰万葉集』の中の他の「鏡の中の影」の用例は次のようである。上冬79の歌「掘りておきし池は鏡と凍れども影だに見えで年ぞ経にける」は氷の鏡に恋しい人の姿が見えないことを詠んでおり、配される漢詩は池の風景をそれに対応させるが、「影」を詠まない。また、上冬84の和歌「冬寒みのきに懸けたるます鏡とくも割れなむ老いまどふべく」に対して、漢詩「冬来氷鏡據簷懸、一旦趁看未破前。姫女噸臨無粉黛、老来斂集幾廻年」は朝軒の氷の鏡に女の老いた容貌が映ったという。

鏡であり、鏡に映ったのは涙に濡れた自分の姿である①。それに対して、恋の思いを涙川に映される影に託して表現する「毎宵流涙自然河、早旦臨如作鏡何」は和歌的趣向を帯びている②。

　当詩には閨怨詩の常套表現が多く用いられるが、どういう状況が描かれているのかは明らかではない。起句にみられる「毎宵流涙」は女が夜ごとに泣き明かしたことを意味し、男が長い間訪れないのを示唆している。転句における「撫瑟・沈吟」は不在の男を思う女の寂しさや悲しみを表す。結句の中の「蕩客」は「蕩子」と同じで、もとより遠くに出かけて帰らぬ夫を指すが、ここでは訪れない恋人をいう。これらの表現は『玉台新詠』の、

　　引領還入房、涙下霑裳衣。
　　　　　　　　　　　　　　　　（巻一・枚乗・雑詩・明月何皎皎）

　　馳情整巾帯、沈吟聊躑躅。
　　　　　　　　　　　　　　　　（巻一・枚乗・雑詩・東城高且長）

　　調瑟本要歡、心愁不成趣。
　　　　　　　　　　　　　　　　（巻六・徐悱妻劉令嫻・答外詩）

　　蕩子行不帰、空牀難独守。
　　　　　　　　　　　　　　　　（巻一・枚乗・雑詩・青青河畔草）

などを想起させる。しかしながら、転句にある「無異態」の使い方は中国詩に殆ど見られない（第二章第二節参照）③。「異態」はいつもとは異なった様子の意であり、ここでなぜ意図的に「無異態」という言葉を使ったのかは前後の文脈から考えてもわからない。「無異態」は恐らく和歌の「人しれず下に流るる涙川」を下敷きにして詠まれた表現であると思われる。対する漢詩

---

① 晩唐孟棨の『本事詩』（『四庫全書』集部・詩文評類・本事詩・情感第一）に収録される有名な破鏡伝説で、「鏡与人倶去、鏡帰人不帰。無復嫦娥影、空留明月輝」という詩がみられる。鏡に妻の影が映らないのは、鏡を使った持ち主が今はもういないからである。上恋114の「涙の鏡に現れた姿」と本質的に異なる。
② 上恋114の漢詩が〈女は一夜泣いて溜まった涙の水面に臨んで化粧し、それによって容色の衰えを知る〉という内容を表現しようとするなら、「早旦臨如作鏡何」にとどまらず、それに続けて「老衰・顛頷」の語を詠むべきで、より明白な説明が必要となる。
③ 『新撰万葉集注釈』巻上（二）（和泉書院、2005年2月、514頁）の語釈のところでは上恋114の「異態」を「いつもとは異なった態度や様子の意」とするが、【通釈】では一句を「瑟を弾き静かに歌を歌うばかりで、他にすることはない」と解して、「異態」の意味については、意見が分かれている。ここでは和歌との対応を考えた上で「無異態」を人目を忍んでいる様子と解釈してみた。なお、「態」は原撰本では「意」に作るが、「無異意」では意味が通じないので、とらない。

では「下に流るる涙川」を「撫瑟沈吟無異態」に置き換えて、表面上はいつもと変わらないふりをするものの、心の中で泣いている様を描き出そうとする①。また、結句「試追蕩客贈詞華」は女が男に詩文を贈ることをいう。これは晋代の蘇伯玉妻のように夫に「盤中詩」を贈って帰家を勧めているのであろうか。或いは恋歌でよく詠まれるように、捨てられた女が男に恋歌を贈って男のつれなさを怨んでいるのであろうか。何れとも定め難いが、一首全体としては、〈男女二人が人目を忍んで付き合っているが、その後男がなかなか来てくれないので、女は恋心に耐えきれず男に恋歌を贈る〉という状況と推測される②。

以上を勘案するならば、上恋114の漢詩は、忍ぶ恋の歌を閨怨詩の体裁になして作り替えたものであると言える。前二句は涙川を鏡として見たいという和歌的表現を踏まえて、恋しい人に逢いたい気持ちを表現している。そして、歌で表面に現れぬ心の比喩として用いられる「下に流るる川」は漢詩では「無異態」に換えられて、忍ぶ恋に憂え嘆く女性のイメージを彷彿とさせる。

2.「涙の淵・袖の河・胸の煙」と恋心

上冬95　涙河身投量之淵成砥凍不泮者景裳不宿
（涙川身投ぐばかりの淵なれど氷とけねばかげもやどらず）
怨婦泣来涙作淵、怨婦泣き来りて　涙淵と作る
往年亘月臆揚煙。往にし年亘る月　臆煙を揚ぐ
冬閨両袖空成河、冬閨の両袖　空しく河を成す
引領望君幾数年。領を引きて君を望む　幾数年ぞ

当歌は〈恋の悲しみによって流れる涙の川が、身を投げられるほどの深さだけれども、今は冬で氷が融けないので、あの人の姿も見えない〉、という意味であり、恐らく女の立場に立って詠まれたものであろう。上恋114と同じ、「かげ」とは恋しい人の姿である。氷が融けず、水の面に恋人の影が映らな

---

① 「忍ぶ恋」は恋歌で多く男の歌に用いられるが、当詩は閨怨詩の伝統に基づいて女性の立場に立って詠まれている。
② 「試追蕩客贈詞華」は女が男を恋しく思って積極的に行動をする様を描いて、平安朝の男女間の恋歌の贈答を想起させる。本集上夏25の漢詩「好女係心夜不眠・贈花贈札迷情切」はその類似表現である。中国詩では、『遊仙窟』のように未婚の男女が文を交わして恋の気持ちを伝え合う場合は少なく、文人と妓女との贈答や、男性詩人が夫を思慕する妻に成り代わって作ったものが多い。

第五章　王朝漢詩文の転換点としての『新撰万葉集』

いのは、男が熱心に通ってこない状況を示している①。

　対する漢詩は、〈長い年月女は泣き続けて、流す涙がたまって深い淵となった。恋の情熱に胸が熱くなり煙が立ち上がるほど思い焦がれている。冬になると、女は空閨で空しく泣いて両袖は涙に濡れてしまう。このように何年にも亘って首を長くして男の訪れを待ち続けている〉というように、女は男に忘れ去られた悲しみを訴える。「怨婦」「冬閨」「引領望君幾数年」などの語句を通して人物、場所、動作を明確に示し、男が長い間訪ねてこないことを示唆して歌の「かげもやどらず」に対応させている。結句の「引領望君」は首を伸ばして遠くを眺める様をいい、「引領望天末、譬彼向陽翹」(『玉台新詠』巻三・陸機・擬蘭若生春陽)などにみえるように、閨怨詩の慣用表現である。また、「望君幾数年」も閨怨詩の常套表現で、『玉台新詠』に「月月望君帰、年年不解縫」(巻四・鮑令暉・雑詩六首・古意贈今人)などの作例がみえる。

　しかし、当詩は閨怨詩の形をとりながら、歌ことばを用いて心情を具体化しようとする傾向がある。例えば、「涙作淵」は上冬95の和歌の「涙川身投ぐばかりの淵なれど」に相当し、「袖成河」は「涙川」から連想される表現である。上冬95の和歌においては、「涙川・淵・氷・とく・かげ」等「川」の縁語によって、男の帰りを待ちわびる女の姿を浮かび上がらせる。その中で、水が淀んでいる所を意味する「淵」は深い恋心を象徴する。中国詩における「淵」に思いを寄せる例を挙げてみると、「桃花潭水深千尺、不及汪倫送我情」(『全唐詩』盛唐・李白・贈汪倫)とある。底知らぬ潭水(淵)の深さでも、汪倫が私を見送ってくれた情の深さに及ばないことを詠んで、友情の深さを見事に表現している。ただし、このような深い思いを淵に託す用例は中国詩に極めて少ない。しかも「涙作淵」の類例は殆ど見出すことができない。一方、「涙川身投ぐばかりの淵なれど」を合わせて考えると、「怨婦泣来涙作淵」の「淵」は深い恋心の象徴として詠まれることがわかる。中国詩における「涙成河」と違って、「涙作淵」は「涙・川・淵」によって織りなされ、涙が川のように流れて深く淀んだという和歌の発想を踏まえて作られた表現である。

　「涙作淵」の説明を踏まえて、転句にある「袖成河」について考察を進め

---

① 「冬河の上はこほれる我なれや下に流れて恋ひ渡るらむ」(『古今集』巻十二・恋二・591・宗岳大頼)は冬の凍った川を人の冷たい態度に喩えていう。また、「影だにも見えずなりゆく山の井は浅きより又水やたえにし」(『後撰集』巻九・恋一・530・紀乳母・あひ待ちける人の、ひさしう消息なかりければ、つかはしける)における「影だにも見えず」は、平定文が長い間紀乳母のもとへ通ってこないことを意味する。

たい。「袖成河」も中国詩で殆ど見られない表現である。袖が河となったという現実にはあり得ない表現は、和歌表現「袖の涙の川」からの転用と見られる。

　　　はやき瀬にみるめおひせば我が袖の涙の川に植ゑましものを
　　　　　　　　　　　　　　　（『古今集』巻十一・恋一・531・読人知らず）

とあるように、袖に激しく流れる涙川に「海松布（「見る目」の掛詞）」を植えるという非現実的な世界が描かれている。中国詩では、「不覚涙下霑衣裳」（『文選』巻二十七・魏文帝・燕歌行）の如く、涙が巾・襟或いは漠然たる「衣裳」を濡らすという表現は多く見られるが、袖の例は極めて少ない①。それに対して、恋歌では涙に濡れる袖は非常に好んで詠まれている。「袖の玉」「袖の露」「袖の氷」のように、「涙」とはっきり言われなくても、涙にくれる情景が想像され、「袖」によって恋の情緒が醸し出されている。つまり、上冬95の漢詩における「袖」は歌ことば「涙」から連想される語であり、「袖成河」は「涙成河」に相当するのである。

　承句の「臆揚煙」は身を焼く煙で焦がれる恋心を表し、「涙作淵・袖成河」とともに和歌をもとにした表現である。

　　①未曽飲炭、腸熱如焼。
　　　不憶呑刃、腹穿似割。…
　　　聞渠擲入火、定是欲相燃。
　　　　　　　　　　　　　　　　　　　　　　（『遊仙窟』唐・張文成）
　　②法鼓琅以振響、衆香馥以揚煙。
　　　　　　　　　　　　　　　　　　　　　（『文選』巻十一・孫綽・遊天台山賦）
　　③志賀の海人の煙焼き立て焼く塩の辛き恋をも我れはするかも②
　　　　　　　　　　　　　　　　（『万葉集』巻十一・2742・石川君子・寄物陳思）
　　④思ひわび煙は空に立ちぬれどわりなくもなき恋のしるしか
　　　　　　　　　　　　　　　　　　　　（『寛平御時后宮歌合』168・左・作者未詳）

---

①　神谷かをる「〈涙〉のイメジャリ」国語語彙史の研究13、1993年7月137頁。袖が涙に濡れる例としては、「涙霑双袖血成文」（『全唐詩』中唐・元稹・送致用）が挙げられる。
②　2742番歌の原文は「壮鹿海部乃火氣焼立而燎塩乃辛恋毛吾為鴨」である。『新大系』は「火氣」を「ホケ」と訓むが、「之加乃白水郎之焼塩煙」（巻七・1246）を根拠として、「ケブリ」と訓む（沢瀉久孝『万葉集注釈』中央公論新社、1962年10月、431頁）。

①ように、中国詩では火で思い焦がれる心を表現するには、「焼・燃・熱・炭」等が用いられるが、「煙」にまで連想が及ばない。そして、中国詩における「揚煙」は②のように、殆ど香をたく煙や炊煙などの類を指し、恋とは無関係である。一方、万葉歌においては、「心焼く」（巻七・1336・作者未詳）等の表現が既に見られ、また③が示すように、恋歌に「煙」が詠まれることもある。九世紀後半、④のごとく「煙」と「恋」が「火・恋ひ（思ひ）」の掛詞を介して結びついて、「煙」は恋の思いが形となって現れたものとして詠まれるようになり、後にこの表現は上冬95の漢詩に受け継がれたのである。

　上冬95の漢詩における「涙作淵」「袖成河」「臆揚煙」は和歌的表現といえる。ここには「涙・淵・河・袖・煙」を言葉の次元で関連づけ、それによって深く激しい恋心をかたどろうとする漢詩作者の意図が窺える。しかし、和歌における「涙の淵」は本来女が相手に自分の思いを伝える道具として働いている。一方、「怨婦」という語から、対する漢詩は閨怨詩の視点を踏襲して外側から女を描写することが明らかである。即ち、歌の「涙川身投ぐばかりの淵」がいったん漢詩の「怨婦泣来涙作淵」に置き換えられると、女の主体的立場は自ずと客体的立場に転じることになる。漢詩における「涙」は客体的対象として詠まれると、男女が心を交わす手段として働かなくなる。これは和歌と漢詩との乗り越えられない表現上の相違によるものである。

3．「此山・此河」と歌枕

　　　上恋102　鹿島なる筑波の山のつくづくとわが身一つに恋を積みつる
　　　馬蹄久絶不如何、馬蹄久しく絶え　如何ともせず
　　　恋慕此山涙此河。恋慕は此の山のごとく　涙は此の河のごとし
　　　蕩客怨言常詐我、蕩客の怨言　常に我を詐く
　　　蕭君永去莫還家。蕭君永く去りて　家に還ること莫し

あの人への思いが筑波山のように、つくづくとわが身一つに積み重なっていく、という歌で、一方的に思いを寄せている孤独な姿が浮き彫りにされる。男性の歌か女性の歌か定めがたいこの歌に対して、配される漢詩は〈恋人の訪れは久しく途絶えてしまい、それに対してどうしようもない。私の恋しい思いは山のように募り、涙は川のように流れる。恋人の甘いささやきは常に

私を欺いて、もう家に帰ってくることはない〉というように、閨怨詩の伝統を踏まえて女の立場に立って詠んでいる。そこに見て取れるのは、中国閨怨詩的な規範意識である①。

『新撰万葉集注釈』は承句「恋慕此山涙此河」を「あの人を恋い慕うわたしの思いは、この山のように高く、悲しみの涙は、この河のように激しく流れる」と訳し、原文の上に「高く・激しく流れる」を加えている②。しかし、中国詩で「恋の思いは山のように高い」という詠み方は殆ど見られないし、「涙は河のように激しく流れる」よりも「涙は河のように多く流れる」のほうが圧倒的に多い。『新撰万葉集注釈』が「此山・此河」にそれぞれ「高い・激しい」を加えたその根拠はどこにあるのか。また、「此」はかつて提示したことを再度述べ立てるのに使われる言葉である。しかし、当詩では承句以外「山・河」について言及されておらず、「此山」「此河」の指示対象は不明である③。この二点から出発して、「恋慕此山涙此河」と和歌表現との関わりについて検討してみたい。

上恋 102 の和歌と照合してみると、「此山」は「鹿島なる筑波の山」に対応することが明らかである。「夫筑波岳、高秀于雲。…諸国男女、春花開時、秋葉黄節、相携駢闐。…俗諺云、筑波峰之会、不得娉財、児女不為矣」という『常陸国風土記④』の記事からみると、筑波山は古くから高く聳える山、歌垣の名所として知られているのがわかる。また、恋情の蓄積を具体的なものに喩える表現は、「春草の繁き我が恋大海の辺に行く波の千重に積もりぬ」（『万葉集』巻十・1920・寄草・作者未詳）のように、古来多く詠まれている。上恋 102 の歌はそうした伝統の上に立ちながら、歌枕の固有のイメージを踏まえて、筑波山を我が身にしみじみと高く積もりゆく恋しさに喩えるのである。一方、中国閨怨詩には、「嘉会罔克従、積思安可任」（『玉台新詠』巻三・李充・嘲友人一首）のごとく、「積念・積思・積愁」などの詩語はあるが、恋慕の情が山のように積み重なるという表現は殆どみられない⑤。こうしてみれば、

---

① 本集恋歌に配される閨怨詩はいずれも中国閨怨詩と同様に女の立場で詠まれたものである。
② 『新撰万葉集注釈』巻上（二）和泉書院、2005 年 2 月、437 頁。なお、「恋慕」「涙」を動詞としてとらえて「この山を恋慕し、この川で涙する」と訳しても一応通じるが、ここでは和歌との対応関係を考えた上で訳すべきであると思う。
③ 『新撰万葉集注釈』巻上（二）（和泉書院、2005 年 2 月、435 頁）は「此山・此河」を目前の山河とし、本書と違う見解を示している。
④ 秋本吉郎校注『風土記』日本古典文学大系 2、岩波書店、1958 年 4 月。
⑤ 『荀子』（巻四・儒效）にみられる「積土為山」は僅かなものでも多く積み重なれば高大なものになることの喩えであり、恋心の象徴ではない。

第五章　王朝漢詩文の転換点としての『新撰万葉集』

　上恋102の漢詩における「恋慕此山」という発想は和歌に由来したことが明らかである。「此山」は「筑波の山」に対応しながら、積もる恋を具象化させる道具として機能している。とはいえ、「筑波山」のイメージを漢詩に移すことができたとしても、その音声上の響きはどうしても再現できない。「つくば山」は単なる地名として詠まれるのではなく、同音の繰り返しによって「つく」から「つくづくと」が導かれ、さらに「つむ」と響き合っている。表意文字である漢語は、表音文字のように同音語を利用して「つくば・つくづくと」の意味の転換を図ることができない。

　中国詩に詠まれる「涙河」の「経天復東注」といった雄大な光景と、和歌に詠まれる激しい「涙川」は国々の地理的環境に密接に関わっている[①]。『新撰万葉集注釈』が「涙は河のように激しく流れる」と訳したのはそのためであろう。ところが、当詩の「涙此河」は第一、二節で述べた「涙河」と同様に、和歌の影響を受けて心情の象徴として用いられていると思われる。起句の「不如何」から承句の「恋慕此山」まで一人称の視点で自分の内面を語っている。その流れで、「涙此河」も引き続き内面の心情を述べているわけである。また、和歌では、「涙川いづる水上はやければせきぞかねつる袖のしがらみ」（『貫之集』562）のように、速く流れる涙川によって激情を表す場合が極めて多い。この常套表現を合わせて考えれば、「涙此河」は激しく流れる涙川でたぎる心を象徴する和歌的表現である。問題は上恋102の漢詩でなぜ歌にない「涙河」を詠んだのか、「此河」は具体的に何の川を指すかというところにあるように思われる。

　「此山」が筑波山のことをいうならば、「此河」は単なる「此山」の対として詠まれたというより、特定の歌枕として用いられた可能性が大きい。即ち、筑波山の峰から流れ落ちる水のこと、特に「みなの川」を指しているだろうと思われる。

　①<u>筑波嶺の岩もとどろに落つる水よにもたゆらに我が思はなくに</u>
　　　（『万葉集』巻十四・3392・作者未詳・「右十首常陸国歌」の左注あり）
　②　　つりどのゝみこにつかはしける
　　<u>つくばねの峰よりおつるみなの川恋ぞつもりて淵となりける</u>

[①] 渡辺秀夫氏は『詩歌の森』（大修館、1995年5月、213頁）で「豊潤な雨が火山列島の高岳から一気に海辺へと流れ落ちる我が国土の地形条件に相応し、和歌では、単なる河水でなく、とりわけで滝・急流がこれに当てられることになったのは、それ自体は自然的な選択ではあった」という。

(『後撰集』巻十一・恋三・776・陽成院)

③　　あめつちの歌
　　えもせかぬ涙の川のはてはてやしひて恋しき山はつくばえ
(『源順集』恋・46)

　①の万葉歌では、筑波嶺から激しくとどろき落ちる水でたぎる恋心を象徴している。②の歌にみられる「筑波嶺・みなの川」の組み合わせは「此山・此河」の対に似ている。「みなの川」が次第に水量を増して深い淵となるように、あなたへの恋の思いも次第に積もっていく、といったように、陽成天皇の歌以降、みなの川は「積もる恋・深い恋心」を連想させる歌枕として定着していく。時代はすこし下るが、③の歌における「えも堰かぬ涙の川」は涙川が激しく流れる様を心の中の激情に喩えていい、「しひて恋しき山はつくばえ」は恋しくてたまらない気持ちを筑波山に託して表現する。「筑波山・涙の川」の対は「恋慕此山涙此河」によく似ている。

　上の分析により、上恋102における「涙此河」はただの涙の盛んに流れる形容というより、恋の気持ちを川の激しい流れと重ね合わせて募る思いを表現していることがわかる。上恋102の漢詩作者は、恐らく「恋慕・此山（筑波山）・高く積む」から、筑波山の峰から流れ落ちる水のこと（特に「みなの川」）を想起して、また川の水を涙に重ねあわせながら、「涙河」と「山」で「積もる恋・たぎる心」を表現しようとしたのであろう。言い換えれば、一句の中で、言葉の連想性によって「恋慕→此山（筑波山）→此河（みなの川）→涙河」が次々と喚起されることになる。歌にない「涙此河」を添えて詠んだのは、歌に詠まれた恋心を漢詩ですこし角度を変えて表現しようとする意図があるからではないかと考える。

　ほかの詩句に目を転じてみると、〈昔男は女の冷淡を怨んで自分が如何に女を愛しているかを訴えていた。女は男の言葉に騙されて心を許した。後に、男の訪れが次第に間遠になって、二人は破局を迎える。女は男の心変わりを嘆いて逢瀬の再開に対して依然として期待しながら、他方ではこれから男がもう来ないだろうという否定的予測を抱いている〉、という状況が設定されている。夫を待ちつづける空閨の女人の境遇は、対する歌の「つくづくと吾身一つに」という孤独な心情表現と共鳴している。起句における「馬蹄」は「家居長安身在蜀、何惜馬蹄帰不数」(『玉台新詠』巻九・蘇伯玉妻・盤中詩)等の閨怨詩を踏襲して男の来訪を指す。一見して当詩は「蕩子行きて帰ら

ず」①の閨怨詩風に仕上げるように思われるが、転句における「蕩客怨言」は「和」的要素である。第二章で述べたように、中国閨怨詩では怨んでいるのは女であり、決して男ではないからである。一首全体は、閨怨詩の伝統表現を用いつつ、和歌的趣向を凝らした和詩といえる。当詩から、「筑波山」と「みなの川（或いは筑波山の峰から流れ落ちる水）」を漢詩に移入して恋心を具象化させようとする意図が読み取れる。また、歌意を反映する以外にも、歌にない「涙此河」をも付け加えて新たな展開を目指している。ただし、「此山・此河」は先行する和歌を参照しなければ、何を表すのか分からない。当詩は先行する和歌と一体化して享受されることが意図されていると推測できる。

　以上、『新撰万葉集』における三首の「涙河」の漢詩を考察してきた。三首とも閨怨詩の形を取りながら、和歌表現の影が色濃く落ちている。漢詩作者は「恋心は涙の淵のように深い」「思いは山のように募る」等の和歌特有の比喩表現を踏まえて詠んだり、「水鏡に恋しい人の姿を見ようとする」「袖＝涙」という和歌の約束事を漢詩に持ち込んだり、和歌独特の「忍ぶ恋」を漢詩の上に表現したりして、和歌にできるだけ接近させようと様々に工夫を凝らした。特に注意されるのは、「涙河→水→鏡→照鏡」「涙河→水→淵」という言葉の連想によって作られた「涙川を鏡として見たい」「流す涙がたまって深い淵となった」などの表現である。

三　平安中後期の漢詩文における「涙河」

　『新撰万葉集』の「涙河」の漢詩の成立を契機に、平安中後期の「涙」の漢詩の詠みぶりも大きく変わった。『続浦嶋子伝記』②（920〜932年）の「涙河」の漢詩を見てみると、

　　世緒海田我泣涙澄江丹紅深木波砥與頼南（亀媛）
　　（世をうみて我が泣く涙住の江に紅深き波と寄らなむ）
　　難忘旧裡査郎去、旧裡を忘るること難く　査郎は去りぬ
　　別後絶逢恋慕催。別れし後　逢ふこと絶えて　恋慕催せり
　　泣血成河添海上、泣血　河と成りて　海上に添はり
　　染波紅涙打江涯。波を染むる　紅涙は江の涯を打つ

---

① 上恋102における「蕩客」と「蕭君」は訪れてくれぬ恋人をいい、なおかつ同一人物を指す。
② 『続浦嶋子伝記』の本文は群書類従本、訓み下し文は渡辺秀夫『平安朝文学と漢文世界』第三篇第二章「『続浦嶋子伝記』の論」（勉誠社、1991年1月）による。

亀媛は浦嶋子を思って流す涙を、住の江（つまり浦嶋子のふるさと）に寄せる波に見立てて、離別後の悲しみを訴えている。後二句「泣血成河添海上、染波紅涙打江涯」は先行する和歌の「我が泣く涙住の江に紅深き波と寄らなむ」によく対応しており、紅色の涙河を詠んでいる①。中国詩には「涙（如）河」「血涙・紅涙」があるが、「涙河」の色は殆ど詠まれない。中国から伝わってきた「涙（如）河」を、「川」に関連する言葉「海・江・汀・打つ」と新たに関係づけて、〈血の涙が河となって海上に注ぎ、波を紅の色に染めて住の江（住の江）の涯を打つ〉という幻想的な景象を描き出す手法が、『新撰万葉集』の作詩法に近似しているのではないかと思われる。

　天暦年間（947～957年）、「涙川」はようやく詩語として『本朝文粋』所収の大江朝綱の願文に登場した。中国詩の「涙河」と違って、「涙川」が用いられるという点が興味深い。この「涙川」の表記について、渡辺秀夫氏は「涙河」は下って（筆者注：北宋の）蘇軾「和王晋二首」詩にみえるが、「涙川」はみえない。恐らくこれは、漢語ではなく歌語〈なみだがは〉の取用と見るべきであろうと思われる。…倭風の表現と習合しつつ成立するこの期の願文に流入した国文脈の語彙の事例の一つとして留意しておきたい」と指摘する②。しかし、前述したように、「涙河」は南北朝の散文にすでに用いられていた。「涙川」は唐代まで用例が見出せず、南宋楊万里の「清風未作記、挂劔涙川流」（『四庫全書』集部・誠齋集・謝従善挽詞）に初めて使われたようである。一方、日本漢詩文における「涙川」の初例は、空海（774～835）の入唐前の作『聾瞽指帰』にあったのである。「嗚呼哀哉、詠潘安詩、弥増目泉。誦伯姫引、還深涙川」とある。だが、『聾瞽指帰』は『三教指帰』（797）の初稿本であり、『聾瞽指帰』の「目泉」「涙川」は『日本古典文学大系』所収『三教指帰』では、「哀哭」「裂酷」となっている。『三教指帰』でなぜ「哀哭」「裂酷」に書き替えられたのかは不明であるが、『聾瞽指帰』の「涙川」の例は歌ことば「なみだがは」と南宋楊万里の「涙川」より先に成立したことが明らかである。『聾瞽指帰』が直接的に大江朝綱の願文に影響したのかどうかはともかくとして、ただ確実にいえることは、漢語「涙川」が歌ことば「なみだがは」ではなく、漢語「涙河」に基づいて作られたことである。恐らく「涙川」は、「河・川」を共に「かは」と訓じることにより生じた和製漢語であ

---

① 「くれなゐに袖ぞうつろふ恋しきや涙の川の色にはあるらん」（『貫之集』614）には、「涙の川の色」という表現が見られる。
② 渡辺秀夫『平安朝文学と漢文世界』勉誠社、1991年1月、579～581頁。

　　　　　　　　　　　　　　　第五章　王朝漢詩文の転換点としての『新撰万葉集』

ろう。以下、「涙川・涕川」の具体例を見てみよう①。

　①方今仁山長崩、群居無主之荒砌。慈海已竭、共溺恋恩之涕川。
　（方に今仁山長く崩れて、無主の荒砌に群居し、慈海已に竭きて、共に
　恋恩の涕川に溺る）
　　　　　（巻十四・大江朝綱・朱雀院四十九日御願文・天暦六年十月二日）
　②欲述心緒、舌根結而易乱。更防涙川、胸陂溢而難留。
　（心緒を述べんと欲すれば、舌根結ぼれて而乱れ易く。更に涙川を防
　げば、胸陂溢れて而して留め難し）
　　　　　（巻十四・大江朝綱・為左大臣息女女御四十九日願文・
　　　　　　　　　　　　　　　　　　　　天暦一年十一月二〇日）

　第一首目は朱雀院の御崩により、人々が頼りなく涙に暮れて、悲しんでいる様子が描かれている。「仁山長崩・慈海已竭」は朱雀院の死の暗喩であり、顧愷之の「山崩溟海竭、魚鳥将何依」（『世説新語』言語・宋・劉義慶）の語句を踏まえながら、駢儷文の特徴を生かして対偶をなしている。ここで注意されるのは、「恋恩の涕川に溺る」②という表現である。

　流転生死沈溺愛河。
　（流転生死し　愛河に沈溺す）
　　　　　　　　　　　　　　　　　　（『大乗理趣六波羅蜜多経』唐・般若訳）
　長溺苦海無出期。
　（長く苦海に溺れ　出期無し）
　　　　　　　　　　　　　　　　　　（『大乗本生心地観経』唐・般若訳）

　これらの仏典は衆生の七情六欲に苦しむ姿を、愛河・苦海の中で溺れている様に喩えている。大江朝綱は「川」を介して「涙川」と「溺愛河・溺苦海」

---

① 『本朝文粋』に「涙川・涕川」が三例ある。今回取り上げた二例のほかには、「雖知苦海之常理、還迷涙川之難留」（巻十四・重明親王為家室四十九日願文・大江朝綱・天慶八年三月五日）がある。
② 調べた限り、「涙河に溺れる」と詠んだ中国詩は、「啼著曙、涙落枕将浮、身沈被流去」（『樂府詩集』清商曲辞・華山畿）の一首しか見出せない。『古今楽録』によると、この楽府詩は焦がれ死にした男と、それを追ってあとから心中した女の事件をいうものである。明け方まで泣いて、枕が浮いて身が流れるほど涙が盛に流れるという意を表す。だが、中国詩の伝統に照らして、「華山畿」は極めて異色の表現と言える。

を融合させて、人々が朱雀院のことを思い慕って悲しみにくれる様子を表現している。とはいえ、仏典では「涙川」に溺れる例が見出せない。「恋恩の涕川に溺る」の類似表現は、次の和歌に見られる。

あかずして君を恋ひつる涙にぞ浮きみ沈みみやせわたりける
（『寛平御時后宮歌合』167・作者未詳）
さらばよと別れしほどに言はませば我も涙におぼほれなまし
（『伊勢集』264）

これらの歌は、願文と和歌との交渉のあったことを物語る例となるであろう。「恋恩之涕川」は流す涙がたまってできた淵の底に身が沈む「恋の涙川」に相当する。「溺」という語は悲しみから抜けきれず涙に耽る様を意味するとともに、思慕の深さをも表している。「慈海已竭、共溺恋恩之涕川」の一句の中では、仏教語「慈海」「溺愛河」、漢詩表現「海竭」、和歌表現「涕川」「涙に沈む」が「川」を媒介にして結ばれており、高度な技巧が凝らされている。なお、『本朝文粋』においては、「涙」が「溺・沈」とともに使われる用例が他にも多く見られる。「悲泣双流、則臣之両瞳永溺」（巻十二・詰眼文・善居逸）、「欲陳心憂、声被涙溺」（巻十四・清慎公奉為村上天皇修諷誦文・菅原文時）、「非戴聖日之照臨、何乾沈身之愁涙」（巻六・請特蒙天恩因准先例兼任備中介闕状・大江匡衡）、「此間吾等、縦沈至哀之涙泉、他界衆生、定飲大悲之乳海」（巻十四・花山院四十九日御願文・大江以言）が挙げられる。

②の願文における「更防涙川、胸陂溢而難留」は抑えようとしても抑えられずに涙が溢れる様を詠んでいる①。「陂」については、『倭名類聚抄』に「礼記注云蓄水…亦所謂之堤」とある。中国詩における「陂溢」は、「郡多陂池、歳歳決壊、年費常三千余万」（『後漢書』巻二十九）のように、本来自然災害に用いられる辞句である。ここでの「胸陂」は平安人の造語であり、あふれる思いをせきとめる心の堤防を表す②。そして、「陂溢」「防」は「水」に関

---
① 『新撰万葉集』上恋117の「流涙難留寧有耐」にも「涙難留」が見える。中国詩には「心難留」「人難留」などがあるが、「涙難留」は未見である。涙が止まらない様を表すには、普通「涙不止・泣不休」が使われている。「涙難留」は異字同訓の「留・休・止」を誤って用いた結果だと思われる。
② 「攬之不濁、万頃之陂在胸」（『本朝続文粋』巻九・藤原敦光・七言暮春於師匠前都督閣同賦落花浮水上応教詩）のように、王朝漢詩文で「胸陂」は常に水に縁のある語と一緒に使われている。また、「欲揚詞浪、則胸陂塞而不開」（『本朝続文粋』巻十三・藤原明衡・奉為亡考小野宮右大臣四十九日追善）における「陂」は堤をいい、「塞」は堰き止めることを表す。

第五章　王朝漢詩文の転換点としての『新撰万葉集』

連する「涙川」と組み合わせることで、涙が堰を切ったように流れ出て止まらない様を表現すると同時に、水流の速さで思いの激しさを表している。この発想は次の古今集歌にも見られる。

　　おろかなる涙ぞ袖に玉はなす我はせきあへずたぎつ瀬なれば
　　　　　　　　　　　　　（『古今集』巻十二・恋二・557・小野小町・返し）
　　たぎつ瀬のはやき心を何しかも人めつゝみの塞きとゞむらむ
　　　　　　　　　　　　　（『古今集』巻十三・恋三・660・読人知らず）

小町歌は「せき」を溢れる涙川で、抑えきれない思いを形象的に表現している。第二首目の読人知らず歌は、「たぎつ心」を堰き止める人目から隠す「堤（「慎み」の掛詞）」が描かれる。②の願文における「胸陂」は情を抑えるべきことを意味する「堤」に基づいて作られた表現ではないかと考えられる。「更に涙川を防げば、胸陂溢れて而して留め難し」は、「たぎつ心―激流」の比喩表現を念頭に置きながら、「防・陂・溢・留」の築堤、越水、破堤、氾濫の様々な要素をちりばめることで、自制しようとしても抑えられない心の動きを効果的に表現している。

　死者の冥福を祈る追善供養のために作成された願文において、「涙」は悲哀や哀悼の意を表すために大切な役割を担う。願文に詠まれる「涙川」は、再び哀傷の原点に戻るとしても、中国詩の「涙―河」の比喩表現と大きく懸隔のあるものである。そこでは、「川」を媒介として仏典的要素、漢詩的要素、和歌的要素を一句の中に組み込んで「涙川に溺れる」「涙川の堰が切れて水が流れ出て止まらない」という虚構的景象が構築されているのである。

　ここで、『新撰万葉集』下巻の漢詩における「涙河」をすこし検討したい。『新撰万葉集』の下巻には延喜十三年（913）と明記する序文があるが、下巻の漢詩は『和漢朗詠集』成立以降の作とされている[①]。その漢詩も和歌を強く意識して作られたものである。

　　下恋238　不飽芝手別芝初夜之涙河與砥美裳無裳涌立心歟
　　（飽かずして別れし宵の涙川淀みも無くもたぎつ心か）

[①] 高野平氏の『新撰万葉集に関する基礎的研究』「菅家後集以降の日本詩と本集漢詩」（風間書房、1970年5月）に詳しい。

不飽郎君自別離、飽かずして　郎君　自ら別離す①
　　初夜涙河堰無留。初夜の涙河　堰(せ)けども留まるなし
　　郎與我両袖染紅、郎と我と　両袖　紅に染む
　　怨気散雲散雨流。怨気(をんき)　散雲(さんうん)として散りて　雨と流る

　当詩は恋人と別れて夜一人で涙を流している女の姿を描いている。起句の「不飽」は原文の万葉仮名「不飽（飽かずして）」、転句の「初夜涙河」は「初夜之涙河（宵の涙川）」をそのまま使っている。「堰無留」は当歌の「淀みも無くもたぎつ」の言い換えとみなしてもよいが、或いは和歌表現「堰留めぬ」の訳語として理解できよう②。転句「初夜涙河堰無留」は前掲する願文の「胸陂溢而難留」と同様に、「川」を介して「堰」と「涙河」とを融合させて、激しい恋心を表している。漢詩の韻律も合わず、和歌表現の流用も著しく見えることを勘案すれば、当詩は平安後期の作と推定することができよう。

　以上の考察を通して、王朝漢詩文において「涙河」が最初に用いられたのは『新撰万葉集』であることがわかる。その後の王朝漢詩文は『新撰万葉集』の作詩法を継承して、中国に由来する「涙―河」の比喩表現にとどまらず、「涙―河」を「川」に関連する和歌表現や仏教語などと組み合わせることで虚構的な詩空間を作り上げているのである。

第三節　『新撰万葉集』の漢詩の影響下の王朝漢詩

　『新撰万葉集』の漢詩の表現は従来「拙劣」「和習」と評されている。ただし、『新撰万葉集』の八箇所の詩句は『和漢朗詠集』と『新撰朗詠集』にも載せられている（下記の表を参照されたい）。

	『新撰万葉集』の原詩	所載詩句・異同	他出
1	日長夜短懶晨興、夏漏遅明聴郭公。嘯取詞人偸走筆、文章気味与春同。	前二句 白詩とする	『新撰朗詠集』上巻・夏・夏夜
2	商颾颯颯葉軽軽、壁螽流音数処鳴。暁露鹿鳴花始発、百般攀折一枝情。	後二句	『和漢朗詠集』上巻・秋・萩

---

① 『新編国歌大観』には「良」とあるが、元禄九年版本（『『新撰万葉集』諸本と研究』和泉書院、2003 年 9 月）によって「郎」に改める。
② 田中大士氏は「黄河考―新撰万葉集漢詩の手法―」（万葉 118、1984 年 6 月、24 頁）で、下巻の漢詩は和歌の言葉（真名）をそのまま使う表現があると指摘している。

第五章　王朝漢詩文の転換点としての『新撰万葉集』

续表

	『新撰万葉集』の原詩	所載詩句・異同	他出
3	秋山寂寂葉零零、麋鹿鳴音数処聆。 勝地尋来遊宴処、無朋無酒意猶冷。	前二句	『新撰朗詠集』上巻・秋・鹿
4	涼風急扇物先哀、応是為秋気早来。 壁蛬家家音始乱、叢芽処処尊初開。	後二句 尊を蕊に作る	『新撰朗詠集』上巻・秋・立秋
5	三秋有蕊号芽花、麝子啼時此草奢。 雨後紅匂千度染、風前金色自然多。	前二句	『新撰朗詠集』上巻・秋・萩
6	嘒嘒蟬声入耳悲、不知斉后化何時。 絺衣初制幾千襲、咲殺伶倫竹與糸。	後二句	『新撰朗詠集』上巻・夏・更衣
7	五月菖蒲素得名、毎逢五月是成霊。 年年服者齢還幼、扁鵲嘗來味尚平。	前二句	『新撰朗詠集』上巻・夏・端午
8	邕郎死後罷琴聲、可賞松蟬両混並。 一曲弾來千緒乱、万端調処八音清。	前二句	『新撰朗詠集』上巻・夏・蟬

　周知の如く、『新撰朗詠集』と『和漢朗詠集』は平安人の詩歌作成の指導書であり、王朝文学の規範として尊敬されている。そこには、『新撰万葉集』の詩句も春夏秋冬折々の名句として収録されている。その中で、①の「郭公・夏の短夜」、②⑤の「萩・鹿」、④の「萩・蛬」の組み合わせは、前に触れたように、中国詩にはない和歌に由来するものであり、『新撰万葉集』の漢詩以前には未見である。また、詩句が収載される部立からも明らかなように、各景物の季節観は、『新撰万葉集』のそれに完全に一致している。『新撰万葉集』の漢詩に育まれた美意識が後世の規範となったことが了解できよう。つまり、現在の我々の目が捉えた『新撰万葉集』の漢詩の「拙い」のイメージと異なり、その詩句は平安中後期にはかなり評価され、人々に親しまれたようなのである[①]。

[①] 小島憲之氏は「万葉集の編纂に関する一解釈―菅原道撰の説によせて」(万葉集研究1、塙書房、1972年4月、22、24頁)において、「その詩(筆者注:『新撰万葉集』の漢詩)は、金石混淆であるが、和漢朗詠集及び新撰朗詠集にその中のいくばくかの詩句が収められてゐることは、やはりそれらは珠玉であったと云はざるを得ない。朗詠集が優雅な美的表現を持つ朗詠佳句集であることは、平安の人の誰もが承知するところ。その中に新撰万葉集の詩句が若干ながらみえることは、当時の人士の朗詠に耐へ得る詩句であったことを意味するであらう。…これは(或いはその前半)、道真の作と思はれ、新撰朗詠集に「菅家万葉」として採用されてゐる。何れにしても、現存本新撰万葉集(上巻)の詩に、多少の朗詠集好みの華麗な佳句を含むことがわかる。新撰万葉集の詩がすべて拙作と云ふわけにはゆかない」と述べ、「珠玉」であるものは道真の作、「拙劣」なるものは門下生の習作であると指摘する。

国風化の進展につれて、「原拠としての「漢（中華）」が絶対的基準としての価値を希薄化してゆくことと交替に、歌語の詩語化のように、王朝漢文学の世界が新たに〈漢〉としての規範を形成してゆく」[①]。こうしたことを背景として、前掲の表のように、中国の詩人の佳句のみならず、『新撰万葉集』の漢詩の佳句も朗詠の対象となったのである。朗詠の対象となったばかりでなく、『新撰万葉集』の一部の漢詩は以後の王朝漢詩文の規範ともなりえたとみられる。次に『新撰万葉集』の漢詩の影響下にある王朝漢詩文を取り上げてみたい。

一「枉馬蹄」

上秋60　秋山に恋する鹿の声たててなきぞしぬべき君が来ぬ夜は
独臥多年婦意睽、独り臥すこと多年　婦意に睽けり
秋閨帳裏挙音啼。秋閨の帳裏　音を挙げて啼く
生前不幸希恩愛、生前不幸にして　恩愛を希ふ
願教蕭郎枉馬蹄。願はくは蕭郎をして　馬蹄を枉げしめむ

ひとり暮らしの生活を長く過ごし、秋の閨で泣いている女は多年寄りつかない男に対して、「いつか私のところへ馬を向けさせて訪ねてくれないかしら」と願っている。ここで注意したいのは、結句にある「枉馬蹄」という語である。「馬蹄」とは馬の蹄そのものを指すわけではなく、男の来訪を象徴する語である。先行する歌では「馬」が詠まれないが、「君が来ぬ」は男の不在を表す。本集上恋113の漢詩にも「不枉馬蹄歳月抛、従休雁札望雲郊（馬蹄を枉げずして歳月抛つ、雁札休みしより雲郊を望む）」が見える。

しかし、晩唐までの閨怨詩における「馬蹄」の例を検索してみれば、

家居長安身在蜀、何惜馬蹄帰不数。

（『玉台新詠』巻九・蘇伯玉妻・盤中詩）

一去無消息、那能惜馬蹄。

（『楽府詩集』隋・薛道衡・昔昔塩）

寄語当窓婦、非関惜馬蹄。

（『文苑英華』隋・盧思道・贈李若[②]）

[①] 渡辺秀夫「和漢比較研究の視角」新日本古典文学大系月報（90）、1999年3月、3頁。
[②] （宋）李昉等編『文苑英華』中華書局、1966年5月。

若使人心密、莫惜馬蹄穿。

　　　　　　　　　　　　　（『遊仙窟』唐・張文成）

のように、「枉二馬蹄一」は見当たらず、「惜馬蹄」が圧倒的に多い。また、「将軍宜枉駕顧之」（『蜀書』諸葛亮伝①）「良人惟古歓、枉駕惠前綏」（『玉台新詠』巻一・漢無名氏・凛凛歳云暮）とあるように、「枉駕」とは高貴な人がわざわざ乗り物の方向を変えて立ち寄ることを指し、「来訪する」の尊敬語として使われる。他には、「枉騎」「枉顧」などの類義語がある。ゆえに、上秋60の「枉馬蹄」は「惜馬蹄」「枉駕」を模しての造語ではないかと思われる。

　一方、王朝漢詩文には、「枉馬蹄」の例がもう一つある。

　　寒閨独臥無夫聟、寒閨に独り臥して　夫聟なし
　　不妨蕭郎枉馬蹄。妨げず　蕭郎が馬蹄を枉げむことを

　　　　　　　　　（『和漢朗詠集』恋・785・采女・和江侍郎来書）

　小島憲之氏は当詩が『新撰万葉集』上秋60と同じ詩句を踏まえて作られたものであると指摘する②。だが、中国詩にせよ王朝漢詩文にせよ、「枉馬蹄」の類例は他に見当たらない。「寒閨独臥無夫聟」は上秋60の「独臥多年婦意暌」とともに「独臥」という語を用いる。また、『新撰万葉集』の詩句が『和漢朗詠集』に収められることを合わせて考えると、「不妨蕭郎枉馬蹄」は上秋60から新たに学んだ表現ではないかと思われる。

二　「錦繡林」

　　洞中清浅瑠璃水、洞中に清浅たり　瑠璃の水
　　庭上蕭疎錦繡林。庭上には蕭条たり　錦繡の林

　　　　　　　　（『和漢朗詠集』紅葉・303・慶滋保胤・翫池頭紅葉）

　　黄花移影瑠璃水、黄花は　影を瑠璃の水に移し

---

① 『蜀書』は『三国志』（中華書局、1959年12月）による。
② 小島憲之『古今集以前』第三章「白詩圏の文学」塙選書、1976年2月、289頁。なお、渡辺秀夫氏は「『新撰万葉集』論」—上巻の和歌と漢詩をめぐって」（国語国文67―9、1998年9月、25頁）で、上秋60の漢詩が『和漢朗詠集』の詩句を剽窃したと指摘する。だが、上巻序文の記載（寛平五年の成立）を信頼する限り、本集漢詩は『和漢朗詠集』以前に成立したということになる。

紅葉散光錦繡林。紅葉は　光を錦繡の林に散つ
　　　　　　　　　　　　（『本朝無題詩』317・大江匡房・初冬書懐）

　　　明王好俊不能禁、明王　俊を好めども　禁ずること能はず
　　　紅紫蘭将錦繡林。紅紫の蘭と錦繡の林と
　　　　　　　　　　　　（『本朝無題詩』272・藤原忠通・秋三首之一）

上記の平安中後期の漢詩文は、いずれも「錦繡林」という詩語を用いて、色づいた林を鮮やかな錦に見立てる。この表現は従来、

　　　毎看闕下丹青樹、毎に闕下丹青の樹を看て
　　　不忘天辺錦繡林。天辺錦繡の林を忘れず
　　　　　　　　（『白氏文集』1216・西省対花、憶忠州東坡新花樹、因寄題東楼）

といった白居易の漢詩を下敷きにしたものと指摘されている①。しかし、第四章第一節で述べたように、上記の白居易の漢詩は紅葉でなく春の花の比喩に用いられている。白居易の漢詩というより、紅葉を表す「錦繡林」は次の『新撰万葉集』の漢詩に拠るところが大きいと考えられる。

　　　上秋67　秋霧は今朝はな立ちそ龍田山ははそのもみぢよそにても見む
　　　山谷幽閑秋霧深、山谷幽閑にして　秋霧深し
　　　朝陽不見幾千尋。朝陽見えず　幾千尋
　　　杳冥若有天容出、杳冥たるも若し　天容の出づること有らば
　　　霽後偸看錦葉林。霽後偸かに看む　錦葉の林

第四章で考察したように、上秋67の漢詩は白居易の漢詩の「錦繡林」を踏まえながら、「花—錦」の比喩表現を「紅葉—錦」の文脈に用いている。『新撰万葉集』以後、「錦繡林」「錦葉林」が花だけでなく紅葉にも使われることはすでに常識化していた。それは恐らく『新撰万葉集』上秋67の漢詩を媒介にして広く知られたのではないかと思われる。

---

①　本間洋一「王朝漢詩の表現覚書―王朝詩と白詩と―」和漢比較文学叢書『中古文学と漢文学Ⅰ』汲古書院、1986年10月、229頁。

三「未挙煙」

　　上恋107　人緒念心之熾者身緒曽焼煙立砥者不見沼物幹
　　（人を思ふ心の熾は身をぞ焼く煙立つとは見えぬものから）

　　　胸中刀火例焼身、　胸中の刀火　例に身を焼くも
　　　寸府心灰不挙煙。　寸府の心灰　煙を挙げず
　　　応是女郎為念匹、　応に是れ女郎　匹を念ふが為なるべく
　　　閨房独坐面猶顰。　閨房に独り坐し　面猶顰む

　上恋107の歌は、〈あの人を恋い慕って体が火で焼かれるほど恋焦がれている。煙が立つとは見えないけれど〉という意である。「熾・焼く・煙」①の縁語を駆使して、煙をあげずに盛んに燃える火を、表面には出ないが消しがたい恋情に喩えて詠んでいる。一方、対する漢詩は、〈常に刀で切られるほどの苦痛を感じつつ恋い慕っている。あまりの恋情ゆえに心の思いは燃え尽きて灰となり、煙を挙げない。これは多分女が恋しい人を思うためだろう。閨の中で独り坐って眉を顰めている〉という内容となる②。中国の閨怨詩において、「不挙煙」という表現は見られない。本章第二節で述べたように、上冬95の「臆揚煙」は「煙」の恋歌をもとにした表現であり、身を焼く煙で焦がれる恋心を表している。上恋107の「不挙煙」も明らかに先行する和歌の「煙立つとは見えぬものから」を承けて作られたものであり、表に出さず内に秘める恋心を表していると思われる。「煙」は「刀火・焼身・心灰」の延長線上にあるものとみられる。

　中国詩と王朝漢詩文においては、「心の煙」の類例は次の一首しか見出せない。

---

① 「熾」は『倭名類聚抄』（巻十二・灯火類）に「熄煨　唐韻云、熾〈昌志反。漢語抄云、於岐比〉猛火也。又盛也」とある。
② 中国詩では、「心灰」は「器月希留影、心灰庶方撲」（『広明弘集』梁・蕭統・講解将畢賦三十韵詩）とあるように、心の中の雑念を指す。或いは「心灰不及炉中火、鬢雪多於砌下霜」（『白氏文集』0114・冬至夜）とあるように、冷えてしまった心の喩えとして用いられる。恋心を表す「心灰」の例は殆ど見当たらない。もしここの「心灰不挙煙」を「人を恋い慕うことを止める」と解すれば、「胸中の刀火・応に是れ女郎匹を念ふが為なるべく」という恋の情熱を表す表現と矛盾してしまうこととなる。

華侵衰鬢雖残雪、　華は衰鬢に侵して　雪を残すと雖も
香自禅心未挙煙。　香は自らに禅心にありて　未だ煙を挙ず
（『本朝無題詩』巻十・763・藤原周光・夏日禅房言志）

坐禅で心を集中すると、焚香もしないのに、香を嗅ぐように感じられる。「香」は「香出善心無出火、花開合掌不開春（香は善心より出でて火より出づることなし、花は合掌に開けて春に開けず）」（『菅家文草』279・懺悔会作、三百八言）のように、自然の焚く香でなく心中の誠をいう①。「香自禅心未挙煙」は表には見えないが消えない信念を表しているであろう。「心の煙」は『新撰万葉集』の上恋107の「寸府不挙煙」以外に見当たらず、その示唆を受けて成立したのではないかと思われる。なお、「不挙煙・未挙煙」という使い方も他には例を見ない②。「煙があがる」は普通「揚煙」と表記されているので、「挙煙」は同訓の「挙・揚」を使い間違えた結果であろうと推測される。

四 『続浦嶋子伝記』と『新撰万葉集』

『続浦嶋子伝記』（920～932年）は浦島説話を改作したものである。まず長文の浦嶋子の伝があり、ついで七言二十韻の長詩が付けられ、最後に浦嶋子の十首、亀姫の四首の和歌・漢詩群がある③。その和漢並列の形は『新撰万葉集』に極似しており、王朝漢詩文において他に類を見ない非常に独特なものである。そして、『続浦嶋子伝記』の和歌群も『新撰万葉集』と同様に通用の仮名表記を採らず、万葉仮名で記されている。渡辺秀夫氏は『新撰万葉集』と『続浦嶋子伝記』の表記を比較し、両者ともに終助詞「かな」の表記

---

① 「心火」「心香」は「憂喜皆心火、栄枯是眼塵」（『白氏文集』1158・感春）「窓舒意蕊、室度心香」（『芸文類聚』巻第七十六・内典上・梁・簡文帝・相宮寺碑銘）に見える。道真独自の表現ではない。
② 「仙白風生空籤雪、野鑪火暖未揚煙」（『和漢朗詠集』紅梅・紀斉名・紅白梅花）という詠物詩には、「未揚煙」が見える。
③ 『続浦嶋子伝記』の成立過程と作者については、小島憲之『上代日本文学と中国文学（中）』第五編第八章、塙書房、1986年1月五版発行、初版は1964年3月）、後藤昭雄「坂上高明―『続浦嶋子伝記』の施注者」（季刊ぐんしょ15、1992年1月）、渡辺秀夫「初期物語成立史の断想―『続浦嶋子伝記』の意味するもの―」（国文学研究67、1979年3月）を参照されたい。以下に概略する。元々古賢の撰述の浦嶋子伝があり、それには五言絶句と二首の和歌が含まれていた。この浦嶋子伝の内容は不明である。延喜二十年（920）十二月に、某氏は五言絶句と二首の和歌を削除して、その代わりに七言二十韻の長詩を詠作して、これを『続浦嶋子伝記』と名付けた。さらに承平二年（932）、坂上家高明が勘解由曹局で注を加えた。承平の加注（増補）は『続浦嶋子伝記』のどの部分を指すかも明らかではない。

第五章　王朝漢詩文の転換点としての『新撰万葉集』

に「鉐」の字を用い、「しるべ」に「指南」の語を当てるなど、使用語彙の共通性があると指摘する①。さらに、両作品の序文を比較してみると(類似の語句は同じ番号で示す)、

A『続浦嶋子伝記』序文
　　代浦島子詠七言廿二韻。以三百八字成篇也。名曰『続浦島子伝記』①。於時延喜二十年庚辰臘月朔日也②。…当時之墨客、後代之詞人③。幸恕素懐。…依有餘興、詠加和歌絶句各十四首④。

B『新撰万葉集上巻』序文
　　後進之詞人、近習之才子③、各献四時之歌、初成九重之宴。又有餘興、同加恋、思之二詠。…仍左右上下両軸、惣二百有首④、号曰『新撰万葉集』①。…於時寛平五載秋九月廿五日②。

とあるように、AB二つの序文の類似は一読して分かる。このように明らかに『新撰万葉集』の序文を下敷きにした漢文序は、ほかには見出すことができない。
　次に、「袖裏千行紅涙深」という表現を中心に『新撰万葉集』との関係を考えてみたい。

　　紫雲乃帰緒見柄丹何我袖乃紅丹染 (亀媛)
　　(紫の雲の帰るを見ながらに何ぞ我が袖の紅に染む)
　　蓬山女覚紫雲心、蓬山女覚える　紫雲心を
　　袖裏千行紅涙深。袖裏千行　紅涙深し
　　臥地呼天釵易落、地を臥し天を呼ぶ　釵落ち易し
　　感腸易断涙難禁。感腸断ち易し　涙禁じ難し

浦嶋子と別れてから、亀姫はこの和歌と漢詩を詠んでいる。漢詩の承句「袖裏千行紅涙深」は先行する和歌の「我が袖の紅に染む」を承けて、袖の裏に千行の涙が流れ、その色は深く紅色であるとの意を表し、浦島子に対する深い恋心を表している。この表現は、『新撰万葉集』の上恋104「千行流処袖紅

---

① 渡辺秀夫「和歌と漢詩―『新撰万葉集』から『菅家万葉集』へ」国文学37―12、1992年10月、64頁。これまでの研究では、『続浦嶋子伝記』の和歌・漢詩群と『新撰万葉集』との表現上の類似については、殆ど考察されてこなかった。

斑」と上恋103「含情泣血袖紅新」に極めて類似している。

  上恋104　戀亘許呂裳之袖者潮満手海松和布加津加沼浪曽起藝留
  （恋ひわたる衣の袖は潮満ちてみるめかづかぬ浪ぞ立ちける）
  落涙成波不可乾、落涙波を成して　乾くべからず
  千行流処袖紅斑。千行流るる処　袖　紅　斑かなり
  平生昵近今都絶、平生の昵近　今都て絶え
  寂寞閑居縄瑟弾。寂寞たる閑居に　瑟を縄りて弾く

恋人の訪れがまったく途絶えたことを恨む女の悲しみを詠んだものである。承句「千行流処袖紅斑」は先行する和歌の「衣の袖は潮満ちて」を承け、血の涙が鮮やかに袖を紅に染めると詠んでいる。

  上恋103　都例裳那杵人緒待砥手山彦之音為左右歎鶴鉋
  （つれもなき人を待つとて山彦の声のするまで嘆きつるかな）
  千般怨殺厭吾人、千般怨殺す　吾を厭ふ人
  何日相逢万緒申。何れの日にか相逢ひて　万緒を申べむ
  歎息高低閨裏乱、歎息高低　閨の裏に乱る
  含情泣血袖紅新。情を含みて泣血し　袖の紅　新たなり

上恋103の漢詩は男に捨てられた女の様子を描いて、悲しい雰囲気を醸し出している。結句「含情泣血袖紅新」は血の涙で紅に染まった袖を詠んでいる。伝統的な中国詩に照らしてみると、その特異性が一目瞭然となる。

  ①昔教紅袖佳人唱、昔　紅袖佳人唱うことを教え
  　今遣青衫司馬愁。今　青衫司馬の愁ひを遣る
         （『白氏文集』0853・微之到通州日…）
  ②夜深忽夢少年事、夜深けて忽ち夢見る　少年の事
  　夢啼粧涙紅闌干。夢に啼けば　粧涙紅闌干たり
         （『白氏文集』0603・琵琶行）
  ③君王掩面救不得、君王　面を掩ひて救ひ得ず
  　廻看血涙相和流。廻り看て血涙相和して流る
         （『白氏文集』0596・長恨歌）
  ④不覚別時紅涙尽、覚えず　別るる時　紅涙尽き

帰来無可可霑巾。帰来 可ち巾を霑すべきもの無し
　　　　　　　　　　　　　　　（『白氏文集』3506・離別難詞）

①の「紅袖」は美女の袖を指し、血の涙で濡らす袖ではない。なお、『新選万葉集』以前の日本漢詩でも、「出塞笛声腸闇絶、銷紅羅袖涙無乾」（『経国集』雑詠・191・小野末嗣・奉試賦得王昭君）の例に見るように、殆どが美女の紅袖を詠んだもので、紅の涙が袖を濡らすことをいうわけではない。②は紅の化粧した顔をつたって涙が流れる様を描く。閨怨詩における美女の流す「紅涙」は、殆ど紅の化粧が涙で崩れる様子を表す言葉として使われている。一方、中国詩における「血涙」は主に死別の哀しみや憂国の情の表現として、多く男性を対象として使われ、閨怨の場合には殆ど使われない①。例えば、③の「血涙」は玄宗が楊貴妃の死を悲しんで流した涙である。さらに、④に端的に示されるように、中国詩において袖と涙との関係は深いものではなく、涙が衣や巾などを濡らすことが多い（本章第二節参照）。一方、日本の詩歌では、

　　君に恋ひ我が泣く涙白栲の袖さへひちてせむすべもなし
　　　　　　　　　　　　　　　（『万葉集』巻十二・2953・作者未詳）
　　紅の振りいでつつ泣く涙には袂のみこそ色まさりけれ
　　　　　　　　　　　　　　　（『古今集』巻十二・恋二・598・紀貫之）
　　をろかなる涙ぞ袖に玉はなす我はせきあへずたぎつ瀬なれば
　　　　　　　　　　　　　　　（『古今集』巻十二・恋二・557・小野小町）
　　掩鬢影暗宝剣上、随手泣生羅袖中。
　　　　　　　　　　　（『経国集』雑詠・197・錦彦公・七言、看宮人甄扇）
　　袖中収拾憗憗見、応是為氷涙未乾。
　　　　　　　　　　　　　　　　　　（『菅家後集』489・白微霰）
　　涙痕争得盈双袖、別後思君毎日看。
　　　　　　　　　　　　（『菅家文草』103・陪源尚書、餞總州春別駕）

---

① 「紅涙」「血涙」の使い方については、持田早百合氏「紅の涙・血の涙」（実践国文学29、1986年3月）、于永梅氏「平安時代の漢詩文における「血涙」「紅涙」の受容」（和漢比較文学31、2003年8月）、大戸温子氏「日本の漢詩、和歌における閨怨詩の受容：紅涙を中心に」（台湾大学：「台湾における日本学、日本における中国学」大学院教育改革支援プログラム「日本文化研究の国際的情報伝達スキルの育成」活動報告書、平成19年度海外研修事業編：377-380」2008年3月、378頁）に詳しい。

とあるように、袖は「涙」と深い関係を結んでいる。なお、『千里集』では、元稹の「涙霑双袖血成文（涙双袖に霑し血文を成す）」を踏まえて和歌（92番）が作られる。しかし、元稹詩に見られる「血・涙・袖」の組み合わせは中国詩では極めて珍しい。裏返して言えば、この表現が王朝人に抵抗なく受け入れられたのは、やはり日本文学にその素地があったからであろう。なお、元稹の原詩「涙沾双袖血成文、不為悲身為別君」（『全唐詩』送致用）は閨怨詩でなく、離別の悲しさを詠んだ詩である。要するに、亀媛詩「袖裏千行紅涙深」、上恋104「千行流処袖紅斑」、上恋103「含情泣血袖紅新」は、女が男を恋しく思って血の涙が袖を紅に染めることを表すのである。これは中国詩における「紅涙」「紅袖」とは異なる、日本的な用法と見るべきである①。なお、前述した亀媛詩「泣血成河添海上、染波紅涙打江涯」における「紅涙」も、紅の化粧した顔を流れる涙ではなく、血の涙を指している。于永梅氏の考察によると、『新撰万葉集』と『続浦嶋子伝記』以外の王朝漢詩文に詠まれた「紅涙」は、殆どが閨怨と無関係のものである②。このことによって、『新撰万葉集』と『続浦嶋子伝記』との影響関係はより一層明らかになる。

　また、「紅深」という点において、「袖裏千行紅涙深」は『新選万葉集』上恋100の「紅深袖涙不応干」に共通する。

上恋100　紅之色庭不出芝隠沼之下丹通手戀者死鞆
（紅の色には出でじ隠れ沼の下に通ひて恋ひは死ぬとも）
閨房怨緒惣無端、閨房の怨緒　惣て端なし
万事呑心不表肝。万事心に呑みて　肝を表さず
胸火燃来誰敢滅、胸火燃え来たりて　誰か敢へて滅せん
紅深袖涙不応干。紅深くして　袖涙応に干くべからず

結句「紅深袖涙不応干」は恋しさに袖に染みた血の涙がきっと乾くときはないだろうという意を表す。調べた限り、王朝漢詩文における「紅深」の例はこの二例しかない。『全唐詩』における「紅深」の例を検索してみれば、

---

① 「紅のふりいでつつなく涙には袂のみこそ色まさりけれ」（『古今集』巻十二・恋二・598・貫之）「白玉と見えし涙も年ふれば唐紅にうつろひにけり」（『古今集』巻十二・恋二・599・貫之）のように、恋歌に「紅の涙」「血の涙で紅に染まった袖」がよく詠まれている。

② 于永梅「論平安時代漢詩文中的「血涙」与「紅涙」」日本学習与研究 142、2009年3月、92頁。例えば、「長風浦暁客愁吟、落月湖秋郷涙紅」（『本朝無題詩』515・釈蓮禅・於客泊即事）における「紅の涙」は故郷を懐かしく思う心を表している。だが、氏は『新撰万葉集』における「紅涙」が六朝閨怨詩の「紅涙」の使い方と同じであると主張する。

第五章　王朝漢詩文の転換点としての『新撰万葉集』

　　紅深緑暗徑相交、抱暖含芳披紫袍。
　　　　　　　　　　　　　　　　　　　（『全唐詩』晩唐・温庭筠・寒食日作）

のわずか一例しかない。涙の色でなく花の色に対する形容である。上の分析により、『続浦嶋子伝記』の漢詩における血の涙が鮮やかに袖を紅に染めたという表現の源は、先行した『新撰万葉集』の漢詩であることが明らかになった[①]。

まとめ

　本章では、王朝漢詩文にみられる「郭公」「涙河」を検討することによって、『新撰万葉集』の漢詩がその表現の転換点として位置づけられることを明らかにした。

　中国詩では、杜鵑は春の景物で、閨怨との結びつきがかなり薄い。勅撰三集と道真の杜鵑詩は中国の杜鵑詩の詠み方をそのまま継承する。それに対して、『新撰万葉集』の郭公の漢詩では、「杜鵑」ではなく、「郭公」という表記が用いられはじめる。そして、ほととぎすの和歌の世界を承けて、郭公を夏（五月）の景物として描写したり、郭公の鳴き声が独り寝の女の辛さをいっそう掻き立たせると詠んだり、郭公が一箇所に留まらず飛び回っている様を浮かれ男に見立てたりしている。それ以後、王朝漢詩の和様化がより顕著になっていく。『本朝無題詩』の漢詩も「杜鵑」でなく「郭公」という表記を用いて、ほととぎすの和歌に基づいて夏の五月の郭公を詠んでいる。しかも『新撰万葉集』における「郭公・怨婦・涙・粉黛壊」「郭公・家家」などの類型表現をも受け継いでいる。

　また、「涙河」の表現も『新撰万葉集』の漢詩が初出であり、以後定着していく。『新撰万葉集』にみられる「涙河」の漢詩は中国詩の「涙如河」の比喩表現を踏襲するのみではあき足らず、「川」に関連する言葉を駆使して

---

① 「泣く涙こふる袂にかかりては紅深きあやとこそみれ」（『千里集』離別・92・涙霑双袖血成文）、「世をうみて我が泣く涙住の江に紅深き波と寄らなむ」（『続浦嶋子伝記』亀姫歌）、「紅の涙に深き袖の色を浅緑とや言ひしをるべき」（『源氏物語』乙女の巻）という「紅の涙」の和歌には、「紅深き」という語が見える。和歌の「紅深き」の表現を踏まえて『新撰万葉集』の「紅深袖涙不応干」という和歌的表現が作られ、『新撰万葉集』の漢詩はさらに『続浦嶋子伝記』の「袖裏千行紅涙深」に直接的な影響を与えていたと考えられる。

「毎宵流涙自然河、早旦臨如作鏡何」という現実にはあり得ない景象を詠み上げている。平安中後期の漢詩は「涙河」を踏まえて「涙川」という和語を創りだす。『続浦嶋子伝記』と願文の「涙河（川）」の漢詩は、中国に由来する「涙—河」の比喩表現を「川」に関連する和歌表現や仏教語などと結びつけることで、実体的には把握し得ないような景象を作り上げている。この作詩法は『新撰万葉集』の「涙河」の漢詩と軌を一にするものである。

　『新撰万葉集』の漢詩には、それまでの日本漢詩と異なって、和歌を積極的に漢詩の上に表現しようという意識が強く読み取れる。しかし、当時は『古今集』がまだ成立していないので、和歌はまだ宮廷の文学として高い地位を獲得していない。そうした意味において、『新撰万葉集』の漢詩の和歌的表現は極めて先駆的である。平安中後期になると、漢詩製作においては、嘗て唯一の権威的存在であった中国詩の価値が落ちるにつれて、『新撰万葉集』の漢詩の詩句を秀句として朗詠したり、それを基準にして作詩したりする現象が広く見られるようになる。本集漢詩に確立された表現世界は、その後も長く王朝漢詩文の基底であり続けたのである。

終　章

　本書では、漢風讃美時代から国風復興時代への転換期に編纂された『新撰万葉集』の漢詩を取り上げ、それが中国詩の模倣と追随にとどまらず、和歌の表現・発想を取り込んだことで新たな展開を遂げていく過程を考察した上で、『新撰万葉集』の漢詩の性格と意義を明らかにすることを目的とした。各章ごとに得られた結論としては以下のようになる。

一　各章のまとめ

　第一章では、九世紀末の時代の好尚、流行を考察するために、宮廷、摂関家による公宴、私宴の場に注目し、そこで詠まれた紫藤詩・九月尽詩・瞿麦花詩・桜花詩を取り上げ、それと和歌との関連性について考察した。公宴、私宴の場に注目した理由は、時代の好尚や新たな詩的表現が真っ先にこれらの場を通じて表現されると考えたからである。第一節では、摂関家の藤原基経の邸宅で詠まれた紫藤詩について検討した。基経は自分の邸第で、多くの文人を招き、詩宴を頻繁に催している。権門の庇護を求める島田忠臣は、基経の和歌好尚に迎合し、紫藤詩を献上した。この紫藤詩は白居易の紫藤詩の語句に拠りながら、藤を藤原氏に掛けてその一門の繁栄を讃美するものである。このことは、基経邸の風流文事が日本漢詩の和様化の一つの重要な契機となることを示している。第二節では、九月尽日の宴と九月尽詩を取り上げた。九月尽詩はそもそも菅原道真により創出されたものである。道真は白居易の三月尽詩を万葉以来の惜秋の伝統と融合させて、中国にはない九月尽詩を作り出した。このような日本独特な九月尽詩は宇多朝の宮廷に採り入れられた。この九月尽詩の宮廷化のプロセスを分析することによって、和漢の文化に強い関心をもつ宇多天皇が主催・支援する一連の文事は、和歌と漢詩の

交流に有利な条件を提供して、和歌的漢詩表現の生成に深く寄与したことを明らかにした。九月尽の発想はまた和歌にも受け継がれ、後に『古今集』の九月尽の歌群として結実する。これは、九世紀末の日本漢詩の和様化が『古今集』へと繋がっていったことを端的に示している。第三節では、九世紀末の瞿麦花詩・桜花詩について考察した。島田忠臣・菅原道真は瞿麦花・桜花など伝統的な歌材を漢詩に取り入れて、中国詩の「芍薬・薔薇・梅・桃・蘭」に対する「瞿麦花・桜花」の優位性を唱える。そこには、日本漢詩を中国詩に比肩する、ないし凌駕する位置に置こうとした詩人たちの国風意識が窺える。宇多天皇や摂関家などの命令や依頼からも分かるように、この国風意識は詩人たちのみならず、広く貴族社会で共有されていたものである。なお、宮廷応制詩における和歌的表現の多用、公宴詩の詩題の日本化、詩歌同題の文宴の開催などは、いずれも和歌が次第に公的地位を獲得していくという文学史的動向を物語っている。本章の検討を通して、公宴、私宴の場は漢詩と和歌を融合させる一つの大きな契機となることが明らかになった。そこで詠まれた和歌的漢詩表現から、王朝人の国風意識の高揚が端的に窺える。

　　第二章では、『新撰万葉集』の漢詩における古来の和歌表現の受容を検証した。第一節では、四季部の漢詩における『万葉集』以来詠まれてきた歌材「女郎花」「萩」「藤袴」などといった歌材の受容およびそれらの語にまつわるイメージや季節観の受容の実態を明らかにした。また、「男を魅了する女郎花」「袴に掛ける藤袴」などの表現は万葉歌にはない新しいものであり、言語遊戯的な趣向が凝らされていることが判明された。第二節では、「蕩子」「怨言」の使い方、離別後の場面描写を分析することによって、『新撰万葉集』恋部の漢詩には、平安朝を舞台にした男女の恋が多く描かれていることを明らかにした。そして、本集の漢詩においては、心の中で恋焦がれても人に知られないように恋心を抑える、昼はなんとか耐えられるが夜になると涙がはらはらと流れる、相手を忘れようとしてもかえって恋しさが募る、といった緻密な心理描写が見られる。中国閨怨詩との比較を通して、それが中国にはない、恋歌に基づいた表現であることを解明した。「昔（恩愛）…今（破局）」、「昼（我慢できる）…夜（もう耐えられない）」といった表現は、いずれも対照という技巧を用いて伝統表現を理知的に再構成する新趣向である。これらの表現は中国詩と直接的な出典関係をもたないが、中国詩に刺激されて形成されたものだと指摘することができる。要するに、『新撰万葉集』は、『万葉集』を強く意識し、古歌の世界を基盤としながらも、その一方で古歌と対峙しつつ当代和歌の新しいあやを誇り、「新撰」を高らかに表明しようとする

終章

という二面性を持っており、『新撰万葉集』の漢詩にもこのような「古」「今」の表現世界の対照がはっきりと見えるのである。

　第三章では、主に上秋70、上夏35、上恋108の三首を中心に『新撰万葉集』の漢詩の展開の方法を検討した。上秋70では、和歌「声たててなきぞしぬべき秋の野に朋まどはせる虫にはあらねど」が「虫が人間のように泣く」という中国的要素を取り入れて、「泣く・鳴く」の掛詞を駆使し心情に関する叙述と物象に関する叙述とを重層化させることで、独自の表現世界を展開していく。対する漢詩もこの掛詞を念頭に置きながら、「虫鳴―人泣」の擬人表現を換骨奪胎して、「愁人慟哭類虫声」という表現を作り出している。また、上夏35の和歌「夕去れば蛍よりけに燃ゆれども光見ねばや人のつれなき」における蛍と恋との結びつきはもとより六朝閨怨詩に新たに学んだものである。しかし、中国詩においては、〈「火―恋心」の比喩表現〉〈「蛍・火・燃」の語群〉〈蛍の閨怨詩〉はそれぞれ異なる系統に属するもので、上夏35の和歌のような蛍を恋心に喩える表現は殆ど見られない。上夏35の漢詩においては、「火・こひ・燃ゆ」の掛詞・縁語を介して、「蛍・火・燃」の語群を「蛍―閨怨」と関係づけて、「夏夜胸燃不異蛍」という漢詩表現が練り上げられている。この二つの和歌的表現は「中国詩→和歌→本集漢詩」というプロセスを経て辿りついたものであることが判明した。また、中国詩では「糸・乱・思」の語群は主に楽府詩に用いられ、「糸」は殆ど織物の糸、青柳の糸、蠶の糸と規定されている。それに対し本集の上恋108では、「糸」を介して今まで関係性を持たなかった「断・軟・乱」と「蜘蛛の糸」とが繋ぎ合わされ、「閨中寂寞蜘綸乱」という新たな表現が作り上げられる。なお、蜘蛛の網の薄さ、軟らかさ、断ち切られた有様などに焦点を当て、美しく精緻に描くところには、王朝人の独特の美意識を端的に見出すことができる。以上の考察によって、『新撰万葉集』の漢詩が言葉の連想によって独自の表現世界を切り拓いていることを明らかにした。

　第四章では、『新撰万葉集』の比喩表現を取り上げ、それと中国詩との違い、和歌との関連を検討することによって、本集漢詩の比喩表現の特質を探った。上秋71の漢詩は和歌から影響を受けて、本来お互いに関係することなく独立して使われていた「衣錦夜行・衣錦還郷」と「紅葉―錦」の比喩表現とが結びつけられ、「紅葉の錦を衣として着る」という表現となっている。また、上秋48の漢詩における「露―珠（玉）」の比喩表現は、中国詩に学んだものであるが、そこから「玉」に関連する「卞和泣玉」の故事が引き出され、「白露は卞和が地に一面に敷いた砕玉のように輝いている」という新たな表現が

切り拓かれる。これらの例を通して、『新撰万葉集』の漢詩は和歌から影響を受けて、中国詩の比喩表現とはまったく異なるものに変容していくことを明確に観察することができる。この過程においては、平安人に「錦」と「衣錦還郷」、「玉」と「卞和泣玉」の持つ共通性を再認識させることに、類書が大きな役割を果たしていることを論じた。加えて、紅葉の美しさを愛でる伝統的美意識をもとに、中国から伝わってきた漢詩表現「花—錦」が「紅葉—錦」に転換され、白色への好尚に基づいて「月光」が「白兎」と同一視されていく、といった独自の表現を切り拓いたことを指摘した。『新撰万葉集』の比喩表現には、「紅葉→錦→衣錦」「月の光→白兎」「つらら→鏡→見る→老い」という言葉の連想によって、中国詩には見られない、「人が紅葉の錦を衣にして着ている」「つららの鏡に自分の老いた姿を見ようとする」「月の光が無数の白い兎のように部屋に射し込んだ」など現実には起こり得ない景象が作り上げられているという特徴的な傾向が看取できることを明らかにした。要するに、原典の中国詩では違う文脈に属する表現が『新撰万葉集』の漢詩の中で言葉の連想によって、結合され、新たな意味を持つ表現として形成されていくことが、本集漢詩に見られる特徴の一つである。

　第五章では、『新撰万葉集』の漢詩に用いられた「郭公」と「涙河」の用法を手掛かりに、王朝漢詩文における『新撰万葉集』の漢詩の位相について考察した。第一節では、王朝漢詩文における杜鵑詩から郭公詩への変遷について検討を行った。中国詩では、杜鵑は春の景物で、閨怨との結びつきが薄い。勅撰三集と菅原道真の杜鵑詩は中国の杜鵑詩の詠み方をそのまま継承している。それに対して、『新撰万葉集』の郭公の漢詩は、「杜鵑」の表記を用いず、和歌と同じく「郭公」と記している。そして、和歌の世界のほととぎすの詠み方を承けて、五月に郭公の鳴き声が独り寝の女の辛さをいっそう掻き立たせると詠んだり、郭公が一箇所に留まらず飛び回っている様を浮かれ男に見立てたりして、様々な和歌的表現が試みられた。そこに用いられた「郭公」という詩語及びその類型表現は平安後期の『本朝無題詩』などに継承されていった。ここから、杜鵑詩から郭公詩への展開過程において『新撰万葉集』は重要な転換点として位置づけられることが明らかになった。第二節では、王朝漢詩文における「涙河」の用例について検討した。「涙河」は『新撰万葉集』の漢詩が初出である。それまでの「涙」に関する日本漢詩は殆どが中国詩を踏まえて詠まれたものであるが、『新撰万葉集』の「涙河」の漢詩は、中国詩の「涙如河」の比喩表現を踏襲するのみではあき足らず、「水」に関連する言葉を駆使して現実にはあり得ない景象を作り上げている。『続

浦嶋子伝記』と願文における「涙河」の漢詩と比較することによって、『新撰万葉集』の作詩法が後世の王朝漢詩文に一種のモデルを提供した意味を持つものだと指摘することができた。第三節では、『新撰万葉集』の漢詩の切り拓いた「〈郭公・家家〉〈郭公・枕〉〈郭公・鶏〉」の組合せ、「粉黛壊来収涙処、郭公夜夜百般啼」「桂馬蹄」「錦葉林」「不挙煙」「含情泣血袖紅新」などの日本的表現は、後世の日本漢詩文に継承されていくことを指摘した。以上の考察によって、それまでの日本漢詩の用語・表現・技法をさらに新しい方向へと前進させたという点で、『新撰万葉集』の漢詩が大きな役割を果たしたことが判明し、『新撰万葉集』の漢詩表現を下敷きにした王朝漢詩が平安中後期に現れたことが明らかになった。

　以上のように、本書では、『新撰万葉集』の漢詩を考察対象とし、その和様化の諸様相について詳細に検討した。本集の漢詩は中国詩にはない、和歌独特の要素を多く含んでいる。これらの和歌的表現は「古歌→（中国詩）→今歌→本集漢詩」或いは「中国詩→和歌→本集漢詩」というプロセスを経て辿りついたことを明らかにした。『新撰万葉集』の漢詩の和様化は九世紀末の転換期としての特徴を色濃く反映しており、和漢融合の一つの到達点と位置づけられる。

二　和様化の方法

　『新撰万葉集』の漢詩は日本漢詩の和様化を示す典型である。和歌的なものを本集漢詩の上に巧みに表現することは、和歌を漢詩という異なる文学形態の中で生かす可能性を探る試みとしても意義深い。ここでは、今まで論じてきた漢詩表現から三つの和様化のパターンを析出し、若干の補説を試みたい。

1. 主体の置換

　日本的なものを『新撰万葉集』の漢詩に取り込もうとすれば、置換可能な中国詩の語句の存在が前提となる。具体例で示せば、中国閨怨詩では殆ど詠まれない杜鵑と、恋歌では重要な素材であるほととぎすである。ほととぎすの歌を翻案するにあたって、いかなる漢詩固有の語句を使って和歌独特の発想を表現したのかという問題は、異文化接触の一場面としてみれば極めて興味深い。上夏24の漢詩「茭賓怨婦両眉低、耿耿閨中待暁鶏。粉黛壊来収涙処、郭公夜夜百般啼」を次の魏明帝の楽府詩と比べてみたい。

憂人不能寐、　　耿耿夜何長。　　微風沖閨闥、　　羅幃自飄揚。(中略)
春鳥向南飛、　　翩翩独翱翔。　　悲声命儔匹、　　哀鳴傷我腸。
感物懷所思、　　泣涕忽沾裳。　　佇立吐高吟、　　舒憤訴穹蒼。

（『玉台新詠』巻二・魏明帝・楽府詩）

もしこの楽府詩における鳥が「春鳥」ではなく「郭公」であり、季節が春ではなく「五月」であるならば、上夏 24 の内容とそれほど大きな差がない[①]。言い換えれば、上夏 24 に描かれる〈閨の中の女は夜も眠れずに眉をたれて夜明けを待ち、鳥の鳴き声を耳にするころには顔の化粧が涙で壊れている〉という情景描写は六朝閨怨詩によく見られるものである。伝統的な中国詩との違いは、季節と景物の配置だけにある。『新撰万葉集』の漢詩作者は、在来の閨怨詩における季節と鳥の種類を変更することによって、先行する恋歌の内容を巧みに取り込んで一首の閨怨詩として成立させる。また、第一章で取り上げた瞿麦詩にもうかがわれるように、「なでしこ」の漢詩を創作するに当たって、島田忠臣は元白の芍薬詩・薔薇詩の表現を借りるが、詩の主体を「なでしこ」に変えて日本的漢詩として仕上げるのである。

2. 表現の複合

「表現の複合」とは、既存の幾つかの表現を組み合わせることで表現の拡大を図るという方法である。中国詩において、〈「火―恋心」の比喩表現〉〈「蛍・火・燃」の語群〉〈蛍の閨怨詩〉は本来互いに相関していない。それを組み合わせることによって、蛍を恋心に喩える漢詩表現が生成した。また、上冬 84 の漢詩は本来異なる言葉のグループに属する「簷氷」「氷鏡」「対鏡嘆老」の三つの表現を新たに組み合わせて、〈つららの鏡に自分の老いた姿が映される〉という和歌的表現を作り上げる。同様の手法は、島田忠臣の「錦服念帰郷」（『田氏家集』136・五言、禁中瞿麦花詩、三十韻並序）にも見られる。「花―錦」の比喩表現と「衣錦還郷」の故事を融合して、なでしこが五色の錦服を着て故郷へ帰るという新たな表現が生み出された。これらの事例から、平安人の知的で技巧的な言語を追求する態度が看取される。

③意味の転形・変形

これは、中国詩の詩語に含まれる意味の一側面のみが強調され、そこか

[①] 半沢幹一・津田潔「『新撰万葉集』注釈稿」（上巻夏部二四～二八）共立女子大学文芸学部紀要 43、1997 年 1 月、63 頁。

ら新たな別の意味が派生してくる意味の転変・変形の方法である①。「蕩子」は本来他郷に遊学して女を顧みない者、或いは辺地に赴き帰らぬ夫を指す。『新撰万葉集』の漢詩作者は先行する和歌における〈ほととぎす—浮かれ男〉の見立てを漢詩の上に表現しようとする時、「蕩」の淫逸放縦という一側面だけに注目し、「蕩子」を「たはれを」の意として用いている。また、『新撰万葉集』の漢詩における「怨言」は男が逢ってくれない相手のつれなさを怨んだ場合に使われる。中国詩の詩語「蕩子」「怨言」の一側面に注目して用いることによって、平安朝の男女の交際の様子が漢詩に生かされるのである。なお、「月光—白兎」の比喩表現は、兎が月の別称であるというところから派生したものである。白色への好尚にひかれて、本集の漢詩作者は「白兎」の「白」という特徴に焦点を当てて、白い月の光が無数の兎の群れが飛び込んできたように部屋に射し込んだと詠んでいる。

こうして、日本漢詩人は主体性をもって在来の漢詩表現を日本の風土的・社会的条件に融合させて、自己の美意識に照らし取捨選択しつつ創作している。

三　今後の課題

第五章で述べたように、『新撰万葉集』の漢詩の八箇所の詩句は『和漢朗詠集』と『新撰朗詠集』に載せられている。また、『新撰万葉集』の漢詩における「含情泣血袖紅新」などの日本的表現は、後世の日本漢詩文に継承されていくことになる。平安中後期における『新撰万葉集』の漢詩の幅広い受容と享受は、恐らく我々の想像を絶するものであっただろうと考えられる。今後は、『新撰万葉集』の漢詩が後世の人々にどのように受け止められていたのかについて、さらなる追究を行いたい。

また、平安朝の文学創作の中心的な場は宮廷である。宮廷詩は日常詠と違って、典故を駆使して修辞を凝らし、天子の聖徳を讃美し、聖代を祝ぐなどの内容を主とする。『新撰万葉集』の漢詩も宮廷文学の性格を帯びていると思われる。例えば、上秋48の「秋天明月照無私・四知廉正豈無知」は月に寄せて王の恩徳と公平を称える。上秋75「稼田上上此秋登、秔稲離離九穂同。

---

① 谷口孝介氏は「「和習」の淵源—『新撰万葉集』巻上の漢詩を中心として—」（日本語と日本文学49、2009年8月、6頁）において、「日本人は自己の美意識に照らして、その好みに合う漢語の含意性の一側面をクローズアップして、日本漢文学の表現として定着させた」と述べる。しかし、序章で述べたように、氏は『新撰万葉集』の漢詩の和様化を認めていない。

鼓腹尭年今亦鼓、農夫扣角旧謳通」は豊作と聖代讃美の詩である。また、第三章と第四章で考察したように、『新撰万葉集』の漢詩は詠物詩的性格をもち、濃厚な修辞主義の傾向を示している。このことは、六朝における詠物詩の盛行、文学の集団化、詩作の遊戯性を思わせる。『新撰万葉集』の漢詩表現の生成を解明するためには、六朝初唐の宮廷詩と平安朝の宮廷詩との影響関係にも目を向ける必要があると考えている。

　さらに、島田忠臣は日本漢詩のアイデンティティの確立に大きく貢献したにもかかわらず、その漢詩に注目する研究は極めて少ない。ゆえに、島田忠臣の漢詩についても、研究を続けて行きたい。

参考文献

　主な参考文献を一次資料と二次資料（著書・論文・辞書類）に分けて、発行年順で記す。

【一次資料】

塙保己一編『続群書類従』第十三輯上・文筆部・消息部、続群書類従完成会、1929 年 5 月

高木市之助、五味智英、大野晋校注『万葉集』日本古典文学大系 4-7、岩波書店、1957 年 5 月～ 1962 年 5 月

（漢）毛亨伝、（漢）鄭玄箋、（唐）孔穎達疏『毛詩正義』中華書局、1957 年 12 月

佐伯梅友校注『古今和歌集』日本古典文学大系 8、岩波書店、1958 年 3 月

秋本吉郎校注『風土記』日本古典文学大系 2、岩波書店、1958 年 4 月

（清）嚴可均校輯『全上古三代秦漢三国六朝文』中華書局、1958 年 12 月

（宋）李昉撰『太平御覧』中華書局、1960 年 2 月

（清）彭定求撰『全唐詩』中華書局、1960 年 4 月

（唐）徐堅等著『初学記』中華書局、1962 年 1 月

（漢）班固撰、（唐）顔師古注『漢書』中華書局、1962 年 9 月

内田泉之助、網祐次、中島千秋著『文選』新釈漢文大系 14・15、明治書院、1963 年 10 月～ 2001 年 7 月

川口久雄、志田延義校注『和漢朗詠集・梁塵秘抄』日本古典文学大系 73、明治書院、1965 年 1 月

（唐）欧陽詢撰、汪紹楹校『芸文類聚』中華書局、1965 年 11 月

川口久雄校注『菅家文草・菅家後集』日本古典文学大系 72、岩波書店、1966 年 10 月

竹内照夫著『礼記』新釈漢文大系27・29、明治書院、1971年4月～1979年3月
内田泉之助著『玉台新詠』新釈漢文大系60・61、明治書院、1974年2月～1975年5月
星野恆校訂『毛詩・尚書』漢文大系第12巻、富山房、1975年2月増補版（初版は1911年12月）
吉田賢抗著『論語』新釈漢文大系1、明治書院、1978年2月改訂版（初版は1960年5月）
大江維時編『新撰万葉集・千載佳句』在九州国文資料影印叢書刊行会、1979年9月
（宋）郭茂倩撰『楽府詩集』中華書局、1979年11月
与謝野寛編纂校訂『懐風藻・凌雲集・文華秀麗集・経国集・本朝麗藻』覆刻日本古典全集、現代思潮社、1982年10月
逯欽立輯校『先秦漢魏晋南北朝詩』中華書局、1983年9月
『景印文淵閣四庫全書』台湾商務印書館、1983～1986年
小島憲之校注『懐風藻・文華秀麗集・本朝文粋』日本古典文学大系69、岩波書店、1986年第十八刷（第一刷は1964年6月）
白居易著、朱金城箋校『白居易集箋校』上海古籍出版社、1988年12月
『大正新脩大藏経』大正新脩大蔵経刊行会、1988年～1992年普及版（1924年～1934年大正一切経刊行会発行）
小町谷照彦校注『拾遺和歌集』新日本古典文学大系7、岩波書店、1990年1月
片桐洋一校注『後撰和歌集』新日本古典文学大系6、岩波書店、1990年4月
小野岑守著、本間洋一編『凌雲集索引』和泉書院索引叢書24、和泉書院、1991年12月
島田忠臣著、内田順子編『田氏家集索引』和泉書院索引叢書26、和泉書院、1992年2月
紀長谷雄著、三木雅博編『紀長谷雄漢詩文集並びに漢字索引』和泉書院索引叢書27、和泉書院、1992年2月
林鷲峰編、小島憲之校注『本朝一人一首』新日本古典文学大系63、岩波書店、1994年2月
堀内秀晃、秋山虔校注『竹取物語・伊勢物語』新日本古典文学大系17、岩波書店、1997年1月
石川忠久著『詩経』新釈漢文大系110-112、明治書院、1997年9月～2000年7月
（唐）李嶠撰、張庭芳注、胡志昂編『日蔵古抄李嶠詠物詩注』上海古籍出版社、

1998 年 8 月

黒板勝美編輯『本朝文粋・続本朝文粋』国史大系 29、吉川弘文館、1999 年 11 月新装版

黒板勝美編輯『日本紀略』国史大系 10、吉川弘文館、2000 年 4 月新装版（初版は 1929 年 8 月）

黒板勝美編輯『続日本紀』国史大系 2、吉川弘文館、2000 年 10 月新装版（初版は 1935 年 12 月）

黒板勝美編輯『続日本後紀』国史大系 3、吉川弘文館、2000 年 11 月新装版（初版は 1934 年 11 月）

黒板勝美編輯『三代実録』国史大系 4、吉川弘文館、2000 年 12 月新装版（初版は 1934 年 7 月）

築島裕編『東大寺諷誦文稿総索引』汲古書院、2001 年 3 月

【二次資料】

1．著書

山田孝雄『桜史』桜書房、1941 年 5 月

金子彦二郎『平安時代文学と白氏文集　句題和歌・千載佳句研究篇』培風館、1943 年 12 月

金子彦二郎『平安時代文学と白氏文集―道真の文学研究篇第二冊―』講談社、1948 年 5 月

萩谷朴『平安朝歌合大成（一）』赤堤居私家版、1957 年 1 月

小沢正夫『古今集の世界』塙選書 12、1961 年 6 月

空海著、渡辺照宏・宮坂宥勝校注『三教指帰・性霊集』日本古典文学大系 71、岩波書店、1965 年 11 月

（宋）李昉等編『文苑英華』中華書局、1966 年 5 月

八木沢元『遊仙窟全講』明治書院、1967 年 10 月

柿村重松著『本朝文粋注釈』冨山房、1968 年 9 月新修版（初版は 1922 年 4 月内外出版）

小島憲之『国風暗黒時代の文学』塙書房、1968 年 12 月〜 2002 年 2 月

高野平『新撰万葉集に関する基礎的研究』風間書房、1970 年 5 月

村瀬敏夫『古今集の基盤と周辺』桜楓社、1971 年 10 月

橋本不美男『王朝和歌史の研究』笠間書院、1972 年 1 月

山中裕『平安朝の年中行事』塙書房、1972 年 6 月

小島憲之『古今集以前：詩と歌の交流』塙書房、1976年2月
森野繁夫『六朝詩の研究：「集団の文学」と「個人の文学」』第一学習社、1976年11月
守屋美都雄訳注『荊楚歳時記』平凡社、1978年2月
日本文学研究資料刊行会編『日本文学研究資料叢書　古今和歌集』有精堂、1979年5月
山口博『閨怨の詩人小野小町』三省堂選書、1979年10月
菊地靖彦『古今的世界の研究』笠間書院、1980年11月
後藤昭雄『平安朝漢文学論考』桜楓社、1981年9月
山口博『王朝歌壇の研究　桓武・仁明・光孝朝篇』桜楓社、1982年2月
川口久雄『平安朝日本漢文学史の研究』（上）（中）明治書院、1982年5月～1982年9月三訂版（初版は1959年3月）
山口博『王朝歌壇の研究　宇多・醍醐・朱雀朝篇』桜楓社、1982年12月再版（初版は1973年11月）
田中謙二『楽府　散曲』筑摩書房、1983年1月
小島憲之『上代日本文学と中国文学：出典論を中心とする比較文学的考察（中）』塙書房、1986年1月五版（初版は1964年3月初版）
辰巳正明『万葉集と中国文学』笠間書院、1987年2月～1993年5月
「一冊の講座」編集部編『古今和歌集』、有精堂、1987年3月
島田良一『古今集とその周辺』笠間書房、1987年11月
青木正児『中華名物考』平凡社、1988年2月
菅野礼行『平安初期における日本漢詩の比較文学的研究』大修館、1988年10月
平岡武夫『白氏文集歌詩索引』同朋舎、1989年10月
渡辺秀夫『平安朝文学と漢文世界』勉誠社、1991年1月
小島憲之監修『田氏家集注』和泉書院、1991年2月～1994年2月
本間洋一『本朝無題詩全注釈』新典社、1992年3月～1994年5月
川口久雄『本朝麗藻簡注』勉誠社、1993年7月
太田次男編『白居易研究講座3日本における受容　韻文篇』勉誠出版、1993年10月
小町谷照彦『古今和歌集と歌ことば表現』岩波書店、1994年10月
渡辺秀夫『詩歌の森　日本語のイメージ』大修館、1995年5月
孫久富『日本上代の恋愛と中国古典』新典社、1996年7月
田中喜美春、田中恭子『貫之集全釈』風間書房、1997年1月

片桐洋一『古今和歌集全評釈』講談社、1998 年 2 月
金原理『詩歌の表現　平安朝韻文攷』九州大学出版会、2000 年 1 月
工藤重矩『平安朝和歌漢詩文新考：継承と批判』風間書房、2000 年 4 月
鈴木宏子『古今和歌集表現論』笠間書院、2000 年 12 月
鈴木日出男『古代和歌史論』東京大学出版会、2001 年 1 月三刷（初版は 1990 年 10 月）
ツベタナ・クリステワ『涙の詩学：王朝文化の詩的言語』名古屋大学出版会、2001 年 3 月
藤原克己『菅原道真と平安朝漢文学』東京大学出版会、2001 年 5 月
浅見徹監修、乾善彦・谷本玲大編『『新撰万葉集』諸本と研究』和泉書院、2003 年 9 月
中野方子『平安前期歌語の和漢比較文学的研究』笠間書院、2005 年 1 月
新撰万葉集研究会編『新撰万葉集注釈』和泉書院、2005 年 2 月
波戸岡旭『宮廷詩人菅原道真—『菅家文草』・『菅家後集』の世界』笠間書院、2005 年 2 月
平野由紀子、千里集輪読会共著『千里集全釈』風間書房、2007 年 2 月
滝川幸司『天皇と文壇：平安前期の公的文学』和泉書院、2007 年 2 月
森正人、鈴木元編『文学史の古今和歌集』和泉書院、2007 年 7 月
高橋亨『源氏物語の詩学：かな物語の生成と心的遠近法』名古屋大学出版会、2007 年 9 月
岩井宏子『古今的表現の成立と展開』和泉書院、2008 年 8 月
李宇玲『古代宮廷文学論：中日文化交流史の視点から』勉誠出版、2011 年 6 月

2. 論文

小西甚一「古今集的表現の成立」日本学士院紀要 7 − 3、1949 年 11 月
安藤テルヨ「古今集歌風の成立に及ぼせる漢詩文の影響について」東京女子大学日本文学 3 − 6、1956 年 3 月
小島憲之「万葉集から古今集へ」『歌風と歌体』万葉集講座　第四巻、有精堂、1973 年 12 月
小島憲之「古今集的表現の成立」国文学解釈と鑑賞 431、1970 年 2 月
藤岡忠美「新撰万葉集」『和歌文学講座　四』桜楓社、1970 年 3 月
小島憲之「万葉集の編纂に関する一解釈―菅原道真撰の説によせて」万葉集研究第一集、塙書房、1972 年 4 月

ハーラ・イシュトウブァン「『万葉集』名義の謎」万葉 84、1974 年 6 月
小島憲之「九世紀の歌と詩—『新撰万葉集』を中心として」関西大学国文学会・国文学 52、1975 年 9 月
小島憲之「恋歌と恋詩—万葉・古今を中心として」文学 44-3、1976 年 3 月
平岡武夫「三月尽—白氏歳時記」日本大学人文科学研究所研究紀義 18、1976 年 3 月
村井康彦「国風文化の創造と普及」『岩波講座　日本歴史 4』岩波書店、1976 年 8 月
小島憲之「四季語を通して—『尽日』の誕生」国語国文 46-1、1977 年 1 月
川口久雄「道真詩における和習と訓読の問題」『菅家文草・菅家後集詩句總索引』明治書院、1978 年 9 月
植木久行「ほととぎすの歌　杜鵑と郭公をめぐって」比較文学年誌（通号 15）、早稲田大学比較文学研究室、1979 年 3 月
山口慎一「『新撰万葉集』「恋」の表現方法—和歌と漢詩の構成力—」学芸国語国文学 15、1979 年 11 月
太田郁子「『和漢朗詠集』の「三月尽」・「九月尽」」言語と文芸 91、1981 年 3 月
泉紀子「新撰万葉集における漢詩と和歌」大阪女子大文学国文 32、1981 年 3 月
吉川栄治「古歌と『万葉』—『新撰万葉集』序文の検討」和歌文学研究 46、1983 年 2 月
後藤昭雄「古今集時代の詩と歌」国語と国文学 60-5、1983 年 5 月
山崎みどり「蛍のイメージ」中国詩文論叢第三集、1984 年 6 月
栗城順子「島田忠臣『禁中瞿麦花詩』について」高野山大学国語国文 9・10・11 合併号、1984 年 12 月
藤原克己「古今集歌の日本的特質と六朝・唐詩」文学 53-12、1985 年 12 月
工藤重矩「古今集 148 の解釈・補考：啼いて血を吐く杜鵑のことなど」語文研究 61、1986 年 2 月
本間洋一「王朝漢詩の表現覚書—王朝詩と白詩と—」和漢比較文学叢書『中古文学と漢文学Ⅰ』汲古書院、1986 年 10 月
工藤重矩「平安朝漢詩文における縁語掛詞的表現」『中古文学と漢文学Ⅰ』和漢比較文学叢書　第三巻、汲古書院、1986 年 10 月
藤原克己「古今集歌における日本的なるもの」日本の美学 9、1986 年 11 月
鈴木宏子「〈もみじと錦の見立て〉の周辺—漢詩文と和歌の間」『古典和歌論

叢』明治書院、1988 年 4 月
後藤昭雄「素材―桜の文学小史」『日本文学講座 9　詩歌Ⅰ（古典編）』大修館、1988 年 11 月
富田淳子「歌語「涙川」について」二松学舎大学人文論叢 46、1991 年 3 月
安田徳子「藤詠考―古今集歌人の詠歌基盤―」和漢比較文学叢書第十一巻『古今集と漢文学』汲古書院、1992 年 9 月
渡辺秀夫「和歌と漢詩―『新撰万葉集』から『菅家万葉集』へ」国文学 37―12、1992 年 10 月
丹羽博之「平安朝和歌に詠まれた蛍」大手前女子大学論集 26、1992 年 12 月
神谷かをる「〈涙〉のイメジャリ」国語語彙史の研究 13、1993 年 7 月
山本登朗「賄賂と和歌と漢詩―島田忠臣の一首―」新日本古典文学大系（月報 51）岩波書店、1994 年 2 月
半沢幹一、津田潔「『新撰万葉集』注釈稿」共立女子大学文芸学部紀要・東京工業高等専門学校研究報告書、1994 年 2 月～2011 年 3 月
柳沢良一「夏の夜の美―『本朝麗藻』夏の詠月詩をめぐって―」『講座平安文学論究　第九輯』風間書房、1994 年 11 月
泉紀子「歌合の成立」『和歌文学論集 5　屏風歌と歌合』風間書房、1995 年 9 月
呉衛峰「和歌と漢詩―『新撰万葉集』をめぐって」比較文学研究 67、1995 年 10 月
柿尾武「大英図書館蔵　スタイン蒐集 555　敦煌本「李嶠雑詠注」残巻についての一考察」成城文芸 157、1997 年 1 月
鈴木裕子「紫の上の和歌覚書―「ささがに」をめぐって―」駒沢短大国文 27、1997 年 3 月
渡辺秀夫「『新撰万葉集』論」―上巻の和歌と漢詩をめぐって」国語国文 67-9、1998 年 9 月
岩下均「古典文学の「蜘蛛」」目白学園国語国文学 9、2000 年 3 月
津田潔「『新撰万葉集』上巻・恋歌における白詩の受容について」白居易研究年報、2000 年 5 月
渡辺秀夫「和漢比較のなかの古今集両序―和歌勅撰の思想」国語国文 69-11、2000 年 11 月
三木雅博「島田忠臣と在原業平―漢詩が和歌を意識し始めた頃」『王朝文学の本質と変容　韻文編』和泉書院、2001 年 11 月
木藤智子「三代集時代の和歌表現の形成と展開の方法―漢詩的表現から和歌

的表現」『王朝文学の本質と変容　韻文編』和泉書院、2001 年 11 月

北山円正「菅原道真と九月尽日の宴」『菅原道真論集』勉誠出版、2003 年 2 月

于永梅「平安時代の漢詩文における「血涙」「紅涙」の受容」和漢比較文学 31、2003 年 8 月

高兵兵「菅原道真の比喩表現と和歌—日中詩歌比較の視角から—」和漢比較文学 32、2004 年 2 月

滝川幸司「藤原基経と詩人たち」語文 84・85、2006 年 2 月

呉衛峰「『新撰万葉集』における漢詩への一視点—夏の「蝉」をめぐって—」国語と国文学 83(3)、2006 年 3 月

谷口孝介「「和習」の淵源—『新撰万葉集』巻上の漢詩を中心として—」日本語と日本文学 49、2009 年 8 月

大戸温子「新撰万葉集：「恋」をテーマにした日本漢詩」（大学院教育改革支援プログラム「日本文化研究の国際的情報伝達スキルの育成」活動報告書、平成二一年度海外教育派遣事業編：199-201、2010 年 3 月

新間一美「『新撰万葉集』の成立と意義」国文学：解釈と鑑賞 76(8)、2011 年 8 月

笹川勳「菅原道真の桜花詠—寛平期宇多朝における『菅家文草』巻五・三八四番詩の位相—」国学院大学紀要 50、2012 年 2 月

滝川幸司「嶋田忠臣の位置」中古文学 89、2012 年 6 月

3. 辞書類

京都大学文学部国語学国文学研究室編『新撰字鏡：天治本』1944 年 12 月初版、1967 年 12 月臨川書店増訂版

上代語辞典編修委員会編『時代別国語大辞典（上代篇）』三省堂、1967 年 12 月

天理図書館善本叢書和書之部編集委員会編『類聚名義抄：観智院本』八木書店、1976 年 9 月

中村幸彦、岡見正雄、阪倉篤義編『角川古語大辞典』角川書店、1982 年 6 月〜 1999 年 3 月

稲岡耕二、橋本達雄編『万葉の歌ことば辞典』有斐閣、1982 年 11 月

東京大学国語研究室編『倭名類聚抄：天文本』汲古書院、1987 年 1 月

久保田淳、馬場あき子編『歌ことば歌枕大辞典』角川書店、1999 年 5 月

初出一覧

各章のもととなった既発表論文との関係は、以下の通りである。

第一章　九世紀末における日本漢詩の和歌的表現の生成
　　　　―時代相を背景にして―
第一節　藤原基経と紫藤詩
　　　　○（中国語）「島田忠臣的紫藤詩」(『外国語言文学教学与研究』厦門大学出版社、刊行予定)
第三節　瞿麦花詩と桜花詩に見える対抗意識
　　　　○「九世紀末の桜花詩―和歌との交渉をめぐって―」日本語・日本学研究 (8)、2018年3月、23～35頁。

第二章『新撰万葉集』の漢詩における伝統的和歌表現の受容
　　　　―「古」「今」を中心に―
第一節　四季部漢詩における歌材の摂取
　　　　○「『新撰万葉集』の漢詩における歌材の受容」(京都語文20、2013年11月、193～209頁)
第二節　恋歌に付された漢詩
　　　　○「閨怨詩の和様化：『新撰万葉集』の漢詩を中心に」(日本研究48、2013年11月、167～178頁)
　　　　○「『新撰万葉集』における漢詩と和歌―上恋101を中心に―」(言葉と文化、2012年2月)

第三章　『新撰万葉集』の漢詩の中国詩からの蝉脱
　　　　―掛詞・縁語を媒介として―
　第一節　「夏夜胸燃不異蛍」―「火・思ひ（恋ひ）・燃ゆ」
　第二節　「愁人慟哭類虫声」―「泣く・鳴く」
　　　　○「『新撰万葉集』の漢詩における和歌的表現」（表現研究 99、2014 年 4 月、1 ～ 9 頁）
　第三節　「閨中寂寞蜘綸乱」―「糸・乱る・思ひ」
　　　　○「平安朝漢詩の展開―『新撰万葉集』漢詩と道真詩に詠まれた蜘蛛の糸―」（第 36 回国文学資料館国際集会会議録、2013 年 3 月、171 ～ 184 頁）
　　　　○「平安朝文学中的「蛛糸」」（日本学研究 21、2011 年 11 月、252 ～ 262 頁）中国語

第四章　『新撰万葉集』の漢詩における比喩表現の展開
　第一節　「紅葉―錦」の比喩表現
　　　　○「平安朝漢詩文に詠まれた「衣錦還郷」」（和漢比較文学 63、2019 年 8 月、44 ～ 59 頁）
　第二節　「氷柱―鏡」の比喩表現
　第三節　「露―玉」の比喩表現
　第四節　「白兎―月光」の比喩表現
　　　　○「『新撰万葉集』の漢詩における比喩表現」（比較文化研究 116、2015 年 4 月、45 ～ 54 頁）

第五章　王朝漢詩文の転換点としての『新撰万葉集』
　第一節　杜鵑詩から郭公詩へ
　　　　○「『新撰万葉集』の漢詩における郭公と閨怨」（比較文化研究 107、2013 年 6 月、195 ～ 207 頁）
　　　　○（中国語）「『新撰万葉集』中的郭公詩」（『漫漫求索：外国語言文学教学与研究』、厦門大学出版社、2017 年 3 月）
　第二節　「涙河」の漢詩の展開
　　　　○「『新撰万葉集』漢詩にみられる和歌的表現―「涙河」の漢詩を中心に」（和漢比較文学 49、2012 年 08 月、19 ～ 35 頁）
　　　　○「平安漢詩文に詠まれた「涙河」」（日本語・日本学研究（9）、2019 年 3 月）

あとがき

　本書は二〇一三年度に名古屋大学国際言語文化研究科に提出し学位を授与された博士論文「『新撰万葉集』の漢詩にみられる和歌的表現」をベースに、加筆・修正を加えた論考である。

　本書の公刊に至るまでには多くの方々のお世話になりました。ここに記して深く感謝し御礼を申し上げます。

　まずは、博士課程在学中より本書完成までの数年間にわたり、終始温かい激励と御指導を賜りました指導教官である胡潔先生に深甚なる感謝の意を表します。先生から学んだ研究に対する姿勢は、今後の私の研究者人生において大きな糧になると確信しております。

　次に、副指導教官である前野みち子先生には、ご多忙にも関わらず、貴重なお時間を割いてご指導頂き、また筆者の論文作成にあたり、多くの御意見と御鞭撻を賜りました。ここに厚く御礼申し上げます。

　そして、研究者としての道を歩むことへの背中を押していただいた厦門大学の黄少光先生は日頃から深甚なる激励を頂きました。この場をお借りし重ねて御礼申し上げます。

　これまでの研究過程において、激励ならびに御助言を頂いた新間一美先生（京都女子大学教授）をはじめ、千里集研究会の皆様に深く感謝の意を表します。

　最後に、いつまでも温かく見守り続けてくれた家族に深く感謝いたします。ほんとうにありがとうございました。

二〇一九年立春
梁　青